사를곤

사르곤

1판 1쇄 찍음 2017년 3월 22일
1판 1쇄 펴냄 2017년 3월 29일

지은이 | 윤희원
펴낸이 | 고운숙
펴낸곳 | 봄 미디어

기획·편집 | 김민지, 김자우, 홍주희, 김현주

출판등록 | 2014년 08월 25일 (제387-2014-000040호)
주소 | 경기도 부천시 원미구 소향로17, 304(두성프라자)
영업부 | 070-5015-0818 편집부 | 070-5015-0817 팩스 | 032-712-2815
E-mail | bommedia@naver.com
소식창 | http://blog.naver.com/bommedia

값 9,000원

ISBN 979-11-5810-304-0 03810

Sargon

사르곤

윤희원
장편 소설

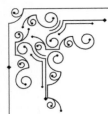

contents

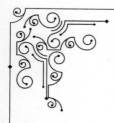
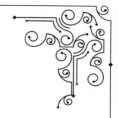

2부. 불멸 (Cælum : 카일룸)

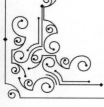

prologue

날아오는 검을 피하지 못했다.

도망가지 못한 자들의 처절한 비명이 쉴 새 없이 터져 나왔다. 바람이 일 때마다 검의 끝자락에 뿜어져 나오는 핏물은 터지는 비명과 함께 강을 이뤘다. 흔들리는 바람에 속절없이 쓰러지는 모습만이 보였다.

빛을 잘라 씌운 것처럼 가늘고 긴 세검(細劍)이 유려한 곡선을 그리며 춤을 췄다. 수적으로 우세했던 그들은 단 한 명을 상대로 제대로 된 어떤 공격도 성공하지 못한 채 뒤로 밀려났다.

많은 이들이 쓰러지는 것과 동시에 세찬 바람이 휘몰아치고 있었다.

쉬이익. 검이 움직일 때마다 흐르는 소리가 바람을 일으키는 듯한 착각을 불러일으킬 정도였다.

시간이 지날수록 세검을 든 자의 움직임은 세밀한 공기처럼 한 치의 빈틈도 보이지 않았다. 순식간에 쓰러진 자들은 상처를 입은 채 사지가 찢겼다. 검을 피해 도망치는 자들의 눈빛엔 오로지 살고자 하는 의지만이 가득했다. 그러나 검을 든 자는 가차 없었다.

"저, 저리 가!"

바람 소리가 가까워 온다. 떨지 않으려 해도 떨려 나오는 음성은 목구멍을 간신히 넘어왔다. 살고자 하는 본능은 지극한 것이었지만 상대는 살기를 띤 채 춤을 추듯 움직였다. 아무런 감정 없이 살을 가르는 움직임은 단호하고 깔끔했다.

"제발, 살려…….."

환한 빛을 거머쥔 상대의 기세에 압도되어 울부짖던 자는 피를 흘리며 쓰러졌다. 도망가고 싶어도 다리가 움직이지 않았고 소리를 지르려 해도 목구멍이 막혔는지 말이 되어 나오지 않았다.

"제, 제발…….."

억지로 목소리를 쥐어짜낸 사내는 위신에 걸맞지 않게 눈물과 콧물이 뒤범벅된 얼굴이었다. 당당히 호령하던 모습은 어디 가고 추레하게 변한 사내의 모습은 차마 눈 뜨고 보기 힘들 정도였다.

"고작 이 정도가 두려운가?"

가라앉은 목소리로 말하는 이는 저보다 배로 거대한 상대를 확연히 비웃고 있었다.

"살려……."

순식간에 검이 눈앞을 지나쳤고 사내는 제 몸에 흐르는 피를 지켜보아야 했다. 꾸역꾸역 흐르는 핏물은 회색빛 공간에서 도드라지게 보이는 핏빛의 향연이었다.

털썩, 사내가 요란하게 고꾸라지자 상대는 비로소 깊게 덮은 두건을 걷어 올렸다.

맑은 얼굴을 가진 여인이었다. 적발의 붉은 눈동자, 가녀린 모습에도 불구하고 눈빛만은 청명하며 무척이나 깊고도 시렸다.

주변은 온통 자욱한 연기와 피비린내로 가득했다. 땅속으로 스며드는 검붉은 핏물은 마치 주술처럼 땅 위에 태곳적 신비한 문양을 만들어 내었다. 비릿한 냄새에 숨 막힐 듯한 전경을 무심하게 바라보았다.

"다가오지 마. 제발 목숨만……."

또 다른 사내가 벌벌 떨며 두 손을 모아 애걸했다. 상대를 노려보는 눈빛조차도 깊은 어둠의 빛이 깃들어 있는 그녀에게 자비란 없었다.

"이미 늦었다."

"으으……."

작은 신음을 내지르는 것조차 체념했다. 그러나 마지막으로 쥐어짜듯 물었다.

"너, 넌 누구냐!"

"사르곤(Sargon)."

낮게 읊조리는 음성에는 힘이 있었다. 흑의(黑衣)차림의 사르곤은 사내와 나눈 대화가 잠시의 휴식이었던 것처럼 바로 검을 내둘렀다. 눈 한번 깜박이지 않고 호흡조차 쉬지 않았다. 오직 숨 쉬고 있는 주변의 적들을 소리 없이 처단할 뿐이었다.

하나둘씩 쓰러지는 오르세인(orcein)들. 그들은 거대한 산맥에 근거하는 흉폭한 괴물로 불리며 폭력과 살육을 일삼았다. 그런 이들이 단 한 명, 사르곤의 세검이 빛을 발할 때마다 비린내를 풍기며 쓰러졌다.

사르곤은 핏물이 떨어지는 세검을 천천히 들어 올렸다. 아직도 붉은 선혈이 선명하게 떨어지는 검날에 자신의 입술을 가져다 대었다. 그녀의 놀라운 행동에 오르세인 무리는 자신들의 처지를 생각도 못 하고 넋을 놓았다.

순간 놀라운 일이 벌어졌다. 그녀의 눈동자가 순식간에 불타오르듯 붉은빛으로 산화되었다.

"으헉!"

소스라치는 비명들 사이로 이제 얼마 남지 않은 오르세인들은 도망치기 급급했다. 마침내 주변의 모든 것이 붉은 핏물로 정리되었을 때 그녀는 세검을 등에 꽂고 자욱한 연기로 감싸인 주변을 둘러보았다.

"이 정도는 아무것도 아니다. 이 정도는……."

방금 전 그녀가 한 행동과는 전혀 판판으로 서러움을 토해내듯 탄식을 읊조렸다. 말속에는 가시가 숨어 있었다. 그녀의 몸은 마치 불타는 것처럼 붉은 홍조를 동반했다.

"종말의 운명이 왔다."

그 순간 실바람이 불어왔다. 바람은 또 다른 은빛에서부터 발현되었다.

따뜻하고 잔잔한 바람은 곧 매캐한 연기와 비릿한 냄새를 일시에 몰아냈다. 그 한가운데 석상처럼 움직일 줄 몰랐던 사르곤은 어서 움직이라 재촉하는 한 줄기의 바람에게 희미한 미소를 보였다. 다만, 붉어진 그녀의 앞날은 온통 눈물길이었다.

"루안……."

사르곤은 숨을 깊게 내쉬며 두건을 깊숙이 쓴 뒤 유유히 사라졌다. 그녀의 뒤를 은빛의 뿔을 가진 일각수(unicorn)가 안타까운 눈빛으로 꼬리를 흔들며 따라가고 있었다.

❂　　　❂　　　❂

몇 백년간 평화로웠던 랜스 왕국.

차가운 겨울에 어디선가 불어온 불길한 바람이 왕국을 감싸고 있었다. 여지없이 내리는 함박눈으로 인해 온통 설원의 세상이었다.

떠도는 소문으로는 아무도 가까이 다가갈 수 없는 회색의 숲에서 어린 아기의 메마른 울음이 들렸다고 했다. 하나 그 누구도 믿지 않았다.

그러던 어느 날, 랜스 왕국의 국왕 캄비세인 2세(Kambysein Ⅱ)가 붉은 머리에 붉은 눈동자를 지닌 여자와 대동했을 때 신하들은 기억 속에서 멀어졌던 구전을 떠올렸다.

"불길합니다, 전하. 적발이라니요. 게다가 홍(紅)의 눈동자입니다!"

대대로 눈부신 금발과 은발이 대세인 랜스 왕국에서 많은 귀족들은 우려의 목소리를 냈다.

"재밌지 않은가? 홍적(紅赤)이라니. 아주 재밌는 일이지."

"전하, 아니 됩니다."

"붉은 눈동자에게 잡아먹힌다는 옛 문헌을 기억하십시오, 전하!"

"잘됐군. 부디 날 잡아먹기를 바라고 또 바라는 바다. 지겨운 평화보단 치열한 공전(空轉)*이 나아."

깊은 우려에도 불구하고 차갑게 웃는 국왕 앞에 귀족들은 그저 고개만 숙일 밖에는 도리가 없었다. 그러나 그들은 머릿속으로 옛 문헌의 구절을 상기했다.

벨리타(Belita)*

하늘의 덮개가 열리고 신들을 죽음으로 이끈 사신이 내려온다네.

---

*공전(空轉):일이나 행동이 헛되이 진행됨.
*벨리타(Belita):아름다운.

눈은 아홉 신의 불꽃처럼 끝없는 어둠.

정수리는 죽음의 신처럼 붉고도 어둡구나.

뒤통수는 애욕의 신처럼 매혹이고

손가락은 절망의 신처럼 아름다우며

외침은 달의 신이자 홍의 불꽃과 같이 들리노라.

부활의 인증을 받은

인간의 신인 하르의 아들이여,

그대의 목은 결코 달아나지 않으리.

평안과 끝없는 안위 속에서 영원히 일어나라, 그대여.

그렇게 하여 전대미문, 왕을 후견인으로 붉은 머리 아가씨는 역사 깊은 랜스 왕국의 호엔 성에 기거하기 시작했다.

1부

탄생

(nascentĭa : 나스켄티아)

chapter
1

랜스 왕국 깊은 곳에 위치한 기묘한 숲, 일명 어둠의 숲에서 계절에 어울리지 않는 반딧불 하나가 날아올랐다. 기다렸다는 듯 그 뒤를 이어 수천의 반딧불이가 수를 놓는 것처럼 날아갔다. 뜻하지 않은 장관이었다.

"위대한 빛의 길을 볼 줄이야. 근사하군."

은하수 같은 장면에 넋을 빼고 바라보던 사내가 감탄했다. 회색의 망토를 걸치고 두건을 눌러 쓴 그는 마치 어둠의 지배자 같았다. 뚜렷한 존재감과 주변을 압도하는 당당함은 숨길 수 없었다.

"보여 주고 싶다."

애틋하기까지 한 속삭임이었다. 누군가를 그리듯 아련한 눈길로 물결처럼 흐르는 하늘을 올려다보았다.

"기다려. 반드시 되찾을 것이니."

맹세하듯 중얼거린 사내는 묵직한 발걸음을 옮겼다. 공기 한 점 흐르지 않는 듯 모든 것이 멈춘 숲속의 한가운데는 바람조차 지나가지 않았다. 그러나 진공(眞空)처럼 한없는 길을 걸어가면서도 사내는 두려움조차 느끼지 않는 것처럼 태연했다.

"회색의 숲에는 온갖 괴물이 살고 있다 하더이다."
"인간을 잡아먹는 마녀가 있다고 합니다."
"흉흉한 소문이 꼬리에 꼬리를 무는 곳입니다. 위험합니다."

혼자 몸으로 이곳을 찾기 전, 주변에서는 그를 만류하기 위해 과장까지 서슴지 않았었다. 그러나 그는 전혀 개의치 않았다.

"온갖 괴물이라……."

그의 입가가 길게 올라갔다. 마치 '괴물'이라 지칭되는 무엇인가가 몹시도 그리운 눈길이었다.

"괴물이라도 좋다."

사내는 단호하게 내뱉으며 다리에 힘을 주었다. 입을 벌리고 집어삼킬 듯한 길로 거침없이 진입했다. 고대하던 '회색의 길'이 눈앞에 펼쳐졌다. 그는 회심의 미소를 지었다.

"여기군. 회색의 나무왕(King of gray trees)이 있는 곳이."

길은 나무와 풀로 가려져 있었다. 그런데 그가 걸어가자마자 기다렸다는 듯이 촘촘히 나 있는 나무들이 가지를 걷었다.

마치 일제히 길을 열어 주는 듯한 묘한 움직임이었다. 놀라운 일이었지만 사내는 어떠한 반응도 보이지 않고 걸음을 빨리했다.

그의 심장은 몹시 뛰었다. 그가 지나치자 소리 없이 제자리를 찾은 나뭇가지들 뒤로 사내의 그림자가 길게 드리워졌다. 사내는 길과 하나가 되듯 깊은 어둠 속으로 끌려 바람이 어둠에 묻힌 숲을 흔들고 지나갔다. 하늘의 달마저 골짜기 너머로 넘어간 시간, 숲속은 완전한 칠흑 그 자체였다.

마침내 그가 당도한 곳은 거대하고 웅장한 숲의 중심부였다. 그곳에는 몇천 년 된 회색의 시어나무가 웅장하게 자리하고 있었다. 사내는 천천히 나무 주위를 돌았다. 뭔가를 가늠하듯 굵은 기둥 줄기에 손을 대 거친 나뭇결을 매만지다 한 지점에서 움직임을 멈추었다. 묘하게 따뜻한 기운이 느껴지는 곳이었다.

"여기가 나무의 심장이구나."

그는 등에 메고 있던 도끼를 꺼내 들었다. 그것은 평범한 도끼가 아닌 오리에드(oread)*였다. 그는 한 치의 망설임도 없이 거대한 회색 나무의 중심을 내리찍었다. 그 순간 소름 끼치는 비명이 들렸다.

"끼이이이……."

고막이 찢겨 나갈 듯한 비명을 듣고도 사내는 망설이지 않

---

*오리에드(oread):땅의 신성한 힘을 가진 물건.

고 거침없이 도끼를 휘둘렀다. 날카로운 도끼로 인해 벌어진 나무 기둥에서 진액이 흘렀다. 마치 인간의 피처럼 검붉었다.

도끼가 찍힐 때마다 나무의 비명이 숲을 가로지르고 핏물은 사방으로 튀었다. 쉴 새 없이 울리는 비명에도 아랑곳 않는 사내는 쓰디쓴 미소만을 머금을 뿐이었다.

"그래, 더 울어. 그렇게!"

비명을 재촉하는 짓눌린 음성이 매섭기까지 했다. 바로 그때, 또 다른 이질적인 소리가 들렸다. 이번에는 새의 울음소리였다.

"드디어."

사내는 한 발 뒤로 물러나 오리에드를 등에 걸었다. 그리고 부리나케 몸을 돌려 근처 바위 뒤에 납작 엎드린 뒤 주변을 주시했다. 피를 흘리는 회색 나무는 구원을 바라는 것처럼 흔들렸다.

주변은 나무의 피로 인해 흥건하게 적셔졌고 가까이 다가온 새는 공중에서 잠시 머물다 거대한 날개를 접고 땅에 안착했다. 새의 크기는 인간과 비슷했다.

새의 이름은 하르피아(Harpuia). '슬쩍 빼앗는 자' 또는 '억지로 빼앗는 자'라는 의미를 가진 신성한 새였다. 눈처럼 새하얀 순백의 깃털에다 긴 목을 가진 하르피아는 나무에 다가가 피가 흘러나오는 갈라진 틈새로 하얀 부리를 밀어 넣었다.

"끼아끼아."

양껏 피를 받아 마신 하르피아는 소리 내어 울었다. 사내는 귀를 틀어막아야 했다. 쇠를 긁는 듯 심장을 후벼 파는 소리였다.

"울어라, 그것이 너의 운명이니!"

사내는 입가를 싸늘하게 올렸다. 깊고도 차가운 푸른 눈동자에 기대감이 잔뜩 일었다.

얼마 뒤 하르피아는 입가를 붉게 물들이고 회색 나무 앞에 널브러지며 거대한 날개를 힘없이 퍼덕였다. 그제야 사내는 천천히 몸을 일으켰다. 하르피아는 다시 날아오를 듯 몸을 비틀었으나 몇 번의 파닥거림이 한계였다.

"바보 같은 새, 이제 못 날아. 나무의 독을 마셨잖아."

사내는 원망을 한껏 담은 새의 눈을 바라보다 펴진 날개를 손끝으로 부드럽게 매만졌다. 그리고는 재빨리 두 손으로 날개를 힘껏 부여잡았다.

"끼아아!"

다시 소름 끼치도록 서글픈 비명이 울렸다. 사내는 새의 날개를 부러트렸다. 그것도 부족해 몸통에서 힘껏 잡아채 뽑아 버렸다. 새의 울음은 차마 들을 수 없을 정도로 끔찍했다.

"끼아아! 끼아아!"

"참아, 너의 운명이잖아. 참으라고!"

벼락처럼 소리친 사내는 뒤로 물러나 새의 고통 어린 몸부림을 방관했다.

새는 피눈물을 흘렸다. 순백의 깃털은 붉게 물들어 가고 날개가 뽑힌 자리에서는 폭포처럼 피가 흘렀다. 그것이 순식간에 흘러 길을 만들었고 회색의 나무가 흘리는 피와 하나로 합쳐졌다. 마치 시냇물이 모여 강줄기와 하나가 되듯 거대한 물길을 이루며 땅속으로 흡수되었다.

멀리서 새벽의 여명이 올라오고 있었다. 으스름한 빛이 서서히 차오르며 회색 나무와 쓰러진 신성한 새, 하르피아에게 닿으려 했다.

"때가 되었군."

보물이라도 발견한 듯 사내는 그 장면에서 시선을 돌리지 않았다. 새벽의 여명이 한 줄기의 날카로운 빛으로 변해 새의 피와 회색 나무의 피에 섞여 들어가는 것은 말로 표현할 수 없을 정도로 기묘한 장관이었다.

그런데 다시 기이한 일이 벌어졌다. 새벽의 여명이 솟구치나 싶더니만 구름 속에서 솟아난 번개가 곧장 회색 나무에 꽂혔다.

번쩍, 크르응.

빛이 으르렁거리자 땅이 갈라지고 나무들이 흔들렸다. 사내는 기다란 나무줄기를 의지해 제 몸을 곧추세웠다.

"키이키이."

애원하듯 힘없이 울부짖는 하르피아는 천천히 눈을 감았다. 뽑힌 날개에게 향하는 듯 지탱하지 못하는 몸을 떠는 모습은 처절했다. 회색 나무 역시 빛에 의해 갈라진 기둥을 부여잡으려는 듯 쉴 새 없이 이파리를 흔들었다.

절규에 가까운 몸짓과 반대로 사내의 차가운 눈빛은 점점 환희에 젖어 갔다. 사내의 손아귀에는 땀이 흥건했다.

"어서 형태를 보여라."

이윽고 새벽의 미명(微明)조차 사라진 순간, 하늘은 다시 어둠에 휩싸였다. 찬란한 아침 빛이 솟구치기 전 찰나의 순간은 달을 숨긴 한밤보다 더 어두웠다. 곧이어 떠오른 아침의 햇살 속에 주변의 모든 공기가 변하기 시작했다.

처음 시작은 일정한 방향으로 불던 바람이었다. 누가 시키지도 않았건만 원을 그리며 방향을 틀더니 땅 위, 하르피아와 회색 나무의 피가 스며든 땅을 스치듯 지나가기 시작했다. 그러기를 몇 차례, 진득한 붉은 핏물 사이에서 뭔가가 꿈틀대기 시작했다.

거센 바람이 몰아쳤다. 무거운 바위조차도 흔들렸고 작은 돌멩이는 힘없이 날아다녔다. 사내 역시 날아가지 않으려 옆에 있는 나뭇가지를 부여잡고 버텼다. 그는 무언가 꿈틀대는 지점에서 절대 눈을 떼지 않았다. 그리고 곧 이질적인 소리가 들렸다.

"응애."

믿기지 않게도 갓난아이의 울음소리였다. 사내는 바람을 가르며 거센 바람 가운데로 들어갔다. 휘청거리듯 땅에 무릎을 꿇은 그는 핏물이 고인 바닥을 제쳤다.

"어서, 어서!"

그의 등과 이마에 땀이 흘렀다. 도구도 사용치 않고 오직 손으로만 땅을 후벼 파느라 손가락이 곱아지고 생채기가 생겼지만 아랑곳 않았다.

"응애, 응애."

점점 울음이 가까워졌다. 그와 때를 같이해 하늘에서는 비가 내리기 시작했다. 뜻밖의 탄생을 축복이라도 하듯 작고 따뜻한 보슬비였다.

흙과 핏물 사이에서 울음의 실체가 드러나자 사내의 입에서 신음이 터졌다.

"하아."

입술을 가르고 튀어나오는 비명은 앓는 소리에 가까웠다.

"찾았다!"

사내는 감격에 겨워 어쩔 줄 몰라 했다. 더러워진 손을 제 옷자락에 문지르고 망토를 벗었다. 그리고 떨리는 손으로 어린아이를 안아 올렸다. 아이는 막 태어난 것처럼 붉은 피부였다.

"응애, 응애."

아이는 우렁찬 울음으로 자신의 존재를 알렸다. 사내는 핏물이 가득한 아이를 보슬비에 씻기기 시작했다. 아직 눈도 제대로 뜨지 못한 신비한 생명체, 작았다. 두 손이 넉넉할 정도의 작고 작은 아이는 일그러진 인상을 하고서 잘도 울어댔다.

"쉬, 울지 마."

사내는 아이를 어르며 달랬다. 물기 묻은 몸을 망토로 감싸며 젖은 솜털 같은 머리를 닦았다. 아이의 머리색은 불타는 듯 화려한 홍색이었다. 사내가 망토를 품에 끌어당기는 순간, 아이의 눈이 번쩍 떠졌다. 그와 동시에 터지는 천둥소리. 우르르 쿵쾅! 사방으로 번개가 번쩍이고 빛의 갈래가 터져 나갔다. 곧 많은 비가 쏟아 내릴 것을 예보라도 하듯 엄청난 양의 먹구름이 밀려왔다.

사내는 몰아치는 천둥과 번개를 뚫고 아이와 시선을 나누었다. 천공의 홍옥(紅玉)같은 눈동자는 머리칼과 같은 짙은 홍색. 그토록 찾아 헤맸던 홍적(紅赤)의 아이였다.

사내는 숨이 턱 막혔다. 아이의 눈에 깊게 침적되어 가는 느낌에 사내는 크게 웃었다. 어찌나 큰 소리로 호탕하게 웃는지 사정없이 내려치는 천둥보다 우렁찼다. 사내의 기쁨은 숲속 곳곳으로 깊숙이 퍼졌다.

이제 비를 넉넉히 받아들인 숲은 물기를 머금고 후드득 소리를 냈다. 사내는 뛰었다. 행여나 소중히 품은 아이가 놀랄까 제 품을 도닥이는 것을 한시도 잊지 않으며.

그는 숲을 벗어나자마자 대기하고 있던 말 위에 올라탔다. 그리고 뒤도 돌아보지 않고 쏜살같이 달려 나갔다.

폭풍처럼 거센 빗줄기를 맞이한 기이한 회색의 숲. 피 흘리던 회색 나무는 언제 그랬나 싶게 비에 의해 씻겨 나갔다. 또한 날개를 잃고 눈을 감은 신성한 새는 물기에 젖어 내려앉는 땅의 기운과 함께 흔적도 없이 땅속으로 꺼져 버렸다.

허름한 농가 앞에서 웬일인지 아기의 울음소리가 떠나가라 들리고 있었다. 집 안에서 잡일을 하던 농부는 구부정한 허리를 바로 펴지도 못하고 문을 열었다. 그리고 자신의 귓구멍이 잘못되지 않은 것을 확인했다.

"이런."

농부가 발견한 것은 젖은 망토에 싸인 갓난아기였다. 작은 입을 벌리고 온갖 인상을 쓰며 울고 있는 아기는 몹시 배가 고픈 듯했다. 인자한 눈빛의 농부는 아기를 안아 올리며 안타까운 듯 혀를 끌끌 찼다.

"하필이면 여기에 버릴 것은 무에야. 귀족 집 앞에 버려야 아기도 살 것인데, 게다가 붉은 머리라니…… 쯧쯧."

말과는 달리 농부는 아기를 안고 집 안으로 들어갔다. 그 모습을 지켜보는 눈이 있었다. 두건을 쓰고 어깨에는 인장을 두른 사내는 아기가 안전하게 집 안으로 들어가는 것을 확인 후 미련 없이 자리를 떠났다.

❁　　　❁　　　❁

그로부터 8년 후.

랜스 왕국의 한 후작(marquis)의 대저택에서는 화려한 연회가 한창이었다.

공식적인 자리 외에는 모습을 보이지 않기로 유명한 캄비세인 2세는 누구보다 단단한 눈빛에 남성다운 체취를 내뿜으며 연회에 참석한 수많은 여인들의 눈길을 사로잡았다. 더욱이 혼자 몸에다 여느 귀족들처럼 즐기는 애인이 있는 것도 아니었기에 누가 왕의 눈에 들어 왕후가 될지, 아니면 애인 자리를 차지할지. 서로에 대해 견제가 엄청났다.

그날 밤, 후작의 저택 한편에 자리한 은밀한 공간에서는 웬 여인이 몸을 비틀며 신음하고 있었다.

"아아…… 제발, 이제 그만……."

간드러진 교성은 그칠 줄 몰랐다. 놀랍게도 그녀는 벌거벗은 몸으로 의자에 앉아 있는 왕의 무릎에 올라탄 채 몸을 흔들고 있었다. 그러나 그녀와 반대로 왕은 단추 하나 풀지 않은 정복 차림이었다.

그녀는 감히 왕의 손을 잡아 제 가슴을 부여잡게 만들었다. 왕은 물컹한 가슴을 잠시 내려다보았다. 그녀는 곧 있을 육체의 향연에 대한 기대감으로 몸을 떨었다. 달아오를 대로 달아오른 그녀는 스스로 몸을 비틀며 왕을 보았다.

"겨우 이것인가?"

비웃는 듯한 왕의 표정에 여자는 당황했다. 왕은 사내 아니던가. 여인이 직접 드레스를 벗어 던지고 온몸으로 부딪치는데도 빙산처럼 녹을 생각을 않다니.

"저, 전하……."

"그대는 너무 앞서가는 경향이 있군. 이제 그만 일어나지."

명료하게 귓가를 후려치는 왕의 명. 그는 일반적인 사내들과 분명히 달랐다. 차가움은 배가 되고 냉철함은 더욱 견고해졌다. 여자는 힘겹게 숨을 쉬었다.

아무런 감정 없는 표정의 캄비세인 2세, 루안(Luan). 왕의 팔목에는 얇은 가죽 줄이 매달려 있었다.

"제발 저를, 저를……."

당장이라도 저를 품어 달라 애정을 갈구하는 여인의 모습에 루안은 피식 웃었다.

"뭐, 뭐라도 하겠나이다. 개 줄에 묶여 바닥을 기던 사슬에 묶여 채찍에 맞더라도 전하와 함께라면 무엇이든 할 거예요. 그러니 부디……."

그녀는 무엇인가에 홀린 양 몸부림치며 그를 탐하고픈 지독한 욕정을 여실히 드러냈다. 루안은 또 한 번 웃음을 머금었다.

"그렇다면 기어라."

여자는 제 귀를 의심했다. 설마…….

"뭐든 하겠다 하지 않았던가. 그러니 기어."

"이, 이대로 말인가요."

그저 지긋이 바라보는 눈길 앞에 여인은 천천히 왕의 무릎에서 일어나 벌거벗은 모습 그대로 무릎을 꿇었다.

차갑다. 더는 가까이 다가가지 못할 정도로 냉엄했다. 여자는 냉엄하면서도 유혹적인 그의 목소리에 취한 듯 기었다. 이렇게라도 하여 그의 마음을 사로잡을 수 있다면 이깟 네 발로 기는 것 정도야 아무것도 아니었다.

루안은 긴 의자에 느긋이 앉아 그녀를 지켜보았다.

여자는 몇 번이나 돌고 돌았다. 무릎이 까지도록 왕의 명령에 따라 기고 움직였다. 어느 순간, 그녀의 눈동자가 번들거렸다. 몇 걸음만 가까워지면 그의 품에 안길 수 있다는 욕망으로 상체를 들었다. 그러나 루안이 먼저 자리에서 일어났다.

"내가 안을 여인은 네가 아니다."

단호했다. 그의 찌르듯 노려보는 눈빛에 얼어붙었다. 어떠한 여지도 없는 왕의 태도에 그녀는 심한 모멸감과 동시에 두려움을 느꼈다. 왕의 참모습은 지극히 압도적이었으며 살벌했다.

"제발, 저를 내치지……."

"고작 그것인가. 겨우 이 정도라니. 나약하군."

"저, 전하."

"나의 여인에게 나약함이란 존재할 수 없다."

일순 그의 얼굴에 어둠이 깃든 그림자가 스치는가 싶더니 시리도록 어두운 눈빛으로 창밖을 올려다보고 있었다. 그리움에 사무쳐 끓는 용암처럼 불타는 눈빛이란 누구도 예상 못 한 것이었다.

눈에서 눈물이 한가득 샘솟는 그녀. 분홍빛 감도는 알몸, 푸른 눈에 눈물까지 흐르니 옅은 금발과 맞물려 그림처럼 아름다웠다. 그러나 지붕에 매달린 얼음조각보다 더 사방을 얼어붙게 만들고 있는 루안은 이 모든 상황이 지겨웠다.

"그만 나가라."

그녀는 고개를 떨어뜨렸다. 뭐라 말하고 싶었으나 끝없는 두려움과 체념으로 입술이 달달 떨렸다. 일어나서 뭐라도 걸쳐야…….

일순, 차가운 바람이 부나 싶었다.

"찾았습니다."

여인은 갑자기 들려온 소리에 눈을 크게 떴다. 그녀는 빠르게 방 안을 두리번거렸다. 그러나 아무리 둘러보아도 국왕과 자신뿐이었다.

"분명합니다."

또 목소리가 들렸다. 그녀는 몸을 일으키고는 드레스를 잡아채 벌거벗은 몸을 가렸다. 루안의 눈썹이 실룩거렸다.

"정말 보기 흉하군."

부드럽게 뇌까리는 음성으로 말하는 국왕의 눈초리는 여지없이 싸늘했다. 그녀는 더 이상 참을 수 없었다. 혹여 자신이 벌인 행동이 만천하에 퍼진다면 평소의 그녀를 아는 자들은 모욕과 조롱하는 것에 그치지 않을 것이다. 왕후고 뭐고 당장 이곳을 벗어나야 했다. 그대로 양 문을 열고 복도로 뛰쳐나갔다. 당연히 루안은 잡지 않았다.

"분명한가."

루안은 뒷짐을 진 채 허공에 물었다.

"그렇습니다."

고개를 숙인 그림자, 국왕을 비밀리에 수호한다고 알려진 왕의 그림자 투타멘들이 어느 틈에 자리했는지 은색의 망토를 걸치고 도열해 있었다.

"깨끗이 처리해라."

늘 그렇듯 그들은 바람처럼 움직였다.

"해후가 얼마 남지 않았다. 기다려 줘, 반드시."

전과는 다르게 다시없을 부드러운 미소를 지은 왕은 그곳을 빠져나왔다.

랜스 왕국의 허름한 외곽 지역에 난데없는 말발굽 소리가 들렸다. 국왕의 결사대인 투타멘들이 앞서고 그 한가운데 평범한 옷차림의 루안이 있었다.

"워워."

이윽고 그들은 쓰러져 가는 농가 앞에서 멈췄다.

"심하군."

"정찰대의 보고가 미진하여 와 보니 이 지경으로……."

투타멘은 마지막 말을 마치지 못했다. 당장이라도 목을 쳐 낼 듯한 그의 눈빛이 막강했기 때문이었다. 루안은 당장 앞서 걸었다.

무너지지 않은 게 용할 정도로 농가는 허물어져 있었다. 루안은 푹푹 빠질 정도의 쌓인 눈을 헤치고 집 안으로 들어갔다. 어디서부터가 밖이고 안인지 구분되지 않을 정도로 온기라고는 없었다. 언제 피웠는지 알 수 없는 낡은 벽난로에다 비쩍 마른 몇 개의 장작이 모든 것을 대변하고 있었다.

"어디 있지?"

루안이 차갑게 눈짓하자 투타멘은 앞서 나가며 몸을 숙였다. 긴 탁자 한편, 아무렇게나 놓여 있는 몇 개의 낡은 의자를 뒤로 한 채 투타멘들에게 둘러싸인 아이가 있었다.

뼈가 시릴 정도로 추운 한겨울에 낡고 낡은 옷을 입은 붉은 머리의 아이. 루안은 잠시 눈을 감았다. 그리고 다시 눈을 떴을 때 아이의 젖은 눈빛과 마주했다.

루안은 아주 길게 숨을 들여 마셨다. 터지는 신음성은 환희가 아닌 아픔이었다. 그가 다가가자 아이는 서 있는 것이 힘든지 몸을 구부렸다. 그리고 아무렇지도 않게 바닥에 떨어진 무엇인가를 입으로 가져갔다.

루안은 즉시 달려 나가 아이의 손을 잡아챘다. 아이는 몹시 말랐다. 맨살이 드러날 정도의 낡은 옷자락에 퍼렇게 얼어 가는 피부가 한눈에 보일 정도였다.

아이는 그를 신경 쓰지 않았다. 그저 의아한 눈빛으로 힐끔거릴 뿐, 한 손은 루안에게 잡힌 채 추위에 곱아 터진 반대 손으로는 떨어진 것을 다시 입으로 가져가려했다. 루안은 급히 아이의 다른 손도 잡아챘다.

"먹지 마."

단호하게 일렀다. 아이는 그가 두렵지도 않은 지 어느새 입안에 넣은 것을 오물거렸다. 루안은 망설이지 않고 아이의 턱을 잡아 입안에 손가락을 집어넣었다. 끄집어낸 것은 작은 벌레였다. 둥글게 말려 있던 벌레가 침과 함께 다시 바닥으로 떨어졌다. 아이는 소리를 질렀다.

"으으······."

소리는 미약했다. 분연한 눈빛임에도 한껏 소리 지르지 못하는 아이. 어쩌면 얼어 죽었을 수도 있는 아이. 루안은 짓씹었다.

"정찰대는 전부 사형에 처하도록."

고요했다. 숨조차 쉬지 못하는 투타멘들을 대변하듯 몰아치는 찬바람조차도 루안 앞에서는 돌아갔다.

"그날 번을 섰던 자만 처벌하겠습니다."

곧 그들은 일시에 한 무릎을 꿇었다. 그들의 잘못이 아니었다. 그럼에도 불구하고 지금의 루안을 달랠 수 있는 방도는 오직 충성뿐이었다. 그것을 보이고자 그들 전부 일사불란하게 머리를 조아리는 모습은 장관이었다.

루안은 그들에게 답을 주지 않았다. 과한 처벌인 것은 알고 있으나 관리를 제대로 하지 못해 이 지경까지 만들다니. 그는 마른 비명을 지르는 아이를 들어 올렸다.

아이는 오물투성이였다. 심하게 엉켜 있는 머리칼하며 쾌쾌한 악취가 났다. 아이는 달랑 들어 올려진 채 발길질을 해댔다. 놀란 투타멘이 만류하기 위해 움직였다.

"오지 마라."

순간 루안이 제재했다. 그는 힘없이 발길질을 하는 아이를 보았다. 매서운 눈빛으로 쳐다보았지만 아이는 행동을 멈추지 않았다. 알 수 없는 느낌이 루안을 웃게 만들었다. 그는 아이와 눈높이를 맞추었다.

아이가 멈칫했다. 더럽게 엉켜 있는 머리칼 사이로 자신을 들어 올리고 있는 거대한 사내를 보았다.

"나와 갈 테냐?"

아이는 어눌하게 대답하며 고개를 저었다.

"……몰라."

그는 다시 한 번 물었다.

"나와 가면 다시는 배곯지 않아도 된다. 추위에 떨지 않아도 돼."

아이는 솔깃했다. 그 누구도 그런 제의를 한 적이 없었다. 친부모가 누군지도 모른 채 가난한 농부인 조부와 함께 살아왔다. 그러나 그마저 시름시름 앓다 세상을 떠나고 아이는 늘 그렇듯 굶주렸다. 홀로 추위에 떨어야 했고 혼자 살아남아야 했다.

"……누구야?"

말하는 것도 힘든지 아이의 말은 겨우 내뱉는 속삭임에 불과했다. 루안은 천천히 아이를 내려놓았다. 그리고 자신이 입고 있던 망토를 벗어 아이의 냄새 나는 몸에 둘렀다.

"나는 루안."

"루안……?"

"나와 갈 테냐?"

아이는 뭔가를 생각하는 듯했다. 더러운 얼굴 속에서 빛나는 홍의 눈동자. 아직은 세상을 알지 못하는, 호기심이 가득한 맑은 눈빛이었다. 아이는 고개를 끄덕였다.

그와 동시에 루안이 아이를 한 손에 올렸다. 아이는 잠시 버둥거리다 두 손을 내밀어 그의 목을 그러잡았다. 의외로 손이 차갑지 않았다. 그는 아이의 온기에 잠시 당황스러웠다. 더럽고 악취까지 풍기는 작은 아이. 그러나 루안은 어깨를 흔들며 소리 없이 웃었다.

"잡았다."

의미를 알 수 없는 말을 툭 던지는 루안의 말에 아이의 눈초리가 살짝 올라갔다 내려왔다.

"날 놓지 마라."

그는 아이를 말에 태우고 농가를 벗어났다. 그 뒤를 투타멘들이 뒤따르자 기다렸다는 듯이 농가의 마지막 기둥은 허물어졌다.

그날 호엔 성에는 묘한 기류가 흘렀다.

오랜 역사를 자랑하는 부강한 랜스 왕국. 왕국의 상징이라 할 수 있는 호엔 성과 노이 성은 빌협이라 불리는 골짜기를 사이에 두고 자리 잡고 있었다.

호엔 성이 백(白)이라면 노이 성은 흑(黑). 외관조차도 한쪽은 백색의 대리석, 또 다른 성은 흑암석으로 이루어져 분명한 대조를 보였다.

왕이 기거하는 호엔 성은 귀한 대리석으로 인해 태양빛에 따라 색을 달리했다. 어떤 날은 분홍빛으로 또 어떤 날은 눈부신 백색으로 화하며 보는 이로 하여금 부드럽고 낭만적인 느낌을 선사했다. 반면에 노이 성은 함부로 다가갈 수 없는 묘한 느낌을 가진 성이었다.

"어이, 오늘은 어때. 빌협으로 도전해 봄이?"

"이 사람아, 자네 미쳤나! 어둠의 숲은 한 번 들어가면 절대 빠져나오지 못할 미로로 되어 있다네."

"거참, 그것을 어찌 아나 그래. 직접 가 본 적도 없으면서 허풍은."

가죽 옷에다 어깨에 활을 걸치고 등에는 몇 마리의 짐승이 매달려 있는 막대를 건 사냥꾼 무리였다. 그들은 전부 빌협 골짜기 입구에서 한 발도 내딛지 못한 채 입만 나불대고 있었다.

"그저 소문일 뿐이잖나. 그 누구도 다가가지 못하는 숲에서 회색의 나무왕이 지킨다는 둥 괴물이 산다는 둥. 되도 않는 괴소문은 그저 입에서 입으로 확대된 것뿐이라 여기네."

"일반인들이 쉽게 가지 못하게 부러 출입을 금지한다는 소문도 있었지."

"어이고, 이 사람들아. 자네들, 그렇게 믿다간 큰코다칠 걸세."

그중에서 비쩍 마른 사냥꾼 한 명이 한 발 뒤로 물러나며 두렵다는 듯이 읊조렸다.

"몇 년 전 소문을 모르나들? 거센 폭우가 재빠르게 지나친 새벽에 어둠의 숲에선 실제로 거대한 짐승의 울음소리를 들었다는 이들이 있었다네. 칠흑 같은 어둠 속에서 처절한 비명이 울리고 거대한 새의 울음이 몸서리칠 정도로 기괴했다지. 또 어떤 이는 갓난아이의 울음소리도 들었다고 했고."

마른 사냥꾼은 두려운 듯 몸을 떨었다. 잠시 어색한 침묵이 이어졌다. 다들 사냥꾼의 말에 수긍하는 눈치였다. 그들은 쩔

쩝 입맛을 다셨다.

"실제로 그즈음은 절기상 우기가 아닌데도 불구하고 심한 비바람과 함께 거센 폭풍우가 내렸다고 말이 있기는 했지, 뭐."

사냥꾼들은 다시 한 번 빌협 골짜기 입구를 힐끔거렸다. 그리고 발길을 돌리며 그날의 모든 것들에 대해, 어둠과 비에 버무려진 소리들을 환청으로 단정 지으며 흐지부지하게 넘어갔다.

사냥꾼들이 지나간 자리, 숲으로 들어가는 입구에 세워진 나무들이 후드득 나뭇가지에 쌓인 눈을 견디지 못하고 바람에 실려 보내고 있었다.

태양빛에 눈부시게 반짝거리는 호엔 성.

"아, 아니. 전하……."

허연 서리가 내려앉은 시종장 데이슨(Dennison)은 난처한 듯 말을 잇지 못했다.

"왜 그러지, 데이슨?"

루안은 태연하게 씩 웃었다. 늘 차분한 태도로 일관하는 시종장이 당황하며 말을 잇지 못하는 것에는 필시 이유가 있기 마련이었다.

그러나 왕은 짐짓 모른 척했다. 시종장은 왕의 개인실, 구석진 자리를 혐오의 눈초리로 흘깃거리며 하소연하듯 고개를 조아렸다.

"그게 말입니다. 분명 짐승이 아니라 인간이 맞는지요?"

순간 시종들은 굳어 버렸다. 그의 말이 끝나자마자 거울 속에 비친 왕의 눈매가 달라졌기 때문이었다. 그들은 약속한 듯 서둘러 몸을 움직이기 시작했다. 한쪽에 놓인 왕의 옷가지를 들고 급히 예를 표하는가 싶더니 금세 돌아나갔다. 시종들은 방을 나서기 전, 구석진 모퉁이에서 몸을 오므리고 있는 작은 짐승에게 시선을 주는 것을 잊지 않았다.

"인간이다."

왕의 답변에 시종장은 제 이마에 손을 올렸다. 수년 동안 왕을 모시며 오늘처럼 난감한 상황에 직면한 적은 없었다.

이례적으로 왕이 이상한 짐승 한 마리를 직접 어깨에 매단 채 성내로 들어왔다. 넓은 로비를 가로지르는 왕을 보다 못한 시종들은 그의 어깨에 매달려 있는 것을 받으려 했다.

그것은 한껏 더러움을 풍기고 있는 작은 아이였다. 시종들은 차마 왕의 면전에 대고 인상을 찌푸릴 수는 없는 터라 한껏 숨을 참으며 손을 내밀었다.

그러나 왕의 목을 그러안고 막무가내로 도리질을 하는 아이를 어찌지는 못하였다. 더러운 손으로 감히 왕의 목을 부여잡고 있는 아이라니. 급기야 보고를 받은 시종장이 급히 왕에게 달려오기 이르렀다.

"전하, 그렇다면 다른 곳으로 보내셔야 합니다."

"나중에."

왕은 무심히 거절했다. 시종장인 그가 무엇을 염려하는지 모르는 바 아니었다. 아직도 이곳에서는 썩은 내가 진동하고 있었다.

"그럼 전하, 억지로라도 방 안에서 끌어내겠습니다."

"아마도 힘들 텐데."

왕의 태연함 속에서 왠지 모를 즐거운 기운을 느낀 시종장은 말을 끝내지 못하고 두 사람을 번갈아 보기 바빴다.

"전하. 대체 저것 아니, 저 아이를……."

"그냥 둬."

"전하, 더러운 저것을 그냥 두라니요! 그럴 수는 없습니다."

왕의 앞임에도 불구하고 시종장은 인상을 쓰며 코를 부여잡았다.

"이 냄새, 불결하기 이를 데 없습니다. 귀한 전하께 병이라도 함부로 옮길지 어떻게 장담할 수 있는지요!"

루안은 구석진 자리에 웅크리고 있는 아이를 보았다. 불쾌한 냄새가 점점 강해지는 것도 같았다.

"그렇게 심한가."

"암요, 심합니다. 어떠한 병이 있는지도 모르니 씻기고 의사에게 보여야 합니다. 그래야 온전히 이곳에 머물 수 있지 않겠습니까."

강하게 단정하는 시종장의 대답에 루안은 입가를 올렸다. 아이에 대해 아무것도 묻지 않은 채 왕의 안위만을 걱정하는 충성스런 그의 어깨를 두드렸다.

"그렇군. 확실히 냄새가 심하기는 해."

그의 말에 고개를 힘껏 흔드는 시종장은 환기를 위해 창을
열기 시작했다.

"잠시 찬 공기가 들겠지만 참으십시오."

연신 주절거리는 시종장을 뒤로 한 채 루안은 아이를 보았
다. 들러붙은 머리칼 사이로 아이의 두 눈이 선명하게 들어왔
다. 불그스름한 동공이 확장되어 빛이 돋아나는 것을 본 그는
자신의 심장이 천천히 일렁거리는 것을 느꼈다. 순간적으로
그의 눈매가 휘어졌다.

"곧 때가 온다."

애틋했다, 무척이나. 그리움이 한껏 사무친 그의 말을 듣기
라도 한 듯 아이가 손을 내밀었다. 그러나 루안은 모른 척 고
개를 돌렸다.

"데이슨, 저 아이는 내가 거둔다."

"저, 전하?"

시종장 데이슨은 잠시 멍한 모습이었다.

"방금 뭐라 하셨는지……."

"내가 거둔다고 했다."

"누구를요, 저 더러운……."

"말조심하도록."

조용한 그의 말에는 보이지 않은 위압(威壓)이 숨어 있었다.
감히 얼굴을 마주할 수도 없고 한 공간에 있는 것만으로도 대
단한 힘을 느낄 수 있었다. 시종장은 숨을 몰아쉬었다.

"제가 결례를…… 송구합니다. 명심하겠습니다, 전하!"

깊이 고개를 숙이는 시종장의 등 뒤로는 식은땀이 흘렀다. 아차, 하는 순간에 최대의 실수를 할 뻔했다. 어디까지나 자신은 시종장이었다. 그것을 간과하고 왕의 깊은 뜻을 몰라보다니.

광활한 랜스 왕국을 강대하게 이끌고 있는 캄비세인 2세. 누구도 감히 넘보지 못할 최고의 왕국으로 이끌어가는 왕이었다.

그러나 최고의 자리에 있는 루안이 아직 독신이라는 것과 수많은 왕국들이 그와 인연을 맺으려 애를 쓴다는 것도 널리 알려진 사실이었다.

거기에다 공식적인 자리 이외에는 나서지 않는 의문스런 왕이기도 했다. 그만큼 왕의 실체를 아는 이들은 지극히 한정적이었고 그중에는 시종장 데이슨도 포함되었다.

"아이에게 적응할 시간을 줘야 한다. 알겠는가."

"무, 물론입니다, 전하. 그렇게 하겠습니다."

"그리고 먹을 것을 준비해라. 벌꿀을 넣은 우유와 고기를 얇게 저며서. 속이 다치지 않게 부드러운 것으로."

"준비하겠습니다."

왕이 지시한 음식들에는 작은 배려가 숨어 있었다. 우유, 부드러운 고기. 아마도 아이에게 먹이려는 것이겠지.

주방으로 향하는 시종장은 긴 한숨을 쉬었다. 저런 더러운 아이를 어디서 데려온 것인지, 그리고 이 사실을 어찌 받아들여야 할지. 이런저런 생각들을 하면서 그는 주방으로 발걸음을 재촉하였다.

그의 행동을 지켜보는 눈이 있었다. 왕의 그림자인 투타멘이었다. 시종장이 주방으로 들어가자 두 명이 움직였다. 곧 바람처럼 흩어지는 그들의 흔적은 어디에도 남아 있지 않았다.

시종장이 나가자 루안은 일부러 발소리를 크게 내며 손수 자신의 침상이 있는 방문을 활짝 열었다. 제법 소란스러울 법도 하건만 구석의 아이는 아무런 미동도 하지 않았다.

그는 천천히 다가가 아이 앞에 편안히 앉아 들러붙은 머리를 정돈해 주었다. 그 손길에 아이가 천천히 고개를 들었다.

"키루스(Cyrus)."

아이는 방금 불린 이름에 고개를 갸웃거렸다.

"키……루스?"

아이의 입이 달싹거렸다. 루안의 눈빛은 깊이를 알 수 없을 만큼 가라앉았다.

"네 이름은 키루스다. 시초, 날개라는 의미지."

아이는 벽 가까이 붙어 있던 몸을 그의 쪽으로 기울였다. 이름이 꽤나 마음에 든 듯 아주 조금 경계심을 허물어뜨렸다.

"키루스, 때가 될 때까지 너는 나와 함께할 것이다."

순간 아이의 배 속에서 음식을 갈구하는 극렬한 소리가 나기 시작했다. 때를 같이해 시종장과 쟁반을 든 시종들이 들어왔다.

데이슨은 왕이 바닥에 앉아 있는 것을 보며 기겁했다. 그는 시종들에게 지시를 내리며 왕에게 다가갔다.

"분부하신 것들을 준비했습니다."

"잘했군. 식사를 한 뒤에 아이를 씻길 준비를 하도록."

"네. 준비하겠습니다."

물러나는 시종장은 더러운 아이에게 시선을 주는 것을 잊지 않았다. 그 순간 아이가 그에게 헤벌쭉 웃었다. 화들짝 놀란 시종장은 못 볼 것을 본 듯 충격을 받았다.

"저, 전하, 아이의 눈동자가…… 홍색!"

그가 소리치자 루안은 눈으로 살의를 일으키듯 그를 바라보았다. 시종장은 제 입을 틀어막고 고개를 한껏 흔들며 놀란 가슴을 쓸어내린 채 물러나야 했다.

이제 남은 것은 탁자에 놓인 음식뿐이었다. 루안은 아이에게 손을 내밀었다.

"일어나."

아이는 루안의 커다란 손을 꽉 잡았다. 절대 놓지 않을 듯이. 음식이 있는 탁자에 다가간 루안은 손수 의자를 끌어내 아이를 앉게 했다.

아이는 급하게 탁자 위에 두 팔을 올리고 탐욕스런 눈으로 음식을 보았다.

"전부 네 것이니 먹어라."

그의 말이 떨어지기가 무섭게 아이는 더러운 맨손으로 음식들을 움켜잡아 말릴 새도 없이 급하게 입으로 밀어 넣었다.

먼저 고기에 손이 갔다. 다행히 왕의 명대로 얇게 저며져 있어 먹기에 불편함은 없었다.

아이는 입안이 미어터져라 뺨을 불룩거리며 씹었다. 육즙이 그대로 혀를 타고 목으로 넘어갔다. 오랜만에 느끼는 맛에 아이의 눈에 눈물이 맺혔다.

어느새 아이의 더러운 손은 음식에 젖어 들며 구정물이 흘렀다. 순응하지 못한 짐승이 오랜 굶주림 뒤 본능에 의해 먹고 삼키는 모습이었다.

일련의 모든 행동을 지켜보는 루안은 아무것도 하지 않았다. 다만 지켜볼 뿐이었다.

아이는 두 손 가득 음식들을 움켜잡고 그를 노려보았다. 이 음식들은 모두 자기 것이라는 듯이, 건드리지 말라고 엄포하는 듯했다.

루안은 그 모습에 또 피식 웃었다. 맘껏 원하는 대로 하라는 듯 몸을 뒤로 붙이며 느긋하게 바라보았다. 안심이 된 아이는 다시 입안으로 음식을 밀어 넣었다. 그러나 얼마 못 가 잘못된 행동이라는 것을 알았다.

"우웩!"

채 삼키지 못한 입안의 음식을 비롯하여 배 속으로 힘겹게 들어간 그것들은 아이의 위장에서 전쟁을 일으켰다. 아이는 뒤틀리는 속을 다스리지 못하고 자리에서 일어나 바닥에 토악질을 시작했다.

아이는 머리를 카펫에 박고 먹은 음식들을 내보냈다. 방 안은 아이의 몸에서 나는 냄새와 토사물의 흔적으로 구석구석

뒤덮였다. 코를 치미는 역겨움이 쌓이고 또 쌓였다. 루안은 재 밌다는 듯이 입가를 올렸다.

몇 번의 토악질 끝에 아이는 제 몸을 가누지 못하고 그대로 고꾸라져 버렸다. 그제야 루안은 차분하게 일어나 벽 쪽의 길 게 드리워진 줄을 잡아당겼다.

얼마 지나지 않아 문 두드리는 소리가 났다. 데이슨이었다. 그는 들어오자마자 코를 싸잡아 쥐었다.

"의사를 부르고 여기를 치워."

시종장은 탁자 아래에 엎어진 아이를 발견했다. 그는 대기 하고 있던 시종들을 안으로 불렀다. 그들 역시 입을 틀어막으 며 재빨리 탁자를 비롯하여 주변을 정리하기 시작했다. 그중 시종 하나가 쓰러진 아이를 들어 올리다말고 구역질을 하면서 간신히 안아 올렸던 아이를 떨어트리고 말았다.

쿵. 바닥에 부딪치는 소리가 울렸다. 당황한 시종의 눈앞에 어느 틈엔가 날카로운 검이 번뜩이고 있었다.

"죽고 싶은가."

당장이라도 목을 자를 듯 살기가 담긴 왕의 존재감을 느낀 시종은 있는 힘껏 고개를 저었다. 시종장은 화들짝 놀라며 급 히 머리를 조아렸다.

"저, 전하. 제가 엄벌에 처할 것이니 부디 아량을 베푸소 서."

남은 시종들도 고개를 숙인 가운데 루안은 아직도 피의 흔 적이 묻어 있는 검날을 주시했다. 들이차는 태양으로 인해 빛이 나고 있었다. 왕실의 보검이자 벽에 장식되어 있는 검을 순식간에 잡아챈 것은 자신도 생각지 못한 행동이었다.

"치워라."

루안은 시종을 겨누고 있던 검을 바로 세우고 시종장에게 내밀었다. 그는 떨리는 몸을 힘들게 추스르며 내민 검을 받았다.

"다시는 이런 실수를 하지 않겠습니다. 부디 용서해 주십시오…… 전하?"

그러나 시종장은 마지막까지 차분하게 말을 마칠 수 없었다. 그들의 지엄한 왕이 손수 오물에 쓰러진 아이를 안아 들었기 때문이었다.

"의사를 불러라."

왕은 그 누구도 들이지 않았던 왕의 침실로 아이를 안고 들어갔다.

시종장은 힘겹게 검을 제자리에 걸어 둔 뒤 손짓으로만 재촉했다. 특히 아이를 떨어뜨렸던 시종은 저 혼자 일어나지 못해 동료의 부축을 받아야 했다.

이윽고 방 안의 모든 것은 깨끗이 정돈된 뒤 화사한 꽃까지 화병에 꽂힌 채 향기를 내뿜었다.

루안은 더러운 아이를 자신의 침상에 눕혔다. 지친 모습, 작고 작아 당장이라도 사라질 수 있는 아이의 서글픈 모습. 루안은 그대로 천천히 얼굴을 내려 마치 어미가 새끼를 품에 안듯 아이를 포근하게 감쌌다.

잠시 뒤, 놀라운 일이 벌어졌다. 아이의 몸에서 빛이 나기 시작한 것이다. 루안은 놀라지 않았다.

"아름답군."

이렇게 될 것을 알고 있는 것처럼 태연했다. 그는 가느다란 빛줄기가 연막처럼 아이의 몸을 덮는 것을 바라보았다. 그의 품에서 새근거리며 눈을 감은 아이. 그러나 그것은 곧 사라져 버렸다.

"자라. 충분히 자야 곧 자랄 수 있음이니."

루안 역시도 잠시 아이의 옆에 의탁했다. 왕의 침실, 분명 더럽고 냄새나는 아이의 몸이었다. 그럼에도 불구하고 루안은 벅차오르는 기쁨이 온몸에 뿌듯이 차오르는 것을 온전히 느꼈다.

❁   ❁   ❁

호엔 성에서 멀지 않은 곳에 위치한 슈반 공작(duke)의 대저택.

랜스 왕국에서 존경받는 첫 번째 가문인 만큼 저택의 웅장함은 손에 꼽을 정도로 유려했다. 한가운데 아름다운 연못이 자리하고 그 주변이 장미와 사시사철 푸른 정원수로 꾸며진 저택이었다. 곳곳에 세워진 석상들 또한 장인의 손길이 머문 만큼 눈요기에 그만이었다.

오늘 공작의 대저택에서는 유일한 아들의 성인식을 축하하는 성대한 연회가 벌어지고 있었다. 크리스티안 얀크 에드워드 슈반(Christian yankeu Eduard Schwann), 크리스(Chris)라고 불리는 훤칠한 미남인 그는 전형적인 랜스인의 화려한 외향을 가지고 있었다. 다만 남들과는 달리 옅은 금발 안에 몇 가닥의 흑발이 섞여 있다는 것. 그러나 윗부분의 머리를 덮는다면 전혀 눈치채지 못할 부분이었다.

또한 크리스는 왕국 기사교(敎)의 졸업식을 앞두고 있어 졸업과 동시에 왕가를 수호하는 기사대로 임관되는 명망 있는 미래가 내정되어 있었다.

"왜 그러냐? 아들아."

회색빛의 짧은 턱수염이 온통 덮여 있는 슈반 공작은 갑작스레 가슴을 부여잡는 아들을 보았다. 내리 세 딸을 둔 뒤 늙은 나이에 얻은 귀한 아들이었다.

"아닙니다, 아버지."

곧 은은한 미소를 담으며 부드럽게 대답하는 아들에 슈반 공작은 고개를 끄덕였다.

"부담되지? 우리 잘난 아들과 춤을 추려는 아름다운 영애들의 시선이 전부 닿았으니 말이다."

환하게 웃으며 능청을 보이는 공작의 말에 크리스는 동의했다. 그러나 곧 두 다리를 붙이며 고개를 숙였다.

"양해를 구해도 좋을지요? 잠시 바람을 쐬고 싶습니다."

"그러거라. 그리고 얼른 와서 너와 춤을 추려는 많은 숙녀들의 소원을 들어 주려무나."

푸근한 웃음을 보인 슈반 공작은 다소 긴장한 듯 보이는 아들의 어깨를 두드려 주었다.

부자(父子)의 행동을 주시하는 참석자들의 시선은 발코니로 향하는 공작의 후계자, 크리스에게 쏠렸다. 그를 의식한 크리스는 쓴 미소를 머금고 차가운 바람이 부는 발코니에 자리 잡았다.

"무슨 일인지."

그는 아직도 가슴을 매만지고 있었다. 건강한 그가 뜻하지 않게 가슴을 부여잡은 것은 통증 때문이 아니었다. 묘한 설렘을 동반한 울림이었다. 단 한 번도 느끼지 못한 그것이 그를 혼란스럽게 했다.

그는 본능처럼 멀리 보이는 호엔 성을 응시했다. 이상한 기분이었다. 제 떨림의 원인이 호엔 성이라는 것이 이해할 수 없는 상황이었다.

크리스는 크게 심호흡했다. 시린 공기가 폐에 스며들자 본능이 점차 이성을 찾는 것 같았다. 그는 발코니의 얼어붙은 철제 난간에 손을 올리며 호엔 성을 뜨거운 시선으로 바라보았다.

"성에 무슨 일이 생겼기에……."

아련한 그리움이 스며 있는 그의 읊조림. 그러나 그 역시도 눈치채지 못하는 것이 있었다. 차갑게 얼은 철제 난간이 그의 손에 의해 점점 녹아나고 있다는 것이었다. 급기야 발코니 난간으로 물기가 뚝뚝 떨어지고 있었다.

"크리스."

차가운 바람이 불어오는 발코니에 아름답게 치장한 숙녀가 다가왔다.

"세티나(Cetina)."

그녀는 크리스의 모친인 공작 부인의 먼 친척 뻘이었다. 크리스는 어색한 미소를 머금었다.

귀족 자제들이 그러하듯 유모들과 가정 교사들의 손에서 자란 크리스 역시 모정을 그리워할 여유는 없었다. 그렇기에 어릴 때부터 알고 지낸 그녀가 은근히 대시하는 것에 당황스러웠다.

크리스는 비단 장갑을 낀 손이 내밀어지자 손등에 입 맞춘 뒤 놓아주었다. 세티나는 그가 제 손을 꼭 잡아 줄 것을 예상한 것과 달리 금세 내쳐지자 살짝 당황했다.

"크리스, 추워요. 안으로 들어가지 않을래요?"

세티나는 요염한 미소를 머금고 다시 손을 내밀어 그에게 팔짱을 끼었다.

단번에 표정이 굳어졌지만 공작가의 주빈은 공작과 자신이었으니 더는 세티나의 요구를 거절할 수 없었다. 마지못해 안으로 들어가면서도 그는 호엔 성을 보았다.

그는 당장 말을 달려 성으로 가고 싶었다. 가서 제 마음을 요동치게 하는 원인이 무엇인지 밝히고 싶었다. 격한 설렘, 아직도 그의 심장은 빛줄기와 더불어 쿵쿵 소리를 내고 있었다.

하늘의 별들이 주변을 부유하고 있다. 일사불란한 행렬 속에 간신히 자리 잡은 달이 희미해지고 있음을 알아차린 이는 없었다.

그러나 자연은 알고 있었다. 인간의 생(生)은 급변할 것이고 붉은 기운은 땅과 하늘을 집어삼키리라는 것을.

chapter
3

키루스는 가슴의 통증을 느끼며 힘겹게 눈을 떴다. 온몸에 힘이 들어가지 않았다. 그래도 다행인 건 이곳은 따뜻한 공기가 있다는 것이다. 쓰러져 가는 오두막에서 찬바람이 휘몰아치는 내내 몸을 옹송그리며 떨었었다.

시린 아침에 눈을 뜨면 항상 제일 먼저 생각나는 것은 온기였다. 절대 가질 수 없다 여겼던 그것이 지금 사방에 가득했다.

이곳에 온 지 얼마나 시간이 지났을까. 몇 시간, 아니면 며칠. 알 수가 없었다.

키루스는 눈을 굴려 주위를 살폈다. 제일 먼저 눈에 들어온 것은 침상의 기둥에 새겨진 문양이었다. 날카로운 발톱이 드러난 두 개의 발과 거대한 꼬리, 그리고 몸통에 달린 거대한 날개가 네 개의 기둥마다 정교하게 다듬어져 있었다.

키루스의 눈이 가늘어졌다. 생소하지 않은 느낌이었지만 단한 번도 본 적 없는 것이었다. 선명하게 각인된 신비한 짐승, 불타는 꼬리와 순금 부리를 가진 새 모양이었다. 특히 금방이라도 불타오를 듯한 불꽃 깃털은 실제를 보는 것같이 선명했다. 그 새가 무엇인지 궁금했다.

더 자세히 보려고 무거운 몸을 일으키려는 순간 창가에 서 있던 사내와 시선이 마주쳤다. 루안이었다. 키루스는 단번에 루안에게 제 팔을 벌렸다. 안아 달라고.

"지금은 안 돼."

"왜?"

칭얼대듯 들어 올린 팔을 내릴 생각을 않는 아이. 아직도 저를 안아 줄 것이라 여기는 것인가. 루안은 고집스런 키루스가 아주 조금은 귀엽다 느꼈다.

"이곳은……."

다소 웃음기가 머문 눈빛으로 그가 이곳이 어딘지 설명하려는 순간 노크 소리와 함께 문이 열렸다.

"전하. 보테르(Botereu)를 데려 왔습니다."

시종장 데이슨과 궁정의(醫)였다.

"어떤 병이 있을지도 모르는 아이를 온종일 귀한 곳에서 재우시다니요. 정말이지 병균의 온상이 될까 염려됩니다."

차가운 날씨에도 불구하고 환기를 위해 창을 열어젖히는 시종장은 아직도 왕의 침상에 있는 아이를 노려보았다.

키루스는 시종장의 눈길을 의식하여 자리에서 일어나려 했다.

"앉아."

루안은 키루스에게서 시선을 거두었다. 아이는 입술을 삐죽거리며 고개를 돌렸다.

이상하게도 그의 눈길을 받지 않으면 허전함이 밀려들었다. 왜인지는 알지 못했다. 단지 그의 눈길과 존재가 키루스에게는 빛이었다.

"다른 병은 없는 것 같습니다, 전하. 일단 허기와 추위로 인한 영양실조가 가장 크니 잘 먹이고 잘 재운다면야…… 하지만 이 머리칼은 전부 밀어야 하겠습니다. 머릿니가 많군요, 흠흠. 제일 먼저 할 일은 목욕입니다, 전하."

노회한 궁정의는 더는 역한 냄새를 참지 못하고 물러났다.

"데이슨. 지금 아이를 씻기도록."

"알겠습니다."

시원하게 대답한 시종장은 소매를 걷어 올렸다. 그리고 침상 옆 길게 늘어진 줄을 당겼다. 곧 몇몇 시종들이 급히 들어와 키루스를 향해 조심히 다가갔다.

역했다. 불쾌한 냄새는 이미 왕의 침실 안에 뿌리를 내린 듯 아주 고약스러웠다.

그러나 인상을 쓰며 티를 낼 수 없었다. 며칠 전 아이를 떨어트린 시종에게 왕이 어찌 했던가. 최대한 자연스럽게 아이를 욕실로 인도해야 했다.

키루스는 무서웠다. 똑같은 복장을 한 사람들이 자신을 안은 채 어디론가 움직이려 했다. 온기가 없었다. 온기가 그득했던 루안을 불렀다. 그러나 소리가 나오지 않았다. 두 팔을 그에게로 뻗치며 소리 없이 되뇔 뿐이었다.

루안.

그립고 그리워 심장이 터질 것만 같은 음성이 자신을 불렀다. 무거운 눈꺼풀을 들어 올리는 루안의 눈빛이 일렁였다.

루안.

마음으로 울부짖는 것을 느낀 그는 당장 몸을 돌려 자신을 부른 자를 찾아냈다. 키루스, 루안은 이내 실망감이 가득한 눈빛으로 아이를 노려보았다.

"네가 아니다. 네가 아니야."

키루스는 찌르듯 바라보는 루안을 보며 울먹였다. 온기가 없다. 아니, 그득한 온기를 일부러 차갑게 만드는 사내가 원망스러웠다. 그래서 아이도 그를 노려보았다.

둘은 싸움이라도 하는 듯 한 치의 양보도 없었다. 장성한 사내와 유약한 어린애. 둘 사이에 흐르는 기묘하고도 압박된 공기는 현실을 망각하게 만들려 했다.

"아니, 안 가고 무엇들 하는 건가. 어서 움직이지 않고서!"

시종장 데이슨이 손뼉을 치면서 묘한 기운을 가로막았다. 그제야 루안은 키루스에게서 눈빛을 거두었다. 아이 역시 그대로 시종들에게 들려 나갔다.

루안은 다시 창밖을 응시했다. 열어 놓은 창에서는 시린 겨울바람이 세차게 밀려들고 있었다. 그는 잠시 들떴던 몸의 열기를 식혔다. 환청으로나마 들을 수 있었던 목소리에 심장이 아려왔다.

"기다려. 곧 만나게 될 것이니."

세찬 바람에 항의라도 하듯 루안이 읊조렸다.

왕이 방 안을 벗어나자 왕에 침실을 정돈하는 시종들은 어느 때보다 조용하고도 재빨리 움직여야 했다. 마치 아무도 없는 방 안에서 꼭 누군가 지켜보는 눈이 있는 것처럼 소름이 돋았기 때문이었다.

❖   ❖   ❖

긴 회랑을 돌아 욕실로 향하는 키루스는 안겨 있는 것이 싫었는지 거칠게 반항해 결국 홀로 걷게 되었다. 시종들은 하나의 울타리처럼 아이를 보호했다.

어느새 키루스의 눈길은 거대한 복도마다 걸린 그림이나 세워진 석상들, 윤이 나고 있는 기사의 갑옷을 담았다.

"아니 대체 무슨 일인가, 어서 욕실로 옮기지 않고!"

앞서가던 시종장 데이슨은 뒤를 따르는 움직임이 없자 몸을 돌렸다. 그는 아이가 꼼짝없이 멈춰 서서 손짓하고 있는 곳에 시선을 돌렸다. 벽면 하나 가득 차지하고 있는 그것은 왕실 대대로 내려오는 태피스트리(tapestry)였다.

황홀하리만큼 환상적인 푸른 숲이 아름다운 실로 표현된 그것에는 호엔 성처럼 대리석으로 만든 거대한 성이 우뚝 솟아 있고 반짝이는 수정처럼 흐르는 작은 시냇물의 주변에는 투명한 날개를 매단 이름 모를 작은 이들이 날갯짓을 했다. 또한 지상에는 존재하지 않는 은빛 뿔을 가진 일각수가 한가로이 풀을 뜯고 옆에는 붉은 갑옷을 입은 기사가 있었다.

그러나 키루스가 보는 것은 그 전경이 전부가 아니었다. 성의 오른편에 자리한, 둥근 지붕처럼 나뭇가지를 휘고 있는 커다란 나무 뒤 불타는 날개를 가진 새에게 시선을 떼지 못했다.

"어허. 태피스트리를 처음 본 것은 아니겠지. 아니면 그림처럼 정교한 표현을 보고 놀란 것이거나."

시종장 역시도 아이와 함께 벽에 걸린 태피스트리를 눈여겨보았지만 항상 보아 왔던 것이었다.

"되었다, 어서 움직여들! 이러다 식은 물에 목욕하게 생겼구나."

시종장의 명에 어쩔 수 없이 다시 움직이는 키루스는 미련스럽게도 끝까지 고개를 돌리며 태피스트리를 돌아보았다.

"이상한 아이네, 거참."

시종장은 혀를 끌끌 찼다. 그는 앞서가는 아이의 맨발을 보았다. 살갗이 터진 더러운 발은 때가 꼬질꼬질했다. 그것을 불려 닦아 내는 것도 일이지 싶었다.

"내가 거둔다."

일을 처리함에 단 한 번의 실수도 없었던 명확한 왕이었다. 그만큼 계산적이고 철두철미한 그가 난데없는 아이를 거둔다니. 그것도 미천한 것이 분명한 아이를.

"모르겠네, 정말 모르겠어."

왕의 깊은 뜻을 알 길 없는 시종장은 욕실에 도착하여 목욕을 시킬 시녀들에게 다시 한 번 강조했다.

"전하께서 친히 당부하신 아이일세. 소문나지 않게 처리할 것이고 몸이 아픈 아이이니만큼 주의해서 씻겨야 할 것이야. 그리고 머리칼은 씻기기 전에 전부 밀어야 한다네."

"네. 명심하겠습니다."

시녀들은 아이의 역한 냄새에 인상을 쓰면서도 왕의 당부라는 시종장의 말에 고개를 끄덕였다.

루안은 앞서 집무실로 들어가기 전 한쪽 벽면을 지긋이 응시했다. 음각과 양각이 절묘하게 섞인 타일들이 위치한 벽화는 전쟁의 대서사시였다. 다만 인간 대 인간의 전쟁이 아니라 인간 대 괴물이라 할까.

이질적인 존재들과의 전투라는 것이 조금은 특별했다. 거대한 나무를 중심으로 왼편에는 인간이, 오른편에는 '괴물' 같은 것들이 대치된 상황은 금세 치열한 전투가 벌어질 것임을 긴박하게 나타내고 있었다.

벽화의 시초가 언제인지는 불분명했다. 그러나 루안은 꽉 짜인 일정 속에서도 이 앞에서만큼은 자유를 만끽했다. 지금도 마찬가지였다. 옥죄어 오던 심장이 간신히 안정을 찾을 수 있었다.

"그립다, 모든 것이."

한껏 부드럽게 울리는 저음이 마치 누군가의 손길을 느끼듯 애절하기 그지없었다.

루안의 눈길은 벽화 안, 세상에서 제일 거대한 나무로 알려져 있는 회색의 시어나무를 보았다.

역사학자들에 의하면 시어나무는 지상 최고의 크기였고 살아온 세월만도 2천여 년을 훨씬 넘었다 하였다. 이제는 사라진 거대한 나무가 어찌하여 이곳, 호엔 성의 벽화로 남았는지는 불분명했다.

"운명이겠지."

쓸쓸히 읊조리며 루안은 발걸음을 옮겼다. 그의 입가가 묘하게 비틀렸다. 냉소적인 그의 표정은 감히 다가갈 수 없을 만큼 상대를 두렵게 만들었다.

그가 집무실에 다가가자 시종이 문을 열어 주었다. 그때 뒤에서 급하게 뛰어오는 발소리가 들려왔다.

"저, 전하!"

다급하게 소리치는 데이슨을 본 루안은 차분히 뒷짐을 지었다.

"무슨 일이지."

"아이 아니, 그 무엇……."

횡설수설 말을 제대로 못 하는 시종장의 낯빛은 경악을 넘어 당혹감에 몹시 질려 있었다.

"아이는 지금 어디에 있나."

"침전에 데려다 두었습니다. 아무리 달래도 눈물을 멈추지 않아……."

"눈물?"

"네. 욕실의 시녀에 의하면 물이 닿자마자 울기 시작하더니 빗물처럼 쉴 새 없이 뚝뚝 눈물만 흘리고 있다 합니다."

"내가 직접 가지."

엄중하게 말을 내뱉은 루안은 등을 돌려 빠르게 움직였다. 그는 서두르는 가운데 천정을 올려다보았다. 그리고 그림자처럼 매달려 있는 투타멘에게 눈짓했다.

가라. 가서 누군지 찾아!

그들이 움직이자 어느 틈에 열린 창으로 바람이 들어왔다.

"전하, 감기 걸리십니다."

시종장은 빠른 걸음으로 그를 뒤쫓았다. 그러나 루안은 무시무시한 눈빛으로 발걸음을 빨리할 뿐이었다.

왕의 침실에 가까이 다가갈수록 아이의 울음소리는 드높게 들려왔다. 문 앞을 지키고 선 시종들은 안절부절못하고 있었다. 루안은 그들을 본 체도 않고 안으로 들었다.

커다란 방을 지나 또 하나의 문을 지나치자 분명히 들리는 울음소리가 또렷해졌다.

키루스는 거대한 침상 가운데에 있었다. 깨끗이 목욕을 한 상태라 더러웠던 모습은 흔적도 없이 사라졌다. 다만 헝클어진 채 딱 달라붙어 있던 머리칼이 전부 밀려 있었다.

루안은 참았던 숨을 깊게 들이마시고 묵묵히 키루스에게 다가갔다.

키루스는 루안을 보았다. 눈에 가득 들이찬 눈물. 차올라 떨어지고 또 차올라 떨어졌다. 쉬지 않고 흘러내리는 눈물은 이미 작은 얼굴에 눈물길을 이루고 있었다.

"나, 내가……."

깨끗한 물과 향기로운 비누에 의해 키루스는 놀라운 살결을 그대로 드러내고 있었다. 큰 듯한 무명옷을 걸치고 손과 발에는 붕대를 둘렀다. 아마도 길게 자리 잡고 있던 손톱과 발톱까지 전부 정리한 모양이었다.

"루, 루안……."

어설프나마 그의 이름이 불렸다. 가장 놀란 것은 데이슨이었다. 왕의 이름이 한낱 정체 모를 아이의 입에서 나왔다. 감히…….

"데이슨, 물러나라."

울고 있는 아이와 속을 알 수 없는 왕의 태도에 시종장은 한숨을 삼켜야 했다.

"혹시 몰라 탁자에 따뜻한 수프를 두었습니다."

"내가 할 것이니 나가 봐."

"아, 알겠습니다."

왕이 손수 아이에게 수프를 먹인다니. 시종장은 상상되지 않는 모습에 제 머리를 잡아 뜯고 싶었다. 그러나 왕이 따갑도록 강한 눈빛을 보내자 고요히 고개를 숙인 채 자리를 벗어났다.

모두가 물러난 가운데 루안이 키루스의 옆에 다가가 앉자 그녀는 제 심장 부근을 움켜잡았다.

"아파."

"어디가."

"여기가 몹시."

"어떻게 아프지?"

"콕콕 찔러."

"언제부터."

"모, 몰라. 향기로운 물에 들어가자 쥐어짜는 것처럼 아팠어. 루안."

정확히 그의 이름을 부르면서 팔을 들어 올리는 키루스를 더는 모른 척할 수 없었다.

"이리 와."

루안이 손을 내밀자마자 몸을 그러안는 키루스. 그는 신음이 흘렀다. 안타까움, 애틋함, 그리고 냉정함으로 인한 고통이었다.

"들어봐."

루안은 제 품으로 폭 들어와 안긴 키루스의 맨들거리는 머리통을 가슴께에 눌렀다.

"아파."

"그래도 들어."

칭얼거리는 키루스를 달래는 루안은 잠시 매서운 눈빛을 가라앉히기 위해 안간힘 썼다. 키루스는 그가 시키는 대로 단단한 가슴에 귀를 기울였다.

두근두근. 작게 울려 퍼지는 심장의 박동에 따라 마음을 진정시켰다. 다시 두근두근.

키루스는 눈물이 흘러내리지 않기를 바랐다. 왜 우는지 어디가 아픈지 알 수가 없었다. 마냥 차올랐다가 밀려 나갔다. 금세 눈물이 눈가를 덮으니 키루스는 숨을 쉴 수 없을 정도로 꺽꺽거렸다.

"울지 마라."

"응."

곧잘 대답하면서도 우는 아이, 키루스. 루안은 아이의 얼굴을 받쳐 올렸다. 맨머리에 손과 발에 붕대를 감고 작은 몸으로 입술을 실룩거리며 우는 모습이 안타까웠다.

"키루스."

"응."

훌쩍이면서도 대답을 하는 키루스는 사랑스러웠다. 루안은 깊은 한숨을 내쉬었다.

"루안은 내가 싫어?"

순간 루안은 아이의 당돌한 물음에 온몸이 경직되었다. 이 아이는 아무것도 묻지 않았다. 자신이 누구인지, 왜 여기에 와야 하는지 또 왜 자신과 있어야 하는지.

그러나 루안에게 던진 첫 물음은 그가 생각했던 것이 아니었다. 그의 양심이 잠시 소리를 질렀다.

"나는 루안이 좋은데."

젠장맞을. 루안의 입에서는 난생처음 욕지기가 치밀었다. 생경한 느낌, 전혀 생각도 못 한 방향으로 틀어지는 아이의 솔직함에 어떤 반응을 해야 하는지 혼란스러웠다.

"키루스, 너는……."

"아파. 여기가 아파."

다시 눈물길을 만드는 키루스는 제 심장을 꾹 누르며 루안의 가슴에 얼굴을 기댔다.

루안은 눈을 감았다. 아픈 심장은 불길했다. 아직은 그럴 수 없을 텐데, 너무 이르다.

"감정을…… 갖지 마라. 나에게든 누구에게든."

혼자 짓씹듯 속삭이는 루안이었지만 섣불리 아이에게 말할 수 없었다. 어떠한 권리도 내세울 수 없었다, 아직은.

"괜찮아질 거다. 착하지, 키루스."

자그마한 등을 도닥거리며 루안은 고통에 잠겼다. 아울러 먼 곳을 아련히 응시하는 그의 눈길 끝에는 그리움이 존재했다.

키루스는 안정을 찾아갔다. 루안이 전하는 숨결과 그의 심장 소리에. 두근거리는 침착한 울림이 그만 울라고, 아프지 않다고 힘을 전하는 것 같았다.

키루스가 갑자기 고개를 들었다. 루안도 고개를 내렸다. 깊은 홍적의 눈동자와 짙푸른 바다와 같은 눈동자가 서로를 보고 있었다. 촉촉이 젖은 키루스의 붉은 눈동자에 그가 잠겼다.

얽히고설키어 찰나의 빛을 만들었다. 더없는 황홀감에 물들기 직전이었다.

똑똑.

"데이슨입니다. 궁정의가 아이에게 먹이라는 약이 하나 있사온데⋯⋯."

시종장은 열린 문의 손잡이를 잡은 채 그대로 얼어붙어 버렸다.

"나가라."

아이의 몸에서 길게 흘러나오는 가는 빛줄기. 처음에는 노화된 눈의 착시인지 알았다. 그러나 빛줄기는 왕의 몸에까지 닿아 있었다.

시종장은 손으로 눈을 마구 비볐다. 그리고 벌게진 눈으로 확인했다. 착시도 환상도 아니었다. 분명 아이의 몸에서 나오는 것은 은색의 가는 빛줄기였다.

"나가라 했다. 데이슨!"

무시무시한 왕이 시종장을 죽일 듯 노려보았다. 그의 눈빛에 사지가 찢길 것만 같았다.

"소, 송구합니다, 전하."

깊숙이 숙인 시종장은 다시 몸을 일으켜 세웠을 때, 제 온몸이 부서지는 것 같은 느낌에 비명을 질러야 했다.

"윽."

마치 날 선 검이 제 몸을 스쳐 가는 느낌, 그의 얼굴에는 가는 생채기가 생겼다. 따끔한 감촉이 쉴 새 없이 이어졌다.

"헉헉, 이게……."

그는 달아나듯 부리나케 긴 회랑을 돌아 나왔다. 원형 계단이 있는 난간에 도달해서야 간신히 숨을 내쉴 수 있었다.

시종장은 계단 끝 구석에 주저앉아 머리를 박으며 몸을 떨었다. 그의 손바닥에는 얼굴에서 돋아난 핏물이 선명하게 묻어 있었다.

그런 시종장을 투타멘들이 지켜보고 있었다. 두건을 깊이 눌러쓰고 있는 그림자 같은 그들은 시종장의 혼잣말에 콧김을 내뿜으며 다시 사라져 버렸다.

고개를 흔들 때마다 키루스의 눈물이 흩어졌다. 루안은 괜스레 욱하고 치받는 기분이었다. 네가 흘릴 눈물, 귀하디귀한 그것.

"이제 아프지 않을 테니 울지 마."

순식간에 루안의 표정이 지독히 차갑고 냉정하게 변했다. 어린 마음은 난생 처음 서러워 죽을 수도 있겠다는 생각을 했다. 그래서 아이는 또 울고 말았다.

"그만 울어."

이제 루안은 종용이 아니라 소리치는 절규에 가까웠다.

"그렇게 울 눈물이 아니다. 그렇게 버릴 눈물이 아니란 말이다!"

순간적으로 키루스는 숨을 삼켰다. 아울러 차오르던 눈물도 자취를 감췄다. 그의 말에는 뾰족한 가시가 가득 돋아 있었다.

"마지막 경고다. 절대 울지 마라. 네가 울면 죽는다, 이 세상이……."

그의 말이 잘 들리지 않았다. 혼잣말처럼 중얼거린 루안은 눈이 벌겋다 못해 터지려 했다.

푸른 바다 같던 아름다운 눈동자가 고통에 겨워 어쩔 줄 몰라 했다. 키루스의 심장이 찌르르 울렸다. 아이는 다짜고짜 루안에게 매달렸다.

"나 울지 않을게. 절대 울지 않을게. 루안이 울지 말라면 울지 않아."

이미 눈물에 젖어 흐느끼면서도 한껏 도리질하는 키루스. 여리고 어린 마음에 루안의 심장은 찢기는 듯했다.

"키루스."

그가 불렀다. 이번에는 아주 다정하고 부드럽게 이름을 불렀다. 키루스라고.

아이는 울면서 웃었다, 아주 활짝.

"응, 루안."

자신이 누군지 알 리 없는 키루스가 웃는다. 서글픔이 가득 담긴 눈으로 저를 보고 미소 짓는다. 루안은 제 마음을 드러내지 못한 채 아이를 깊이깊이 안았다. 전혀 다른 둘은 또 다른 하나가 되어 눈을 감았다.

잠시 후 키루스의 몸에서 다시금 빛이 흘렀다. 돌고 돌아

포근히 감싸는 그것은 첫 번째의 빛줄기보다 더 많은 빛을 내고 있었다.

사위가 조용한 복도에 날갯소리가 들렸다. 사부작사부작.

키루스가 눈을 떼지 못했던 바로 그 태피스트리에서 흘러나오고 있었다. 꽃줄기로 만든 왕관을 쓰고 흡사 작은 나비처럼 날아다니는 작은 이들은 살아 있는 듯했다. 투명한 날개가 쉴새 없이 파닥거리니 그 뒤로 잔잔한 바람까지 불어댔다. 그들이 노래하듯 들리는 작은 날갯소리는 한참이나 복도를 떠다녔다.

❀　　❀　　❀

새벽이 되어서야 크리스는 자신에게 엉켜 있는 수많은 아가씨들을 제치고 방으로 돌아올 수 있었다. 계속되는 연회가 이제 지겹기까지 했다. 다소 피곤한 기색의 그는 답답한 슈트의 단추를 끄르며 창을 통해 왕이 있는 호엔 성을 보았다.

똑똑.

"들어와요."

"사냥 대회를 대비해 주인님께서 이것을 전하라 하셨습니다."

뾰족한 수염을 기른 마른 몸매의 집사가 안으로 들어와 공손히 내밀었다.

"저기에 두세요. 늦은 시간까지 수고가 많습니다."

"아닙니다. 편히 쉬십시오. 아침에는 하인이 깨워 드릴 것입니다."

"여자 하인은 아니겠죠?"

"물론입니다, 도련님. 그럼."

크리스의 말에 집사는 웃음기를 머금고 물러났다.

그는 웃옷을 벗고 상체를 드러낸 채 탁자 위에 있는 물건을 만지작댔다. 그것은 잘 재단한 사냥복이었다. 매서운 추위를 막을 수 있도록 두꺼운 가죽을 얇게 두드려 만일을 대비한 철저한 방비까지. 크리스를 걱정한 슈반 공작의 배려였다.

크리스는 미소를 지으며 사냥복을 제자리에 놓아두고 창가로 다가갔다.

"대체 성안에 뭐가 있는 거지?"

크리스는 심장 위로 손바닥을 가져갔다. 사그라진 심장의 울림이 미비하나마 느껴졌다.

그 느낌이란 심장이 오그라들며 설레는 움직임, 그가 그려 낸 이상적인 이성(異性)을 만난 것처럼 떨렸었다. 마치 사랑에 빠진 것 같은 생경한 느낌이었다.

거기까지 생각이 미치자 크리스는 소리 내어 크게 웃었다.

"별 상상을 다 하네."

말도 안 된다는 듯이 고개를 흔들었다. 그러나 끝까지 생각을 떨쳐 내지 못하고 다시금 호엔 성을 응시하다 침대로 몸을 돌렸다.

바지마저 벗고 곧 알몸이 된 그는 건장한 몸을 앞세워 침대의 아늑함에 빠져들며 자신의 심장에 손을 올려 둔 채 곧 잠이 들었다.

chapter
4

꾸물한 하늘을 배경으로 진눈깨비가 바람에 휘날렸다.

아직도 열리지 않고 있는 왕의 침실. 루안은 온밤 내내 키루스를 품에서 떼어 놓지 않았다. 마치 처음부터 연결된 이들처럼 한 치의 빈틈도 없이 서로를 안고 있는 두 사람은 더없이 평화로워 보였다.

새벽의 미명 속에서 뿌옇고 가느다란 빛이 꾸물꾸물 흘렀다. 마치 교미를 원하는 뱀처럼 넘실거리며 찰랑거리는 빛줄기가 루안의 몸에 닿자 간지러웠다. 무형의 존재이나 눈을 감고 있던 그는 단번에 무엇인지 알았다.

"시작되었나."

눈꺼풀을 들어 올린 루안은 의외로 담담했다. 처음 닿았건만 어떠한 두려움도 없이 받아들이려 했다.

그는 아주 천천히 눈을 떠 옆에 안겨 있는 키루스를 자신의 가슴 위로 바짝 끌어 올렸다. 그가 반듯이 누워 있고 아이를 위에 포갠 형국이었다.

그 와중에 점점 더 늘어나는 빛줄기들은 둘을 완전히 감쌌다. 첫 번째와는 현저히 다른 그것들은 일시에 뭉치로 얽히며 시야를 완벽하게 차단했다.

태양이 떠오르는 순간, 세상이 가장 어두워진다 했었다. 지금이 그러했다. 칠흑 같은 어둠이 일시에 몰려 나가고 아침의 여명이 가득 찼다. 잘 짜인 구도였다. 아침 햇살은 점차 크기를 늘리더니 둘을 감싸고 있던 빛과 조우했다.

번쩍하는 빛줄기는 몇 번의 충돌을 일으켰다. 그것들은 한동안 두 사람을 에워싸더니 침실의 모든 것들과 함께 흔들렸다. 빛은 마치 바다에서 일어나는 거대한 해일처럼 밀려났고, 그와 동시에 물건들은 공간을 부유했다.

얼마 지나지 않아 해일 같은 빛은 가라앉았고 물건들도 제자리를 찾아갔다. 두 사람을 에워싸던 빛들도 서서히 사라졌다.

안의 상황과는 전혀 다르게 성 밖 풍경은 평화로웠다. 금세 진눈깨비가 내렸고 먹이를 찾으려는 겨울새들이 성급하게 지저귀는 아침이었다.

루안이 다시 눈을 떴을 때, 그는 자신의 가슴 위에서 포근히 잠들어 있는 아이의 등을 천천히 쓸어내렸다.

"성공했는가."

누군가에게 묻듯이 허공에 대고 혼잣말을 하는 루안의 표정은 색달랐다. 환희가 있는가 하면 고통도 엿보였다. 무엇보다 가장 크게 그를 엄습하고 있는 것은 후회였다.

"전부…… 위해서다. 단지 그것뿐."

마침내 대단한 결단을 한 것처럼 그는 가슴 위에 있던 키루스를 옆으로 내려놓고 자리에서 천천히 일어났다.

바라건대 부디 이루어지기를. 그의 눈빛에 간절함이 가득했다.

루안은 시선을 내려 키루스를 눈에 담았다. 눈가가 늘어지고 입가가 올라가더니 어깨를 흔들며 소리 없이 웃어 젖혔다.

"사르곤!"

왕의 입에서 터지는 이름, 사르곤. 키루스가 아닌 사르곤. 그 이름 속에는 깊은 사랑과 그리움이 배어 있었다.

"그대의 말대로 시간의 빛을 통과했다."

루안은 감격했다. 키루스의 손을 잡은 그는 찬찬히 아이를 관찰하기 이르렀다. 아이는 분명 대여섯을 겨우 넘긴 외향이었었다. 그러나 지금, 시간의 빛을 통과해 성장한 모습이었다.

팔과 다리도 자랐고 작은 어깨와 잘록한 허리도 여성스런 굴곡이 분연(奮然)했다. 밀어 버린 머리칼 역시 어깨를 넘어 등까지 탐스런 붉은 머리칼로 찰랑거렸다. 루안은 그 머리칼을 들어 입술에 가져갔다.

"사르곤."

또다시 루안은 누군가를 불렀다. 그리고 막 아침을 맞이한 대기는 새로운 존재에 요동치며 새 생명의 시작을 알리는 듯 새하얀 눈송이를 퍼붓기 시작했다.

❁   ❁   ❁

서늘한 가운데 소리가 들렸다. 누군가가 절실하게 부르는 이름, 사르곤.

키루스는 답답한 제 몸을 어쩌지 못한 채 소리가 나는 곳으로 가고자 했다. 그녀는 손을 뻗쳤다. 그를 향해서, 오직 그의 온기를 느끼려 했다.

"루안."

루안을 부르며 눈을 뜬 키루스였지만 애타게 찾던 그는 없었다. 부드러운 깃털 베개에서 몸을 일으킨 키루스는 곧 경악에 겨워 소리를 질러야 했다.

"이게 뭐야!"

제일 먼저 본 것은 갈기갈기 찢어진 옷감이었다. 자신의 몸을 내려다보았다. 겨드랑이 부근에 찢겨 나간 옷자락으로 말미암아 알몸이 된 것이다. 이어서 느껴지는 머리칼의 감촉. 밀어 버린 머리통에서 자란 머리칼이라니.

키루스는 자신의 붕대가 감겼던 두 손을 들었다. 붕대 역시도 풀려 있었고 추위에 얼어 색이 변했던 살갗은 그 흔적조차 남아 있지 않았다. 반쯤 걸쳐진 이불깃을 걷었다. 늘씬하게 자란 신체는 눈부실 정도로 빛나는 살결을 자랑하고 있었다.

"루안!"

키루스는 도드라진 가슴을 부여잡으며 벌떡 일어났다. 온몸을 볼 수 있는 거울을 찾아 침실의 양 문을 활짝 열었다.

"루안……."

손으로 얼굴을 감싼 키루스. 전신을 볼 수 있는 거울을 바라보며 믿을 수 없는 현실에 입을 다물지 못했다. 더듬더듬 커진 가슴을 지나쳐 잘록한 허리를 매만지고 수북이 돋아난 중심부의 체모까지 훑었다. 그것도 부족해 억지로 고개를 틀어 탐스런 엉덩이까지 돌아본 키루스. 성장한 것이 분명한 몸을 인식한 그녀는 마지막 남은 보루로 제 뺨을 힘껏 꼬집었다.

"아야."

눈물까지 글썽일 정도로 아팠다. 꿈이 아니었다.

"그렇게 해서 아프겠나."

그때 그토록 찾아 헤맸던 그가 나타났다. 거울 속에 비친 루안의 손에는 옷가지가 들려 있었다.

"루안!"

키루스는 몸을 돌렸다. 알몸이 아무렇지도 않은지 그녀는 루안에게 두 팔을 벌렸다. 그는 어처구니없는 듯 실없이 웃었다.

"옷 입어야지."

루안은 성큼성큼 다가가 준비된 옷가지를 입히기 시작했다. 그 와중에 키루스는 아무 말도 할 수가 없었다. 달라진 제 몸의 변화에 놀란 것은 사실이었다. 그런데도 그를 보자 당황스러움이 눈 녹듯 녹고 괜히 웃음이 났다. 아니, 즐겁기까지 했다.

"루안."

루안은 키루스의 부름을 모른 척했다. 그러나 얼마 못 가 그 역시도 얼굴을 붉힐 수밖에 없었다. 옷자락이 하얀 어깨선에 걸쳐지고 늘씬한 등에 손이 닿았을 때 루안은 매끄러운 그녀의 피부에 놀랐다.

잘록해진 허리에 옷자락을 두를 때에는 길고 늘씬한 다리 사이의 체모가 눈에 들어와 그는 잠시 눈가를 찌푸렸다가 시선을 위로 올렸다. 윗옷의 단추를 채 여미지 않아 여물어져 가는 가슴의 작은 분홍빛 정점이 노골적으로 솟구친 것이 고스란히 눈에 잡혔다.

"키루."

"키루? 아, 키루스니 키루."

단번에 알아들은 그녀는 붉은 눈빛을 크게 휘었다. 어린아이였을 때와는 천지 차이로 눈웃음을 살살거렸다. 순진한 표정, 맑은 눈빛은 변함이 없었다. 그는 잠시 마른 헛기침을 했다.

"키루, 너는 왜 성장한 몸에 대해 놀라지 않지?"

"꼭 놀라야 해?"

루안은 한숨을 삼켰다. 침착한 성정에 탄복하지 않을 수 없었다.

"놀랍지 않나? 너의 자라난 신체가."

"조금 신기했지만, 그냥 이렇게 자라는 게 내 본성 같아."

그 말에 비로소 웃음 짓는 루안은 키루스의 옷을 마저 채워 주며 말을 이었다.

"키루, 넌 변했다. 앞으로 더 변할 수 있어."

놀란 키루스는 드레스가 아닌 여느 사내처럼 차려입은 채 루안의 손을 맞잡았다.

"시간의 빛을 지나 언제까지?"

키루스의 차분한 물음에 이번에는 루안이 화들짝 놀랐다. 성장한 홍적의 아이는 생각보다 더 영리한 것이 분명했다.

"그건 어찌 알았지?"

"나도 모르게 깨달았어. 내 몸속이 굉장히 뜨거워. 뜨거움에 바람이 일 것 같아. 마치 그 새처럼."

놀라운 대답이었다. 키루스는 그것에 멈추지 않았다. 창에서 멀어진 그녀는 왕의 침실로 움직였다. 그리고 침상의 네 기둥을 가리켰다.

"이 새."

기둥에 새겨진 불타는 꼬리를 가진 새였다. 금세라도 날아오를 듯 퍼덕이는 날개에 불꽃이 일어날 지경이었다. 루안은 몹시 뛰는 심장을 다독여야 했다.

기억하고 있었는가.

그는 탄식을 자아냈다. 운명의 수레는 이렇게 굴러가는 것이구나. 그릇이 될 운명의…….

서글픔이 그를 옭매었다. 기둥의 새를 바라보던 키루스는 자신을 바라보는 루안의 시선을 느꼈다. 그러나 그 시선은 온전하지 않았다. 자신을 보는 것이 아니라 그 뒤를 보고 있었기 때문이었다.

"루안, 나는 누구야?"

"……."

"나는 무엇이야?"

"너는 계획 속에 들어 있는 아이."

"계획? 어떤 계획?"

"지금은 알려 줄 수 없어."

"그럼 언제 알 수 있는 건데?"

"나중에."

이어지는 키루스의 질문에 루안은 마치 대답을 회피하듯 대답했다.

"그 계획이 아주 중요해?"

"세상에는 일정한 범주라는 것이 있지. 흐름 안에서 절대 흐트러지지 않아야 할 숙명 같은 것 말이야. 그 숙명 안에 키루, 네가 있다."

무슨 계획인지 알려 주지 않은 채 교묘히 말을 흐리는 루안은 더 이상 질문을 하지 말라는 듯 엄격하게 말했다. 아무것도 드러나지 않는 그의 표정에서 무언가를 찾기란 무척이나 힘들었다. 그저 온기를 바랄 뿐이었다.

"루안, 내가 알고 있는 것은 온기. 오직 그것뿐이야."

키루스는 환하게 웃으며 루안의 손을 잡았다.

"온기?"

"응. 온기, 바로 루안."

차가운 바람이 창에서부터 불어왔으나 루안은 저를 감싸는 순수한 키루스의 감정에 설레었다. 그리고 두려웠다. 몸속 깊은 곳에서부터 처음으로 모든 것을 무위로 돌려야 하지 않을까, 라는 후회를 했다.

"나는 루안이 좋다. 아주 많이 좋아."

키루스는 잡았던 손을 놓고 느닷없이 루안의 등을 끌어안았다. 새끼처럼 머리를 비비는 키루스의 행동에 잠시 그는 숨을 쉬지 못하고 멈춰 버렸다. 허벅지에 닿던 아이가 이제는 가슴에 닿는다. 빠른 성장과 놀라운 변화를 받아들이는 차분함까지 더해졌다.

사르곤.

루안은 매달린 키루스를 보듬지 않았다. 내려트린 두 손을 꼭 거머쥐었다. 대신 누군가를 그렸다. 절대 이 땅에서는 볼 수 없는 그리운 이를.

힘겨운 탄생 뒤 오직 그녀의 존재를 아는 자는 루안 자신뿐. 달라질 것은 없겠지. 어차피 그릇일 뿐이니.

자조적인 웃음이 루안을 스치고 지나갔다. 그리고 그의 어깨에서 일어나던 스멀거리는 기운은 점차 무겁게 가라앉으며 사라졌다.

성의 재단실에서는 데이슨이 울상을 한 채 옷을 만드는 궁정 재단사들을 급히 독촉하고 있었다. 잠에서 깨어나 아침 업무에 돌입할 때까지만 해도 그는 상쾌했다.

곧 있을 사냥 대회를 위해 왕의 사냥복도 멋지게 준비해 두었고 노이 성을 담당하는 궁내장(seneschal)과도 사냥 대회 전반에 대한 의견을 조율하며 보다 완벽하게 준비하고 있었다. 일사천리로 진행되는 올해의 사냥 대회 역시 성공적으로 마칠 것이라는 희망이 샘솟고 있었는데 이른 아침, 왕의 한마디에 그의 기분은 엉켜 버렸다.

"데이슨. 옷을 준비해."

"네, 준비해 두었습니다."

"아니, 내 것이 아니라 새로운 옷."

"누구의 것을 말씀하시는 것입니까?"

"따라와라, 데이슨."

왕은 직접 그를 데리고 움직였다. 왕의 집무실 한편의 서재였다. 그리고 거기에서 그는 보았다. 왕의 옷을 입은 채 낮은 사다리를 타고 책들을 꺼내며 살피는 붉은 머리의 아가씨를.

"으헉!"

차마 비명도 나오지 않았다. 시종장은 터지려는 비명을 억지로 누르고 왕을 보았다. 어떠한 반박도 용납하지 않겠다는 왕의 눈빛은 시리고도 차가웠다.

"저 숙녀의 옷."

데이슨은 왕의 은밀한 사생활을 본 것 같아 얼른 고개를 숙였다.

그런데 그는 뭔가 집히는 것이 있었다. 소매를 둘둘 감고 단추를 목까지 채운 채 양장본을 들여다보던 숙녀가 그를 보고 웃었다. 그녀의 웃음을 본 시종장은 둔기로 머리를 맞은 듯했다.

왕이 직접 데리고 온 더러운 아이, 고약한 냄새에다 붉은 머리칼이었었다. 궁정의의 전언에 따라 빡빡 밀었는데. 랜스 왕국에서 절대 흔하지 않은 붉은 색의 머리라면 분명······.

"저, 전하······."
"믿는다. 데이슨."

시종장은 왕의 지긋한 믿음에 뭐하나 반박치 못하고 그저 고개를 숙일 뿐이었다.

떨리는 마음을 억지로 가라앉힌 다음 다시 고개를 들었을 때 마주친 숙녀의 얼굴을 관찰했다.

같은 아이가 분명한지 의심이 날 정도로 눈부시게 성장했다. 새하얀 살결, 티 없이 맑은 눈빛. 다만 벌꿀 같은 피부와 극명하게 대조되는 붉은 눈동자가 마음에 걸렸다.

그는 세차게 머리를 저어야 했다. 그럴 리 없다. 그럴 리 없어. 절대 그 아이가 아니다.

재단사들의 바느질 소리를 들으며 데이슨은 나이와 신분에 걸맞지 않게 손톱을 잘근거렸다. 도저히 믿기지 않는 현실에 어쩔 줄 모르는 그는 경악을 금치 못하면서도 며칠 새 일어난 일에 대해 정리를 해 보려 했다.

"어쩌면⋯⋯."

그는 재단사들에게 신신당부 후 재빨리 움직였다. 그가 찾은 곳은 오래된 랜스 왕국의 역사를 기록한 기록실이었다.

"아니, 데이슨. 어쩐 일인가."

때마침 기록실에서는 오랜 문건들을 정리하고 있는 역사학자 레너(Lanner)가 있었다. 다소 푸짐한 몸을 이리저리 흔들며 간만에 만난 시종장을 반겼다.

"자네, 혹시 그 홍적의 문건에 대해 기억하고 있나?"

"홍적?"

"그 왜 있잖나. 대대로 왕국에 내려오는 홍적의 아이에 관한 것."

"그건 갑자기 왜⋯⋯."

"그냥 알고 싶어 그러네. 어서!"

레너는 얼떨떨한 가운데 수많은 두루마리를 헤치기 시작했다. 양피지 하나를 찾아낸 레너가 입으로 후 불자 뽀얀 먼지가 일었다.

"그, 그것을 읽어 보겠나?"

다급해 보이는 시종장의 말에 레너는 그것을 펼쳤다.

벨리타(Belita)

하늘의 덮개가 열리고 신들을 죽음으로 이끈 사신이 내려온
다네.

눈은 아홉 신의 불꽃처럼 끝없는 어둠.

정수리는 죽음의 신처럼 붉고도 어둡구나.

뒤통수는 애욕의 신처럼 매혹이고

손가락은 절망의 신처럼 아름다우며

외침은 달의 신이자 홍의 불꽃과 같이 들리노라.

부활의 인증을 받은

인간의 신인 하르의 아들이여,

그대의 목은 결코 달아나지 않으리.

평안과 끝없는 안위 속에서 영원히 일어나라, 그대여.

오래된 구전(口傳)앞에서 데이슨은 왕과 아이에 대해 어지럽
게 헤집고 다녔다.

❀   ❀   ❀

밤새 그쳤던 눈이 햇살을 받아 눈부신 설경을 만들었다.

사냥 대회가 시작되어 호엔 성의 광장과 로비는 참가자나 준비하는 자들로 분주하게 북적였다.

알현실로 가기 전에 밖을 바라보던 궁정관, 찰스 경(卿)은 몸을 돌려 유서 깊은 유물들이 전시된 긴 회랑을 느긋이 걸었다.

붉은 카펫이 깔린 그곳은 곳곳에 장식된 그림들과 도기, 그리고 반짝이며 대열을 이루는 갑옷들로 가득했고, 그것은 언제 보아도 긴 세월의 연륜과 역사를 보는 듯했다.

"새벽에도 같은 모양으로 내리더니 눈은 그칠 기미가 없군."

원형 계단을 돌아 나와 이어지는 회랑 앞에서 찰스 경은 다시금 밀려드는 회색빛 구름을 확인했다. 맑은 날이 될 것이라는 예상을 깨고 눈이 내릴 것은 자명한 일이었다.

"사냥하기에는 더없는 날입니다. 궁정관!"

"구름의 변덕인지 태양의 변덕인지 하늘이 어둡습니다만."

오락가락하는 날씨에 인상을 찌푸리는 그와는 반대로 활기찬 인사를 하는 클레브 공은 넉넉한 웃음을 지었다.

"날씨가 대수랍니까?"

"공(公)이야 그러시겠지. 저 같은 문인(文人)은 어디 사냥터에 얼굴이나 들이밀겠소! 어험."

"허허. 어디 그렇게 맘대로 되겠습니까. 숲속의 여우란 놈이 해가 갈수록 영악해지니, 나 같은 군병도 맘대로 되지 않습니다."

시원한 클레브 공의 말에 궁정관 역시 너털웃음과 함께 고개를 끄덕였다.

"공작 댁의 파티는 어땠습니까? 공작의 하나뿐인 아들, 크리스가 아주 훤칠하고 잘난 외모라 랜스 왕국의 모든 아가씨들의 가슴을 설레게 한다고 명성이 자자합니다. 올해 열둘 먹은 어린 조카딸도 공작의 아들 한번 보게 해 달라고 성화지 뭡니까?"

"크리스! 그렇지요. 장래가 촉망되는 젊은이가 확실합니다. 기량도 우수하고 뭣보다 철두철미한 성정이 아주 마음에 듭니다."

"역시. 공작가의 명성이 어디 가지 않는군요. 오늘 사냥 대회도 참석을 하겠지요?"

"물론입니다. 많은 이들이 정해진 시간에 노이 성 입구에 집결할 것입니다. 날씨야 뭐 겨울이 다 그렇지요. 이깟 추위 정도야 말 타고 달리다 보면 금세 열이 납니다. 게다가 사냥 대회의 우승은 매년 대단한 젊은 국왕께서 하시니, 우리 같은 범인들은 그저 사냥의 분위기를 즐기면 그만이지요."

얼마 후 데이슨이 들어왔다. 그는 곧장 클레브 공에게 다가와 뭐라 속삭인 뒤 급히 물러났다. 궁정관은 질린 듯 보이는 클레브 공을 보았다.

"뭡니까?"

"아니, 아닙니다. 전하께서 다소 늦어지시니 다들 노이 성으로 출발하라는 말씀입니다."

클레브 공의 입가가 작게 경련하고 있었다. 그것을 눈치채지 못한 궁정관은 자리에서 일어나 다른 이들과 함께 노이 성으로 가기를 재촉하였다. 마지막으로 알현실을 떠나는 클레브 공은 좀 전 시종장이 전한 말을 곰곰이 살펴야 했다.

"공께서는 노이 성으로 먼저 가서 사냥 대회를 준비하시라는 전갈이십니다."

"전하께서는?"

"전하께서는 귀한 손님과 함께 참석하실 것이라 조금 늦음을 양해해 달라 하셨습니다."

시종장이 겁에 질려 알려 준 귀한 손님이 과연 누구인가.

단 한 번도 이런 일이 없었기에 클레브 공은 조심스러웠다. 애인조차도 없는 왕이었다. 그런데 누군가를 대동한 공식적인 자리라니.

이런저런 생각을 하던 클레브 공은 기다리는 이들이 자신을 보자 준비된 말에 올랐다.

"이런 진눈깨비에 사냥이 가능할까요, 클레브 공?"

궁정관이 입김을 내뱉으며 클레브 공과 나란히 했다.

"작년에는 이보다 더한 눈이 오지 않았나. 그래도 예년에 없을 멋진 사냥 대회를 치렀지. 문제 될 것은 없을 것일세."

그의 호언장담에 궁정관도 고개를 끄덕이며 클레브 공을 따라갔다.

그 역시 말고삐를 앞으로 당기며 말의 옆구리를 힘차게 발로 찼다. 그리고 호엔 성의 옆길을 빠져나와 맞은편에 위치한 노이 성으로 이어진 오솔길을 달려 나갔다.

chapter
5

사냥 대회 하루 전, 왕의 개인실.

키루스는 자신의 손을 잡고 아무런 말도 없는 루안을 응시
했다.

"루안은 왕이야?"

"그래. 왕이다, 이 내가."

키루스는 고개를 갸웃거렸다. 그에게 생각도 못 한 고통이
엿보였다. 모든 것의 중심이 되는 힘 앞에서 그는 왜 이렇듯
아파 보이는 것일까.

"왕인 게 싫어?"

루안은 고개를 저었다. 다만, 그의 입매는 단단했으며 결코
쉽게 타협하지 않을 눈빛은 무겁고도 진중했다.

키루스는 변함없이 그를 담았다. 어디를 가든 무엇을 하든 자신만 졸졸 따라다녔다. 싫지 않았으나 거기까지, 딱 거기까지여야 했다.

"키루, 많은 사람들이 있을 때는 행동과 말에 신중을 기하도록 해라."

"왜?"

"내가 왕이니까."

"왕이면 어때서."

"왕은, 누구나 예를 다한다. 그러니 키루도 마찬가지지. 함부로 말을 걸거나 다가와선 안 돼."

단호한 벽을 치듯 루안은 키루스를 강압했다.

"알겠어. 왕이니 예를 다해야 한다는 거."

다소 풀이 죽은 듯 보이는 키루스. 연민을 자아내는 모습에 루안은 제 손아귀에 힘을 주었다. 저도 모르게 키루스를 불렀다.

"키루."

"응."

키루스는 잠시 그의 흔들리는 눈빛을 직시했다. 또다. 그리움에 비명을 지를 듯한 눈빛. 마치 누군가를 그리듯 한없는 그리움이 숨어 있었다.

키루스는 그의 남성다운 얼굴에 두 손을 가져갔다. 그 시선 끝에 있는 누군가를 찾고 싶었다. 그러나 루안은 제 얼굴을 잡고 있는 키루스의 두 손을 잡아 내렸다. 저도 모르게 키루스의 이마에 입술을 가져갔다. 깊게 낙인을 찍듯 또 한 번 내려지는 따뜻한 온기.

키루스는 그가 멀어지자 제 이마에 손을 올렸다. 아직 온기
가 남아 있었다.

"의미가 있는 거야?"

루안은 고개를 저었다. 없다는 것인지 있다는 것인지 알지
못했다. 그러나 좋았다. 그렇기에 이번에는 키루스가 먼저 발
돋움했다. 쪽, 찰진 소리가 울리며 그의 입술에 제 입술을 맞
닿게 했다.

"……의미가 있는가."

무겁게 가라앉은 그가 물었다.

"아니, 없어."

키루스는 환하게 미소 지었다. 한층 고혹해진 눈웃음이었
다. 달이 지고 또 다른 태양이 뜰 때면 그녀는 자란다. 그리고
그 끝에는…….

"그릇이 될 존재."

루안은 차갑게 중얼거리며 몸을 돌렸다. 그러자 키루스는
제 행동이 잘못되기라도 한 듯 그를 막아섰다.

"잘못했어, 루안."

잘못이라니, 무엇을. 루안의 얼굴이 순식간에 우그러졌다.
그녀가 잘못한 것은 아무것도 없었다. 도리어 지독한 원죄를
지려는 쪽은 제 쪽이 아닌가.

"키루, 앞으로는 절대 네 행동을 사과하지 마."

"왜?"

"잘못되지 않았으니까."

"그럼 입술에 입을 맞춰도 되는 거야?"

단번에 화색이 도는 키루스를 본 루안은 어이없다는 듯 웃음을 지었다. 그 웃음에 힘이 생긴 그녀는 다시 그의 손을 잡았다.

"떨어지고 싶지 않아, 루안."

"떨어지지 않아."

"절대로?"

"절대로."

그날, 루안은 평소보다 빠르게 모든 업무를 마쳐야 했다. 절대 떨어지지 않겠다는 키루스는 루안이 오는 것을 기다리지 않고 그가 지어 준 기사복을 어색하게 입은 채 업무실이든 알현실이든 따라와 업무가 끝나기를 마냥 기다렸기 때문이었다.

또다시 해가 지려 했다. 불그스름하면서도 환하게 빛나는 은빛 세상. 설경의 세상에서 지는 해는 독특했다.

그 틈에서 떡 벌어진 어깨와 다부진 몸으로 가녀린 손을 맞잡고 걸어가는 두 사람. 그들이 지나가는 자리마다 태초부터 하나였던 양 이어지는 그림자가 길게 늘어졌다.

"키루. 침실에서 기다려."

"싫어."

"목욕도 함께할 건가."

가슴 앞에 팔짱을 낀 채 노골적으로 키루스의 몸을 아래위로 훑어보았다. 순간 키루스는 소리 없이 웃었다.

"괜찮아, 난. 내 알몸은 이미 보았잖아?"

태연한 키루스를 보며 말문이 막힌 것은 루안이었다. 키루스는 괜찮을지 몰라도 자신은 아니었으니 이것을 어떻게 설명해야 할까.

"키루. 기다려."

"오늘은 안 돼?"

"안 돼."

"알겠어. 그럼 다음에는 같이해."

은밀하게 속삭이며 눈웃음을 살살 짓는 키루스에 루안은 긴 한숨을 쉬었다. 외향은 성숙하게 변했지만 생각과 행동은 어린애 그대로인 양 모든 것에 호기심을 보이는 그녀를 어찌해야 할지 몰랐다.

"가라, 키루."

"루안이 보고 싶어지면 어떻게 해?"

"금방 갈 테니까 먼저 가."

고개를 주억거리며 즐거운 듯 돌아 나가는 키루스. 루안은 제 이마를 짚으면서도 그녀를 끝까지 보았다. 그의 눈가에도 즐거움이 묻어 있었다.

"보호해."

루안은 그림자에게 명했다. 그의 수족과도 같은 투타멘들의 바람이 일자 그제야 그는 안심하고 욕실로 몸을 옮겼다.

왕의 침실로 한 걸음 내딛던 키루스는 순간 멈칫했다. 그녀의 귓가에 소리가 들려왔다.

"무슨 소리지."

인간의 소리와는 또 다른 형태, 마치 저를 부르는 듯한 무척이나 이질적인 소리에 키루스의 눈동자가 출렁거렸다. 뭔지 모를 아득한 그리움에 울컥 목이 메일 듯했다.

"누구? 어디야?"

그 소리의 정체를 알고 싶었다. 키루스는 방 안 전체를 걸어 다니며 눈으로, 손으로, 온몸으로 그 소리를 느끼고자 하였다. 마침내 소리를 찾아냈을 때 키루스는 탄성을 질렀다.

벽에 걸린 태피스트리. 바로 거기에서 들려오고 있었다. 키루스는 그것에 다가가 눈을 크게 떴다.

아름다운 실로 짜인 푸른 숲이 살랑거린다. 숲 한가운데 보이는 수많은 짐승들이 움직였다. 기쁜 듯 힘차게 발길질하는 그것들에 키루스는 제 눈을 믿을 수 없었다. 세차게 눈을 비벼도 마찬가지. 이제 그녀는 바로 그 앞, 손만 뻗치면 닿을 거리까지 다가가 있었다.

"너희들은 누구야?"

키루스가 물었다. 그러자 그중 가장 눈에 뜨이는, 은빛 뿔을 가진 일각수가 꼬리를 흔들며 앞발을 들었다. 어서 오라는 듯이, 당장이라도 키루스 쪽으로 달려 나오려는 듯이 콧김까지 불어 댔다.

"기뻐하는구나. 나를 만나서 기뻐?"

히이잉. 키루스의 혼잣말에 넙죽 대답이라도 하듯 울음소리를 낸다. 뿐만 아니라 모든 짐승들이 일각수 주변에 모여들며 키루스에게 뭐라 말을 거는 듯했다. 그녀는 환하게 웃으며 바로 코앞까지 다가갔다.

노이 성의 거대한 정문, 벤누(Bennu)의 문이라 일컬은 곳에서 점점 변화하는 게 있었다. 문 위에 양각(陽刻)된 조각상에서 시작된 그것, 주인공은 새였다. 매 정도의 크기에 턱 주위에는 관모(冠毛)*가 있으며 꼬리는 몇 갈래 정도 깃털이 나 있고 부리는 컸다.

한껏 태양을 덮고 있던 구름이 비껴갔다. 밝은 햇살이 문 위의 조각들을 비추자 조각들은 색을 입은 듯 본색을 드러내기 시작했다. 제일 먼저 새의 꼬리에 색이 들어갔다. 불타는 듯한 진홍색이 새의 꼬리털에 타올랐고, 관모 부리도 금색으로 뒤덮여 있었다. 새의 전신은 빛나는 녹색 보석을 박아놓은 것처럼 반짝였다.

키루스는 맑게 울리는 소리에 취해 시냇물 속으로 손을 넣고 싶었다. 찰랑이는 물결을 노닐며 신비한 짐승들과 함께하고 싶은 기분은 마치 환상 속에 있는 것 같았다.

한가로이 풀을 뜯는 작은 짐승들이 고개를 끄덕이고 투명한 날개를 가진 아름다운 작은 이들도 키루스를 보며 팔랑거린다. 그러나 뭐니 뭐니 해도 그중에서 가장 반가워하는 것은 은

---

*관모(冠毛):새의 머리에 길고 더부룩하게 난 털.

색의 일각수였다.

"낯설지 않아."

이마에 한 개의 뿔을 가지고 있는 신성한 동물인 일각수. 그 뿔에는 신비하고도 대단한 힘을 발휘할 수 있는 능력이 있다 하여 예로부터 뿔을 가지기 위해 사냥꾼들이 표적으로 삼았다. 하나 그것도 몇 천 년 전의 이야기, 이제는 전설로 남아 입에서 입으로 전해지는 신화(神話)일 뿐이었다.

"나를 알고 있니?"

키루스는 뚫고 나오려는 듯한 일각수에게 말을 붙였다. 그 물음에 대답이라도 하듯 일각수가 앞으로 걸어 나왔다. 키루스 역시 한 발 더 앞으로 다가갔다. 그리고 자신도 모르는 새에 놀라운 말을 해 버렸다.

"기다려. 때가 온다."

한 번도 되뇌지 못한 언어. 세상에 존재하는 말인지 알 수 없는 것이 자연스레 키루스의 입에서 흘러나왔다. 그러나 그녀는 전혀 느끼지 못했다. 다만 기쁨의 눈물까지 흘리는 은색의 일각수를 보듬고 싶을 뿐이었다. 키루스는 손을 뻗쳤다.

태피스트리의 표면에 닿을 듯한 키루스는 제 손으로 일각수의 머리를 쓰다듬을 수 있었다. 서로의 거리가 점점 가까워졌다.

"그만!"

온몸의 물기가 채 마르지 않는 루안이 매서운 소리를 질렀다. 그 소리에 가까워졌던 일각수가 겁을 먹고 뒷걸음질로 들어가 버렸다. 그것이 아쉬운 키루스. 뒤돌아본 일각수와 잠시 안타까운 시선을 나누었다.

몸을 돌린 키루스는 막 목욕을 마치고 온 그에게 다소 원망의 눈길을 보냈다. 붉은 눈동자, 키루스의 홍옥이 깊게 침잠하니 더 붉어졌다.

루안은 잠시 호흡을 되새겼다. 억누르는 기색이 분명한 그는 거침없이 젖은 웃옷을 벗었다.

"점점 놀랍군, 키루."

분명 비꼬는 억양이었다. 탄탄한 상체가 드러난 루안, 윤기가 흐르는 건강한 육체에 눈빛까지 어두운 그의 모습은 가히 폭발적으로 위압감에 젖어 있었다. 분명 두려울 만한 모습이었다. 그러나 키루스 역시도 가라앉은 눈빛이 쉽사리 풀리지 않았다.

"뭐가 놀라운데?"

살랑살랑 봄바람 같던 키루스가 쏘아본다. 루안은 젖은 머리를 쓸어 올렸다.

"키루, 너 자체가 놀라운 존재다."

심연 같은 붉은빛의 키루스는 루안에게 다가오지 않았다. 마치 오만한 신이라도 되듯 자리에서 겁 없이 응시할 뿐이었다. 그것에 울컥한 루안은 다가가 그녀의 턱을 들추어 잡았다.

"명심해, 키루. 아직은 마음대로 행하면 안 돼. 다시는!"

그것은 강압이었다. 키루스는 억울했다. 자신을 강제로 제압하는 기운에 반발이 일었다.

"나는 아무것도 하지 않았어."

잠시 루안은 말문이 막혔다. 그녀의 말에 틀린 것이 없으므로. 단지 자신이 그러했던 것처럼 그저 벽에 걸린 태피스트리에 다가간 것뿐이다.

"아무것도 한 게 없다고."

눈물까지 차오른 키루스. 모른 척할 수도 있었을 것을 괜히 긁어 부스럼 만든 것인지, 절대 눈물을 쏟아 내지 않으려 용을 쓰는 키루스의 모습을 보던 루안은 심장에 가시가 박힌 느낌이었다.

"나는 아무것도…… 읍."

더는 참을 수 없었다. 불쑥 치밀어 오른 격정의 파도에 그대로 몸을 실은 루안은 키루스의 허리를 끌어당겨 제 얼굴을 내렸다.

암경(巖頸)*에 둘러싸인 듯했다. 닿은 입술의 감촉. 형언할 길 없는 부드러움과 뜨거움을 동반했다. 거부감은 일지 않았다. 키루스는 처음 닿은 부드럽고 뜨거운 감촉에 녹아날 것 같았다. 단단한 혀가 입안을 헤집을 때는 용암이 솟구쳐 올라 온통 불바다가 연상되었다. 헤실헤실, 몸 어딘가가 간지러웠다. 뭐라 표현할 길 없는 감촉에 키루스는 지금 이 순간이 영원하

---

*암경(巖頸):원통형의 용암 기둥.

기를 바랐다.

키루스의 허리를 잡아챌 때만 해도 루안은 그저 겁을 주려는 심산이었다. 힘의 우위에 있는 것은 그녀가 아닌 자신이라는 사실을 일깨워 주기 위해 울먹이는 키루스의 입술을 집어삼켰을 뿐이었다. 그러나 키루스의 입술에 닿자마자 그가 느낀 것은 온전함이었다. 입술과 입술이 겹쳐지고 혀와 혀가 만나는 지점에 이르는 완전무결함까지, 아무런 결점이 없었다.

루안은 본능이 이끄는 대로 더 깊숙이 키루스의 목구멍까지제 혀를 집어넣었다. 달큼한 액체가 느껴지고 맞닿은 입술 사이로는 타액이 흘렀다. 그것마저 아까워 그의 혀가 뒤따랐다.

"하아, 하아."

비로소 참았던 숨을 내쉬는 키루스의 두 뺨은 잘 익은 과육처럼 발그레했다. 루안은 잠시 키루스의 눈빛과 마주했다. 랜스 왕국에서는 절대 볼 수 없는, 불꽃과 닮은 눈동자.

"큰 소리쳐서 미안하다."

가라앉은 음색이 지금 루안의 심정을 대변했다. 심연처럼어두운 그. 단지 열정 때문은 아닌 듯했다.

영문을 알 리 없는 키루스는 부풀어 오른 입술에 윤기를 머금었다. 키루스는 고개를 저었다. 대답 대신 막 떨어지려는 루안의 손을 잡아들었다.

"왜 입을 맞추었어?"

루안의 큰 손을 제 얼굴에 갖다 댄 채 그를 응시하는 키루스. 루안은 또다시 말문이 막혔다. 왜 입을 맞추었을까.

아무 말도 할 수 없었다. 다만 색색거리듯 숨을 가라앉히는 키루스와 어깨를 들썩이며 숨을 몰아쉬는 루안의 거친 숨소리만이 신비한 태피스트리를 숨죽이게 했다.

루안은 매끄러운 그녀의 살결을 손끝에서 느꼈다. 제 얼굴을 비비며 살짝 웃음 짓는 앙큼한 키루스의 모습에 이 모든 상황이 어이없어 웃었다.

"키루. 다시는 마음대로 행하지 마."

조금 전과 같은 말. 그러나 날카로웠던 강압은 무뎌졌다. 키루스는 키스에 대한 대답을 받지 않았다는 것조차 잊은 채 짧게 대답했다.

"응."

키루스의 대답에 루안은 긴 한숨을 소리 없이 삼켰다. 성장한 그녀 앞에서 마음대로 움직여지지 않는 자의식에 스스로가 우스웠다.

우직한 침묵이 이어졌다. 그저 따사로운 공간에서 이질적인 소리와 발맞추어 현재를 느낄 뿐이었다.

다음 날 아침. 뒷짐을 진 채 창가를 응시하고 있는 루안은 노크 소리에 몸을 돌렸다.

"들어와."

문이 열리며 데이슨이 뒤따라 온 시종들에게 손짓했다. 그들은 일사천리 움직이며 발 빠르게 방 안을 빠져나갔다.

"새 옷을 가져왔습니다."

"수고했군."

"사냥 대회에 동행하실 것인지요."

"그럴 예정이다."

"알겠습니다. 준비하겠습니다."

잠시 후, 침실에서 나온 키루스는 시종장의 손길을 온전히 받았다. 전신 거울 앞에 선 그녀는 다소 겁을 먹은 듯한 시종장의 표정이 조금 안쓰러웠다.

키루스는 뭔가를 가늠하는 듯했다. 데이슨의 손길은 차분했다. 옷을 갈아입히기 위해 키루스의 살결에 닿기 전까지는 말이다. 곧 찌르는 듯 자신의 하는 양을 지켜보는 왕의 눈길을 느끼고는 과장되게 분주해졌다.

루안은 이상한 불쾌감에 깊은 심호흡을 해야 했다. 스스로도 놀랄 정도의 반응이었다. 처음에는 별것 아니라는 듯이 치부했으나 늙은 시종장의 손이 키루스에게 옷을 입히기 위해 닿은 손길, 아니 그전부터 그녀의 옷을 재단하기 위해 보았던 재단사들의 눈길에도 씁쓸함을 느꼈다.

붉은 홍적에 넋이 나간 듯한 그들의 황홀한 표정. 아울러 많은 시선을 받으면서도 고고한 몸가짐으로 서 있는 키루스를 보는 순간 루안은 누군가를 연상할 수밖에 없었다.

불멸의 사르곤을.

살아 있는 여신이라 할까. 뭐라 표현할 길 없는 그녀, 사르곤.

시종장의 손길이 접힌 옷옷의 뒷깃을 펴 주려 키루스의 하얀 목덜미에 닿았다. 그 순간 루안의 손끝에 힘이 들어갔다. 깊은 살의를 느꼈다면 과장일 수도 있는 이상한 감각이었다. 당장 눈앞에 보이는 시종장을 밀어내고 키루스를 자신의 품으로 끌어당겨 뜨거운 입술과 혀를 대어 그녀를 느끼며 속살까지 잘근거리는……

우우우……. 어디선가 기이하고도 신비한 음색이 울렸다. 그 음색은 공기 속에서 오직 그만이 들을 수 있었다. 왕의 침실 깊숙이 숨겨져 있는 만티코어(Manticore)의 가죽에서 나는 소리였다.

그 소리에 루안은 곧 흐트러진 정신을 수습할 수 있었다.

큰일 날 뻔했군.

그는 키루스에게 손을 내밀었다.

"이리 와."

키루스는 앞뒤 생각지 않았다. 자연스레 루안에게 다가갔다.

"입혀 줄 테니, 참아."

"응."

제 할 일을 왕에게 물린 데이슨은 막힌 숨을 내쉴 수 있었다. 하마터면 왕의 눈빛에 죽는 줄 알았다. 시종장은 난생처음 타인에게 옷을 입히는 왕을 바라보았다.

루안의 손길은 참으로 수려했다. 웃옷의 단추를 잠가 줄 때, 천천히 옷감에 닿아 속살거리듯 작은 은단추를 구멍에 끼우고 다시 그 안으로 손가락을 넣어 단추를 꺼냈다. 움직임은 뭐라

형언할 수 없게 감미로웠다. 마치 몸을 더듬고 부드럽게 달래
는 듯 그의 길쭉한 손가락들이 물결처럼 움직였다.

그것은 가벼운 가죽으로 만든 바지를 입힐 때 절정을 맞이
했다. 시종장은 이제 서 있을 수 없을 정도로 몸이 후들거리는
것을 느꼈다. 나가야 할지 이대로 있어야 할지, 갈피를 못 잡
는 가운데 왕이 놀랍게도 직접 바지를 들어 한쪽 무릎을 굽혔
다.

"다리 들어."

하얀 맨다리가 바지 안으로 들어갔다. 남은 다리 하나도 바
짓가랑이로 사라지자 루안이 바지를 끌어 올렸다. 무릎을 지
나 허벅지를 넘어 허리까지 당도한 그의 손길에 키루스는 고
개를 살짝 들었다.

"루안에게 향기가 나."

"싫은가?"

"아니, 그 반대야."

"그거 다행이군. 그런데 나한테서 향기가 난다니. 처음 들
어 보는데."

"그냥 느껴져. 루안의 온기와 향기는 눈을 감아도, 아무리
멀리 있어도 알 수 있어, 난."

"각인(刻印)……인가."

"응? 뭐라고 했어?"

잠시 루안은 웃었던 것도 같았다. 무척이나 기쁘다는 듯이.
마치 세상이 제 것인 양 짓는 웃음이었다. 그렇게 둘의 시선은

서로를 향해 있었다.

마침내 사냥복을 전부 입은 키루스를 보며 시종장은 잠시 넋을 잃을 뻔하였다. 분명한 미(美)였다. 윤기 나는 은색의 체인이 달린 흑색의 사냥복과 하나로 묶여 있는 결 고운 적발, 하얀 살결에 홍의 눈동자가 도드라졌다.

노회한 시종장은 저도 모르게 침을 꿀꺽 삼켰다. 기존의 미인들과는 전혀 다른 아름다움이 눈앞에 있었다. 남성성을 대표하는 왕과 절대미의 여성. 쉽게 볼 수 없는 그림 같은 풍경이었다.

"데이슨, 말은?"

"흐, 흑마를. 아끼시는 흑마를 대기했습니다."

시종장은 속마음이 간파당한 것은 아닌지 달달거렸다.

"데이슨, 한마디만 하지. 그대는 임무에만 매진하라."

"무, 물론입니다, 전하! 저의 목숨을 걸고 오직 주어진 임무에만 매진할 것을 맹세합니다."

임무에 충실할 것임을 상기시켜 주는 왕의 말. 어제 왕에 의해 생긴 엷은 생채기가 다시금 따끔거리는 느낌이었다. 긴장된 마음을 속으로 삭혀야 하는 데이슨은 손에 땀이 차올랐다.

"데이슨, 잘 부탁해요. 그리고 감사해요."

키루스는 루안이 아끼는 시종장에게 감사의 인사를 전했다. 빙그레 미소 짓는 그녀의 티 한 점 없는 순수한 모습에 시종장은 울음이라도 터질 것 같았다.

"물론입니다. 앞으로 충실히 이행하겠습니다."

당황하면서도 제 본분을 잃지 않는 시종장은 왕에게 충성을 맹세하듯 키루스에게도 충심을 표현했다.

루안은 완벽하게 정장한 키루스를 보았다.

"사냥 대회가 열린다. 말 그대로 겨울 짐승들을 잡는 대회지. 가죽을 벗기거나 머리를 잘라 누가 가장 많이 잡았는지 짐승의 숫자를 세서 승패를 가르는 대회에 나와 함께 참석할 것이다."

"내가 함께해도 좋아?"

"겨울의 짐승을 잡아 가죽을 벗기고 승전을 자랑하는 곳이지만 원한다면 함께할 것이다."

"물론, 루안과 함께하고 싶어."

키루스는 기뻤다. 처음으로 그와 함께 밖을 노닐 기회였다.

"준비해, 데이슨. 곧 출발할 테니."

"알겠습니다."

시종장은 후들거리는 다리로 물러갔다. 루안은 키루스에게 단단히 일러 둘 말이 있었다.

"키루, 한 가지 명심해야 할 것이 있다."

"응?"

루안의 입술을 뚫어져라 바라보는 키루스는 그가 하는 말을 한마디라도 놓칠까 고개를 들고 응시했다. 그 모습은 루안에게 스산함을 안겼다.

명백한 이율배반적인 마음. 그래, 특별한 아이지. 회색의 나무왕과 신성한 새, 하르피아의 피로 태어난 아이이기에. 과연 이 사실을 알게 된다면 너는 어찌 나올 것인가, 키루스.

"루안?"

잠시 어지럽던 루안이 평온을 가장하기 위해 한 걸음 뒤로 물러났다. 계획된 탄생. 그릇이 돼야 하는 그녀.

아직은 때가 아니다. 아직은…….

다시 뿔피리 소리가 들렸다.

"내 옆에 있으면 많은 눈길을 받을 것이다. 그러니 내게서 한시도 떨어져서는 안 돼."

"좋아."

"좋아?"

"응. 루안 옆에서 절대 떨어지지 않아도 된다니 좋지, 그럼."

그게 전부가 아닌 것을. 괜한 울컥함에 루안은 차갑게 일갈해야 했다. 말갛게 응시하는 그녀의 눈빛이 점점 힘들다. 닮았으면서도 전혀 다른 모습에 스스로를 제어하지 못할 지경이 될 것만 같았다. 그러나 절대 그렇게 되지 않으려는 루안의 결의 또한 지대했으니.

"밖은 차갑고 낯설다. 위험도 존재할 것이고."

"아니, 더 이상 위험은 없어."

"어째서지?"

"이렇게 성장했지만 추위에 떨며 배고픔에 질식했었던 날들은 아직 머리에 남아 있어. 너무 추워 차라리 얼음이 되기를 원했던, 먹지 못해 숨 쉬는 것도 어려웠던 그때의 위험과 두려움."

"키루……."

"가까운 과거가 그러했으니 이제 남은 것은 없어. 두려움도 절박함도 오직 나에겐 루안 뿐이야."

또다. 질식할 것만 같은 눈길로 키루스는 서슴없이 루안에게 다가왔다.

"나는 자유야."

시선을 들어 루안과 마주했을 때, 루안은 고정된 그림자처럼 움직일 수 없었다. 빨려들 듯 누군가에게 침잠했었던 루안.

"자신의 원하는 바를 확실히 해야 한다."

"하지 마!"

"굴복할 수 없어. 그러니 죽은 듯이 서 있을 수밖에……."

"그러지마, 제발. 사르곤."

애원하는 루안 앞에서 세검을 든 사르곤은 핏빛 눈물을 흘렸다.

"루안?"

키루스는 한없이 가라앉는 루안을 나지막이 불렀다. 그는 키루스를 보고 있지 않았다. 멀리 있는 누군가, 허공에 숨어 있는 그림자라도 찾으려는 듯 애원의 눈빛을 거두지 않았다.

키루스는 겁이 났다. 재빨리 발돋움하여 그가 했던 것처럼

그의 입술을 잡아 삼켰다. 홍의 눈동자와 만난 루안은 허겁지
겁 삼켜지듯 키루스의 어색한 입맞춤에 정신이 퍼뜩 들었다.

"키루!"

루안은 키루스의 어깨를 억지로 밀어내며 입술을 떼어 냈
다. 하지만 그녀는 치열한 전쟁을 치르는 것처럼 한 치의 양보
도 하지 않았다.

"나는 키루스야, 루안."

"그래, 키루."

"그런데 루안은 누굴 보고 있었어?"

"내가?"

"분명 다른 누군가를……."

루안의 감춰진 진실이 무엇인지 알고자 하는 키루스의 눈빛
은 힘이 있었다. 루안은 잡고 있던 그녀의 어깨를 놓을 수밖에
없었다.

무섭게 변한 그가 긴 줄을 잡아당겼다. 즉시 문 두드리는
소리가 들렸다. 데이슨이었다.

키루스는 한숨을 내쉬었다. 바스러질 듯 마른 웃음이 무척
이나 서글펐던 루안. 지금은 더더욱 슬퍼 보였다. 더는 고집을
피우지 않고 시종장의 손짓에 걸음을 옮겼다.

"춥지 않도록 잘 모셔라."

"알겠습니다."

등을 돌렸음에도 밖의 추위에 행여나 키루스의 건강을 해칠
까 당부를 잊지 않는 루안을 보며 마음을 진정시켰다. 키루스

는 시종장과 먼저 왕의 침전을 빠져나오며 미소 지었다. 키루스에게는 믿음이 있었다. 그가 가지고 있는 온기, 그것은 분명하게 저만의 것이라는 믿음이.

그러나 설핏 보았던 그의 아련한 눈빛은 잊히지가 않았다. 대체 누구일까. 누구이기에 그토록 깊은 절망과 그리움을 간직하고 있는 것일까. 다만, 그의 곁에 있는 건 자신뿐이라는 사실이 그녀의 마음에 안도감을 주었다.

시종장이 키루스와 함께 먼저 나가고 루안 역시도 채비를 갖추었다.

하아, 내가 미쳤는가.

루안은 제 심장에 손을 올렸다. 시종장의 손길에 말도 안 되는 소유욕을 드러내더니 또 미진한 진동을 느끼다니. 마치 그녀를 처음 만났을 때와 같은 느낌이었다.

분명 키루스의 역할은 정해져 있었다. 그럼에도 불구하고 점점 크게 닿으려는 그녀의 진심에 루안은 평정심을 잃어 갔다.

키루스에 의한 것이 아니다. 이 느낌과 감각은 오직 사르곤에게만 느낄 수 있는 것이었다.

저벅저벅. 왕의 수호대를 뒤로 한 채 사냥복 차림인 루안은 흔들림 없는 굳건함으로 준비된 말에 올랐다. 이미 말에 오른 키루스를 본체만체했다.

키루스는 실망하지 않았다. 처음 말에 오른 것에 잠시 어색했을 뿐 곧 익숙한 듯 기사가 내민 말고삐를 부여잡았다.

시원스레 뻗은 길을 달리면서 루안은 뜨거운 심장을 달랬다. 때마침 불어대는 찬바람이 열이 오른 그를 식혀 주는 듯했다.

그러나 간과할 수 없는 한 가지는 키루스가 전한 어색한 입맞춤에 누구에게도 느껴보지 못했던 감미로움을 온몸에 각인시켰다는 것이었다. 봄날의 아지랑이 같은 감정은 그를 지배하고 있는 사르곤조차도 전하지 못했던 것이었다.

❀　　❀　　❀

흑(黑)의 노이 성.

얼어붙은 두 개의 분수대가 대칭을 이루는 광장에서 겨울의 사냥 대회를 맞이하려는 귀족들이 머리에서부터 발끝까지 완전 중무장을 하고 있었다. 짐승의 털로 몸을 감싸는가 하면 최신형 갑옷까지. 만일에 있을 위험에 대비하기 위한 각종 무기들까지 동원되었다.

그들의 목표는 단연코 우승. 올해야말로 사냥 대회가 주는 명예를 차지해 보겠다는 일념들이 대단해 보였다.

"전하께서는 언제 오시려나."

"곧 오실 것입니다. 우리의 전하께서 어디 가시지 않지요."

점잖게 말을 잇는 찰스 옆에는 찢어진 눈매의 노른 후작이 입김을 내쉬며 성의 입구를 흘끔거렸다.

"거참, 날도 추운데."

"말조심하시지요. 절대 시간을 어기시는 분이 아니잖습니까!"

듣다 못난 궁정관이 핀잔을 던졌다.

"험험, 누가 뭐라 했습니까."

사냥 대회를 알리는 개회는 늘 왕의 몫이었다. 장장 닷새간 펼쳐지는 대장정의 길을 손꼽아 기다렸던 만큼 후작의 조급함이 앞섰다. 게다가 올해는 느낌이 좋았다. 뭔가 신기한 짐승을 잡을 것만 같은 기분이 들었다.

그렇게만 된다면 비록 우승은 할 수 없으나 우승자 못지않은 상금과 포상을 받을 수 있을 터였다. 그것으로 도박으로 진 빚을 갚는다면 영지를 관리하는 것에 숨통이 트일 것 같았다. 하여 올해의 사냥 대회에 누구 못지않는 열의를 가지고 있었다.

그때였다. 바람을 스치는 소리와 함께 깃발이 흔들리며 다가오고 있었다. 그러나 기다리던 왕이 아니었다. 활짝 열린 노이 성의 철문 사이로 슈반 공작가의 깃발이 들어온 것이다. 노회한 슈반 공작이 손을 흔들며 들어왔다. 어느새 몰려든 구경꾼들에게 많은 환호를 받았다. 그러나 환호는 공작에게 보낸 것보다는 옆의 기사에게 보낸 것이라 여겨도 과언이 아니었다.

백의의 사냥복이 눈부시게 잘 어울리는 크리스티안 얀크 에드워드 슈반, 크리스였다. 그가 들어오자 개중에는 비명을 지르는 여인들도 있었다. 그러나 그들에게 손조차 흔들지 않고 묵묵히 앞만 보고 있는 크리스를 보다 못한 슈반 공작이 거들었다.

"아들아. 너를 보기 위해 이 추운 날 여기에 와 있는 숙녀들도 생각해 주지 그러냐."

"저를 보는 것이 아니라 저의 뒤에 있는 지위와 잘난 외모를 보는 것이지요. 만일 제게 공작가의 후광과 뛰어난 외향이 없었다면 저들이 이 추운 날, 저렇게 나와 소리를 지를 까닭이 없습니다. 안 그렇습니까?"

"허허. 네 말이 맞다, 아들."

슈반 공작은 입가를 흐뭇하게 늘렸다. 올곧은 성정의 아들이 대견할 뿐더러 화려한 꽃들에게 현혹되지 않는 씩씩한 기개가 참으로 흡족했다. 비록 내로라하는 영애들에게 눈길을 주지 않아 몇백 년간 지속되고 있는 공작가의 대를 염려하기도 하나 크게 문제될 것은 없었다. 그저 아들이 앞으로 승승장구하는 것을 지켜보고 싶은 마음이었다.

크리스는 차가운 공기 속에서 깊게 흔들리는 심장을 다잡고 있었다. 사냥 대회를 준비하면서 내내 두근거렸던 시간을 생각했다. 그는 잠시 말고삐에 매달려 있던 향기 나는 손수건을 풀어 소매 안에 집어넣었다.

"크리스, 이건 내 부적이랍니다. 안전하고 멋진 우승자가 되라는 기원이에요."

세티나는 크리스가 말을 타기 전, 자신의 레이스 손수건을 내밀었다. 크리스는 보는 척도 않고 미동도 하지 않았다. 그러자 그녀는 새침한 표정으로 직접 손수건을 말고삐에 묶었다. 거기에 말에 올라탄 크리스의 발등에 입을 맞추었다.

"세티나! 이러지 마."

"왜? 그냥 무운을 비는 것뿐이야."

"이런 건 너의 연인에게나 해. 아무한테나 이러는 거 좋아 보이지 않아."

"크리스! 난, 나는……."

이내 눈물을 담은 세티나가 뭐라 반박하려하자 그대로 외면한 채 저택을 벗어났다.

그녀는 추운 날에도 가슴까지 드러난 드레스를 입은 탓에 가슴 둔덕의 벌건 낙인이 그대로 드러났다. 그것에 대해 뭐라 충고를 하려던 크리스는 곧 입을 다물었다.

그가 세티나를 보는 시선은 오직 어린 시절을 같이 보낸 소꿉친구, 그 이상도 그 이하도 아니었다. 그녀가 문란한 사생활을 가지든 곧 결혼을 하든, 또한 연인을 몇 명이나 갖든 그의 관심 밖의 문제였다. 크리스는 곧 그녀에 대한 것은 까맣게 잊었다.

슈반 공작과 크리스가 자리에 당도하자 먼저 도착했던 클레브 공이 만면에 웃음을 가득 담고 다가왔다.

"역시나 난리군요. 이 추위에도 많은 아가씨들의 환호라니, 정말 부럽습니다!"

과한 너스레에 공작 역시 흐뭇한 웃음을 보였다.

"저희가 좀 늦었습니다. 전하께서는 어디에……."

"아, 조금 늦으신다는 기별이 있었습니다. 곧 당도하실 것 같습니다."

"전하께서 늦으실 때도 있으시다니. 워낙 철두철미하시니 이런 것조차도 인간미가 느껴져서 반갑군요."

클레브 공은 곧 슈반 공작 옆에 있는 기사에게 눈길을 돌렸다. 크리스는 반듯이 고개를 숙였다.

"자네는 말이야. 전생에 나라를 구한 영웅이었나? 어찌 그리도 잘난 모양새냔 말이지. 내 젊은 시절을 보는 것 같단 말이야."

농담 같지 않은 진지한 클레브 공의 말에 슈반 공작이 큰 소리로 웃었다. 주위에 있던 많은 이들도 웃음을 터뜨리며 그의 농담을 즐겼다.

오직 크리스만은 웃지 못하고 홀린 듯 노이 성의 정문 쪽을 뚫어져라 바라보았다. 막 안으로 들어오는 왕의 일행이 보였다.

"오, 저기 오시는군요. 우리의 국왕 전하!"

클레브 공이 먼저 자세를 바로 했다. 그에 따라 모든 이들이 대열을 갖추어 왕을 맞이했다.

두근두근. 그의 심장이 다시 거세게 소리 질렀다. 추운 이곳의 시린 온도를 녹일 정도의 뜨거운 설렘에 크리스의 안색은 창백하게 질렸다.

대체 이 느낌은 뭐냔 말이다…….

기다란 대에 금색의 깃발을 나부끼는 기사들. 그 뒤로 캄비세인 2세가 특유의 검은 사냥복을 입은 채 뚜렷한 존재감을 보이며 들어섰다.

터지는 함성과 환호는 겨울의 추위를 몰아낼 만큼 컸다. 그만큼 랜스 왕국의 젊은 왕은 절대적인 지주이자 이상(理想)이었다.

그러나 크리스는 왕을 보고 있지 않았다. 그는 왕의 옆에서 나란히 말을 타고 있는, 흑의 사냥복을 입은 누군가를 응시했다.

크리스의 심장은 터지기 일보 직전이었다. 도저히 참지 못한 그는 단단한 사냥복 위로 오른손을 올렸다.

넌, 누구지!

크리스의 외침을 들은 것일까. 왕의 옆에서 달리던 이가 그에게 시선을 던졌다. 크리스는 온몸이 바스러질 듯 머리부터 발끝까지 타올랐다.

chapter
6

연단에 올라선 왕은 도열해 있는 이들을 천천히 둘러보았다. 주변은 온통 설원의 세계. 하얀 털을 가진 여우를 잡기에 더 없이 좋은 날이었다.

루안은 천천히 시선을 내려 대회에 참석한 이들의 면면을 조용히 살폈다.

대회에 참가하는 많은 귀족들과 일반 참가자들, 그리고 그들을 응원하기 위해 자리를 잡은 이들은 약속이나 한 듯 한곳에 시선을 던지고 있었다.

모두 연단 밑에서 흑마의 갈기를 어루만지며 다른 곳엔 시선도 주지 않는 키루스를 보고 있었다.

젊긴 하나 랜스 왕국의 절대적인 왕은 향락에 젖지 않았고 여자를 가까이하지도 않았다. 파트너를 동반해야 할 공식적인 연회에서조차도 당당히 혼자 몸으로 참석했었다.

물론 왕의 참모습을 아는 자들이야 다들 혀를 내두를 정도로 몸서리를 치는 것이 사실이지만 대외적인 왕의 모습은 경외(敬畏), 그것이었다.

그런 왕이 공식적인 자리에서 누군가와 함께 대동했다. 전대미문이었다. 거기에 동행자 역시 논란의 대상이 될 수밖에 없었다.

차분한 몸가짐에 긴장하거나 당황하는 모습을 보이지도 않았다. 참석한 이들의 호기심과 따가운 시선을 느꼈음에도 어떠한 동요 없이 태연한 모습. 그것에 놀라움을 금치 못한 것이다.

"클레브 공, 누군지 아십니까?"

"모릅니다. 저 역시……."

"이거야 원. 하필이면 이런 자리에, 거참."

"분명 어떤 이유가 있겠지요."

궁정관과 클레브 공 역시 왕의 돌발적인 행동에 난감한 형국이었다.

미리 언질이라도 있었더라면 웅성거리는 이들에게 뭐라 한마디라도 해 줄 수 있으련만, 아무것도 아는 바가 없으니 왕의 얼굴만 멀거니 바라볼 도리밖에 없었다. 대체 저 동행인은 누구인가!

물론 야심 많은 귀족들이 자신들의 여식이나 조카들을 앞세워 왕과 연을 맺으려 무던히도 노력하였건만 그 누구도 왕의 마음을 사로잡지 못했다.

　게다가 왕과 하룻밤을 보낸 아가씨들은 갑작스런 병이 들거나 하나같이 넋이 나간 듯 함구하는 것이 대부분이라 요 근래 왕의 참모습을 아는 귀족들은 절대 왕의 곁에 다가가지 않았다. 갖지 못하는 보석처럼 안타까움과 선망의 시선으로 바라만 볼 뿐이었다.

　그런데 왕의 옆에 당당히 말을 타고 들어왔다. 당연하다는 듯이 곁에 서 있다. 게다가 절대 누군가를 옆에 두지 않았던 왕조차도 자연스레 동행자를 에스코트하고 있었다.

　루안은 절로 코웃음이 나왔다. 저들의 생각들이 손에 잡힐 듯 뻔했기 때문이었다.

　만일 키루스의 정체가 무엇인지 알게 된다면, 사냥 대회는 뒷전으로 순식간에 무수한 이야기가 날개를 달고 퍼질 것이다.

　어지러운 생각들 속에서 키루스는 동떨어진 존재처럼 고요했다. 그녀는 타고 온 흑마가 마음에 들었는지 갈기를 쓸어 올리며 교감을 나누고 있었다. 마치 저 너머 아득한 세상의 누군가처럼.

　느꼈는가. 다만 그릇이 될 너라도 본능은 있을 테니 곧 모든 것을 알게 되겠지.

　한편으로는 서글픔을 느끼고 있는 루안이었다. 잠시 흐린 눈으로 키루스를 응시하던 왕은 자신을 고대하는 자들을 보았다.

왕이야말로 인간 세계에서는 최고의 지위, 최상의 자리라 할 수 있었다.

하나 인간을 넘어 왕보다 더한 절대자들은 무수했다. 땅 위의 인간들은 알 턱이 없겠지. 그는 보이지 않는 투타멘들과 잠시 눈짓을 나누었다.

'빈틈없이 보호해라.'

'명심하겠습니다.'

이윽고 클레브 공이 잠시 마음을 가다듬고 오늘 사냥 대회의 개회를 위한 시사를 시작했다.

"험험. 오늘 모이신 참가자 여러분. 대대로 이어지는 랜스 왕국의 겨울 사냥 대회를 맞이하여 우리의 국왕 전하께서 개회를 알리는 전언을 하시겠습니다!"

클레브 공의 말이 끝나자마자 참가자들과 관람객들은 다시 왕에게 시선을 돌렸다.

왕이 앞으로 나오자 함성과 함께 각자의 신분과 집안을 상징하는 깃발들을 나부끼며 환호했다. 뿔 나팔과 북소리도 울렸다.

소리에 맞추어 루안은 한 손을 들었다. 왕의 손짓에 사방이 고요해졌다.

"한마디만 할 것이다. 안전이 최우선이며 닷새간 이어지는 사냥 대회에 최선을 다한 자와 우승자에게는 상금은 물론 많은 포상과 더불어 올해는 특히 원하는 소원 한 가지를 들어 주는 기회를 주겠노라!"

왕의 개회사가 끝나자 기대에 찬 함성이 들렸다. 특히 '최선을 다한 자'와 포상에 '소원'이라는 단어를 듣자 다들 즐거운 기색들이 완연했다.

그중에서 많은 노름빚을 지고 영지 운영이 엉망인 노른 후작의 눈빛이 유독 번들거렸다.

올해는 반드시. 우승은 힘들어도 흰여우는 잡을 것이다. 그것만이 살길이야!

후작은 대기 중인 자신의 기사들을 보았다. 이번 사냥 대회를 위해 특별히 고용한 자들이었다. 그들의 허리와 등 뒤에는 무시무시한 하버드(Halberd)*가 매달려 있었다. 여우뿐 아니라 쉽게 눈에 띄지 않는다는 은빛 늑대와 검은 표범까지 욕심낼 수 있는 상황이었다.

지극한 만족감에 후작은 어서 사냥의 시작을 알리는 북소리가 들리기를 기원했다.

다시 왕이 한 손을 들었다. 왕의 그윽하고도 위압감이 가득한 음성은 차가운 겨울 날씨를 뚫고 각자의 귓가에 자신감을 불어 넣었다.

"신분을 막론하고 누구라도 흰여우를 잡아 우승의 기회를 만끽하도록. 그럼, 참가자들이여! 최선을 다하라!"

왕의 말이 끝나자마자 참가자들은 기다린 것처럼 노이 성을 날려 버릴 정도의 거대한 함성을 질렀다. 그들에 의해 공기마

---

*하버드(Halberd):도끼, 창, 갈고리를 하나로 묶어 놓은 무기.

저 격렬하게 울려댔다.

때를 같이해 뿔 나팔 소리와 북소리가 천둥처럼 커지고 흥겨운 운율이 더해졌다. 사냥 대회에 참가한 이들 뿐만 아니라 지켜보는 이들까지 흥분의 도가니였다.

랜스 왕국의 겨울 사냥 대회가 각자의 소망을 싣고 힘차게 발을 내디뎠다.

어둠의 숲을 비롯하여 빌협 골짜기 곳곳에서 피를 부르는 겨울 사냥이 시작된 것이다.

"크리스? 크리스!"

다들 거대한 희망을 담고 각자의 사냥을 위해 달려 나가는 와중에 슈반 공작 일행도 앞으로 나가려 하였다. 그런데 크리스는 함성의 파도 속에서 한곳을 응시하며 움직일 줄을 몰랐다.

"무슨 일이냐, 크리스? 출발하지 않고."

"출발 전에 전하께 인사를 드리고 싶습니다. 괜찮을까요?"

"괜찮고말고."

고개를 끄덕인 슈반 공작은 왕이 있는 곳으로 다가갔다. 기실 크리스의 목적은 왕에게 인사를 하는 것이 아니었다.

왕과 함께 나란히 온 동행자를 확인하고 싶은 마음이 먼저였다.

제발, 심장아. 그만!

단호하게 마음을 먹었으나 택도 없었다. 요동치는 심장에 기절할 것만 같았다. 키루스에게 다가갈수록 극심해졌다. 크리스는 기대감과 흥분으로 겨울의 시린 풍경까지도 아파 왔다.

루안이 연단에서 내려오자 대기하고 있던 클레브 공과 궁정관이 고개를 숙였다. 다들 감격에 겨워 왕의 포상 건에 대해 극찬을 하고 있었다.

"전하. 아주 멋진 사냥 대회가 될 것입니다."

"그렇습니다. 무료한 겨울을 멋진 포상과 함께 즐기게 될 사냥 대회를 전하께서 한껏 고조시키고 계십니다!"

그들의 이구동성에 왕은 그저 고개만 끄덕였다. 그리고 말에 오르려 하였다.

"전하! 전하!"

빠른 걸음으로 다가온 슈반 공작이 큰 목소리로 다가왔다.

"오, 슈반 공작!"

먼저 알은척하는 이는 투실한 궁정관이었다. 그는 공작의 뒤에 서 있는 크리스를 눈여겨보며 고개를 끄덕였다.

"어서 오시오! 아드님도 함께군요."

"그렇습니다. 이번 자리를 빌려 인사를 드리는 것이 도리라 여겨 함께했습니다."

"잘 오시었소. 드디어 소문 속의 주인공을 볼 수 있겠구려."

궁정관의 넉넉한 웃음 속에 옆에 있던 클레브 공은 잠시 어색한 웃음을 지으며 인사했다.

"전하, 슈반 공작이십니다."

루안이 천천히 몸을 돌렸다.

"전하. 이렇게 멋진 사냥 대회를 다시금 맛볼 수 있는 것에 무한한 영광을 드립니다."

공작의 인사에 주변에 있던 이들 역시 다들 한마음으로 고개를 숙였고 크리스 역시 예를 다했다.

그러나 그의 심장과 뜨거운 눈빛은 왕의 뒤, 미동 없이 서 있는 동행자에게 있었다.

깊게 내려쓴 검은 두건, 몸에 잘 맞게 재단된 흑색 사냥복의……

뭐지. 이 느낌.

순간 루안은 뜻밖의 이질감을 느꼈다. 다소 거칠게 찌르르거리는 울림이 그에게 개운치 않은 뒷맛을 남겨 주었다. 순간적으로 루안의 눈빛에 적의가 보였다가 사라졌다. 그것은 공작의 일행과 연관이 된 것이 분명했다.

혹시.

루안은 잠시 호흡을 가다듬었다. 피가 들끓었다.

키루스!

루안은 소리 없이 부르며 날카로운 시선으로 공작이 소개하는 자를 보았다.

"전하, 이쪽은 크리스티안 얀크 에드워드 슈반입니다. 크리스라고 불러 주십시오. 이번에 기사 학교를 졸업하고 곧 기사대 부장이 될 저의 자랑스러운 아들입니다."

공작의 소개가 끝나고 비로소 루안은 이질감의 정체를 확인할 수 있었다. 슈반 공작의 아들 크리스. 눈동자를 감싸고 있는 눈의 테두리의 굵기가 다른 선명한 눈빛, 결코 낯선 것이 아니었다.

설마.

루안의 허무한 탄식이 허공에 흩뿌려졌다. 크리스는 정중하게 허리를 숙이며 예를 보였다.

"전하께서 보내 주신 생일 축하 선물, 감사히 받았습니다. 앞으로 기사대가 되어 왕실에 충성을 다할 것을 맹세합니다."

신념에 가득한 멋진 태도였다. 왕과 반대되는 백의 사냥복을 멋들어지게 차려입은 크리스가 왕과 마주하자 보이지 않는 벽을 사이에 두고 대치된 양 흑과 백이 절묘한 조화를 이루었다.

흑과 백, 두 사람의 늠름하고 훤칠한 모습에 주변의 모든 이들은 감탄과 선망의 눈길을 보냈다. 키루스 역시 눈 한번 깜박이지 않고 두 사내를 지켜보았다.

깊은 어둠의 칠흑 같은 흑(黑)의 왕인 루안.

눈부신 태양처럼 환한 백(白)의 크리스.

서로 마주 보는 두 사내의 그윽한 눈빛은 무척이나 다르면서도 또 하나인 것처럼 닮아 있었다.

✿　　　✿　　　✿

랜스 왕국의 중심이 되는 호엔 성이 화려하고 생동감이 그득한 성이라면 반대편의 노이 성은 침착하고 정적인 성이라 불리었다. 또한 호엔 성이 봄과 여름이라면 노이 성은 가을과 겨울이었다.

많은 참가자들이 일시에 달려 나가는 장관이 펼쳐졌다. 겨울 사냥 대회가 막 시작된 것이다. 컹컹거리며 달려 나가는 사냥개들의 눈초리가 사나웠다.

그 와중에 루안은 슈반 공작의 인사를 받으면서도 과히 편치 않는 분위기를 자아냈다. 주변인들은 괜히 쭈뼛거렸다.

"오, 전하. 이렇듯 멋진 사냥 대회가 개최됨이 더없는 영광입니다. 올해는 기필코 털 좋은 여우를 사냥하는 것이 저의 목표입니다. 하하하!"

명쾌한 웃음으로 긴장된 분위기를 해소해 보려는 클레브 공의 웃음이 주변에 퍼지고 그제야 크리스는 소리 없는 한숨을 내쉬었다.

그는 잠시 왕의 뒤를 곁눈질했다. 아무런 미동도 없이 서 있는 왕의 동행자의 정체가 너무나 궁금했다. 그러나 왕이나 그 측근들이 그에게 소개해 줄 의향이 없으니 도리가 없었다. 자신이 직접 알아볼 수밖에.

크리스를 주시하던 키루스는 그가 한 발자국씩 다가올 때마다 불안과 호기심으로 심장이 요동쳤다. 이상하고 이상한 감각이 아닐 수 없었다. 루안과 함께 있을 때 느꼈던 것과는 사뭇 다른 고동에 그녀의 어깨가 떨렸다.

심장을 지나는 온몸의 피까지도 한 방울 한 방울이 맨살을 뚫고 나오려는 듯이 비틀고 꼬집었다. 키루스는 눈을 감았다. 다시 눈을 떴을 때 다행히도 루안의 온기와 조우했다.

평온했다. 더는 두근거림이 없이 조용히 박동하는 것을 느꼈다. 더 이상 혼자가 아니라는 것을 확인한 안도의 호흡이었다.

충분히 안심이 된 키루스는 새로운 시각으로 크리스라는 사내를 보았다.

머리에서부터 발끝까지 단정했다. 그러나 묘하게 비틀린 그의 망막 테두리는 묘하게 눈길을 끌었다.

어디서 보았지, 어디서…… 답답했다. 그러나 그것과는 반대로 루안의 보듬는 눈길에 안심되었다. 그래, 차차 알아 가면 되겠지. 저 눈에 대해 그리고 저 사내에 대해.

키루스의 평온을 알아차린 루안은 그녀와 반대로 가슴을 헤집는 듯한 고통을 느꼈다. 덫에 걸린 짐승처럼 신음을 흘렸다.

루안은 거칠게 주먹을 쥐었다. 퍼런 힘줄이 터질 듯 숨은 뼈까지도 허옇게 드러났다.

처음 그녀를 데리고 온 후 목욕 중에 울어 버린 어린 키루스. 그리고 의미를 알 수 없는 심장의 고통.

그것은 최초의 감정을 알아 버린 것에 대한 고통이었다. 일부러 추위와 굶주림에 방임(放任)하여 내어 맡긴 것은 아니었다. 그 모든 감각은 앞으로 키루스에게 필요한 것들이었다.

최초의 발현(發顯), 그것을 알아차리지 못하다니. 당장이라도 눈앞의 크리스를 처단하고 싶었다.

공명하는 심장의 소유자를.

아아, 운명은 결코 되돌리지 못하는 것인가. 정녕코!

루안의 눈에서는 순식간에 핏발이 섰다. 그러나 그 누구에게도 알리지 못함이니 그는 태연하게 몸을 돌렸다. 이미 엎질러진 물이다.

되돌릴 수 없으니 키루스의 마지막 발현을 기다릴 도리밖에는. 그 시기가 언제인지는 불분명했다.

루안은 몸의 힘을 풀었다. 어찌 되었건 흘러야 했다. 그것이 지옥일지 천당일지는 두고 보아야 할 일이었다.

"모쪼록 좋은 사냥감이 공작과 그대의 아들에게 가기를. 이번 대회도 기대해 보겠소."

"네, 전하. 최선을 다해 보겠습니다!"

슈반 공작이 고개를 숙였다. 크리스 역시 고개를 숙였다. 왕은 그들의 인사를 받으며 심경을 갈무리했다. 그리고 보이지 않는 투타멘들에게 지시를 내렸다.

살육(殺戮).

루안은 키루스에게 손을 내밀었다. 왕이 검은 사냥복의 동행자에게 손을 내밀자 모두가 숨을 죽였다. 순식간에 긴장 어린 시선들이 한곳에 모여들었다.

왕이 내민 손에 클레브 공을 비롯하여 궁정관의 표정도 굳어 버렸다. 공식 석상에서 왕이 직접 손을 내민다. 정체 모를 동행자에게.

"손잡아, 키루."

키루스는 제 앞에 내밀어진 손을 보았다. 찰나 고개를 들어 루안을 응시했을 때 그는 고통에 잠겨 있었다, 분명히.

그의 눈빛이 이렇듯 어둡게 변한 것에 의문이 들었다. 그러나 그는 키루스가 더 이상 생각할 여유를 주지 않았다.

"손, 잡아."

그의 듬직한 손을 바라보며 키루스는 성을 나서기 전 그가 당부했던 말을 상기했다.

"겨울 사냥 대회는 아무나 참가하는 것이 아니다. 게다가 나는 왕의 신분이라 어쩌면 뒷말들이 나올 수 있어. 그것들을 전부 감수할 수 있겠나?"

"음. 아마도."

"밖에서는 이렇게 손을 잡지 못한다. 너를 보지도 않고, 손도 잡아 주지 않을 거라는 것도 잊지 마라. 그리고 투구는 절대 벗지 말아라."

루안의 말은 정확히 지켜졌다. 흑마에 올라서도, 노이 성에 도착해서도 절대 그는 키루스를 보지 않았다. 손도 잡아 주지 않았다.

그런데 지금 그가 내민 손을 잡으며 크리스라는 사내를 보았다. 그의 시선은 왕에게 있지 않았다. 키루스를 바라보며 그녀의 행동 하나하나를 새기는 듯했다.

"손잡아, 키루."

루안은 당당했다. 머뭇거림 없이 키루스가 손을 잡자 그의 입가에는 보이지 않는 미소가 번졌다. 그는 단번에 그녀를 잡아당겨 말 위에 함께 올랐다.

"이럇!"

왕의 호령에 왕의 수행원들과 기사대가 깃발을 흔들며 쏜살같이 따라 붙었다.

함께 말에 올라 바람을 가르는 키루스는 기분이 날아오를 것 같았다. 차가우면서도 상쾌한 바람이 온몸을 헤집고 다녔지만 추운 줄 몰랐다.

지켜보는 이들은 다들 약속이나 한 듯이 경악했다. 직접 보았는데도 믿기지 않았다. 왕의 옆에 있는 동행자의 정체는 도대체 무엇이란 말인가.

클레브 공과 궁정관, 슈반 공작 일행들은 앞서 달려간 왕의 뒷모습을 바라보면서 당황함을 숨기느라 어색하기 그지없었다.

"우, 우리도 출발합시다. 허허."

클레브 공에 궁정관이 맞장구쳤다.

"그럽시다. 뭐가 됐든 사냥을 해야지요."

그리고 그들도 달려 나갔다. 다음은 슈반 공작 일행이었다.

"크리스, 우리도 출발하자꾸나."

아직도 혼이 나간 듯한 크리스는 부친의 말이 들리지 않았다. 그런 아들을 보며 공작은 그저 왕과의 대면에 긴장했다고 여겼다.

"크리스?"

"……아버지, 먼저 출발하시겠습니까?"

"너는?"

"저는 조금 뒤 곧장 가겠습니다. 염려 마세요."

"그럼, 그렇게 하려무나."

공작가의 깃발도 펄럭이며 사냥터로 달려 나갔다.

혼자 남은 크리스는 아직도 눈앞에 있는 것 같은 소녀를 생각했다. 아울러 자신을 비웃는 듯한 왕의 표정도 마음에 남았다. 왕과 함께 보란 듯이 달려 나간 동행자.

누구지, 넌.

크리스는 굉장히 소중한 것을 잃은 듯한 느낌이 들었다. 순간 알 수 없는 눈물이 떨어져 내렸다.

"왜 눈물이……?"

생각도 못 한 눈물에 기막혔다. 급기야 어이없는 실소까지 흘린 그는 다시 한 번 오만한 왕과 함께 말에 오른 동행자를 생각했다.

그래, 그녀는 분명 날 보고 있었다.

그것은 분명해. 그렇다면…….

크리스는 그대로 자신의 말에 뛰어올랐다.

"달려! 젖 먹던 힘까지 내어서 그녀의 뒤를 쫓아가는 거야!"

크리스는 말고삐를 한껏 잡아 올렸다. 앞다리가 들리며 힘찬 말 울음이 그를 응원했다.

빌협 골짜기, 깊고도 울창한 나무들이 줄지어 있어 가히 그

협곡의 깊이를 가늠할 수 없는 곳으로 왕의 일행은 진입했다. 그 뒤에는 크리스를 태운 재빠른 말이 한 치의 두려움도 없이 빌협의 입구를 지나 맹렬히 따라오고 있었다.

그가 출발하고 노이 성에서는 작은 변화가 있었다. 거대한 입구의 아치문 옆, 균형 있게 세워진 네 개의 기둥이 일제히 윤기를 냈다. 귀한 흑의 대리석으로 만든 기둥은 백설(白雪)의 눈과 어우러져 빛을 뿜었다.

마찬가지로 대리석 기둥을 둘러싸고 세워진 청동의 울타리. 겨울의 추위에 말라비틀어진 아이비 줄기들이 초록의 색으로 물들고 있었다. 뼈가 드러났던 자연이 서서히 물들어 가는 광경, 그러나 눈여겨보지 않으면 볼 수 없을 정도로 작았다.

거기서 그치지 않았다. 노이 성의 지붕을 감싸고 있는 조각상들. 거대한 창을 들고 나체로 몸을 세우고 있는 머리는 늑대, 몸통은 사자, 꼬리는 기다란 뱀의 꼬리를 한 군신들이 살아 움직이는 듯 꿈틀댔던 것이다.

"저기, 저것을 보세요."

사냥 대회를 구경할 겸 모친의 손을 잡고 참석한 어린애가 돌아가는 마차 위에서 손짓했다.

"제발요, 좀 보세요! 노이 성을요!"

"아니, 왜 그리 호들갑이니?"

보다 못한 모친이 뒤를 돌아보았지만 똑같은 풍경일 뿐이었다.

"분명 움직였단 말이어요."

"그래. 믿어 줄 테니 이제 조용히 해라."

한낮 어린애의 눈이라 치부한 어른의 으름에 아이는 투덜거리면서도 끝까지 노이 성을 응시했다.

chapter
7

겨울의 풍만한 기운이 나무숲을 휘감고 있었다. 눈 덮인 사 릿길을 이리저리 달리고 있는 크리스는 옆으로 지나치는 빌협 골짜기를 눈으로 담으며 앞서간 국왕 일행을 쫓아가느라 여념 이 없었다.

그는 무작정 달리고 또 달렸다. 어떠한 계획이 있는 것은 아니었다.

바보 같은 크리스.

자책을 하면서도 오직 그녀를 눈에 담아야 한다는 일념 하 나로 말을 재촉하고 있었다. 그와 더불어 크리스는 젊은 국왕, 캄비세인 2세를 떠올렸다. 선망의 대상이자 경외에 마지않는 최고의 남자. 그런 왕이 공식적인 자리에서 직접 손을 내밀어 말에 태웠다.

왕의 뒤를 쫓는 것이기에 어떠한 결과를 초래할지 모른다. 그런데도 크리스는 심장의 울림이 너무나 간절했기에 그것을 염두에 두지 않았다. 모른 척할 뿐이었다.

　한 가지는 분명했다. 만날 수 있다는 확신. 그녀 역시도 자신을 알아볼 거라는 터무니없는 욕심이었다.

　한참 달리던 크리스는 말의 이상한 낌새를 알아차렸다.

　"워워. 왜 그래?"

　풍성한 오크 나무숲이 끝나는 길. 계속하여 제자리를 맴도는 말이 푸드득거렸다. 주위는 고요했다. 단지 사냥 대회가 열린 지금 바람 소리조차 들리지 않을 정도로 고요하다는 것이 이상했다. 그러나 그것까지 생각지 못한 크리스의 마음은 다급했다. 그는 더 이상 달리려 하지 않는 말을 달랬다.

　"좀 도와주라. 그럼 내 맛난 사과를 듬뿍 선사하지."

　말의 갈기를 부드럽게 어루만지는 크리스는 즐겨 먹는 사과에도 꿈쩍하지 않는 말을 원망의 눈초리로 보았다.

　"좋다, 나중에 후회 마라!"

　그는 말에서 내려 직접 말고삐를 잡고 가려 하였으나 말은 도통 움직일 생각도 않았다. 다만 앞을 보면서 씩씩거리기만 했다.

　"왜 이래, 정말. 이러면 나 혼자라도 갈 거다."

　그는 말에게 위협하면서 말고삐를 놓아 버렸다. 크리스의 말은 안타까운 눈으로 그의 옷자락을 잡으려 했다. 크리스가 머리를 긁적였다.

"미안하다. 그래도 난 가야 해. 여기서 아버지의 냄새를 맡을 수 있지?"

차라리 일행들에게 보내는 것이 나을 것 같았다. 크리스가 갈기를 쓰다듬으며 돌아가라 할 때였다.

끼이익. 푸드덕.

정적에 휩싸여 있던 숲에 요상한 소리가 울렸다. 새 울음 같기도 하고 껄떡이는 쇳소리 같기도 한 것이 크리스의 귓가를 불쾌하게 스쳤다.

뭐지.

크리스는 말안장에 매어 둔 자신의 검을 꺼내어 들었다. 말역시 흥분을 감추지 못하고 앞발을 들어 올리며 울부짖었다. 그는 말을 진정시키며 천천히 방어 태세를 갖추고 주위를 둘러보았다.

푸드덕. 새들의 급한 날갯소리가 들리고 물소리 같은 것이 뒤를 이었다. 명백히 얼어붙은 겨울의 숲에서 물결치는 바닷소리가 들리다니. 그는 자신의 귀를 의심했다. 소리를 듣기 위해 집중하니 다시 한 번 바닷물이 물결치는 소리가 들려오고 있었다.

크리스는 날카로운 검을 검집에서 꺼내어 들었다. 주변을 살피며 경계를 게을리하지 않았다. 이럴 줄 알았다면 사냥개라도 한 마리 데리고 올 것을. 미처 대비하지 못한 자신의 불찰을 반성했다. 한편으로는 사냥 대회를 맞아 몰이꾼들에 의해 사나운 짐승들이 우왕좌왕하는 소리가 들리는 것이라 스스로를 위로했다.

다시 한 번 소리가 들리고 드디어 소리의 주인공이 모습을 드러냈다. 그것들은 하나가 아니었다. 적어도 대여섯, 몸집도 거대했으며 입가에 침을 질질 흘린 채 크리스와 말을 노려보고 있었다.

"아니, 이게 뭐야!"

크리스는 경악했다. 절대 평범한 짐승들이 아니었다. 누런 갈색 털에 주둥이가 길고 뾰족했고 무엇보다 꼬리가 굵고 길었다. 얼굴은 분명 늑대의 형상이나 몸체는 거대한 곰, 다리는 뾰족한 살쾡이의 발톱에다 어떠한 짐승보다 날카로워 보이는 이빨이 마치 크리스를 잘게 찢을 듯 입을 벌리고 있었다.

"어디서……."

크리스는 재빠르게 머리를 굴렸다. 대륙의 역사를 수학(修學)하는 시간에 보았던, 이미 역사 속으로 사라진 동물!

"네놈들, 포트(Port)*구나!"

크리스는 믿을 수 없었다. 이미 사라진 동물들이 왜 이곳에 있는 것일까. 그는 짐승들을 하나하나 살폈다. 붉게 충혈된 눈, 박쥐를 닮은 뾰족한 귀, 그리고 내쉬는 숨에서는 유황의 냄새가 짙게 배어 있었다.

입가에 거품을 물며 먹이를 찾으려는 잔악한 짐승들. 그는 그 누구에게 말을 한다고 해도 이 짐승들을 믿지 않을 것임을

---

*포트(Port):전설의 동물.

알았다. 계절은 겨울, 일반적인 겨울 동물들의 경우 땅속에 숨어들어 따뜻한 봄을 기다리며 스스로 자양분을 영위하는 게 대부분이었다. 그것은 자연의 섭리였다. 한데 겨울 동물도 아닌 것이, 게다가 몇백 년 전에 소멸되어 그림으로만 남아 있는 짐승들이 이곳에 있는 것을 어찌 믿을 수 있단 말인가.

크르르, 쏴아아. 소름 끼치는 소리를 내는 짐승들이 천천히 발길질을 시작했다. 크리스는 생각하기를 멈추었다. 눈앞의 짐승들을 해치우는 것이 먼저였다.

그가 검을 들자 기다렸다는 듯이 포트들이 달려들었다. 곧 검이 바람을 가르고 크리스는 잠시 그녀를 잊었다.

❖　　　❖　　　❖

말에서 내린 키루스는 백색의 설경을 눈앞에 두고 어쩔 줄 몰라 했다. 마치 처음 눈을 본 어린애 같았다. 두 손을 내밀어 눈을 만져 보는가 하면 날아오는 바람 속에 눈발을 날리기도 했다.

"감기 들어, 키루."

"괜찮아. 시원해."

손바닥 위에 있는 눈을 입으로 후, 부는 키루스는 루안에게도 눈뭉치를 내밀었다. 마치 저처럼 바람에 날리라는 듯이.

루안은 피식 웃었다. 철없는 행동을 해 본지가 언제인지, 동심으로 돌아가 보는 것도 나쁘지 않을 듯했다.

서로의 손안에 담긴 눈꽃을 쉬지 않고 바람에 날려 보냈다. 백의 설경 안에서 두 개의 흑색은 하나였다.

"루안, 이제부터 뭘 할 거지?"

"사냥."

"어떤 사냥?"

"물뱀이자 괴물인 리델을 잡을 거야."

"여우 사냥이 아니고?"

물뱀이라는 말에 키루스의 표정이 모호해지며 루안을 깊게 응시했다.

"위험하진 않겠지?"

"무슨 소리야?"

"사냥하다가 루안이 다치면 어떻게 해? 갑자기 내 앞에서 사라지면?"

걱정하는 키루스에게 루안이 다가왔다. 시린 바람이 불어 키루스의 몸은 차가워져 있었다. 단지 그녀가 의식하지 않을 뿐이다.

루안은 그녀의 옷깃을 꼼꼼히 감싸 주었다. 그때를 맞아 키루스가 발돋움해 순식간에 입을 맞추었다. 쪽, 하고.

"따뜻해."

진지한 키루스에 루안은 희미한 미소를 보였다.

"키루……."

뜻하지 않게도 루안은 제 입술을 그녀의 이마로 가져갔다. 따뜻한 그의 입술이 닿자 키루는 살짝 떨리는 것을 느꼈다. 기대하지 않았던 그의 입맞춤. 안온한 향기와 더불어 행복했다. 그러나 그와는 반대로 루안은 고통을 받는 것처럼 눈빛이 일렁거렸다. 키루스에게도 고스란히 느껴졌다.

아무것도 의식하지 않고 어떠한 속셈도 없이 그녀의 두 손이 그의 굵은 목을 휘어 감았다. 루안은 제 머리를 끌어안고 있는 키루스에게 당황했으나 멀지 않아 포근함이 그를 엄습했다. 키루스의 심장 박동이 그대로 루안에게 전해졌다.

"나는 언제나 루안과 함께야. 그렇지?"

키루스가 묻는다. 그러나 섣불리 답을 주지 못한 루안은 말을 끝맺지 못했다.

"나는……."

작은 그녀에게 안긴 그는 언젠가의 똑같은 기시감에 울컥한 심정이었다.

"루안, 내 어린 왕자님. 나는 언제나 함께예요. 그렇지요?"

"어마마마!"

"그러니 먼저 가는 어미를 너무 원망치 말아요."

"안 해요. 그러니까 가지 마세요, 어마마마!"

"살날이 멀지 않은 것을 알기에…… 그러나 이처럼 영특한 왕자를 두었으니 이제 여한이 없어요."

"싫어요, 싫어."

어린 루안은 오랜 병석에서 일어나지 못하고 임종을 맞이하려는 모후의 침실에 와 있었다. 허옇게 들뜬 피부와 버석거리는 입술을 달싹거리며 눈물을 흘리는 왕후, 소피아를 보며 애걸했다.

뒤에 도열한 궁정의를 비롯해 많은 귀족들이 고개를 돌리며 어린 왕자와 왕후의 마지막 인사에 목이 메는 것을 참아야 했다.

"싫어요, 어마마마! 가지 마시어요!"

"루안, 잘 들어요. 훌륭한 왕이 될 우리 꼬마 왕자님. 하늘에 가서도 내 어린 왕자님만을 보고 있을 것입니다. 부디 올바른 정치를 하시어 더욱 부강한 랜스 왕국을 이끌어……."

힘든 쇳소리에도 불구하고 왕후는 끝내 말을 마치지 못했다. 터지는 기침에 핏물이 입에서 턱까지 흘러내리고 고통에 가슴을 쥐어뜯었다. 그렇게 왕후의 생은 마감되었다. 어린 루안은 그저 시종장의 품에 안겨 쓰러져 가는 모후에게 두 팔을 내밀 뿐이었다.

"놔라. 어마마마에게 갈 것이다. 놔란 말이다!"

"왕, 왕자마마. 지금은 그럴 수 없나이다. 부디……."

왕후의 침실에서 시종장에게 안겨 나가는 루안. 고개가 꺾이고 눈이 뒤집힌 왕후를 닫힌 문 사이로 본 것이 그가 본 모후의 마지막 모습이었다.

"루안?"

키루스는 온전히 자신의 가슴에 안겨 미동도 않고 있는 그를 살며시 불러보았다. 그제야 움직인 루안은 한층 눈빛이 깊어져 있었다.

"움직이지 않길래."

"잠시 생각했었다."

"무슨 생각?"

"태초의……."

키루스는 의미를 알 수 없었다. 간혹 모호한 말을 던지는 루안을 보며 의문을 가졌지만 흔들림은 없었다. 그저 그를 보며 미소 지었다.

루안은 자신을 쳐다보고 있는 키루스의 시선을 받고 있었다. 얼굴을 들어 그녀의 눈빛을 마주하자 누군가가 떠올랐다.

그래, 내가 처음 보았을 때도 이런 모습이었다.

오래된 벽화 안, 흔들리던 공기의 흐름, 그리고 어린 루안. 수정처럼 맑게 흐르던 호수와 머리에 뿔이 하나인 은빛의 일각수. 그것의 갈기를 어루만지며 루안을 내려다본 여신 같은…….

❖   ❖   ❖

왕후의 장례식 날이었다.

"어마마마! 어마마마!"

얼마나 뛰었을까. 온몸에 식은땀을 흘리며 호엔 성의 높게 난 창을 올려다보는 루안의 얼굴은 눈물로 젖어 있었다.

멀리서 왕후의 장례식을 치르는 종소리가 울렸다. 쉼 없이 흐르는 눈물을 닦지도 못한 채 벌겋게 부은 얼굴로 성안의 긴 회랑을 정처 없이 걸었다.

그리고 보았다. 아니, 볼 수 있었다.

긴 회랑의 벽면에 오랜 세월 동안 대대로 걸려 있는 거대한 벽화를.

낡은 벽화에는 전쟁의 대서사시가 펼쳐져 있었다. 루안은 이해하지 못할 그림에 가슴이 흔들렸다. 알 수 없는 그리움에 목이 말랐다. 그리고 동시에 이상한 일이 벌어지기 시작했다.

미동도 않는 그림 속의 존재들이 소리를 지르며 움직이기 시작한 것이다. 너무나 놀라운 전경에 입을 벌리고 움직이지 못한 루안은 어느새 자신의 몸이 붕 떠서 허공 위에 있는 것을 알 수 있었다.

"어마마마!"

어린 루안은 주문처럼 모후를 불렀다. 그리고 탄식과도 같은 공기를 타고 순식간에 벽화의 그림 세계로 들어가 버렸다.

"어마마마! 어마마마!"

휘몰아치는 바람 속에서 부르고 또 불렀다. 겁이 나서도, 두려워서도 아니었다. 한 번도 느껴 보지 못한 기운임에도 그리움이 맺혀 모후를 찾은 것이었다.

루안의 눈앞에 바람의 끝이 보이는 듯했다. 반짝이는 허공의 한복판에 거대한 금빛 햇살 같은 것이 한꺼번에 쏟아져 내렸다. 그 빛은 둥근 원을 그리며 어린 몸을 감싸 천천히 가라앉았다.

작은 두 발이 잘 조각된 바닥에 닿자 순식간에 빛은 사라지고 그 주변은 조용하고 아늑한 공간으로 물들어 갔다.

"와아!"

어린 루안은 눈앞에 펼쳐진 전경에 두 눈이 휘둥그레졌다. 그곳은 호엔 성의 회랑에 걸려 있는 벽화처럼 전쟁의 한복판이 아니었다. 따뜻한 공기를 타고 부유하며 날아든 곳은 뭐라고 표현할 수 없는 신비한 곳이었다. 황홀하리만큼 아름다운 푸른 숲이 넓게 자리 잡고 지상에는 존재하지 않는 온갖 풀들과 꽃들이 바람에 흔들리며 움직이고 있었다. 아니, 바람에 따라 춤을 추고 있다는 표현이 옳은 것 같았다.

"넌 누구?"

"누구냐?"

넋을 빼고 서 있는데 귓가에 이상한 언어가 들려왔다. 주위를 둘러보던 루안이 경악했다. 소리를 내는 그것들은 매우 작은 존재였다. 아이의 손가락처럼 작았고 날개를 가지고 있었다. 너무나 신기한 나머지 손을 올렸다. 작게 붕붕거리는, 날아다니는 그것을 쉽게 잡았다.

"신기해."

마치 작은 나비들 같았다. 다른 점이 있다면 인간처럼 생긴 얼굴에 긴 머리칼, 머리에는 작은 화관까지 쓰고 있으며 요상한 언어로 말한다는 점이었다. 너무나 신기한 루안은 그들의 등에 달려 있는 날개를 만지려 하였다.

"이히힝!"

어디선가 말 울음소리가 들렸다. 루안은 한 손에 날개 달린 작은 것을 잡은 채 몸을 돌렸다.

"와아아!"

아까보다 더한 비명이 터져 나왔다. 입이 귀까지 걸려 버렸다. 말 울음소리의 정체는 지상에 존재하지 않는 은빛 갈기와 은빛 뿔을 가진 일각수였다. 얼마나 눈부시고 아름다운지 루안은 잠시 이곳이 어딘지를 잊어버렸다.

한 손에는 날개 달린 작은 것을 잡고 다른 손으로는 은빛 뿔의 일각수에게 손을 뻗쳤다. 제 옆에 조심히 다가온 일각수와 함께 천천히 걸었다. 평화롭기 그지없었다.

한없이 맑은 물이 흐르는 둥근 호수에 다다라 비추이는 거대한 성을 보았다. 웅장하고 신비로웠다. 마치 모후가 기거하고 있을 것만 같은 느낌에 루안은 그 성을 향해 달렸다.

"어마마마, 저예요! 저 루안이어요!"

성 가까이 다가가 소리쳤다. 너무나 평화롭고 아늑한 이곳에 모후가 기다리고 있는 것처럼 당연하게 불러댔다. 루안은 높은 성을 올려다보았다.

거대하고 높다란 뾰족탑이 은연하게 솟아 있고 모든 성벽들은 붉은색으로 치장되어 있었다. 주변은 놀랍도록 화사한 꽃무더기와 푸르름이 가득한 나무, 풀들까지 온갖 부드러운 향으로 공기를 채우고 있었다. 더없이 부드러운 분위기 속에서 곧 모후를 볼 수 있을 것만 같은 느낌을 받은 루안은 거대한 성문 앞, 은색의 다리 앞에서 잠시 심호흡을 했다.

이 아름다운 다리만 건너면 된다. 그렇게 되면…….

기쁨에 젖은 채 막 다리 위로 한 걸음 내디디려 할 때 또다시 바람이 불어왔다. 조금 거칠게 불어대는 그 바람에는 색이 있었다.

짙은 회색의 바람이 루안의 몸을 휩쓸고 지나가자 그의 손에 잡혀 있던 작은 것이 달아나 버렸다. 언제 사라졌는지 은빛의 일각수도 더 이상 보이지 않았다. 그리고 지금까지와는 또 다른 것을 볼 수 있었다.

"어마마마? 헉!"

루안은 눈앞의 놀라운 광경에 소리 질렀다. 처음 신비한 땅에 도착해 내지른 소리와 차원이 달랐다. 그 외침은 공포와 두려움, 그리고 죽음의 소리였다.

"사, 살려 줘!"

바로 눈앞에서 루안은 누군가 내지른 비명을 들으며 숨을 삼켰다. 그 비명 속에서 쏟아지는 검붉은 핏빛을 덮어 써야 했다.

"으윽!"

"사, 살려 주세요⋯⋯."

"제발, 목숨만은⋯⋯."

간절히 애걸하는 목소리에 아랑곳없이 그들은 전부 베어졌다. 피를 흘리거나 목이 잘리거나. 팔이 잘려 나간 그들. 인간이라 하기에는 너무나 이질적인 모습에 루안은 눈을 비빌 새도 없었다. 두렵고 겁이 나 생각도 멈추어 버렸다.

쓰러진 그들은 고서 속에서 보았던 거대한 뾰족 귀에 날카로운 이, 그리고 거대한 덩치의 오르세인들이었다. 인간과는 다른 본성을 가진 그들이 쉴 새 없이 베이고 잘려 나가고 있었다.

루안은 자신의 눈을 믿을 수가 없었다. 그러나 울지도 달아나지도 않았다. 지독한 공포에도 자신의 몸속 깊숙이 숨어 있던 담대함을 드러내며 눈앞에 펼쳐진 광경을 고스란히 눈에 담았다.

그들을 가차 없이 베어 내는 것은 마치 은을 잘라 빛을 씌운 것처럼 빛나는 세검이었다. 오르세인의 단단한 몸을 어깨로부터 허리까지 내리그었다. 핏물은 차고 넘쳐 강을 이루었고 세검의 주인인 자가 천천히 고개를 들었다.

깊은 두건을 쓰고 있어 얼굴은 보이지 않았다. 그자에게서 느껴지는 고귀한 품위와 강한 위압감이 어린 루안의 마음을 고동치게 만들었다.

때마침 불어오는 바람에 그자의 옷자락이 흩날렸다. 무척이나 검붉은 적빛이었다. 머리부터 발끝까지 온통 어둠과도 같은 흑(黑)의 세계와 태양을 상징하는 적(赤)이 공존하는 자.

죽음의 공포에 바르르 떠는 오르세인들을 바라보면서 그자는 핏물이 떨어지는 세검을 다시 들었다. 놀랍게도 날카로운 검날에 자신의 입술을 가져다 대었다. 차분하고 두려운 그 모습에 남은 오르세인들은 소리도 지르지 못하고 바닥에 주저앉아 몸을 떨었다.

어린 루안은 땅 위에 떨어진 그자의 그림자가 너무나 검어 어디까지가 실체인지 분간하기 어려웠다.

검은 인영 자체에 루안은 다시 눈을 크게 떴다. 너무나 붉어 차라리 검붉게 보이는 흑의 장미처럼 검을 들고 있는 자의 몸 전체에서는 서서히 불꽃이 일어났다. 메마른 장작에 불이 붙어 활활 타오르는 것 같은 불의 환상이 루안의 앞에 펼쳐졌다.

그자는 자신의 몸에 흐르는 불의 열기를 알고나 있는지 흐르는 피보다 더 붉은 혓바닥으로 자신의 세검을 길게 핥았다. 그리고 검을 떼어 냈을 때 그 입술에는 붉은 핏물이 하나의 꽃잎처럼 묻어 있었다.

"으으으……."

처절한 비명을 지르지도 못한 오르세인은 거의 체념 상태였다. 검의 주인이 다시 세검을 높이 들어 단번에 그의 목을 잘라 버렸다.

쉬이익. 바람 소리와 함께 잘린 목은 핏자국을 만들면서 데굴데굴 굴렀다. 그리고 어린 루안의 발밑에 멈추었다.

세검을 들고 있는 자의 시선이 어린 루안에게 닿았다. 그자는 놀라지도 않았다. 다만 고개를 갸웃거리며 천천히 아이에게 다가왔다.

루안은 어디론가 도망치고 싶었다. 하나 앞에도 뒤에도 갈 곳이 없었기에 막막할 뿐이었다. 발에 닿아 있는 오르세인의 머리에서 흐르는 피가 끈적끈적하게 발을 잡아채고 있었다. 이러지도 저러지도 못하고 검의 주인이 가까이 왔을 때 루안은 입을 실룩거리며 눈물을 한가득 담았다. 그러나 결코 눈물을 흘리게 두지 않았다.

저도 모르게 두 주먹을 꼭 쥔 채 입을 앙다물며 자신 앞에 몸을 숙인 자를 노려보았다. 강한 분위기와는 전혀 다른 맑은 웃음소리가 들려왔다. 너무나 청아한 소리에 루안은 입을 벌렸다.

"꼬맹아. 너 여기 어떻게 왔어?"

놀랄 정도로 투명한 음성이 들렸다. 가까이 다가온 그자는 놀랍게도 루안의 키와 맞추어 자신의 몸을 굽혔다. 그다음 머리에 쓰고 있던 두건을 벗었다. 곧 그자의 얼굴이 고스란히 드러났다.

잔인하게 검을 휘두르며 피를 보던 그자는 놀랍게도 여자였다. 세상에서 가장 아름다운!

윤기가 흘러 빛이 나는 붉은 머리칼, 진주처럼 영롱한 살결에 눈은 커다란 보석을 박아 놓은 것처럼 깊고도 깊었다. 푸른 눈동자와 은발이나 금발이 대세인 랜스 왕국에서는 전혀 볼 수 없는 홍(紅)의 눈동자였다.

"누, 누구냐. 넌!"

아직은 어릴지언정 루안은 차기 랜스 왕국을 이끌어갈 국왕이 될 것이었다. 저도 모르게 몸을 세우며 강한 위압감으로 소리쳤다.

얼굴을 해사하게 드러낸 자는 눈에 웃음을 한가득 담으며 루안을 보고 말했다.

"사르곤."

그것이 어린 루안과 신비한 사르곤과의 첫 만남이었다. 이제 둘의 사이로 피가 섞인 바람이 지나갔다. 그러나 둘 중 누구도 그 바람을 피하지 않았다. 오래도록 그 자리에서 서로를 마주할 뿐이었다.

❀   ❀   ❀

크르르, 쏴아아.

바로 그 순간, 차가운 바람을 타고 흐르는 소리가 있었다. 멀리서 들리는지, 가까운 곳에서 들리는지는 분간할 수 없었다. 먼저 반응을 보인 것은 키루스였다.

"멈춰!"

키루스의 움직임을 막은 것은 루안이었다. 그는 단호하게 명했다.

"키루, 옆에 있어라."

"뭔가 들렸어. 굉장히 위험한 소리가."

젠장. 분명 아무도 모르게 처리하라 일렀건만, 그 짐승들의 소리가 이렇게 잘 들리는 거리라니.

"루안, 나 이 소리 알아!"

기쁜 듯이 환하게 웃는 키루스는 당장 달려 나갈 태세였다. 루안은 그녀의 손목을 잡아챘다.

"아니, 환청이야!"

"아냐, 이것은 분명 포트의 소리야. 난 알아!"

"키루!"

루안은 기시감이 앞섰다. 너는 모르겠지, 키루. 전에도 이런 적이 있다는 것을 루안은 알고 있었다. 지금 그 짐승들이 다가가고 있는 자가 누구인지. 그자와 키루스를 마주치게 할 수는 없었다.

"루안, 포트를 만나고 싶어."

"아직은 안 돼. 지금은 완벽하지 않아. 넌 조금 더 자라야 해!"

"그게 무슨 소리야? 뭐가 문제라는 거지?"

루안은 강하게 자신을 보는 키루스에게 끝내 아무 말도 할 수 없었다. 강하고 명백하게 자신을 놓아줄 것을 명하는 고압적인 눈빛에 루안은 그녀를 놓을 수밖에 없었다.

"키루, 기억해라. 너의 심장."

키루스는 달려가다 말고 루안을 물끄러미 응시했다. 분명 자신의 심장은 또 다른 반응을 하며 공명하고 있었다. 어찌 루안이 알고 있는 것인지……

"무슨 의미야?"

"기억해, 키루."

루안은 키루스에게 다가왔다. 놀랍게도 한쪽 무릎을 꿇고 그녀의 손등에 입을 맞추었다. 예를 보인 것이다. 그는 다시 한 번 그녀의 손을 따뜻하게 보듬고는 물러났다.

"가라. 가서 포트를 확인해."

안타까운 듯 애틋함이 밀려드는 순간, 키루스가 머뭇거렸다. 그냥 가지 말까, 그래야 할까. 그런데 거친 소리들이 다시금 눈밭을 헤집었다. 만나야 했다. 소리의 정체를.

"금방 올게."

루안은 달려 나가는 키루스를 말릴 수가 없었다. 분명한 의지를 발현하는 눈빛을 어찌 당할 수 있단 말인가. 그녀를 잡으려는 손이 더 이상 앞으로 나가지 못했다. 루안은 어금니를 사리물었다. 입안에서는 비릿한 피 맛이 났다.

"하필이면…… 키루!"

고요한 숲속에 울리는 루안의 목소리가 처절했다. 멀리 가지 못한 그의 부름은 그대로 눈밭에 스며들었다.

차가운 한가운데, 석상처럼 움직일 줄 몰랐던 루안은 투타멘들을 불렀다.

"분명 흔적 남기지 말라 하였다."

나뭇가지들이 소리를 지르며 서서히 흔들렸다. 눈들이 흔들림으로 내려앉았다. 마치 눈이 내리는 것처럼 주위에 흩뿌려졌다. 그 사이 나타난 투타멘들. 은빛의 망토는 여전히 빛났다.

멀리 하나의 점처럼 보이는 키루스를 무겁게 바라보는 루안은 조용히 뒤를 돌았다.

"흔적, 어찌할 건가."

그는 스멀거리는 강한 노기는 드러내지 않았다. 이미 까맣게 타들어 간 제 심장 따위 아무렴 어떤가.

"말해, 당장."

"두 그림자가 뒤를 쫓아갔습니다. 용서를……."

"용서?"

더는 참을 수 없었던 루안. 어느새 꺼내 든 그의 검에 의해 앞에 선 투타멘의 몸이 베어졌다. 투타멘은 비틀거렸다. 아니 정확히는 검은 연기로 화했다 다시 뭉쳤다 할까. 그 탓에 그의 얼굴이 드러났다.

분명 날카로운 검에 의해 살점이 배어 붉은 피가 흘러야 할 투타멘의 몸은 찢어진 망토를 제외하고는 어떠한 상처도 없었다. 그들은 인간이 아니었다.

말 그대로 연기(煙氣) 같은 그을음이 가득한 신체를 가지고 있는 분명한 그림자들이었다. 그런 그들이었기에 몇백 년을 이어 누구에게도 노출되지 않은 채 국왕을 수호하는 것이었다.

다만 그림자들로 이루어진 그들을 쉽게 이끌 수 있는 자는 결코 평범한 인간이 될 수 없었다.

"네놈들이 인간이었으면 벌써 죽음을 맞아도 수천 번은 맞
았을 것이다. 용서라는 말은 있을 수 없다."

잔인할 정도로 매서운 그들의 왕에게 전부 머리를 조아렸
다.

루안은 잠시 하늘을 보았다. 그의 타는 속은 아랑곳없이 구
름은 잘도 움직여댔다.

"데리고 와라. 온전하게."

"알겠습니다."

곧 그들은 흔적도 없이 사라졌다. 눈 위에 발자국 하나 남
기지 않으며 사라지는 그들을 보며 루안은 입 끝을 올렸다. 또
다시 기억 속에 살아 숨 쉬는 사르곤을 그려냈다.

"넌 다시 돌아가야 해."

"싫어. 싫어, 사르곤. 여기 이곳에서 같이 살고 싶어."

벽화 안의 환상적인 곳, 흐르는 시간이 얼마나 지났는지도
개의치 않는 어린 루안은 평생을 그곳에서 살고 팠다. 마침내
자신을 돌려보내려는 사르곤에게 어린 루안은 도리질을 하면
서 그녀의 팔을 잡고 매달렸다.

"여기는 인간이 올 수도 없으며 살 수도 없는 곳이다. 네가 이곳
으로 들어온 것은 어쩌면 완벽한 인간이 아닌 반인(半印)이기에 가
능한 것일지도 몰라."

"반인?"

"너에게서 인간이 아닌 다른 형태의 피가 느껴져. 그리고 여기는 곧 전쟁의 소용돌이에 휩싸이게 될 것이다."

"전쟁?"

"그렇게 된다면 나의 본체 역시……."

"본체?"

계속하여 반문하는 어린 루안을 보던 사르곤은 그를 포근하게 감쌌다. 사르곤은 주변의 아름다운 풍광으로 고개를 돌렸다. 즐겁게 부유하는 날개 달린 작은 것들, 은빛의 일각수와 이름 모를 짐승들에 풍부한 자연들.

"이곳은 우리들에게 낙원이며 생명인 곳이다. 이곳을 탐내는 인간과 괴물이 단합해 쳐들어올 거야. 난 그것을 막아 낼 의무가 있어."

"사르곤은 이곳의 여왕인 것이야?"

"여왕? 아니, 그런 것은 아니야. 지배하고 지배당하는 곳이 아니야. 이곳은 자라나는 풀 한 포기, 떠다니는 이름 모를 씨앗 한 조각까지 동등하고 함께 살아갈 권리가 있는 곳이다. 그런 낙원을 지키는 것은 나의 숙명일 뿐이야."

"그럼 사르곤도 죽어? 어마마마처럼?"

죽음을 묻는 어린 루안의 얼굴이 눈물로 뒤덮었다. 그때의 사르곤은 슬픔을 담고 있었다. 깊은 눈동자에는 수정 같은 눈물이 모였다 흩어졌다. 동시에 붉은 불꽃이 피어오르다 사그라지며 사르곤의 입가를 떨게 만들었다.

생각만으로도 너무나 애련하고 슬픈 그녀. 지금까지 루안은 단 한순간도 사르곤을 잊은 적이 없었다.

"아니, 죽어도 다시 살아나. 계속하여……."

"어떻게?"

그 대화는 끝까지 이어지지 못했다. 사르곤이 일각수의 도움을 받아 어린 루안을 다시 원래의 세계로 돌려보내려 할 때, 적들이 쳐들어왔다. 그리고 이어지는 처절하고 잔인한 전쟁. 그 소용돌이 한가운데에 사르곤이 있었다. 제 심장을 빼앗긴 채 끝없이 이어지는 전쟁.

왕이 된 루안은 그때의 사르곤의 모습을 제 몸과 영혼에까지 깊이 각인하여 새겼다. 그리고 키루스를 만났다. 말간 홍적의 아이를.

다시는 빼앗기지 않는다.

루안은 사르곤의 심장을 가져간 자를 기억했다. 자신을 욕심내는 자에게 사르곤은 심장을 가차 없이 잘라 주었다. 그자는 보란 듯이 사르곤의 남은 심장을 꺼내 갈기갈기 조각내 버렸다.

그때 루안은 사르곤의 심장을 가져간 자의 얼굴을 똑똑히 기억하고 있었다. 바로 슈반 공작의 아들인 크리스티안 얀크 에드워드 슈반!

그자의 눈빛을 되새기며 루안은 제 속살을 짓이겼다. 당장 왕이라는 권력을 사용하여 처단하고 싶다. 하나 아직은 더 두고 행해야 할 일이 있었다.

바로 키루스의 변환이었다. 그것이 어떠한 형태로 이루어지는지 그 역시 알 수가 없었다.

"루안. 나를 기억해 줄 것인가."

"영원히 기억할게, 사르곤."

"그럼 기다려. 기다려 줘. 어떠한 형태가 되더라도."

마지막 의미를 남기고 간 사르곤. 루안은 불꽃에 덮인 현란한 불꽃 나무와 푸른 이끼에 뒤덮여 유린당하던 밤나무의 비명을 기억한다. 날개를 퍼덕이며 심장을 잃어버린 채 하늘로 날아오르는 사르곤의 실체도 기억하고 있었다.

키루. 기억해, 너의 심장을 가진 자를!

루안은 키루스가 뛰어간 방향을 주시했다. 그는 풀려난 포트들을 믿었다. 그들이 루안을 대신해 미약하나마 그자를 벌해 주기를 바라고 또 바랄 수밖에는. 단, 그자의 심장은 다치지 않아야 한다는 전제로.

루안은 다시 몸을 돌려 원래의 계획을 행하기 위해 물의 동굴로 발길을 옮겼다. 지금 그가 할 일은 갇힌 물뱀을 처단하는 것이었다.

✿   ✿   ✿

크리스는 짐승들에게 검을 휘둘렀다. 그를 포위하며 이리 돌고 저리 도는 여러 마리의 짐승들이 침을 흘렸다. 당장이라도 그를 물어뜯을 듯했다. 다시 한 번 짐승의 선제공격이 이어졌다. 크리스에게 뛰어올랐다.

"어딜!"

하나 그가 한발 빨랐다. 뛰어 오르는 짐승을 피해 몸을 숙이며 짐승의 몸통을 내리 그었다.

짐승은 땅으로 고꾸라지며 신음을 흘렸다.

"그래, 이놈들아. 덤벼!"

이왕지사 이렇게 된 김에 포트라도 잡아 사냥 대회에서 좋은 성적을 이룰 심산이었다.

"덤비라고!"

크리스의 고함에 포트들은 다시 입을 벌렸다. 콧김을 불어 대더니 금세 달려들었다. 이번에는 동시에 그를 공격하기 시작했다.

짐승들의 비명과 검날의 소리가 바람을 타고 살벌하게 퍼졌다. 먼저 피를 흘린 쪽은 짐승이었다. 검붉은 피가 하얀 눈 위에 뚝뚝 떨어졌다. 또 다른 놈은 한쪽 귀가 잘려져 눈밭을 굴렀다. 크리스 역시 뛰어 오르는 짐승의 날카로운 발톱에 어깨

부근이 갈리고 뺨이 그어졌다.

"감히 어디를!"

다시 짐승이 달려들자 크리스가 재빨리 몸을 숙여 이빨을 드러낸 짐승을 피했다. 몇 번의 충돌이 있은 뒤, 물러났던 다른 놈들도 공격에 가세했다.

숫자가 많은 포트를 상대하는 크리스의 몸에 땀이 흘렀다. 일반적인 대결과는 전혀 다르게 실제 검을 휘두르는 것이 이렇게 힘들 줄은 몰랐다. 전자가 실력을 쌓기 위한 일이라면 지금은 짐승들에게서 자신의 목숨을 지키기 위한 필사의 현장이었다.

생존.

순간 크리스는 지금 이 순간이 어떤 상황과 겹치는 듯한 이상한 느낌이 들었다. 언젠가 경험했던 일들. 이보다 더 강하고 더러운 짐승들과의 대결이 머릿속을 스치듯 지나갔다. 다른 점이 있다면 지금처럼 추운 겨울이 아니라는 것, 또 그의 옆에 다른 누군가가 있었다는 것이었다. 생각도 못 한 기시감에 멈추었던 그의 심장이 다시 뛰기 시작했다.

뭐지. 잠시 멈췄던 크리스의 가슴이 두근거렸다. 짐승들마저 헉헉대기 시작했다. 그러나 그 누구도 먼저 쓰러지려 하지 않았다. 포트는 생각보다 끈질겼다. 상처를 입었음에도 전혀 흔들림 없이 그에게 덤볐다. 그것이 서로를 지치게 만들었다.

이 이상 시간을 끌면 불리한 것은 크리스, 그였다. 마지막 일격을 가하기 위해 그가 힘껏 검을 휘둘렀다. 그의 일격을 맞은 짐승은 마지막 숨을 몰아쉬며 앞으로 고꾸라졌다. 겁을 먹은 다른 놈들도 헉헉거리며 뒤로 물러났다. 크리스가 가슴으로 숨을 몰아쉬었다. 그때였다.

"포트!"

어디선가 짐승을 부르는 소리가 들렸다. 크리스는 단숨에 알아볼 수 있었다. 왕의 동행자, 바로 그녀임이 틀림없었다. 다만 그토록 만나고 싶었던 그녀가 잔악한 짐승을 소리쳐 부르며 달려오고 있었던 것이다.

상처 입은 포트들은 동시에 몸을 돌렸다. 헤어진 주인을 반기는 양 두터운 꼬리를 살랑거리며 무척이나 반가워하는 모습이었다.

chapter
8

서늘한 바람이 땅 위에 누워 있는 눈(雪)을 일으켰다.

일정한 방향으로 흐르는 바람에 반짝이는 눈가루가 스며들어 주변을 날아다녔다. 회오리처럼 일어나 일시적인 눈보라가되어 시리도록 차가움을 선사했다.

도저히 눈 뜨고 있을 수 없는 상황에 크리스는 잠시 눈을 감았다. 다시 떴을 때 바로 눈앞에는 그토록 바라던 그녀가 포트들과 함께 있었다.

"끼이잉……."

날카로운 이빨을 드러냈던 짐승들이 맞는지 포트들은 꼬리를 흔들며 구슬프게 울었다. 그녀는 그들을 하나하나 어루만지며 반갑게 맞아 주었다. 그것도 잠시, 그녀의 음성이 날카로워졌다.

"이거 왜 이래? 누가 이랬어?"

키루스는 포트들의 상처를 보았다. 한눈에 보아도 검에 의해 생긴 것들이었다. 크리스는 검을 든 채 움찔했다.

"이걸 어째. 많이 아프지?"

그녀의 목소리에 안타까운 심경이 절절했다. 크리스는 난감했다. 검을 휘둘러 짐승들에게 상처를 입힌 것은 저였다. 그것은 무엇보다 정당했다고 명분을 내세울 수 있었다. 지독한 살기를 가지고 먼저 덤볐으니 자신의 목숨을 지키기 위한 정당방위였다.

그러나 놈들을 대하는 그녀의 모습에 크리스는 뭔가 크나큰 잘못을 한 것처럼 느껴졌다. 결국 입에 손가락을 넣어 휘파람을 불었다.

"휘이익!"

소리에 그녀도 짐승들도 고개를 들었다. 크리스의 말이 천천히 다가왔다. 겁을 먹은 말이 다가오자 크리스는 검을 넣고 말 잔등에 실려 있는 주머니를 뒤적거렸다. 마침내 무엇인가를 꺼내 든 크리스는 자신을 노려보는 것이 분명한 그녀에게 다가갔다.

"이거 받아요."

크리스가 내민 것은 한쪽으로 매듭이 지어진 주머니였다. 키루스가 가만히 있자 그는 손수 매듭을 풀어 조그만 상자와 붕대지 등을 꺼내어 보여 주었다.

"내가…… 상처를 냈습니다. 피를 멈추게 하는 약이 있으니 발라 줘요."

키루스는 잠시 사내의 하는 양을 주시했다. 사냥복에 튄 핏물, 찢긴 옷자락을 보아 하니 저 사내가 상처를 입힌 주범임에는 분명했다.

"꽤 좋은 약입니다. 집안 대대로 내려오는 명약이니 바르면 지혈을 해 줄 것입니다. 그러니……."

미동도 않는 그녀를 앞에 두고 크리스는 다급해졌다. 그는 직접 약을 발라 주기 위해 피 흘리는 짐승에게 손을 내밀었다.

"내가 해요."

짐승들에게 말한 것과는 전혀 다르게 차가운 일갈이었다. 크리스는 뒷머리를 긁적이며 한 발 뒤로 물러났다.

키루스는 두툼한 장갑을 벗었다. 크리스는 그녀의 손가락에 시선이 머물렀다. 그녀의 손이 끙끙거리는 짐승의 몸에 약을 바르며 부드럽게 타고 오른다. 붕대지를 풀어 짐승의 몸을 두르고 단단하게 여며 주기까지 했다. 거친 짐승들은 아주 얌전히 그녀의 손길을 받아들이고 있었다. 개중에는 긴 혀를 내밀어 그녀의 손을 핥기까지 했다.

"괜찮아. 금방 나을 거야."

다독이기까지 하는 그녀를 본 크리스는 묘한 감동과 흥분을 맛보았다. 여위어 있는 포트들을 보니 아마도 그를 공격한 까닭은 먹이가 부족하여 굶주림을 해결하려 한 건 아니었을까.

한 가지 의문이라면 예전에 사라진 짐승들이 어찌하여 먹이도 없는 추운 겨울에 버젓이 나타났는가 하는 것이었다.

그러나 이미 무의미했다. 짐승들 덕분에 그녀를 만나게 되었으니 크리스는 이 기회를 놓치고 싶지 않았다. 그는 용기를 내려 했다. 그런데 그가 먼저 입을 열기도 전에 주머니가 되돌아왔다.

"잘 썼어요."

가는 손이 내밀어졌다. 추위에 다소 붉어진 손등을 당장이라도 움켜잡고 온기를 불어 주고 싶은 심정에 크리스는 움직일 수 없었다.

그녀는 미간을 찌푸렸다. 치료를 받고 몸을 웅크리고 있는 짐승들도 으르렁거리며 고개를 들었다. 그제야 정신을 차린 크리스는 멋쩍은 미소를 짓더니 주머니를 받아들였다.

"다, 다행입니다."

크리스는 목이 잠긴 듯 마른기침을 했다.

"저는 크리스티안 얀크 에드워드 슈반. 그냥 크리스라고 불러도 좋습니다."

"그래서요?"

"아, 제가 그쪽의 이름이라도 알고자 한다면 결례가……."

"왜 포트들에게 검을 들었죠?"

크리스의 물음을 전부 듣기도 전에 제 할 말을 꺼내는 키루스는 눈빛으로 그를 추궁하고 있었다.

"이빨을 드러내고 죽일 듯한 실기를 가지고 있기에 어쩔 수 없이 검을 들었습니다."

솔직한 대답을 할 수밖에 없었다. 그래서 크리스는 있는 그

163

대로 전했다. 그제야 키루스는 쓰고 있던 얇은 투구를 벗었다. 루안이 절대 벗지 말라는 주의에도 불구하고 벌어진 일이었다.

다시 실바람이 눈에 섞여 날렸다. 그것은 반짝이는 가루가 되어 키루스의 머리 위에 앉았다. 마치 왕관을 쓴 듯 그녀의 뚜렷한 모습에 크리스의 두 눈이 멀 것만 같았다. 영혼마저 잃어버린 듯 그의 심장이 세차게 뛰기 시작했다.

"붉은 눈동자."

그리고 붉은 머리칼. 크리스는 저도 모르게 중얼거렸다. 눈부신 하얀 살결에 풍부한 감정을 보이는 입술이며 오똑한 콧대가 선명했다. 더욱이 눈동자는 작은 세상을 담고 있는 듯이 오묘하고 아름다웠다. 그것에 넋을 잃은 크리스.

얼빠진 그의 모습에 키루스는 웃음을 참기가 어려웠다. 조금 선명한 사내인지 알았는데 빈 듯한 모습이 웃기다할까. 시종장도 그렇고 이 사내도 자신의 눈동자에 머뭇거리는 것이 마음에 남았다.

"붉은 눈동자면 안 되나요?"

"아니, 아닙니다. 아름다워요."

어쩌면 그의 솔직함에 가슴이 뛸 수도 있었다. 그러나 그를 마주한 지금, 그를 처음 보았던 그 순간에 더 없이 뛰던 심장은 고요해져 있었다.

대신 이번에는 아픔이었다. 뭔가를 잃은 듯 쓸쓸함을 동반한 고통. 이건 또 무엇일까.

키루스는 난감한 생각을 떨쳐 냈다. 포트들을 만났으니 이제 루안에게 가야 했다. 문제는 포트들이 전부 낑낑거리고 있어 그들을 그냥 두고 갈 수는 없었다.

키루스는 그중에서 가장 많이 다친 한 마리를 힘겹게 안아 올렸다. 그러자 크리스가 앞으로 나섰다. 그는 키루스의 품에 안겨 있는 포트를 옮겨 받았다.

"제가 하겠습니다."

"포트는 먼저 남을 해치지 않아요. 강한 살기를 느끼거나 악한 마음을 먹은 자에게만 덤벼드는 동물이에요."

"그렇군요. 포트에 대해서는 전혀 몰라서……. 죄송합니다."

"됐어요."

"돕겠습니다."

키루스는 아무 말도 하지 않고 등을 돌렸다. 크리스는 그대로 그녀를 따라갔다. 앞서가는 키루스 옆으로 포트들이 줄을 이었다. 마치 처음부터 그렇게 움직였다는 듯이.

또다시 나뭇가지들이 흔들렸다. 투타멘들이었다. 키루스를 확인하자마자 그들 중 하나가 쏜살같이 자리를 떠났다. 그리고 남은 그림자는 키루스를 따라갔다.

루안은 가까이 보이는 화강암 동굴을 노려보았다. 기괴한 암석들이 짙은 식물들의 줄기에 감추어져 있어 그 누구도 들어가는 입구를 알지 못했다.

그러나 오랜 시간의 탐색 끝에 정찰대가 드디어 입구를 발견했다는 소식이 있었다. 이번에야말로 포획해야 했다. 아마도 동굴 깊숙이에는 물뱀이 유유히 돌아다니고 있을 터였다.

"전부 대기해."

"차라리 눈이 녹을 때까지 기다리는 것이 어떻겠습니다."

왕을 호위하는 근위대가 작은 소리를 냈다.

"아니, 지금이 적기다. 추위에 약한 리델이 힘을 낼 수 없을 때 사로잡아야 한다. 그래야 가죽이 온전해."

"알겠습니다."

왕의 지엄한 지시에 전부 긴장했다. 물의 뱀, 리델. 많은 사학자들이 한목소리로 잡아야 한다며 애원한 사악한 짐승이었다.

아울러 물의 뱀을 잡아 그 가죽으로 갑옷을 만들면 더욱 부강한 왕국이 될 수 있다고 했다. 그러나 루안은 그런 것에는 관심이 없었다. 한 가지만 확인하면 그뿐이었다.

고조된 긴장감 속에서 루안이 막 지시를 내릴 순간이었다. 투타멘의 인기척을 느낀 그는 잠시 근위대를 대기시키고 앞서 나왔다.

"상처 입은 포트와 함께 오고 있습니다."

"상처? 포트들이?"

"……그자도 함께입니다."

우드득. 동굴 입구의 마른 줄기 하나가 떨어졌다. 참지 못한 루안이 손으로 짓이겼기 때문이었다.

지하에서 잠자는 포트를 동원했다. 바로 그를 죽이기 위해. 그런데 함께라니, 누가 누구와?

루안은 깊게 물든 눈빛으로 투타멘들을 노려보았다. 그것을 신호로 그들은 다시 바람처럼 사라졌다.

포트들로는 어림없다는 말인가. 공작가의 아들을 너무 우습게 본 모양이군.

일단 루안은 물뱀보다 키루스를 먼저 선택해야 했다. 그는 대기하고 있는 근위대에게 손을 들었다. 동굴이 멀지 않은 거리에서 왕의 신호를 받은 근위대들은 흩어졌다.

"잠시 대기한다. 인기척을 드러내지 말고 동태만 파악해."

"알겠습니다."

다시 루안이 움직였다. 급히 달려 나온 그는 빌협의 동쪽 숲, 오솔길이 갈라지는 평지에서 키루스를 볼 수 있었다.

"이런, 키루!"

그의 안색이 변했다. 키루스는 투구를 벗고 있었다. 분명 벗지 말라 했건만 온전히 드러난 그녀의 본색에 모두의 눈을 가리고 싶었다.

루안은 말의 옆구리를 아프게 찼다. 키루스에게 달려가는 그는 온몸이 불탈 정도로 노기가 엄습했다.

때를 같이해 왕의 일행과는 달리 막 빌협 골짜기 입구를 돌아가는 또 다른 일행들이 있었다. 사냥을 위해 오솔길을 지나려는 클레브 공과 찰스의 일행들이었다.

그들은 손에 각자의 무기를 들고 꽤 거대한 살쾡이를 쫓고 있었다. 한창 사냥 대회를 만끽하고 있는 와중 먼저 왕을 발견한 클레브 공은 만면에 웃음을 띠었다.

"아니, 전하!"

그러나 클레브 공은 더는 움직이지 못했다. 왕이 누군가에게 달려가기에 시선을 따라간 곳에는 다름 아닌 왕의 동행자가 있었다. 그런데 그 동행자의 얼굴을 본 순간.

"이럴 수가."

"갑자기 왜 그러오? 무슨…… 맙소사!"

궁정관 찰스도 클레브 공의 시선을 따라갔다. 그리고 보았다. 난생처음 보는 짐승들과 함께 있는 키루스를.

불타는 머릿결을 가진 여인이 잔악한 짐승을 이끌고 당당히 왕에게 다가갔다.

매사에 철두철미한 성정에 똑 부러지는 궁정관은 더 이상 그 자리에 있을 수 없었다. 숨이 넘어갈 듯 왕에게 달려갔다.

"전, 전하! 전하!"

경악의 비명과 함께 달려가는 궁정관, 클레브 공 역시 그 뒤를 따랐다.

루안은 그들의 비명을 들을 수 있었다. 난처하고 난감했다. 생각도 못 한 상황에서 냉정함을 찾을 수밖에 없었다.

"키루스."

차갑게 그녀의 이름을 뇌까렸다. 이렇게 그녀의 모습을 드러낼 생각은 없었다. 왕의 난처함은 피 묻은 짐승을 안고 있는 크리스에게도 전해졌다. 왕과 귀족들의 시선이 한꺼번에 이쪽으로 쏠려 있으니 그들이 무엇을 생각하는지 여실히 알 수 있었다.

붉은 눈동자를 가지고 짐승들을 수족처럼 대하는 그녀.

아무것도 모르는 이는 해맑은 표정으로 포트들을 이끌고 있는 키루스뿐이었다.

겨울 사냥 대회 둘째 날.

햇살이 눈부신 날임에도 불구하고 노이 성의 알현실에 모인 소수의 귀족들은 사냥복 차림 그대로 서로의 눈치를 보고 있었다. 그들이 전부 굳은 표정인 이유는 논란이 된 인물 때문이었다.

어제의 일은 하루아침에 귀족들의 귀에 들어갔다. 하여 사냥 대회에 참가하지 않은 법무관까지 부랴부랴 이 자리에 나와 있었다.

클레브 공은 하룻밤 새 지친 표정이었다. 어찌하여 이렇게 크게 번진 것인지, 법무관이 이 자리에 있다면 대법관까지 소문의 진상을 알고자 할 태세였다.

평소에 엄격하고 꼼꼼하기로 소문난 법무관 듀튼(Dutton)은 맞은편의 클레브 공에게 어렵게 말문을 열었다.

"이제 나이를 먹어선지 기억력이 도무지……. 어제 들었던 그 인물이 말이오."

조심스럽지만 단호한 법무관의 말은 곧 클레브 공의 입을 열게 만들었다.

"그대의 기억력은 이상이 없소이다."

클레브 공의 말에 법무관은 숨죽인 신음을 내질렀다.

"그, 그렇다면 분명 그……."

차마 입 밖으로 내지 못한 함축적인 의미에 다들 눈을 감고 있는 클레브 공만 보았다.

"전하 드십니다!"

고함이 들리고 때를 같이해 왕이 들어왔다. 루안이 사냥복 차림 그대로 모인 자들을 주시했다. 생각지도 못한 왕의 등장에 모든 이들은 자리에서 벌떡 일어났다.

"저, 전하! 어찌 사냥에 가지 않으시고."

"폭설이 올지도 모른다는 소식에 잠시 휴식을 취하는 것이다. 무슨 문제라도 되는 것인가?"

"아, 아닙니다. 전혀."

"오늘 사냥 대회 참가자들에게 전부 기별을 하여 눈보라에 휩싸이지 않도록 각별히 조심하라 이르시오."

"명심하겠습니다."

"경들이 여기에 모인 이유가 눈보라 때문은 아닐 테고."

왕의 말에 다들 서로의 눈치를 살폈다. 모두를 대신하여 듀튼이 칼자루를 쥐었다.

"전하의 동행자에 대한 소문이 무성합니다."

"소문이라……."

우려를 표방하는 법무관의 말에 루안은 코웃음 쳤다.

"전설은 전설이고 예언은 예언일 뿐이다."

태연한 왕의 말에 또 다른 귀족, 맥코이 경이 벌떡 일어났다.

"불길합니다, 전하. 적발이라니요. 게다가 홍(紅)의 눈동자입니다!"

대대로 눈부신 금발과 은발이 대세인 랜스 왕국에서 많은 귀족들은 우려의 목소리를 냈다.

"재밌지 않은가? 홍적(紅赤)이라니. 아주 재밌는 일이지."

"전하, 아니 됩니다."

"붉은 눈동자에게 잡아먹힌다는 옛 문헌을 기억하십시오, 전하!"

"잘됐군. 부디 날 잡아먹기를 바라고 또 바라는 바다. 지겨운 평화보단 치열한 공전(空轉)*이 나아."

"전하, 나라가 파멸로 치달을 수도 있음입니다!"

일순 고요해졌다. 불길한 홍적. 나라의 파멸. 이제 루안의 얼굴에는 무심함이 사라졌다.

"그렇게 잡아먹힐 바에는 짐이 먼저 잡아먹는다. 오래도록 이 나라는 전형적인 것들로만 채워져 있었지. 색다른 누군가가 있다 하여 우리와는 다른 존재가 아닐 것이다. 그러니 일단은 짐이 보호자가 되어 성인이 될 때까지 보호하고 지킬 것이다."

"전, 전하. 어찌하시려는지요. 게다가 그 짐승들은……."

---

*공전(空轉):일이나 행동이 헛되이 진행됨.

"사라졌다 여긴 포트들 말인가? 그놈들도 떨어지지 않고 있으니 길들이라지."

태연하면서도 일일이 대답하는 왕에게 그 누구도 토를 달지 못했다. 클레브 공은 깊은 한숨을 쉬며 고개를 저을 뿐이고 듀튼은 뭔가를 생각하는 듯 눈알을 굴렸다.

루안이 자리에서 일어났다. 그들에게 마지막 일침을 가하는 것을 잊지 않았다.

"그렇게 홍적의 인간이 두려우면 사냥 대회가 끝나고 사학자들을 소집하라. 모두의 궁금증이라도 해결해야 하지 않겠는가!"

폭풍이 지나간 듯 알현실은 고요해졌다. 물론 다른 외향쯤 이국적이라 치부할 수도 있을 터였다.

그러나 이 땅에서 사라졌다 여긴 포트라 불리는 거친 짐승이 동행자의 손길에 순한 양처럼 길들여져 있었다는 것은 어찌 해석해야 할지.

한편, 노이 성의 객실.

키루스는 루안에게 끌려오다시피 했기에 마음이 상한 상태였다.

"그토록 벗지 말라 했는데."

"너무 답답해서."

"키루, 너의 단순함이 일을 크고 복잡하게 만들었다는 것은 알고나 있는 것인가."

따끔한 힐책이었다. 그리고 저를 바라보던 사람들의 눈길도
잊을 수가 없었다.

"아아. 정말 내가 잘못한 것은 알겠어."

루안의 차가운 시선, 약속을 어긴 것은 자신의 실수가 맞았
다. 정말이지 괜히 투구를 벗어 그를 난처하게 한 것이 아닌지
무척 마음에 걸렸다.

끼이잉. 잠자고 있던 포트 하나가 키루스에게 얼굴을 들이
밀었다.

"더 자도 돼."

키루스는 손을 내밀며 맨바닥으로 내려갔다. 상처 입은 포
트들이 옹기종기 눈을 감고 있었다. 키루스가 다가가자 그녀
를 보호라도 하듯 꼬리와 다리를 모아 그녀 주위에 둘둘 말다
시피 했다. 포근했다.

"따뜻해."

키루스는 포트의 몸에 얼굴을 파묻었다. 루안의 허탈한 눈
빛이 잊히지 않았다. 후회가 되었다. 그러나 한편으로는 서운
했다, 무척.

잠시 뒤, 소리 없이 문이 열렸다. 루안이었다. 그는 침대가
아닌 맨바닥에서 짐승들과 함께 있는 키루스를 보았다.

"키루, 일어나."

그의 목소리는 잠겨 있었다. 키루스는 그 자세 그대로 눈을

살짝 떴으나 움직이지 않았다.

"일어나, 키루!"

다시 루안이 입을 열었다. 이번에는 차갑다 못해 열이 뻗쳐 있는 기분이었다. 그대로 있을 수 없던 키루스는 부드럽게 자신을 보호하는 포트들을 살짝 밀어냈다.

키루스는 그를 조심스레 쳐다보았다. 화가 난 것이 분명한 루안의 온몸에서 시린 기운이 가득 뿜어졌다.

"미안하다고 했는데……요."

키루스의 말투가 이상하다 여긴 루안의 눈썹이 실룩거렸다.

"말투가 왜 그렇지?"

"음. 다들 이렇게 말하던데, 그래서 이상해……요?"

순진한 건지, 아닌 건지. 루안은 저도 모르게 눈가를 휘고 말았다.

"평소처럼 해."

조금은 화가 풀린 듯 보이는 루안에 키루스는 머뭇거렸다.

"원래대로?"

"그래."

그의 말이 끝나기도 전에 키루스는 즉시 달려들었다.

"키루……."

또 제 허리를 부여잡고 가슴에 얼굴을 파묻는 키루스를 보며 루안은 머리가 아팠다. 이거 원, 어린애도 아니고.

"내가 잘못했어, 루안."

"진심인가."

"응, 진심이야."

"키루."

루안이 가만히 불렀다. 키루스의 입가가 부드럽게 올라갔다. 그가 불러 주는 이름에 온기가 들었다.

"화내지 마, 루안."

"화가 난 게 아니야. 걱정한 거다."

"내가 걱정 돼?"

순진무구한 눈빛엔 어떠한 의심도 없는 키루스. 루안은 뭐라 되돌릴 것이 없었다. 그저 그녀를 꼭 안을 뿐.

루안은 먼 곳을 응시하며 스스로를 되뇌었다. 정말 염려였을까, 아니면 그녀를 알아차린 누군가가 다시금 그녀를 데리고 갈까 그래서 모든 것이 실패로 돌아갈까 두려운 것인가.

그러자 쪽, 하고 부드러운 소리가 귓가에 들렸다. 어느새 발돋움한 키루스가 루안의 뺨에 입을 맞추었다. 키루스의 눈빛이 마치 자신만을 봐 달라고 애원하는 것처럼 보였다. 그래, 사랑스럽다는 것은 인정하마.

"화 풀어."

"말뿐이면 안 되지."

"그럼?"

"벌을 받아야지. 키루."

서서히 자라나는 그림자에 루안은 형언할 수 없는 감정을 드러냈다. 소유욕, 독점력, 그것도 아니면 지독한 이기심인지도 모른다. 키루스는 자신이 탄생시킨 제 것이었다. 오직 자신만의 것.

"뭐든 받을게."

키루스는 다시 제 입술을 루안의 턱 끝에 대었다. 그의 목을 그러안고 어깨에 얼굴을 묻는 그녀를 보며 의도치 않게 속이 타들어 가는 루안이었다.

"나의 외향이 문제가 되는 거야? 괴물 같아?"

고개를 든 키루스가 물었다. 루안은 키루스가 묻는 말에 웃을 수밖에 없었다.

괴물이라니, 누가. 아니, 아니다. 괴물은 도리어 나와 귀족들이지. 절대 키루스는 괴물이 될 수 없었다.

더는 참지 못한 루안은 키루스를 안고 침대에 몸을 뉘었다. 풀썩, 얇은 먼지가 일고 잠들어 있던 포트들이 꼼지락거리며 루안과 키루스를 확인했다.

"다른 점이라면 다른 것이겠지."

되뇌는 루안이 힘들어 보였다. 키루스는 그의 단단한 가슴을 손바닥으로 천천히 쓸었다. 루안은 그녀의 머리칼을 쓰다듬었다.

"내가 다른 점이 있어?"

"글쎄, 달라 보이나."

"붉은 머리와 붉은 눈동자 정도."

"그 외에는……."

"없어. 나, 다리도 두 개 팔도 두 개야."

이번에는 큰 소리로 웃을 수밖에 없었다.

"왜 이렇게 사랑스러운 거야."

루안은 몸을 일으켰다. 이제 그의 아래에 깔린 키루스는 무게가 버겁지도 않은 지 두 다리와 두 팔로 건장한 그를 감쌌다.

"좋은 거지, 루안?"

"뭐가."

"사랑스럽다는 거."

루안은 쉽게 대답하지 않았다. 다만 자신을 직시하는 키루스의 눈가에 입술을 내렸다. 깃털이 내려앉듯 가볍기 그지없었다. 다음에는 그녀의 콧날에도 두 뺨에도 귓가에도 입술을 가져갔다.

"루안이 좋아. 너무나."

속삭이는 키루스는 온전히 그에게 몸을 맡겼다. 그는 정작 키루스의 고백 아닌 고백은 되돌리지 않았다. 대신 뜨겁고도 깊은 입맞춤으로, 숨도 쉴 수 없을 만큼의 강한 열정으로 대신할 뿐이었다.

잠시 시간이 흘렀다. 잡고 싶고 흐리게 두고 싶지 않은 귀한 순간이.

"나를 되돌리고 싶은가, 루안."

"물론."

"굉장한 인내가 필요할 텐데도?"

"뭐든 할 테니, 제발 알려 줘."

"충동, 욕망, 욕구. 그 모든 것들을 참고 인내할 수 있겠는가. 자신을 버려야 할지도 모른다."

"내 전부를 버려서라도 그렇게 할 것이다. 사르곤."

"그것이 과연 영원할까······."

아스라한 기억 속에 루안의 시야가 흐려져 간다. 안개가 가로막는 것처럼 앞은 멀고도 어두웠다. 루안은 그토록 그립던 사르곤의 목소리를 들었다. 두 손을 뻗치면 당장이라도 품에 안을 수 있는 그녀, 사르곤. 루안은 그녀가 그립고 또 그리웠다.

"사르곤······."

키루스는 아련한 이름을 들었다. 심장을 돌로 맞은 듯했다.

사르곤······.

키루스는 루안에게서 몸을 일으켰다. 자신의 되새김을 알지 못하는지 잠든 그의 표정은 평안했다. 그녀는 그의 커다란 손을 잡았다.

"사르곤이 누구야."

그 손에 제 얼굴을 문지르며 살며시 물었다. 손이 대답할 리는 없으나 키루스의 서글픔을 손이 대신 위로해 주는 듯했다. 키루스는 루안의 입술을 제 손끝으로 살며시 대어 보았다.

"루안."

순간 그의 감고 있던 눈이 떠졌다. 제 입술을 누르고 있는 키루스의 손을 잡았다.

"왜."

"……아니, 아무것도."

다시 잡아 이끄는 그의 다정함에 키루스는 몸을 숙였다. 왠지 모르게 그 이름을 입에 담기가 두려웠다.

"루안, 루안."

그 이름을 대신해 그를 부르고 또 부르고. 물기가 그득한 울림에 루안은 거친 신음을 삼켰다. 그는 천천히 움직여 그녀의 목덜미로 올라갔다. 부드럽고 따스한 살결, 뛰는 맥박이 손에 잡힐 듯 가까웠다. 루안은 그녀의 손바닥에 제 입술을 눌렀다.

그녀의 눈동자에 그가 선명하게 맺혔다. 그것에 안도감이 밀려드는 것이 신기하기도 하고 우습기도 한 루안은 설핏 웃음이 났다. 그는 키루스에게 무어라 해 줄 말이 없었다. 아직은.

"난 루안을 담으면 안 돼?"

루안은 키루스에게서 물기를 느꼈다. 그는 몸을 일으켜 그녀의 얼굴을 들었다. 그녀의 눈에서 흐르는 눈물 한 방울. 가슴에 파문이 일 듯했다.

자신을 갈망하며 눈물을 흘리는 것을 하찮게 여겼었다. 누구든 상관없었다.

그러나 지금 키루스가 흘리는 눈물 한 방울에 가슴이 미어지는 것 같았다.

"왜 울어."

"내가 인간이 아니어서, 그래서 루안을 원하면 안 되는 거야?"

애끊는 진심, 오직 루안을 보았고 그의 온기를 가지고 싶은 것뿐이다. 오직 자신만이 그와 함께하기를 바라는 절절한 연심이었다.

"나는……."

루안이 말문이 막힌 사이 다시 수정 같은 눈물이 떨어졌다. 그는 그것을 손끝에 담아 아주 천천히 자신의 입으로 가져갔다.

"너의 눈물은 내 것이고 나의 피는 네 것이다."

키루스는 루안을 보았다. 루안도 키루스를 응시했다. 둘 사이에는 가늘고 긴 빛이 존재하는 듯했다.

단, 너무나 유약한 그 빛줄기는 언제든 끊어질 준비가 되어 있었다.

아슬아슬 줄타기하듯 둘의 느낌과 감정은 공유되었다. 어쩌지 못하는 일상이자 운명이므로.

루안이 다가왔다. 키루스는 그의 따스한 온기와 입술을 느꼈다. 이마에 눈두덩에 더 없는 부드러움 속에 거역하지 못할 위압감을 내재한 채 루안은 마지막으로 키루스의 입술에 제 입술을 겹쳤다.

둘은 하나면서 하나가 아니었다. 숨죽이고 있던 포트 한 마리가 작게 울었다. 마치 하나가 된 그림자가 몹시 슬퍼하기라도 하듯 한참을 울어댔다.

창밖에는 거센 눈보라가 일어나고 있었다. 휘몰아치는 바람 사이로 제법 큰 눈덩이가 휘몰아치며 창을 흔들었다.

그러나 루안과 키루스는 온통 회색빛으로 물들어가는 세상 속에서 절대 떨어지지 않을 것처럼 오래도록 하나로 머물렀다.

chapter
9

눈보라를 헤치며 밖으로 나온 루안은 호위병과 근위대를 찾았다.

"지금 동굴로 간다."

"알겠습니다!"

말에 올라탄 루안은 전에 없던 단호한 표정을 지었다. 굳이 눈보라를 헤치고 움직이려는 저의는 바로 리델, 물의 뱀을 찾기 위해서였다.

노이 성을 벗어난 왕의 일행. 그 뒤를 보이지 않는 투타멘들이 소리 없이 따라가는 것은 당연했다.

생각보다 말을 달리는 것은 쉽지 않았다. 제법 사나운 기세로 때려 대는 눈보라로 인해 차가움을 느끼기에는 충분했다.

그놈.

루안은 슈반 공작의 아들을 상기했다. 분연히 인간으로 화한 대담성에는 혀를 내두를 수밖에 없는 상황이었다. 그러나 그자의 정체를 키루스가 알게 할 수는 없었다. 아울러 키루스의 정체를 그자가 알아서도 안 된다.

어떠한 불순물도 끼어들게 두지 않아, 절대로.

어느새 일행들은 리델이 사는 동굴 입구에 모여들었다. 각자의 무기와 기름을 먹인 횃불을 든 채 안으로 전진했다.

강한 눈보라가 지나가는 가운데 슈반 공작가의 일행들은 그들의 천막 안에 대기 중이었다. 슈반 공작이 간이 의자에 앉자 기다렸다는 듯 일행들의 은밀한 보고가 이어졌다.

"공작님. 소문이 자자합니다. 어제 전부 두 눈으로 보았다 합니다."

공작은 역시 고개를 끄덕였다.

"나도 들었네. 그러나 정말인지는 알 수가 없지 않은가."

"적발에 붉은 눈동자는 이 대륙을 통틀어 흔치 않습니다, 공작님."

"그렇긴 하지만."

"게다가 전하께서 후견인이시라는데……."

"오호. 그건 신분이 확실하다는 이야기가 아닌가?"

"그, 그런가요?"

매우 유연한 사고의 슈반 공작. 다들 꺼림칙함을 드러낸 가운데 매사에 긍정적이며 호탕한 공작에 일행들은 겸연쩍었다.

아닌 게 아니라 그의 말에도 일리는 있었다. 랜스 왕국에서 오랫동안 내려온 소문 따위는 전부 진실이 아닌 바에야 괜한 억측을 하는 것은 아닌지 당황스럽기까지 하였다.

그들의 대화를 한 귀로 들으며 크리스는 피식 웃었다. 그는 잠시 휘몰아치는 밖의 풍경으로 시선을 돌렸다. 온통 눈의 폭풍 한가운데였다. 바람과 눈이 하나가 되어 빙글빙글 돌며 크리스의 마음을 정신없게 만들었다.

어제 그녀의 뒤를 따라 짐승을 내려놓은 뒤 왕에게 인사했다. 그리고 많은 이들이 경악하는 것을 보았다. 그녀의 외향, 도드라진 그녀의 붉은 눈동자가 사뭇 화려한 색들 사이에 도드라진 존재처럼 내비쳤다. 크리스는 수런거리는 사람들이 뭐라 대화하는지 손에 잡힐 듯했다.

"나라를 망하게 한다는 적의 눈동자."
"누구나 목숨을 잃는다지."
"설마 했는데 틀림없는 적발이야. 대체 어디서!"

크리스는 흥분하는 귀족들을 보며 그녀를 그대로 둘 수 없었다. 하여 그는 앞으로 나섰다. 하필이면 그때, 뜻하지 않게 있었는지도 모를 레이스 손수건이 흘러내릴 것은 뭐란 말인가.

"자네는 아름다운 아가씨의 수호를 받으면서 한눈을 파는가? 기사의 도리에 어긋남이 있다니. 공작가의 수치로군."

비웃는 듯한 왕의 말이 크리스의 귓가에 생생했다. 그녀 역시 들었을 것은 자명했다.

크리스는 심한 욕지기를 느꼈다. 기사에게 있어 숙녀에게 받은 손수건의 의미는 '약속'이나 '언약'이었다. 물론 그와는 전혀 상관없는 것이나 이미 그 손수건은 왕을 비롯하여 그 자리에 있는 모두에게 보이고 말았다.

차라리 그때 아니라고 반박할 것을, 제 것이 아니라고. 그랬다면 그녀와 좀 더 이야기를 나눌 수 있었을 텐데. 젠장, 젠장!

단 한 번도 막말을 해 본 적이 없는 크리스는 지금 이 순간, 격하게 소리 지르고 싶었다. 그리고 왕의 굳건한 권위 앞에 자신의 힘없는 모습이 보였다.

왕과 나란히 가는 그녀의 뒷모습을 보며 이름조차 아니, 아무런 기약도 하지 못했다는 것이 크리스의 심경을 아프게 했다.

크리스는 잔뜩 굳은 모습으로 손수건을 활활 타는 모닥불 안으로 던졌다. 그는 손수건이 검은 재로 변할 때까지 지켜보았다.

지금 이 순간에도 그녀가 보고 싶었다. 생각만 해도 달뜬 미소가 어렸다. 그는 그녀의 달콤한 입술에서 새어 나오는 청량한 음성을 듣고 싶었다. 향기 나는 꽃처럼 감미로운 그녀의 살결을 음미하고 싶었다.

그는 한 가지만을 바랐다. 욕망, 그것을 바라는 그의 눈빛은 거칠고 메말랐다.

"원해?"

"소유하고 싶어?"

순간적으로 피리 소리가 들린 듯했다. 환청처럼 들리는 낯선 나라의 언어는 손에 잡힐 듯 모닥불의 불꽃 속에서 터져 나왔다. 그는 놀라움에 눈을 크게 떴다.

타닥타닥. 타오르는 불꽃이 그에게 손짓했다. 어느 틈에 불꽃은 아름다운 여인의 속살로 바뀌어졌다. 살랑대며 크리스의 눈을 현혹시켰다. 차차 그토록 열망하는 그녀의 모습으로 보였다.

그녀가 타오르는 불꽃 속에서 걸어 나왔다. 실 한 자락 걸치지 않은 맨몸이었다. 그녀가 하얀 살결을 드러낸 채 유혹하듯 미소 지었다. 크리스는 뜨겁게 다가오기를 열망하고 고대했다. 곧이어 그가 바란 대로 그녀는 그의 목을 휘어 감으며 입술을 부딪쳐 왔다.

아아.

신음이 그의 몸 안에 터졌다. 환상과 환청 속에 크리스는 몸과 마음이 불타올랐다. 어느새 눈부신 그녀의 가슴이 바로 앞에 있었다.

그는 참지 않았다. 그녀의 허리를 감으며 한껏 더듬었다. 한 손에 들어오는 그녀의 가슴에 얼굴을 묻고 향기를 마셨다. 그는 그녀 안으로 들어가기를 원했다. 터질듯 솟구치는 자신의 중심부를 그녀에게 밀어붙이고 싶었다. 크리스는 그녀의 엉덩이를 잡았다. 그리고 그녀 안으로 한껏 들어가려 했다.

"크리스!"

슈반 공작이 크리스의 손을 잡았다. 공작은 어처구니없는 눈으로 그를 보고 보았다.

"뭐하는 게야!"

"아버지……?"

그제야 제정신으로 돌아온 크리스는 주변의 모든 사람들이 당황하고 있는 것을 알았다. 그는 공작에게 잡힌 손을 내려다 보았다. 크리스는 지금 맨손으로 뜨거운 불을 잡으려 하고 있었다. 활활 타는 모닥불 안의 뜨거운 장작을 잡기 직전 슈반 공작이 크리스의 손을 쳐냈던 것이다.

"크리스, 이게 대체……."

말을 잇지 못하는 공작은 크리스를 안타까운 눈으로 바라보았다. 아들의 손은 탁 튀겨 오는 불똥에 뜨거운 화상을 입었다. 곧 살점은 붉어지고 동그란 물집이 생겼다. 제법 통증이 있을 법도 하건만 크리스는 덤덤했다.

"제가 알아서 합니다. 신경 쓰지 마시지요!"

슈반 공작은 멈칫했다. 단 한 번도 언성을 높인 적인 없었던 아들이 소리를 지르며 천막을 거칠게 열어젖힌 채 밖으로 나가 버렸다. 공작은 믿을 수가 없는 상황에 그저 아들이 나간 방향을 바라볼 수밖에 없었다.

어느새 휘날리던 눈보라도 소리 없이 자취를 감췄다. 사냥 대회는 다시 재개되었고 그것이 기쁜 듯 사냥개들의 컹컹거리는 소리가 맑게도 쏘다녔다.

❖   ❖   ❖

단단한 동굴은 암흑의 세계였다. 차출된 정예병이 횃불을 들고 앞서가고 그 뒤를 근위대와 루안이 뒤따랐다.

"윽."

"조심하라고."

앞서가던 근위대가 뾰족한 종유석에 찔릴 뻔했다. 안쪽은 종유석과 예리한 유리질의 침상(針狀) 결정체가 곳곳에 도사리고 있어 어쩌면 짐승을 사냥하는 것보다 더 위험한 일이 될 수 있었다. 결코 길이라 부를 수 없는 곳을 지나 공기마저 희박한 곳으로 서서히 파고들 무렵, 정예병이 알려왔다.

"전하, 노움(gnome)*입니다."

정예병이 가리키는 벽면에는 종유석과 석순 표면에 부착된 밀가루보다 더 부드러운 백색의 점토성 물질이 붙어 있었다. 일명 노움 밀크(moon milk). 귀하고 구하기 어려운 노움 밀크는 단 한군데서만 채취할 수 있었으니 바로 리델이 사는 동굴이

---

*노움(gnome):지정(地精).

었다.

겨울에 물의 뱀을 사냥해야만 하는 이유 중 하나가 바로 이 것이기도 했다. 특별한 성분의 노움은 항생 효과에 탁월한 효능이 있어 환자들의 외상 치료에 더할 나위 없는 것들이었다. 특히나 왕실의들이 학수고대하며 초조하게 기다렸다.

처음 노움의 채취지(地)를 발견한 뒤 누구나 동굴에 들어가려 했었다. 그러나 그들을 기다리고 있는 것은 죽음뿐이었다. 운이 좋아 살아 나간 자들은 제대로 형태를 본 적도 없는 물의 뱀이 인간들을 토막 내어 산 채로 잡아먹는다는 소문을 떠들고 다녔다. 사실인지 아니지 확인할 길이 없었으니 빌협 골짜기와 더불어 동굴에 대한 소문은 난무했다.

그것은 왕실에까지 전달되었고 곧 뛰어난 기사이자 전사인 루안이 직접 동굴로 향했다. 물론 왕과 함께 동굴 안으로 들어간 근위대들 중 그 누구도 다치거나 먹힌 자는 없었다.

그 후로 겨울이면 사냥 대회를 겸하여 물뱀의 동굴을 찾아 노움을 비롯하여 구하기 힘든 희귀한 약초 등을 솔선하여 구하는 일이 행해졌다. 이번에는 특별히 꼬리 비늘로 이루어진 가죽에 영험한 힘이 깃들여 있다는 말에 물뱀을 사냥하기로 했다. 안으로 들어온 채취자들은 재빠르게 노움을 거두어들이기 시작했다.

"그것들을 가지고 돌아갈 자들을 부르고 나머지는 횃불이 꺼지지 않도록 하여라. 혼자 들어간다."

"전하."

"괜찮아. 나 혼자라야 처리하는 것이 빠르다. 알고 있지 않은가."

"혹여 물의 뱀이 겨울임에도 불구하고 능력이 사라지지 않고 있다면 어쩌시려고요. 걱정입니다."

"틀림없이 힘을 쓰지 못해. 올해는 특히 그러하다. 그러니 염려 말고 뒤처리 확실히 하도록!"

"명심하겠습니다."

사뭇 왕의 힘을 과소평가한 것이 송구한 근위대장은 조용히 시립했다. 그리고 든든한 왕의 뒷모습을 지켜보았다.

루안이 깊은 동굴 안으로 다다르자 가파른 절벽에 길이 보였다. 그 작은 길은 리델의 안식처로 통하는 지름길이었다. 그는 천천히 익숙한 길을 따라 안으로 진입했다.

동굴 내에는 매우 위험한 함정이 사방에 도사리고 있어 한시도 마음을 놓아서는 안 되었다. 더욱이 날로 자신의 생명에 위기감을 더하고 있는 물뱀인지라 어떠한 함정이 있을지는 그도 알 수 없었다.

가파른 절벽 길을 벗어나자 시원스럽고 아늑한 동굴의 중심부가 나타났다. 사방에 펼쳐진 아름다운 땅속 식물들을 보고 있자니 동굴인지 아니면 또 다른 지상의 낙원인지 헷갈릴 정도였다.

루안이 그곳에 한 발 내디뎠다. 역시나 그가 바닥에 발을 딛자마자 바람을 가르는 소리가 들렸다. 바닥에는 곧장 날카로운 작은 침이 연속하여 박혔다.

　루안은 눈도 깜작하지 않았다. 물뱀의 침 공격이라니. 공격이라 하기엔 너무도 초라한 것이었다. 다만 그 작은 침에는 단번에 목숨을 앗아갈 독이 발려져 있다는 것이 다를 뿐이었다. 공격을 피한 루안은 스륵거리며 다가오는 것을 주시했다.

　돌조각이 땅에 쏠리는 소리가 이어졌다.

　"쯧쯧."

　물비린내가 루안의 코를 찔렀다.

　"역시나, 아까운 독만 버렸네."

　요염한 음색의 리델이 유혹적으로 루안을 향해 고개를 숙였다.

　"이거 누구신가요. 위대하고 강하며 세상을 뒤흔들 캄비세인 2세 전하!"

　"오랜만이군, 리델."

　냉정한 인사에도 불구하고 리델은 입가를 길게 늘였다. 소름 끼치는 웃음이었다. 뱀의 꼬리에 탐스런 가슴을 소유한 인간의 형상을 한 물의 뱀, 리델.

　축축한 노란 머리칼에 선명한 노란색 눈동자는 세로로 길게 이어져 보는 이로 하여금 소름 끼치도록 징그러웠다. 리델의 외향을 분명하게 본 자는 없었다. 오직 랜스 왕국의 왕인 루안뿐이었다.

　"국왕 전하. 오늘은 어떤 예언을 해 드릴까요?"

　또한 물의 뱀은 지상의 누구보다 앞을 내다볼 줄 아는 예언자이기도 했다. 리델, 그녀는 루안의 주변을 빙글빙글 돌며 왕을 탐문하기 시작했다.

"오호라. 신수가 환하신 것을 보자니 불의 아이를 손에 넣으신 게로군요!"

"왜 그리 생각하지? 아직 손에 넣지 못했다면?"

"아니, 아니지요. 전하. 분명 손에 넣으셨습니다."

리델은 왕의 가슴을 긴 손톱으로 훑기 시작했다. 아주 천천히 그의 심장 부근을 어루만지며 눈동자를 더욱 세로로 응축시켰다.

"이 리델이 말씀드렸을 텐데요? 오직 피닉스(Phoenix)의 심장을 다시 돌려받아야 사랑스런 사르곤을 되찾을 수 있다고 말입니다."

물의 뱀의 냄새 나는 입에서 사르곤의 이름이 불리자 루안의 눈빛이 달라졌다. 그것을 눈치채지 못한 리델은 즐거운 듯이 왕의 귓가에 속살거렸다.

"그러나 이미 사르곤의 심장은 만다인이 먹어 버렸겠다, 그 본체는 다시 부활하기를 학수고대하며 불꽃을 일으키며 어딘가를 날아다니고 있으니…… 가여워라. 사르곤을 목숨보다 사랑하는 전하가 가엾고, 심장을 잃고 마냥 울고 다니는 사르곤도 가엾고. 가여운 존재만이 가득한 세상."

리델은 낄낄대며 긴 꼬리를 이리저리 휘휘 저어댔다.

"그래도 전하. 너무 오래간만이십니다. 사르곤이 사라진 지 수십 년인데 아직도 대단한 절개를 지키는 것을 누가 알아준다는 것입니까, 네? 사르곤이 그러라고 시키던가요? 이미 심장도 잃어 어딘지도 모를 곳을 날고 있는 그깟 불새 따위. 전하, 세상에는 더한 미인들이 많습니다. 특히 나같이 뛰어난 예언자에다 멋진 여인이 이렇게 가까이 있는데…….”

리델은 축축한 머리를 루안의 가슴에 기대며 긴 꼬리를 휙 돌려 감아 교미를 원하는 뱀처럼 그의 허벅지를 타고 올랐다. 순간 루안의 입가가 교묘히 비틀렸다.

“한 번쯤 이 물의 뱀, 리델을 안아 주는 것은 어떠신지요? 더한 것을 드릴 수 있는데요.”

“너의 예언, 틀린 것이 있었다.”

루안의 말에 리델의 꼬리가 뾰족해졌다. 부드럽게 한들거리던 꼬리가 급하게 바닥을 긁기 시작했다.

“나의 예언은 빗나간 적이 없어! 오직 나만이 사르곤을 되살릴 방법을 그대에게 알려 줄 수 있었다고!”

“키루스의 마지막 각성 조건이 뭐지?”

“키루스라뇨? 설마 하얀 새와 시어나무의 피에서 나온 아이, 그 불새의 아이 이름이 키루스?”

리델은 소름 끼치는 비명을 지르며 왕의 몸에서 떨어졌다.

“누가 아이의 이름을 키루스라고 지었지? 누구 맘대로?”

“사르곤.”

“사르곤! 오만한 사르곤! 근원이 되는 이름 따위!”

리델의 비명은 길게 이어졌다. 귀를 막고 싶을 정도로 엄청난 성량이었다. 루안은 등에 매고 있던 검을 고쳐 잡았다.

"말해. 마지막 각성의 조건은?"

"몰라. 마지막 각성 따위! 모른다고!"

루안은 다시 비명을 지르며 몸을 비트는 리델을 차갑게 응시했다. 키루스를 손에 넣은 지금, 물의 뱀 따위 존재할 이유는 없었지만 한 가지 확인할 것이 있었다.

"만다인이 존재한다면 어떻게 되지?"

"만다인? 설마……."

리델이 움직임을 멈추었다. 믿기지 않는다는 듯 고개를 갸웃거리며 긴 목을 주춤주춤, 눈알을 굴려댔다.

"아, 아직 때가 아닌데. 붉은 달이 뜨지도 않았고, 만다인은 이번 생에는 태어날 수 없습니다, 전하."

"네 예언은 빗나갔다. 키루스와 같은 해에 얼굴을 맞대고 있지 않은가."

"둘은 운명이 갈라져 반대의 길을 헤매게……."

"리델, 이미 둘은 만났다. 바로 내 눈앞에서."

루안의 경고와 같은 사실에 리델은 누렇다 못해 하얗게 질려 갔다.

"만다인이 그럴 수가 없는데. 때가 아닌데……."

사르곤의 심장을 가진 자. 예언이 빗나갔다는 것에 그녀는 무너지고 있었다. 그녀의 긴 꼬리는 힘없이 살랑거리며 마냥 움직이는 상체에 질질 끌려 다녔다.

"이 이상 기다림은 지쳤다, 리델. 하찮은 네 것이 목숨을 보전하며 몇백 년 살아갈 수 있었던 이유가 무엇이었지? 내 덕이 아니던가? 사시사철 먹잇감을 구해 주지 않았다면 그 목숨 따위 연명할 수 있었겠느냐 말이다."

"저, 전하! 별들이, 별들의 움직임이 달라진 겁니다. 그것은 제 관할이 아닐진대……."

"되도 않는 변명, 이제 들을 필요 없겠지."

"전하!"

어느 틈에 루안은 눈알을 굴리는 물의 뱀의 긴 목을 한 손으로 움켜잡았다. 리델은 긴 꼬리를 늘어트리며 버둥거리기 시작했다.

"이번 봄, 달이 태양의 주기를 바꾸는 그날. 블러드 문(blood moon)*이 떠오르면 분명 열립니다. 그곳의 문이 열립니다!"

절박하게 되뇌는 리델은 좀 전의 자신감 넘치던 미소는 어디 가고 목덜미가 잡힌 채 버둥거리며 목숨을 구걸했다.

"너의 예언에 의하면 처참한 주변을 인지하면서 절망의 구렁텅이에서 심장이 멈출 즈음 각성이 있다 하였다."

"그, 그랬지요. 분명 변환했을 것인데……."

"또 너의 예언에 의하면 두 번째 각성은 첫 번째 각성 뒤 칠일야(七日夜)를 지나면 가능하다 했지."

"그, 그것은 어디까지나 별의 움직임에 의한 것으로."

"만다인은? 어찌 그자의 탄생을 예견하지 못했지?"

"저, 전하. 그것은……."

---

*블러드 문(blood moon):개기월식.

"이제 변명은 안 통한다."

루안은 리델이 뭐라 지껄이든 검을 뽑아 들어 그녀의 심장에 들이댔다.

"나의 검은 대대로 내려온 육검(戮劍). 달과 태양의 빛이 들어 있어 너 같은 괴물의 몸에는 치명적인 검상을 입힌다고 하지. 그렇게 되면 불에 타 죽는 너의 육신을 살아서 볼 수 있을 것인데 말이다."

"제발 목숨만은, 제발!"

리델의 누런 눈동자에서 굵은 눈물이 흐르기 시작했다. 만일 겨울이 아닌 생명이 움트는 봄이라면 루안이 이렇게 힘을 쓰는 것은 불가능할 수도 있었다.

지금은 그녀가 힘을 쓰지 못하는 겨울이었다. 오직 동정과 구걸만이 그녀가 살길일 테니, 영악한 리델은 살기 위해 눈물을 흘렸다.

"귀한 물의 뱀의 눈물을 보게 될 줄이야."

"눈물을 원하십니까? 그렇다면 울어 드리지요. 그러니 제발, 목숨만은……."

절박한 리델의 말에 루안은 고개를 흔들었다.

"네 눈물 따위 필요치 않아. 내가 원하는 것은……."

낮게 읊조리는 루안의 눈앞에 심장을 뺏긴 후 피눈물을 흘리는 사르곤의 마지막 미소가 아른거렸다.

루안의 검은 리델의 가슴을 꿰뚫기 시작했다. 그녀의 가슴 사이로 누런 핏물이 흘러나왔다.

"제발, 아직 완성되지 않았을 텐데요, 전하. 아니 루안. 컥 컥!"

"어디 감히 나의 이름을!"

루안은 뱀의 입에서 자신의 이름이 불리자 소리를 질렀다. 더러운 기분이었다. 그의 이름은 오직 한 사람만 부를 수 있었다. 단 하나의 여인, 그녀는……

루안는 움찔했다. 순간 사르곤과 키루스가 겹쳐져 하나가 되었다가 둘로 나누어졌다.

"키루."

아스라한 그녀가 그림처럼 나타나 그에게 손을 내밀었다. 순진무구, 말간 눈빛의 키루스가.

"루안이 좋아. 그냥 좋아."

저도 모르게 희미한 미소가 우러났다. 그러나 곧 루안은 세차게 고개를 내저었다. 리델의 가슴에 박힌 검을 더욱 깊이 찔러 넣었다.

"내 이름, 함부로 부르지 마라."

으르렁대듯 가라앉은 일침은 리델을 웃게 만들었다. 가슴에는 검이 꽂힌 채 찢어진 눈으로 한껏 웃는 물의 뱀. 끔찍한 몰골을 하고서도 깐죽깐죽 입을 놀렸다.

"내 마지막 예언을 하겠습니다. 전하."

"필요 없다 했을 텐데."

냉정하게 일갈을 한 루안은 물의 뱀의 가슴에서 검을 끄집어냈다. 바람 빠지는 소리가 들리더니 몸을 웅송그리다 비틀어지며 어지럽게 꿈틀댔다. 그러나 그 입은 멈추지 않았다.

"사르곤의 심장은 어린 키루스에게 돌아갑니다! 단, 받아들이는 영혼이 사르곤일지 키루스일지는 알 수가 없죠. 행여나 고 작은 것이 사르곤을 거부한다면 어찌 될까요."

루안은 얼어붙을 수밖에 없었다. 사르곤의 심장과 키루스의 영혼, 그리고 거부를……

"그럴 리 없어. 거부란 있을 수 없다!"

"전하가 동요하는 것이 보이네."

약 올리듯 깔깔거리는 리델. 마지막 발악이었다.

"키루스, 그 아이가 과연 온전히 사르곤의 심장을 받아들일까요. 행여 일이 잘못되어 사르곤의 영혼이 사라진다면 과연 전하가 키루스를 어찌하려나, 버릴까 아니면……"

리델의 말은 끝까지 끝맺지 못했다. 격해진 루안이 있는 힘껏 검을 찔러 넣은 탓이었다. 검이 몸을 가로질러 그녀의 등으로 삐져나왔다.

"아니, 사르곤이다. 분명히 돌아와."

물의 뱀 리델의 입에서는 누런 거품이 흘러나왔다. 그와 동시에 그녀의 몸이 오그라들기 시작했다.

"아니요, 전하. 내가 루안에게 반해 나의 능력을 전부 전해주었듯이, 전하 역시 어린 키루스에게 마음을 줄 것입니다. 그것이 헉! 이 물의 뱀이 말하는 마지막 예언……"

"입 닥쳐라."

"부디, 만다인을 조심……."

그의 손에 죽어가면서도 물의 뱀은 일말의 애정이 남았는지 거듭 루안에게 당부했다. 땅바닥에 널브러진 뱀의 몸체는 곧 말라비틀어질 것이었다.

오래전, 벽화 안의 전쟁이 일어나고 사르곤에 의해 다시 돌아온 어린 루안은 어떻게든 다시 그녀가 있는 곳으로 돌아가고 싶었다.

많은 우여곡절 끝에 노움 밀크가 있는 동굴이 물의 뱀의 근거지인 것을 알게 된 루안은 희망을 보았다. 그가 왕위에 오른 다음이었다.

리델의 도움으로 다시 벽화 안으로 들어갔을 때, 이미 폐허가 된 성과 빛을 잃은 일각수, 그리고 심장을 빼앗긴 사르곤이 있었다.

루안은 다시 지난 세월을 되돌리고 싶었다. 조금만 더 일찍 갔었더라면, 영원히 사르곤을 잃지 않고 함께할 수 있었을지도 모를 것인데.

그의 눈가가 짓물러졌다. 절대 보일 수 없는 고통이 지금 이 순간 욱신거리다 못해 쥐어짜듯 그를 힘들게 했다.

땅 위에는 물뱀이 흘린 누런 피가 스며들어 주변을 녹이기 시작했다. 파릇했던 주변이 시들어 버리자 그는 서슴지 않고 뱀의 꼬리 부근부터 벗기기 시작했다. 이윽고 모든 처리를 끝낸 후 루안은 지체 없이 동굴의 입구로 향했다.

그런 루안을 처음부터 끝까지 지켜본 그림자가 하나 있었다. 거대한 날개를 펄럭이며 일렁이는 불꽃의 그림자는 곧 흔적 없이 사라졌다.

늦은 밤, 잠이 들었던 키루스는 스산한 기운에 살며시 눈이 떠졌다. 루안은 옆에 없었다. 호엔 성과는 다른 노이 성 특유의 분위기는 그녀를 더욱 낯선 처지로 만들었다.

키루스는 천장을 올려다보았다. 둥근 곡선이 기하하적으로 붙여진 천장은 고전적인 곡선미가 도드라지게 채워져 있었다.

키루스는 왠지 모를 서러움에 입을 삐죽거렸다. 그가 애틋하게 불렀던 이름, 사르곤.

무한한 애정이 숨 쉬고 있는 듯한 그 이름에 키루스는 외면당한 것 같았다.

차디찬 겨울날, 어린 자신에게 내밀어진 손을 기억했다. 추위와 배고픔에 익숙해져 있던 어린 그녀에게 흐르는 시간은 무의미했다. 그저 무딘 세월 속에 이렇게 살아가는 것이리라.

그러나 생애 처음으로 느꼈던 단 하나의 온기, 루안.

자상하고 부드러운 그의 손길과 다독임. 그다음의 기억은 온몸이 쪼개질 정도의 고통 속에서 한 줄기의 불꽃과 더불어 일어나는 빛의 향연, 그 속에서 이루어진 성장은 마치 그와 함께하라는 신호 같았다.

혼자가 아니었다. 냉정하고 차가운 듯 보이나 누구보다 다정하고 뜨거운 루안이 함께했었다.

그런데 지금은 혼자였다. 낯선 곳에 버려진 것처럼 서글펐다.

키루스는 입으로 숨을 불어 보았다. 후, 하얀 연기가 보였다가 사라졌다. 침대는 따뜻할지언정 흩어진 공기는 마냥 차가운 방 안에서 그를 생각했다. 간간히 포트들의 숨소리만이 혼자가 아니라며 그녀를 안심시켜 주고 있었다.

키루스는 둥근 창으로 들어오는 부드러운 달빛을 보았다. 구름 사이에 드러난 조각달이 그녀의 안색을 살피는 듯했다. 그에 응답하듯 키루스는 손을 벌렸다. 마치 빛을 잡으려는 모양으로 두 팔을 들어 이리저리 휘휘 내저으며 달빛과 조우했다.

"네 이름은 키루스다. 시초, 날개라는 의미지."

루안이 불러 준 이름을 생각하며 키루스는 두 손을 모아 가슴에 품었다. 그리고 눈을 감았다.

"키루스. 나의 이름은 키루스."

제 이름을 되뇌는 키루스. 몇 번을 불러도 루안이 불러 준 애틋함과 부드러움은 없었다.

그러나 느낄 수 있었다. 이름이 부여하는 순간, 이미 루안과 자신은 하나라는 것을. 마침내 키루스는 품 안으로 들어온 달빛을 꼭 부여잡았다.

"너의 눈물은 내 것이고 나의 피는 네 것이다."

루안의 고통 가득한 울림이 귓가에서 떠나지 않았다. 그의 고백 아닌 고백에 키루스는 심장이 떨리다 못해 도리어 아파왔다. 마치 텅 비어 버린 것처럼 제 영혼마저 사라질 듯 슬펐다.

"루안, 어디 있어?"

그의 얼굴을 보면, 그의 품에 안기면 알 수 없는 감정의 실체가 조금은 분명해질까.

조각달이 구름 사이로 들어가 버렸다. 대신 세찬 바람이 창을 세게 흔들며 지나쳤다.

키루스의 몸이 떨려왔다. 추위도, 무서움도 아니었다.

고통, 그것이 키루스의 마음을 서늘하고 아프게 만들었다. 다시 한 번 그의 손을 잡고 싶었다.

"루안!"

완벽한 단절. 그것은 철저하리만큼 키루스를 무력하게 만들었다.

"사르곤, 나의……."

사르곤! 키루스는 이를 사리물었다. 반감이 밀려왔다. 고작 이름 하나에 키루스의 생명력이 다하듯 숨쉬기도 버거웠다.

끼잉. 숨을 몰아쉬는 키루스를 느꼈을까. 포트 한 마리가 그녀에게 가까이 다가왔다.

"괜찮아. 아무것도 아니야. 이것은…… 아무것도 아니야."

머리를 쓰다듬는 키루스의 손길에 안심된 포트가 다시 눈을 감았다.

"나 이상해, 루안."

그의 온기를 느꼈던 것이 전부 단절된 것 마냥 속이 답답했다. 그것에 키루스의 몸이 반응하기 시작했다. 그녀는 본능적으로 눈을 감고 몸을 옹송그려 스스로를 안았다.

루안!

그것은 달빛에 움직여 대던 손끝에서부터 시작되었다. 너무나 가늘어서 차라리 실처럼 보이는 작은 조각 같은 은빛이 흘러나왔다. 그 빛은 점점 길게 쏟아지며 그녀의 몸을 천천히 뒤덮었다.

서서히 형태를 갖추는 빛에 잠자던 포트들이 고개를 들었다. 그리고 마치 아늑한 태초의 그리움을 담고 있는 것처럼 길게 울었다. 한참 후, 키루스를 완벽하게 둘러싸고 있는 빛에 숨을 죽이며 주위를 경계했다.

노이 성의 밤.

조각달이 구름 사이로 들어가고 강한 바람이 불어 댈 때 루안은 뿌연 연기가 가득 찬 온천에 몸을 담가 호엔 성에서 건너온 데이슨의 시중을 받고 있었다.

이곳 온천은 호엔 성의 욕실과는 달리 울창한 나무들과 자연의 바위들이 주변을 둘러싸 마치 거대한 온실처럼 만들어져 있는 곳이었다.

왕은 오늘 일정이 무척이나 고되었는지 손 하나 까닥하지 못했다. 귀하디귀한 물의 뱀 가죽을 사냥해 왔으니 당연한 것인지도 몰랐다. 게다가 많은 양의 노움 밀크까지. 노련한 사냥꾼들이 몇 날 며칠을 공격해야 겨우 손에 넣을까 말까한 그것을 한나절도 못 되어 가지고 왔으니 아무래도 체력적인 소모가 많았을 성싶었다.

시종장은 왕의 몸에 물기를 닦으며 마무리를 지었다. 그는 묵묵히 맡은 임무를 마치고 다음 지시를 기다렸다.

"기별이 있을 때까지 방해 말라."

"네, 전하."

모두 고개를 숙이며 뒤로 물러났다. 복도에는 어둠을 밝힐 몇 개의 등불이 은은히 달아오르고 있었다. 긴 그림자를 드리운 루안은 길게 이어진 계단을 올라갔다. 데이슨은 왕의 모습이 완전히 사라지자 시종들을 각자의 자리에 배치한 뒤 돌아갔다.

혼자가 된 루안은 그제야 깊게 한숨을 내쉬었다. 동굴에서 리델의 가죽을 벗기는 와중에 그녀의 남아 있던 사념이 그를 괴롭혔다.

사르곤과 키루스, 키루스와 사르곤. 그리고 만다인.

루안은 잠시 지끈거리는 이마를 짚었다. 사르곤의 마지막 유언으로 탄생된 아이, 키루스.

굳게 닫힌 안쪽 방에서 키루스가 잠들어 있었다. 어쩌면 혼자 두었기에 자신을 원망하며 잠들었을지도 모른다.

루안은 차가운 창가로 다가갔다. 고요한 밤, 그 누구도 미래를 알 수 없을 것이다. 루안도 마찬가지였다. 그는 다짐하듯 눈빛을 굳혔다.

그래, 일단 기다려 보자. 키루스의 마지막 각성이 남았다. 거기에 따라 어떻게 진행될지는 아무도 모르는 일이다. 더군다나 슈반 공작의 아들 역시 아직 스스로가 누군지 모르는 것이 분명했다. 위로하듯 루안은 허탈하게 웃었다.

그는 키루스가 잠든 방으로 천천히 걸어가 문 앞에서 잠시 심호흡을 했다. 본능에 대한 억제인지 그녀를 품에 안을 때면 더한 욕망이 일었지만, 전부 사르곤에 기인하는 것이기에 충분히 인내해야 함을 상기했다.

루안은 자조적인 웃음을 머금고 문손잡이를 잡아당겼다.

안으로 들어선 루안은 자신의 눈을 믿을 수 없었다. 이번에도 가는 빛줄기가 키루스의 몸에서 흘러나오고 있었다. 그 빛들은 전에 보았던 빛보다 훨씬 월등하며 풍부했다.

"아직은 이르지 않나! 왜 벌써……."

그의 외침이 속절없이 메아리쳤다. 분명 다음 변환은 첫 번째 각성 후, 칠일야가 지나서라 했었다. 이것 역시 물의 뱀의 예언이 틀렸단 말인가!

포트들은 전부 깨어나 침대 주위를 빙빙 돌며 일어나는 현상에 놀란 듯했다. 다만 빛을 내고 있는 것이 키루스라는 것을 알고 있는지 그가 다가가자 으르렁거리며 경계했다.

"나는 적이 아니다."

루안은 포트들을 헤치고 마치 둥근 번데기가 되어 버린 키루스의 몸에 손을 뻗쳤다.

"이런!"

그러나 그 빛으로 들어갈 수 없었다. 어린 키루스의 몸을 다독이며 빛을 공유하던 전과는 판이하게 달랐다. 그의 손길이 닿자 빛들은 점점 벽을 쳐 올렸다.

아무런 힘도 쓸 수 없는 루안은 이 순간 자신의 존재에 대해 의구심을 느꼈다. 왕이면 뭐하고 반인이면 뭐하는가. 고작 빛줄기 하나 건널 수 없는 존재인 것을.

"이게 대체 뭐지, 리델."

루안은 다시금 읊조렸다. 리델의 예언과는 판이하게 달랐다.

다시 빛들이 소용돌이치기 시작했다. 그 빛은 정확히 새벽의 여명과 동시에 회오리쳤다. 마치 키루스가 탄생되는 그 시점에서 만난 빛과 어둠처럼.

루안은 한시도 눈길을 거두지 않았다. 포트들도 몰려와 그와 함께 그 모습을 지켜보았다.

그 무렵, 노이 성의 입구 벤누의 문에 새겨진 진홍의 날개 조각이 밝아 오는 새벽의 미명을 담으며 날갯짓을 시작했다. 온전히 날개를 활짝 열었을 때 새의 몸은 활활 타는 듯했다.

밝은 아침 해가 깊게 도래하기 전 순간의 어둠을 틈타 새는 하늘 위로 날아올랐다. 그리고 거짓말처럼 흔적 없이 사라졌다. 다시 노이 성은 으스름한 밤의 기운이 절정으로 치닫고 희미해져 가는 등불만이 조용한 밤을 밝힐 뿐이었다.

벤누의 문에 양각된 조각상 중 한 부분이 비워졌다. 그러나 사방의 조각들이 슬금슬금 움직여 언제 빈틈이 생겼나 싶게 말끔히 빈자리를 에워싸 흔적을 지워 버렸다.

마치 아무 일도 일어나지 않았다는 듯이 아침은 시작되었다.

chapter
10

겨울 사냥 대회 마지막 날.

랜스 왕국의 도심 곳곳은 축제의 절정이었다.

이번 사냥 대회의 유력한 우승자는 단연코 찢어진 눈매의 노른 후작이었다. 그는 대회를 위해 특별히 고용한 자들과 함께 닥치는 대로 짐승들을 끌어 모으고 있었다. 그러나 어제부로 새로운 우승자로 떠오른 자가 있었으니, 바로 슈반 공작가의 크리스였다.

사냥 대회 첫날에만 하여도 싱싱한 젊음을 내보이며 환한 미소에 모두의 마음을 울렁거리게 만든 크리스였으나 모닥불에 손을 집어넣은 이후 그의 외향이 달라졌다.

눈빛의 깊이가 깊어진 것은 둘째로 몹시 번들거렸다. 부드럽게 휘어지며 은은하던 입매는 교만하게 추켜졌다. 거기에다 다소 소년미가 풍기던 육체가 며칠 새 골격이 넓어지며 단단해졌다. 크리스는 그대로 자리를 박차고 나가 낮과 밤을 쉬지 않고 짐승들을 잡아 왔다. 오직 혼자서.

그가 사냥한 것들에 모두가 경악했다. 사냥감의 양에 대한 것이 아니었다. 무분별한 사냥감의 난도질에 있었다. 마치 살육을 즐기고 자신의 우위를 느끼며 쾌락을 즐긴 것처럼. 사냥이 아니라 도륙(屠戮)이었다. 당연하게도 그가 지나온 자리는 피의 흔적이 난무했다.

무시무시한 하버드를 사용하여 거대한 회색 곰을 향해 달려드는 기사들은 조금 힘이 들었다. 사냥 대회 내내 제대로 쉬지 못한 고충은 이루 말할 수 없었다. 게다가 날이 점점 추워지니 짐승들은 더욱 사나웠다.

"단번에 처치해라! 어제보다 더 큰 곰이로구나, 으하하하! 분명 이번 우승은 이 몸이시다!"

뒤에서 기사들에게 지시만 내리고 있는 노른 후작은 입이 찢어져라 웃었다. 거대한 회색 곰을, 그것도 두 마리나 잡았으니 이 정도면 우승을 하고도 남음이었다.

노른 후작은 우승한 자신에게 돌아올 것들을 생각했다. 많은 상금에 포상, 그리고 소원도 하나 들어 준다 했겠다. 소원을 뭐라 말하나. 새로운 영지를 하사해 달라 할까, 아니면 가축을 100마리 정도 달라고 할까. 우승 상금이면 빚은 단번에 해결될 것이었다.

희망을 느끼자 마음이 다급해진 노른 후작은 다시 소리를 질렀다.

"어서, 어서 잡아라! 가죽에 흠 하나 없어야 한다. 국왕 전하께 손수 바칠 것이다!"

그의 지시에 많은 기사들도 덩달아 소리를 지르며 곰에게 달려들었다. 어제 잡은 회색 곰보다 배나 거대했다. 겨울잠을 자고 있어야 할 곰이 이렇듯 나온 것은 미리 짐승들을 몰이한 꾼들의 영향일 것이다.

노른 후작은 이 또한 자신에게 굴러온 행운이라 치부했다. 사냥 대회에 참석한 다른 이들은 사냥물에 대한 수확이 변변치 않은 것도 제 행운이었다. 노른 후작은 이미 우승이라도 한 것처럼 날아갈 듯했다.

그러나 곧 반전이 일어났으니, 단도를 던져 곰의 목에 걸린 밧줄을 자른 자가 있었다.

"웬 놈이냐!"

후작이 검이 날아든 방향으로 시선을 주었다. 말 울음이 들리는가 싶더니 백색의 사냥복을 입은 사내가 나타났다. 사내는 핏물을 덮어쓴 양 온몸이 피에 젖어 있었다.

"누구냐! 누가 감히 먼저 사냥하고 있는 것을 가로채려는 것이야!"

윽박지르듯 소리쳤지만 사내는 아무런 말도 하지 않았다. 다만 허리에 찬 긴 검을 들어 후작의 말에 반박하겠다는 요량이었다.

후작은 상대의 행동에 기가 막혔다. 그러다 상대의 말에서 그자의 신분을 확인할 수 있었다. 말의 엉덩이에 길게 늘어진 안장을 장식하는 특유의 문양은 바로 슈반 공작가의 문양이었다. 바로 슈반 공작의 아들, 크리스였던 것이다.

"아니, 슈반 공작가의 도령이 어찌하여 사냥의 예도 없이 남의 물건에 함부로 손대는 것이지?"

크리스는 상대가 뭐라고 말하든 신경 쓰지 않고 회색 곰에게 달려들었다. 곰은 우악스런 비명을 지르며 큰 덩치를 앞세워 비틀거렸다. 다시 한 번 크리스는 곰에게 검을 휘둘렀다. 정확히 머리부터 가슴까지 내리그었다.

"무슨 짓이야!"

노른 후작이 찢어지는 비명을 질렀다. 그러자 메마른 음성이 흘러나왔다.

"내 사냥감입니다."

"뭐가 어쩌고 어째? 우리가 아침부터 공들여 잡은 것이건만."

"그 곰은 내가 어제저녁에 깨웠으니 내 사냥감이지요. 억울하시면 덤벼 보든가."

분명한 비웃음이었다. 크리스는 쓰러진 곰의 다리에 굵은 밧줄을 칭칭 동여매더니 말에 매달고 유유히 사라졌다. 순식간에 벌어진 일이었다. 눈길에 물든 핏물만이 방금 전 무슨 일이 생겼는지를 알려줄 뿐이었다.

후작은 씩씩거리면서도 한편으로는 의아함을 곱씹었다. 슈반 공작의 후계자인 크리스는 분명 순수하고 단정한 분위기에 도(道)를 아는 이미지였다. 그런데 어찌 말하고 행동하는 분위기가 전혀 다른 무뢰배와 같단 말인가. 혹시 다른 사내를 착각한 게 아닐까. 후작은 고개를 저었다.

"분명 크리스. 슈반 공작의 후계자였어."

말안장에 새겨진 공작가의 문양, 그리고 노른 후작은 후계자의 눈을 기억했다. 조금 특이한 그 눈동자는 그리 쉽게 보이는 것이 아니었다.

같은 사람이든 다른 사람이든 알게 뭐냐. 당장 우승을 놓칠 상황이 될지도 모르는데.

"가라! 가서 저놈에게 본때를 보여 줘!"

후작은 앞서간 일행을 쫓았다. 그리고 얼마 못 가 크리스를 따라잡을 수 있었다. 후작에게 고용된 기사들은 혼자인 그를 둘러싸고 있었다.

"이봐, 도련님. 놓고 가시지."

"먼저 잡은 것이라 했습니다."

"웃기네. 아침부터 곰을 사냥한 우리를 우습게 보는 것인가. 새파란 애송이가."

그들은 들고 있는 하버드를 빙빙 돌리며 협박했다. 크리스는 눈도 깜박하지 않았다. 되레 코웃음을 치면서 그들을 지나가려 했다.

"놓고 가라, 애송이!"

제법 어깨에 힘이 들어간 기사는 땅에 침까지 뱉으며 크리스에게 다가왔다. 당장 곰을 놓고 가지 않으면 살인이라도 할 모양이었다. 그러나 크리스는 비릿한 웃음을 지으며 그들을 응시할 뿐이었다.

묘하게 기분 나쁜 기사는 들고 있던 검을 위협하듯 허공에 내리그었다. 그러자 크리스는 잠시 자신에게 검을 들이댄 자를 쏘아보았다. 그의 몸에서는 뜨거운 김이 모락모락 나는 듯했다.

"내 것을 내가 갖겠다는데 말이 많군."

크리스는 재빠르게 검을 뽑아 기사의 손목을 그대로 잘라 버렸다. 거기서 멈추지 않고 대여섯의 나머지 기사들도 노려보고는 검을 내리꽂았다.

"으윽!"

그들은 처절한 비명을 질렀다. 대항할 여유조차 없었다. 그만큼 재빠르고 강한 공격이었다. 크리스는 그들을 짐승들이라 여겼다. 그들에게 검을 휘두르면서도 양심의 가책이나 고통을 느끼지 않았다.

때아닌 비명이 노른 후작의 앞에서 들려왔다. 분명 공작의 아들을 쫓아가는 중이었다. 한데 난데없는 비명들이…….

"어서 가자!"

후작은 뒤의 호위병들을 재촉하여 비명이 터진 곳으로 다가갔다. 후작 일행이 도착했을 때 눈앞에 펼쳐진 광경에 다들 그 자리에서 굳어 버렸다.

"이, 이게 대체……."

지독한 피 냄새를 맡을 수 있었다. 난도질당한 기사들의 몸은 망치로 두들겨 맞은 듯 잘게 분해되어 있었다. 멀리 잘린 팔 하나가 무참하게 드러나 먹이를 찾고 있던 짐승에게 들려갔다.

눈으로 보고도 믿기지 않은 현장이었다. 후작은 말을 잇지 못했다. 두려운 듯 말에 오른 공작가의 후계자를 바라보았다. 일말의 가책도 느껴지지 않는 그의 표정은 후작에게 공포를 주었다. 아무런 말도 못한 후작은 그가 떠난 뒤에도 그저 몸을 떨고 있어야 했다.

✦　　　✦　　　✦

아침의 밝은 해가 무색하게 오후에 접어들자 날이 급격하게 어두워져 갔다. 한두 방울 내리던 빗방울이 점점 굵기를 달리해 창을 거세게 때렸다. 매서운 겨울바람과 함께 비바람이 동반된 거친 날이었다.

노이 성의 방 안에서 움직이지 않는 빛 덩어리는 점점 불어나 그 안에서 회오리쳤다. 새벽의 여명이 닿아 빛의 밝기가 사그라지기는 하였으나 크기는 작아지지 않고 그대로였다. 무엇보다 포트들이 종일 끙끙거렸다. 짐승들은 주위를 호위하듯 맴돌며 키루스를 걱정했다.

"괜찮아. 그러니 앉아."

오만한 자세로 빛 덩이를 바라보는 루안은 주변을 빙글빙글

도는 정신 사나운 포트들에게 명했다. 그러자 포트들은 잠시 루안을 힐끔거리더니 사나운 눈빛에 몸을 낮추었다.

"잘했다."

짐승들이 그의 말을 알아듣자 루안은 저도 모르게 칭찬의 말을 내뱉었다.

그는 잠들지 못하고 빛을 주시했다. 전에도 이런 현상이 있었으니 별다를 것이 없으리라 여겼다.

하나 이번에는 달랐다. 그의 손길을 거부하는 빛에 가까이 가지도 못했다. 그의 마음에 이상한 감정이 일었다. 그가 느낀 것은 씁쓸함 아니, 쓸쓸하고도 시린 느낌이었다.

"나와 가면 다시는 배곯지 않아도 된다. 추위에 떨지 않아도 돼."

한겨울의 찬 바닥에 굴러다니는 메마른 벌레를 힘겹게 입에 넣으려던 어린 키루스. 그 작은 입안으로 손가락을 밀어 넣었을 때 아이는 발버둥 쳤지.

성에 와서 따뜻한 수프를 먹여 주었을 때 어린 키루스는 하늘의 음식이라도 되는 양 기뻐하며 맛을 보았다. 하나 곧장 이어진 고통어린 토악질과 그때 흘렸던 서러운 눈물.

과거를 회상한 루안은 주먹을 꽉 쥐었다. 지금 느끼는 그 감정은 어린 키루스에게 주어야 했던 고통과 아픔에 대한 후회보다 더했다. 이것을 뭐라 표현해야 하는가.

그를 온통 지배하고 있는 것은 사르곤, 그녀뿐이었다. 그가 지상에서 살아가는 이유는 오직 사르곤을 만나서 다시 그곳으로 돌아가는 것이었다. 그러니 그릇이 될 키루스의 빠른 변환에 기뻐해야 옳았다.

　그런데도 빛으로 감싸인 키루스가 자신의 손길을 거부하는 것에 왜 이리 허전한 마음이 드는 것인지…….

　루안은 고개를 쳐들었다.

　"사르곤을 거부한다면 어찌 될까요."

　리델의 말대로 완전한 각성이 이루어진 키루스가 사르곤의 심장을 거부한다면. 아니, 애초에 그녀의 탄생이 사르곤을 위한 것임을 안다면…….

　루안은 거칠게 방 안을 서성거렸다. 그리고 마침내 스스로 결론을 내렸다.

　"나에게는 사르곤뿐이다, 키루."

　씁쓸하게 내뱉는 루안은 키루스에게 하는 말이 아니라는 걸 알았다. 스스로에게 다시 한 번 상기시키는 것이었다. 만일 키루스가 사르곤의 심장을 거부한다면 그는 스스럼없이 그녀를 처단할 것이다. 분명히 그렇게 할 것이다.

　루안.

　그렇게 맹세한 루안은 제 이름이 불리자 자신도 모르게 일렁거렸다. 그의 날카로운 눈빛에 물결이 고여졌다. 자신을 부르는 것이 사르곤인가, 키루스인가.

루안은 눈을 질끈 감았다. 못나고 못났다. 너무나 우매한 자신이 원망스러울 정도였다.

그 순간 빛이 꿈틀거렸다. 이리저리 비틀거리며 구불구불 춤을 췄다. 저 안에 키루스가 있다. 미소를 지으며 자신에게만 두 팔을 벌리는 그녀가.

"키루."

놀라운 일이 벌어졌다. 빛은 루안의 말을 들은 듯 반응하기 시작했다. 빛 덩이 안에서 굵은 빛줄기가 하나 기어 나와 정확히 루안의 눈앞에서 멈췄다. 눈물이 날 만큼 감격적이었다.

"키루, 내가 만져도 좋은가."

목이 맨 루안은 더 말을 잇지 못했다. 빛줄기는 응답하듯 루안의 팔을 타고 올라 그의 입술까지 닿았다. 그는 희미한 미소를 지었다.

터지는 웃음을 참지 못하자 빛이 반응했다. 루안은 그 빛의 움직임에 가슴이 뛰었다. 알 수 없는 스스로의 감정에 흔들렸다.

루안은 두 팔을 벌렸다. 그러자 침대에 뭉쳐 있던 빛들이 부유하는 공기처럼 일시에 움직였다. 밖은 이제 컴컴한 바람이 불어대고 사방은 어두웠다.

여섯 마리의 포트가 일제히 뒤로 물러났다. 으르렁거리지도, 두려워하지도 않았다. 다만 빛과 루안의 해후를 조용히 지켜볼 뿐이었다.

빛이 루안의 품에 들어왔다. 무형이었기에 만져지는 것은 무엇도 없었다. 그러나 루안은 마치 그녀를 쓰다듬는 듯 이름을 불렀다.

"키루."

서서히 빛이 퍼져 갔다. 양옆으로 갈라지며 마침내 빛이 길을 열 듯 그 속이 드러났다.

"루안."

익숙한 음성이 흘러나왔다. 마지막 각성을 마친 모습을 한 키루스였다.

전혀 예상하지 못한 변화였다. 루안은 숨을 멈췄다. 빛의 갈래에서 일어난 그녀는 이제 완벽한 사르곤의 모습이었다.

"사르곤."

분명 사르곤의 모습과 흡사했다. 고아한 아름다움, 의지, 고집, 심지어 눈빛까지 같아 보였다. 그러나 달랐다.

다소 삐딱한 시선으로 루안을 보는 그녀는 사르곤과 달랐다. 완벽하게 홍색을 가졌던 사르곤에 비해 눈앞의 키루스는 엷은 다홍에 점점이 박힌 흑색. 또한 깊은 눈동자의 시선에는 루안이 있었다.

"사르곤? 누가?"

그녀는 못마땅하다는 듯이 입을 비틀고는 무섭게 루안에게 달려들었다.

"키루, 읍!"

곧장 그의 옷자락을 부여잡고 지독하게도 입술을 부딪치는 키루스가 그의 입안으로 침범해 들어왔다. 키루스의 급작스런 행동에 루안은 멍청하게도 그녀를 밀어내지도 못하고 물밀 듯이 들어오는 키루스의 혀를 맞이해야 했다.

❀　　　❀　　　❀

회색 곰을 질질 끌고 달리는 크리스는 입가를 비틀었다. 이번 사냥 대회의 우승은 분명히 자신이라 여겼다. 그깟 후작 따위 밀어내면 그만이었다. 당장 그녀를 손안에 넣고 싶은 뜨거운 마음이 불타오르고 있었다.

차가운 겨울비에 온몸이 젖어 가는 크리스는 사냥의 희열과 더불어 거친 욕정을 느끼고 있었다. 단 한 번도 경험하지 못한 뜨거운 욕구에 스스로가 즐거웠다. 당장 그녀를 품에 안아 거칠게 몸 안으로 핥고 들어가 모든 것을 소유하고 싶었다.

거대한 곰을 밧줄에 묶어 실어 나르면서 그들은 하나같이 혀를 끌끌 찼다. 이번에도 목이 잘려 있고 앞다리 하나는 덜렁거리는 모습에 몸을 부르르 떨었다. 곰이 지나간 자리에 핏자국이 이어졌다. 자국들은 겨울비에 씻겨 갔으나 비릿한 냄새만은 공기 중에 남아 공작가의 사람들을 괴롭혔다.

그즈음, 다소 입술이 부푼 루안은 품안에 키루스를 꼭 안고서 말에 올라 바람을 가르고 있었다.

"워워. 사리프, 멈춰!"

한참을 차가운 바람과 달리던 루안은 앞에 보이는 갈림길에서 말을 멈추었다. 주변에 도열한 많은 나무들의 줄기가 하얀 눈을 맞아 마치 화려한 장식물처럼 반짝였다.

말고삐를 잡아 위로 당기며 천천히 말 머리를 쓰다듬는 루안은 먼저 말에서 내려 키루스에게 손을 내밀었다.

"이리와, 키루."

그러나 그녀는 그가 내민 손을 무시하고 사뿐한 동작으로 말에서 뛰어 내리고는 뒤도 돌아보지 않은 채 갈림길로 걸어 갔다.

루안은 말의 엉덩이를 한번 쳐 주고 그녀의 뒤를 따라갔다. 콧바람을 힝힝거리는 루안의 말, 사리프는 아마도 눈길에서 유유히 놀면서 그들을 기다릴 터였다.

"어느 쪽?"

그가 다가가자 키루스는 앞의 갈림길을 보며 물었다. 루안은 자신의 어깨까지 오는 키루스를 흘낏 보면서 원하는 대답을 해 주지 않았다.

"글쎄."

"글쎄라니?"

태연한 루안의 대답에 키루스가 몸을 획 돌렸다. 그 덕분에 아무렇게나 묶은 그녀의 붉은 머리칼이 이마에 몇 가닥 떨어졌다. 차가운 공기에 달아오른 두 뺨은 선명할 정도로 붉었다. 루안은 키루스의 얼굴을 홀린 듯 바라보며 깊은 숨을 내쉬었다.

"대답하라고, 어느 쪽인지."

"싫다."

"싫어?"

장대한 사내가 마치 말장난을 하듯 답하는 것에 부아가 나기 시작했다. 솔직히 말하면 그런 그의 대답에 화가 나는 것이 아니라 노이 성에서 있었던 일에 대한 분노가 아직 풀리지 않았다 하는 것이 더 분명하리라.

성에서의 도발, 키루스는 막무가내로 루안의 입술을 집어삼켰었다. 감당하기 힘든 열정으로 말미암아 루안이 더는 버티기 힘들 정도로.

붉은 열꽃이 피어 오른 눈동자를 마주한 루안은 사르곤과 판이하게 다른 키루스를 느꼈다. 그녀는 거기서 멈추지 않고 더욱 당혹스럽게 근원을 파헤치려 했다.

"루안, 사르곤이 누구인지 말해 줘."

"……내가 세상에서 가장 원하는 단 하나의 여인이다."

그래, 사르곤은 나의 전부. 내가 살아가는 이유가 사르곤이다.

알릴 수밖에 없었다. 키루스의 열정에 녹아날 것 같았으니까.

키루스는 잠시 아무 말도 하지 않았다. 대신 자신이 어디서 왔는지 물었다. 그에 루안은 숨이 막혔다.

사르곤에 대해서 무의식적으로 느끼는 것인가.

루안이 말문을 잇지 못하자 키루스는 다시금 입맞춤을 시도하며 그를 흔들어 버렸다. 더욱이 무한한 애정을 되돌리는 키루스에 그는 더는 참을 수가 없었다.

근원을 알려 줄 때가 왔다.

그렇게 하여 이곳 회색의 숲, 회색의 나무왕이 있는 곳까지 오게 된 것이었다.

키루스는 다시 몸을 돌려 갈림길 중에서 왼쪽 길로 재빠르게 걸어갔다. 제법 눈이 쌓여 걸을 때마다 눈 속으로 발이 빠졌다. 그러거나 말거나 뒤도 돌아보지 않고 걸었다.

루안은 웃음이 나왔다. 어린애가 부리는 심통처럼 키루스는 제 맘대로 안 되는 것에 대한 무언의 항의 중이었다. 그것이 귀엽고 사랑스럽고 또 안쓰러웠다.

그는 성큼성큼 걸었다. 키루스가 앞서간 상황에서 긴 그림자가 넘어 들어왔다.

"어딘지 알고 가는 것인가?"

루안이 물었지만 키루스는 입을 꾹 다물었다. 절대 아무 말도 하지 않을 요량이었다.

"키루."

루안이 불렀다. 깊이 있는 저음의 그가 키루스의 굳은 기분을 간지럽게 만들었다.

"키루, 날 봐."

키루스는 절대 입을 열지 않을 요량으로 묵묵히 눈길을 걸었다. 그러나 얼마 못 가 루안에게 잡혀 몸이 돌려졌다. 그는 고집 센 눈매를 하고 있는 키루스의 턱을 들어 자신을 보게 했다.

"몸은 자랐으나 아직은 어린애군."

"누가."

"내 눈앞에 있는 키루."

"아니라고!"

"그럼 말을 해야지, 성인답게. 지금 네 행동이 어린애가 아니면 뭐지?"

키루스는 마음이 불타는 것 같았다. 분명 어린애가 아님을 제 눈으로 본 사내가 어린애로 치부하는 것이 무척이나 못마땅했다.

"그럼 이번에도 어린애인지 아닌지 한 번 맛 봐."

키루스는 루안의 거대한 몸을 밀어 버렸다. 뜻하지 않는 반격에 그는 눈 길에 등을 맞댈 수밖에 없었다. 그가 쓰러지고 키루스는 몸 위에 올라가 말을 타듯 두 다리로 그의 허리를 잡았다. 그다음 그의 얼굴 옆에 두 손을 짚고 협박조로 비아냥거렸다.

"이번에는 피하지 마, 루안."

그가 뭐라 대답을 하기도 전에 키루스의 붉은 입술이 다가왔다. 성안에서와 같은 연장선이었다. 다시금 그녀에 의해 입술이 막힌 루안은 눈으로 웃었다.

부드럽고 따뜻한 물결이 넘실거렸다. 아랫입술을 핥고 윗입술을 핥으며 그대로 입안으로 밀려들어 와 입천장을 노닐다가 그의 혀를 잡아챘다. 루안은 기다렸다는 듯이 그녀의 등을 어루만졌다. 다시 키루스의 얼굴이 방향을 바꾸었다.

부딪치고 또 부딪쳐도 부족했다. 맛보아도 또 맛보고 싶은 그의 입술이었다. 키루스는 그의 귓가와 코, 눈가에도 마구 입술을 옮기며 움직였다.

루안의 힘 있는 손이 키루스의 어깨를 부여잡고 몸의 위치를 바꾸었다. 이제 시린 눈에 닿고 있는 것은 키루스였다.

"충분한가."

"아니, 부족해."

"얼마나."

"하늘이 이어질 때까지."

"그게 얼마큼이지?"

"하늘과 땅의 경계가 없어질 때까지."

터무니없는 키루스의 말에 루안의 눈매가 자꾸 휘어지려 했다.

"얼마나 있어야 그 경계가 없어지는데?"

"하늘이 이어질 때까지 루안과 입맞춤하면."

도저히 참지 못한 루안이 웃음을 터뜨렸다. 어찌나 크게 웃는지 나무에 매달린 눈송이들이 놀라 떨어졌다.

"내가 졌다, 키루."

키루스는 루안이 진심으로 웃고 있는 것에 제 손을 그의 차가운 뺨에 가져갔다.

"키루, 그렇게 사랑스러우면 안 돼."

"내가 사랑스러워?"

"너무 사랑스러워……."

루안은 키루스의 가는 목에 손을 가져갔다. 한껏 고동치는 맥이 잡혔다. 생생하게 살아 있다는 증거였다.

"내가 어떻게 될 것 같다, 키루."

그는 둥근 뒷머리를 부여잡아 서서히 키루스와의 간격을 좁혀 갔다.

다시 둘은 뜨거운 입맞춤에 빠져들기 시작했다. 이번에는 루안의 주도하에 시작된 입맞춤이었다. 누구의 입술이 먼저 열렸는지는 중요치 않았다. 신음이 두 사람의 입에서 동시에 흘러나왔다.

"루안, 나……."

입맞춤으로 흐려진 키루스가 울 듯했다. 마음이 조여지는 루안은 그녀의 입술에 묻은 타액을 엄지로 문질렀다.

"나 역시 네가 무엇인지 알고 싶다."

"그냥 루안의 키루이면 안 돼?"

"아아. 키루. 너는 정말……."

왜 이리 사랑스러운 거냐. 끝까지 내뱉지 못한 루안의 눈빛이 흐려졌다. 말을 잇지 못하고 두 팔을 벌려 목을 휘어 감고 있는 키루스를 더욱더 품으로 끌어당겼다.

루안은 빛나는 하늘을 보았다. 같은 하늘 아래, 어딘가 사르곤이 숨 쉬고 있을 것이다.

심장을 빼앗긴 채 눈물 맺힌 사르곤. 웃음을 잃은 채 산화되어 날아간 그녀의 불꽃같은 본체를 잊는다면, 품 안의 사랑스런 키루스를 솔직하게 대할 수 있을까.

그러나 만다인의 날카로운 검에 잘려진 그녀의 피 흘리는 심장을 잊을 수가 없었다. 또한 심장을 가져가도록 허락한 사르곤의 고통과 아픔이 잊히지가 않았다.

두 사람의 머리 위로 작은 빛들이 날아올랐다. 겨울임에 미약하기 그지없었으나 그럼에도 불구하고 환한 빛을 내보이는 수천의 반딧불들이 두 사람의 모습을 끝없이 밝혀 주고 있었다.

✿　　　✿　　　✿

슈반 공작가의 대저택.

꽤나 정교하게 만들어진 욕실에서는 뜨거운 기운이 펄펄 나는 거대한 원형 욕조에서 크리스가 하녀들의 시중을 받고 있었다. 그동안 남자 하인만이 그의 시중을 들 수 있었기에 파격이 아닐 수 없었다.

"불편하시면 말씀하세요, 도련님."

크리스의 벌거벗은 어깨를 천으로 문지르는 하녀가 조심스레 입을 열었다.

"좋군."

긍정적인 대답에 요염한 미소를 짓는 하녀는 입이 귀에까지 걸렸다. 어린 시절부터 흠모해 온 도련님의 시중을 들 기회를 가지다니. 아무리 같은 집 안에 있다 하더라도 슈반 가의 후계자인 크리스는 손에 닿지 못할 귀한 분이었다.

또한 하녀들이 시중을 드는 것을 절대적으로 거부했던 분이었다. 그런데 이번에는 솔선해서 그녀들을 차출하니 난리가 난 저택의 하녀들은 구름을 잡은 듯 들떠 있었다. 그중에 견제를 하다 선택된 두 명의 하녀는 서로에게 눈짓을 하며 누가 먼저 도련님의 마음에 들까 곁눈질까지 했다.

먼저 크리스의 몸을 문지르는 하녀는 이미 습기에 젖어 몸에 달라붙는 옷자락을 더욱 추어올리며 굴곡진 몸매를 드러내는 데 여념이 없었다. 그에 질세라 그에게 물을 끼얹던 하녀는 터질 듯한 가슴을 그의 단단한 가슴과 팔에 문질러댔다.

크리스는 여유 있게 하녀들의 행동을 관찰했다. 요 근래 그는 무척이나 두근거리는 심장을 견뎌 내야 했다. 그런데 절정에 가까울 정도로 달콤하고 격정적인 위로를 느낄 수 있었던 것은 사냥터에서 즐겼던 피의 살육, 거기에서 오는 희열이 생각보다 거창했다.

그리고 지금 눈요기에 좋은 하녀들이 눈웃음을 살살치는 것에 열기를 보태고 있었다. 크리스의 입가가 길게 올라갔다. 욕심, 욕망 그것도 육체가 불러일으키는 욕구는 해결한 적이 없었다.

"옷 벗고 들어와. 둘 다."

그의 지시에 하녀들은 잠시 움직임을 멈췄다. 지금 들은 그의 말이 진심인지 확인하고자 고개를 들었다.

"내 말 안 들려? 옷 벗어."

그제야 그녀들이 들은 말이 사실인 것을 확인한 후 서로가 눈짓했다. 이 좋은 기회를 놓칠 멍청이는 없었지만 그녀들은 자못 부끄러운 듯 얼굴을 붉혔다. 그리고 기다렸다는 듯이 젖은 옷을 벗었다.

크리스는 바로 눈앞에서 옷을 벗는 그녀들을 보았다. 탐스런 육체, 젖은 속살이 드러날수록 그는 김이 빠지는 듯했다. 예상과는 달리 여체를 보아도 아무런 감흥이 없었다.

"다르네."

별거 없다는, 시시해 죽겠다는 표정을 짓고 있었다. 이유는 하나였다. 하녀들은 전부 금발, 그가 원하는 그녀는 탐스런 적발이었다.

"그녀라면……."

그녀라면 어떻게 다가올까, 그녀라면…….

크리스는 지금 당장 자신의 몸에서 일어난, 광분될 정도의 열기를 가라앉혀야 했다. 터질 듯한 욕망은 이제 걷잡을 수 없을 만큼 팽배해 당장이라도 폭발할 지경이었다.

먼저 다가온 것은 가슴이 풍만한 하녀였다. 그녀는 적나라한 욕망을 숨기지 않고 크리스의 맨 가슴을 타고 오르며 그의 귓가에 속삭였다.

"도련님, 처음이시잖아요."

"그래서?"

"어떻게 해 드릴까요?"

정중한 하녀의 말에 크리스는 피식거렸다. 자신에게 달라붙은 하녀의 큰 가슴을 한 손으로 쥐어짰다.

"아, 아파요. 살살."

그녀에게 고통이 오거나 말거나 그대로 욕조 벽으로 밀어붙였다. 그 바람에 물이 출렁거리며 바닥으로 넘쳐흘렀다. 그는 그녀의 허벅지를 한 팔에 꿰어 올렸다. 또 다른 손으로는 여체의 중심부를 만지작거리며 희롱하듯 읊조렸다.

"내가 알아서 해. 입 다물고 가만히 있어."

하녀의 입가에 웃음이 지워졌다. 평소에 단정하고 귀엽기까지 했던 도련님이 맞는지 제 눈을 의심할 정도였다. 아니, 두렵기까지 했다.

욕망이 가득한 크리스의 눈은 실핏줄까지 터져 있었다. 테두리가 다른 눈동자는 짙은 회색으로 물들어 핏물이 가득 찬 눈자위에 대비되며 무시무시한 눈빛으로 변해 있었다. 하녀는 공포감을 느꼈다.

크리스는 손가락 하나를 하녀의 중심부에 찔러 넣었다. 꽤나 부드럽고 뜨거웠다. 자신의 중심부를 찔러 넣고 싶었다. 지금 당장.

또 다른 하녀는 크리스의 뒤에서 그의 단단한 어깨를 쓸어내리며 등에 혀를 가져다 대고 있었다. 연신 자신의 가슴을 문지르며 그를 자극했다. 앞과 뒤, 밀착된 여인들의 벌거벗은 속살은 욕망을 뒤덮기 충분했다.

"계속해. 쉬지 말고 움직여."

크리스는 단단한 그의 엉덩이를 만지작대며 혀로 핥아대는 하녀에게 지시했다.

이제 그는 참을 수가 없었다. 앞에 있는 하녀의 가슴에 이빨을 들이대며 그대로 그녀의 중심부에 자신의 것을 밀어 넣어 본능대로 움직였다.

뒤에 붙어 크리스의 몸에 자신을 문지르던 하녀 역시 같이 움직이며 그의 몸에 혀를 대어 쓸어 올렸다. 물결이 요동쳤다. 서서히 파동이 거세어지며 욕조 안의 물이 출렁거렸다.

"아파, 살살……."

앞의 하녀는 미처 열리기도 전에 그의 몸이 미친 듯이 밀려들자 비명을 질렀다. 그러자 크리스가 한 손으로 그녀의 입을 막아 버렸다. 다른 여자의 목소리를 듣고 싶지 않았다. 오직 그녀의 맑은 음성만 그에게 들려야 했다. 숨이 막힌 하녀가 고개를 흔들어 거부 의사를 보냈다. 그러나 그는 헉헉거리며 이빨로 하녀의 목을 쥐어뜯고 한참을 움직였다.

얼마 후 그는 움직이던 몸을 강하게 밀어붙이며 온몸을 부르르 떨어댔다. 그리고 눈앞의 하녀를 밀어냈다. 그녀는 완전히 고통에 젖어 목에 피를 흘린 채 그를 원망하듯 보았다. 하녀는 이미 모든 힘이 빠져 있었다. 그는 아직도 뭔가 부족했다.

그는 자신의 뒤에서 몸을 흔들고 있는 또 다른 하녀에게 몸을 돌렸다. 그녀의 몸을 잡아채 몸을 뒤로 돌게 했다. 그대로 하녀의 몸 안으로 들어가 버렸다.

또다시 물이 출렁거렸다. 뒤에서부터 크리스의 몸을 받아든 하녀가 비명을 질러도 그는 아무런 표정도 하지 않은 채 헉헉거리기만 했다.

하녀가 고개를 저으며 저항했으나 그는 상관치 않았다. 다시 힘차게 움직이던 몸을 떨었다. 난생처음 맛본 육체의 희열에 고개를 뒤로 꺾고 그녀를 상상하며 소리 질렀다.

"으윽, 내 것이다!"

크리스를 받아들였던 하녀도 순식간에 녹초가 되었다. 단한 번의 관계인데도 힘이 빠져나간 듯 기운이 하나도 남아 있지 않았다. 그러나 크리스는 아직도 부족했다.

그는 욕조 벽에 기대어 정신을 못 차리는 하녀에게 덤벼들었다. 향긋한 입욕제가 풀어져 있던 물에는 비릿한 피 냄새가 흐르고 있었다. 크리스가 물어뜯어 낸 상처에서 흐른 피와 하녀들의 몸에서 나는 혈이었다.

두 하녀를 상대하며 반나절을 욕실에서 보낸 크리스는 조금 진정된 육체와 정신을 가지고 밖으로 나왔다.

그 뒤 욕실을 정리하기 위해 들어간 하인들은 곧 혼비백산 비명을 지르며 뛰쳐나왔다.

"왜 이렇게 소란이야?"

그들이 허겁지겁 뛰쳐나오자 집사가 호통을 쳤다.

"그, 그게. 욕, 욕실에서……."

뭔가에 놀라 말도 제대로 못 하는 하인이 가리키는 욕실로 집사를 비롯하여 소식을 접한 하녀장이 들어갔다. 그들은 하인들이 비명을 지른 이유를 알 수 있었다. 그들 역시 핏물이 든 욕조를 보았다.

"이게 대체⋯⋯."

두 명의 하녀들이 벌거벗은 채 마치 날카로운 이빨을 가진 짐승에 물어뜯긴 듯한 상처를 입고 피를 흘린 채 쓰러져 있었다. 한 명은 욕조 안에, 또 한 명은 욕실 바닥에. 공통점이 있다면 두 명 다 허벅지 사이와 목, 가슴 등. 멍과 함께 정사의 흔적이 뚜렷했다는 것. 그녀들은 눈도 감지 못하고 죽어 있었다.

뭐라 표현할 길 없는 현장이었다. 그들 역시 숨 막히는 냄새에 입과 코를 막으며 욕실을 뛰쳐나와야 했다. 지금 벌어진 사실들을 눈으로 확인했음에도 믿을 수가 없었다.

이런 정황을 만든 사람은 오직 한 명뿐이었다. 지금 쓰러진 하녀들은 저택의 도련님인 크리스의 목욕 시중을 들고 있었던 것이다. 집사는 어찌할 바를 몰랐다.

그 사실은 사냥 대회를 마치고 저택으로 돌아온 슈반 공작에게 즉시 알려졌다.

"집사. 입단속 철저히 하게."

"그럼⋯⋯."

"무조건 함구시키게. 집안의 명예가 달린 일일세."

슈반 공작의 표정은 그동안 보았던 선함은 찾아볼 수 없다. 오직 집안의 안위, 그리고 하나뿐인 아들의 명예만이 중요

232

했다.

그 후, 얼마 못 가 두 명의 하녀가 몹쓸 병으로 인해 사망하는 일이 생겼다. 공작가에서는 혹여 전염병일까 싶어 재빨리 두 시체를 불에 태웠으며 그 흔적은 감쪽같이 사라졌다. 그리고 공작의 명에 의해 철저한 비밀에 부쳐졌다.

만일 집안의 불상사가 밖으로 알려지는 날에는 그 일을 입에 담은 자에게 무참한 일이 벌어질 것이라는 겁박과 함께.

chapter
11

　차갑고도 서늘한 기운에 숨을 쉴 때마다 푸른 입김이 새어
나왔다. 빌협 골짜기. 전설이 난무한다는 기이한 숲에는 두 개
의 발자국이 또렷하게 새겨지고 있었다. 루안과 키루스는 서
로의 손을 꼭 잡은 채 앞뒤로 걸어갔다.

　키루스는 앞서가는 루안의 뒷모습을 보았다. 그의 널따란
어깨를 따라 아름다운 금발로 시선을 올렸다. 그 모든 것이 실
바람에 흔들렸다.

　키루스는 가만히 아랫입술을 깨물고 혀를 대어 훑었다. 마
치 루안의 맛이 나는 듯하여 저도 모르게 몸을 바르르 떨자 루
안이 고개를 돌렸다.

　"추운가?"

　키루스의 몸짓을 추위 때문이라 착각한 루안은 자신이 걸치

고 있던 털옷을 벗었다. 미처 거부하지 못한 키루스는 그의 손
길을 그대로 느끼고 있었다.

"조금만 참아. 곧 도착한다."

역시나 그윽하며 부드럽다. 냉엄하고 위압감이 충만된 그일
지라도 깊은 곳에서는 항상 따뜻한 온기를 동반했다. 그것이
키루스의 마음을 움직이고 몸을 지배한 이유였다. 그녀는 몸
을 감싸고 있는 루안의 털옷에 얼굴을 묻었다.

"루안이 좋아."

다시 앞서 걸어가는 루안이 뒤따르는 키루스에게 손을 내밀
었다. 자연스레 손을 맞잡고 걸어가면서도 둘은 추운 줄 몰랐
다. 서로의 안온한 온기를 나누며 공유하는 지금, 무척 소중한
시간이 아닐 수 없었다.

조금만 더 가면 키루스의 근원이 되었던 거대한 나무가 그
모습을 드러낼 터였다. 그렇게 생각하며 앞서 걷던 루안은 움
찔했다. 자신이 내민 손에 키루스의 손이 닿았기 때문이었다.
정확히 말하자면 키루스의 부드러운 맨손이 닿았다.

"키루, 장갑 껴. 춥다."

"괜찮아. 이렇게라도 닿고 싶어."

언뜻 물기까지 베인 한가득한 진심이라니. 루안은 오금이
저렸다.

"키루, 대체 넌……."

그는 가까이 다가오려는 키루스를 제지했다. 이미 눈과 귀,
심지어 두 손은 그녀를 향해 열려 있으나 거부할 수 없는 사르

곤의 그림자가 그의 심장에 들어 있었기 때문이었다.

"나 보여 줄 게 있어."

키루스는 반대쪽 손을 하늘로 올렸다. 길게 뻗은 손마디가 사르곤처럼 곧고도 아름다운 손이었다.

키루스는 손바닥 한가운데서부터 작은 불씨를 만들어 내었다. 작은 씨앗처럼 시작된 불꽃은 또렷한 진홍색이었다. 사르곤이 산화될 때와 같은 색이라는 걸 확인한 루안은 당황한 기색이 역력했다.

사르곤의 심장을 가지고 있지 않은 키루스가 어찌하여 그녀 본체의 능력을 가질 수 있는 것인지. 루안은 리델을 처단한 것이 지금에서야 후회됐다. 좀 더 정확한 정보를 받아 냈었어야 했는데. 만일 능력이 전이되었다면 사르곤과 동등한지 아닌지조차 혼란스러웠다.

손끝에 불을 만들어 낸 키루스는 불을 바라보며 기뻐했다. 아름다웠다. 불을 다스리는 불의 여신이 이런 모습일까.

그녀는 불꽃이 신성하고 사랑스러웠다. 그래서 용기가 생겼다. 키루스는 손가락을 구불구불 움직여 보았다. 손끝의 도움으로 붉은 불꽃을 작은 공처럼 오므려 손바닥에 굴리면서 루안을 이끌었다. 루안의 손과 단단하게 깍지를 잡으며 그의 옆에 바짝 붙었다.

"이러면 춥지 않아."

그녀의 불꽃으로 말미암아 둘의 주위는 포근한 기운이 감돌았다. 따뜻하기 그지없었다. 루안은 정말이지 키루스의 사랑스러운 행동에 아무 말도 할 수 없었다.

부드럽고 따뜻한 키루스의 손과 루안의 단단하고 차가운 손이 불꽃에게 위안을 받았다. 또한 그의 가슴에 숨겨진 이름, 사르곤. 그녀와 같으면서도 분명히 다른 키루스는 루안에게 온갖 감정과 감각을 일으키려 했다.

언제였던가. 사르곤의 세상에서 그녀의 은빛 일각수와 한가로이 산책을 할 때가.

"사르곤, 손 잡아도 돼?"

날개 달린 작은 이들이 눈앞으로 왔다 갔다 하는 가운데 루안은 사르곤에게 손을 내밀었었다.

"어린애군, 루안. 사내라면 혼자 걸을 줄 알아야지."
"어린애는 아니지만 사르곤과 손잡고 싶어. 손잡고 걷자."

마지못해 손을 내민 사르곤과 손을 잡아 마냥 들떴던 그 순간.

그때 사르곤의 표정이 지금 키루스를 보는 자신의 표정과 같아 보여 루안의 눈빛이 점차 가라앉았다. 혼란, 이런 감정의 찌꺼기는 과히 좋지 않았다.

사르곤과 키루스. 루안은 점점 저울의 한 추처럼 기울어져 가려는 제 마음을 없애 버리고 싶었다.

두 사람의 주위를 맴돌던 반딧불 무리들이 한가운데로 모여 밝은 빛을 만들었다. 그리고 멀리 서 있는 거대한 나무가 시야에 들어왔다. 키루스가 잠시 걸음을 멈추며 손에 올려 둔 불을 잡고 오므리자 언제 있었냐는 듯이 흔적도 없이 사라져 버렸다.

"저 나무, 맞지? 회색의 나무왕."

루안이 끄덕이자 키루스는 나무를 깊게 응시했다. 가까이 다가가지 않고 지긋이 바라보는 그녀의 눈빛은 짙고도 매서웠다.

"저 나무. 지금 아파하고 있어, 루안."

"뭐라고?"

루안은 급하게 앞으로 뛰어나갔다.

그럴 리가 없다. 분명 투타멘들이 보고할 때는 안전하다고 했는데.

만일 키루스의 말대로 시어나무가 병이 들었다면 결코 그냥 지나칠 일이 아니었다. 크나큰 재앙을 초래할 수도 있는 상황에서 루안은 시어나무의 경계로 들어갔다. 그가 들어간 그 부분부터는 별세계였다.

한겨울인 지금 숲의 길은 온통 눈길이었다. 그러나 마치 둥근 울타리가 쳐진 것처럼 은빛 자작나무가 자라고 있는 경계로 한 발 내딛는 부분은 싱싱한 초록의 세계였다. 호엔 성, 왕의 침실에 걸린 태피스트리처럼 황홀하리만큼 아름다운 푸른 숲의 한 부분과 같았다.

루안은 급히 자신이 도끼로 내려찍은 부분을 살피며 손을 가져갔다. 미진하나 맥이 잡히며 온기가 있었다. 그러나 약한 것은 사실이었다.

"키루."

"알아."

경계의 안으로 들어온 키루스는 환한 미소와 더불어 시어나무의 주위를 빙글빙글 돌며 손으로 나무를 천천히 훑었다. 자신의 두 팔로 거대한 나무를 꼭 안으며 반가움을 표했다.

키루스가 나무를 안자 가지들이 한꺼번에 흔들거리기 시작했다. 마치 그녀를 환영이라도 하듯이 매달린 나뭇잎들을 떨어트렸다.

반면 키루스와 나무의 해후를 바라보는 루안은 마음이 착잡했다. 자신이 휘두른 도끼에 피 흘리며 고통스러워하던 회색의 시어나무. 그 나무의 피와 함께 이미 땅과 한 부분이 되었을 하르피아 울음에 키루스의 탄생이 시작되었었다.

"루안, 이 나무 아픈가 봐. 울고 있어."

한참을 나무와 공명하던 키루스가 고개를 들었다.

키루스는 나무의 둥근 줄기를 손으로 쓸며 한 바퀴 돌았다.

"여기를 봐 줘, 루안."

키루스가 가리킨 부분에는 알 수 없는 문자가 그려져 있었다. 그러나 루안은 단번에 알 수 있었다. 고대어로 쓰인 글씨.

Mandane

"만다인."

그자가 회색의 나무왕인 시어나무에 자신의 이름을 각인시킨 것이다. 대체 언제.

루안은 밑바닥에서부터 끌어 오르는 분노를 잠재우기 위해 지극히 노력해야 했다.

키루스는 매섭게 변한 루안의 모습은 둘째로 만다인, 그 이름에 심장이 벌렁거렸다. 심장의 반응이 전과는 판이하게 달랐다.

아파. 쥐어 찢기듯 아프다.

전과는 강도가 다른 고통. 설렘, 즐거움의 고통이 아니라 뼈를 깎는 고통이었다. 치명적인 독이 몸 안에 들어온 것처럼.

"헉."

키루스는 잠시 숨을 몰아쉬었다.

"키루?"

"괜찮아, 잠시……."

키루스는 루안과 고통을 나누고 싶지 않아 태연함을 가장했다. 그와는 오직 사랑과 온기가 그득한 애정만 주고받기를 원했다.

"나, 내가 누구인지 알고 싶어, 루안."

자신의 근원, 존재를 알고 싶다는 키루스에 루안은 고개를 끄덕였다.

"키루, 잠시 주변을 살펴봐."

"그렇게."

키루스는 빙긋 웃으며 자신을 따라 다니는 반딧불을 이끌고
시어나무 주위를 걸어 다녔다. 루안은 잠시 기둥에 새겨진 문
자를 주시했다.

키루스가 걸음을 옮기자 주변의 은빛 자작나무들이 환영하
듯 몸을 흔들었다. 그 흔들림 속에 은빛 잎들이 한꺼번에 하늘
거렸다. 키루스에게 무엇인가를 묻는 듯했다.

"만나서 반가워. 그것은 시간이었어. 너희들은 다시 가고 싶
어?"

또 이국의 언어가 키루스의 입에서 자연스레 흘러나왔다.
마치 호엔 성, 태피스트리 안의 신비한 짐승들에게 말을 걸었
던 것처럼.

아늑한 공간, 태초의 처음과도 같은 이곳에서 키루스는 평
화와 동시에 극심한 고통을 느꼈다.

그 가운데서 그녀가 손끝에 불꽃을 일으켰다. 하늘 위로 한
껏 올리자 눈이라도 내리는 것처럼 붉은빛이 은빛 나무들과
어우러졌다. 아름다운 풍경에 키루스가 환하게 웃었다. 순간,
그녀는 심장 부근을 꼭 눌렀다.

순식간에 그녀의 이마에 식은땀이 차올랐다. 키루스의 심장
은 불쾌하도록 거세게 뛰었다.

"내가 하나라도 이상한 점이 있으면 보고하라 하지 않았나?"

"송구합니다."

"아무런 낌새를 못 느꼈다는 것이 대단하군."

"분명 흔적이 없었습니다. 주기적인 안배를 해 놓았기에 어떠한 이질감이 들어서면 분명 알 수 있었습니다."

루안은 어느새 다가온 투타멘들을 질책했다. 분명 낌새가 있었을 터인데 회색의 숲에 누군가 침범해도 알아채지 못하다니. 그러나 키루스가 가까이 있는 지금, 그는 참을 도리밖에 없었다.

"또 다른 보고는?"

"슈반 공작가가 술렁이고 있습니다."

"원인은."

"후계자가 일을 만들었습니다만 밖으로 새어 나가지 않게 공작이 철저한 함구를 지시했습니다."

"둘이 그쪽으로 붙어라. 빈틈없이 감시해. 상대가 만다인인 만큼 조심해야 할 것이다."

"알겠습니다."

투타멘들은 검은 그림자를 꼬리처럼 남기고 사라졌다. 잠시 생각에 잠겼던 루안은 다시 키루스가 있는 곳으로 갔다.

루안은 사르곤을 보았다. 붉은빛과 은빛의 물결 속에 잠긴 그녀를.

환하게 미소 지으며 춤을 추듯 빙글거리는 키루스는 분명 사르곤이었다. 그녀의 모습이 손에 잡힐 듯 가까이 있었다.

"사르곤!"

단번에 하늘에서 내려오던 불꽃도 사라지고 은빛 나무들도 움직임을 멈췄다. 키루스는 몸을 돌려 루안을 보았다.

"한 번 더 말해 봐, 루안."

차분한 어조였다. 화가 난 것도 아니요, 질투하는 것도 아닌 묵묵한 눈빛으로 말하고 있었다.

"이런······."

루안은 쓴웃음이 나왔다. 절대 입 밖으로 내밀지 않겠다는 결심이 무색하게 키루스에게서 언뜻 보이는 사르곤의 모습에 저도 모르게 튀어나오고 말았다.

"키루스."

"누굴 바보로 아는가 보네."

새침하도록 귀여운 말을 내뱉은 키루스는 눈을 앙칼지게 떴다. 그녀가 다가오자 루안은 손에 땀이 찼다. 뭐라 변명해야 키루스가 슬퍼하지 않을까. 어떻게 달래야 그녀가 상처받지 않지. 루안은 곧 저도 모르게 미소 짓고 말았다.

그녀의 붉은 눈동자 안에는 온통 그의 모습뿐이었다. 그것에 이렇게도 안도감이 들다니. 그녀 안에는 자신만이 있기는 바라는 이기적인 소유가 치밀었다.

강하고 아름다운 키루스. 분명 모든 이들을 사로잡을 그녀.

루안은 매서운 눈초리를 거두지 않는 키루스의 어깨를 조심히 안았다.

"키루."

"맞아. 난 키루스야."

당당하게 입을 여는 키루스에게 루안은 고개를 숙여 그녀의 탐스런 입술에 입을 가져가 대었다.

"확실히 넌 키루다."

전혀 다른 사르곤 아니, 키루스. 너무나 사랑스러운 그녀에게 루안은 지극히 설레는 마음으로 부드러운 입맞춤을 선사했다. 그들 주위로 높게 날아오르는 반딧불은 합창이라도 하듯 주변을 붕붕거렸다.

두 사람의 긴 입맞춤 사이로 시어나무에 각인된 만다인의 이름에서 뿌연 연기가 일어나기 시작했다.

화르륵, 순식간에 검은 재로 화하며 허물어졌다. 그것을 눈치채지 못한 두 사람은 어느새 한 몸처럼 서로를 끌어당겼다. 해도 해도 끝없을 입맞춤. 둘은 오래도록 하나가 되어 서로를 주고받았다.

❀　　　❀　　　❀

슈반 가의 대저택에서 전에 없던 침묵에 잠긴 하인들이 크리스의 시중을 들고 있었다.

"이거 말고 다른 것은 없나?"

"항상 도련님께서 이런 유형을 찾으셨기에……."

조금 당황해하는 하인이 고개를 숙이자 크리스는 인상을 썼다. 그는 거울을 바라보며 비릿한 시선을 거두지 않았다.

"내 말에 토 달지 말고 당장 다른 옷을 가져와. 근엄해 보이는 것으로."

"알겠습니다."

크리스의 지시를 받고 다시 옷을 고르는 하인은 옆에 있는 하인들과 눈짓을 주고받았다. 분명 변했다. 말하는 분위기와 몸가짐, 그리고 표정까지.

슈반 공작가의 크리스는 단정하고 고귀한 품새의 완벽한 신사였다. 불과 며칠 전까지는 말이다. 그런데 사냥 대회를 기점으로 무슨 일이 생긴 것인지 외향과 성정이 완전하게 변해 있었다.

항상 부드럽게 대했던 하인들에게 하대하는 것을 물론, 옷을 입는 것에 연연할 위인이 아닌 그가 옷에 대한 불만까지 보이며 그들의 심기를 어지럽게 만들었다. 거기에 일그러진 눈빛과 거만하며 비웃는 듯한 표정까지.

다시 준비된 정장을 입고 준비를 마친 크리스는 자신의 모습을 거울에 비추어 보았다. 제법 근엄한 모습의 그가 입가를 올리고 있었다.

"이 외향, 맘에 드는군."

사냥 대회에서 모닥불 속의 검은 불꽃에게 유혹당한 크리스는 눈동자가 완전한 회색빛의 동공으로 변함과 동시에 숨어 있던 그의 본성, 만다인이 드러났다. 자신도 모르는 새 그는 이미 만다인의 인격에 지배당했다.

"진작 이랬어야 하거늘. 이렇게 오래 걸리다니. 나약한 인간 따위 신물 나."

침이라도 뱉을 듯한 크리스는 자신을 힐끗거리다 방을 벗어났다. 잠시 후 사냥 대회의 결과를 알리고 화려한 후야제가 시작될 예정이었다. 그때 그녀를 만날 것이다. 크리스는 입맛을 다셨다. 그녀를 상상하는 것만으로도 중심부가 화끈하게 솟구쳤다.

"아아, 어서 만나기를."

만일 후야제에 그녀가 참석하지 않는다면 나, 만다인은 호엔 성을 전부 뒤져서라도 그녀를 보고야 말 것이다. 그의 허리에는 날카로운 검이 단단하게 매어 있었다.

크리스가 계단을 내려와 망토를 걸치자 충격에 휩싸인 슈반 공작이 다가왔다. 그는 깊은 병이 든 것처럼 안색이 엉망이었다.

"아들아."

"아버지!"

환하게 웃으며 아비를 반기는 크리스는 평소의 모습과 다름이 없었다. 다정하고 고결하며 지혜로운 슈반 공작의 후계자, 크리스. 그가 욕실에서 잔인한 행동을 했으리라는 사실이 믿기지 않았다. 전혀 근거 없는 소문 같았다.

그러나 이미 많은 이들이 증명했고 쓰러진 하녀 중 한 명은 죽기 전, 정확히 그를 지명했었다. '괴물'이라고.

슈반 공작은 그 일로 깊은 시름에 잠겨 버렸다. 도무지 믿지 못할 이야기였으나 절대 밖으로 알려져서는 안 되었다.

"후야제가 기대됩니다."

"그, 그러냐?"

"아마도 우승은 노른 후작이 되시겠군요."

"아니면 우리 아들이 될 수도 있겠구나."

"우승을 바라고 한 것이 아닙니다. 저보다 월등한 실력을 보인 후작께서 우승하는 것이 당연한 것을요. 저는 참가한 것에 깊은 의의를 두고 싶습니다."

순간 슈반 공작은 안도의 한숨이 절로 나왔다. 역시 원래의 아들이 분명했다. 이런 그가 어떻게 잔인한 일을 벌였다는 것인지. 그는 단호하게 아들에게 일렀다.

"크리스. 후야제 때 국왕 전하께 인사를 드리고 충분히 즐기거라. 많은 분들이 너를 주시할 게다."

"물론입니다. 많은 경험과 실력을 쌓고 싶습니다. 집안의 누를 끼치지 않도록, 자랑스러운 슈반 가의 사람이 될 수 있도록 노력할 것입니다."

"그래. 자랑스러운 내 아들."

안심이 된 공작은 아들의 어깨를 두드려 주었다. 욕실의 일은 더 알아볼 것도 없다고 생각한 공작은 먼저 크리스를 궁으로 보냈다.

궁을 향하여 달려가는 크리스는 스스로가 대견한 듯 키득거렸다. 늪처럼 검은 본능을 넘어서지 못하고 그동안 잠재되어 왔던 모든 욕구와 욕망들이 일시에 물밀 듯이 커져 버린 이 상황이 무척이나 마음에 들었다. 그는 기쁜 마음으로 말의 옆구리를 찼다.

"어서 가자. 이번에는 기필코 그녀를 만날 것이다."

왜 이리 심장이 뛰는 건지. 그는 원인은 한 가지뿐이라 생각했다.

그녀를 가지고 싶다. 오직 그녀와 닿고 싶고 나누고 싶고 영원히 간직하고 싶다. 크리스는 휘영청 밝은 달과 함께 축제를 즐기는 호엔 성의 성문을 넘어 안으로 들어갔다.

사냥 대회의 후야제가 시작되고 있는 호엔 성의 연회장은 연주자들의 아름다운 선율이 울리며 연회를 더욱 즐겁게 만들었다. 잔잔한 음률에 맞춰 하나둘씩 짝을 지어 춤을 추거나 연회를 즐기는 선남선녀들이 화려한 복장으로 저마다의 미를 뽐냈다. 특히 오늘을 위해 화려한 황금색 드레스를 입고 등장한 세티나는 단연 앞선 외모로 모두의 시선을 받았다.

그때 연회장의 입구에서 수런거리는 소리가 들려왔다. 한결 사내다워진 슈반 가의 후계자, 크리스였다.

그가 들어서자 많은 이들이 모여 이번 사냥 대회에서 크리스가 활약한 것에 찬사를 보냈다. 걸음을 옮길 때마다 많은 귀족들이 그에게 호감을 보이며 자신의 여식이나 친척들을 소개하기에 여념이 없었다.

미소를 머금은 크리스는 다가오는 모든 이들에게 공손한 태도와 함께 인사를 받아 주며 오직 한 사람만을 찾고 있었다.

흑의 사냥복을 입고 차분한 몸가짐으로 자신의 시선을 사로잡은 국왕 옆에 있던, 바로 그녀를.

어디에 있는 것이지. 분명 연회에 참석할 터인데.

바로 그때, 크리스의 뒤에서 유혹적인 음성이 들려왔다.

"크리스! 저 여기 있어요. 많이 찾았어요?"

두 손을 내밀며 그에게 다가오는 세티나였다. 화려한 차림새와 자신의 외모에 자신감이 그득한 그녀의 모습에 단번에 크리스는 표정이 변했다. 그녀에게서 나는 냄새 때문이었다.

그러고 보니 연회의 모든 사람들에게서 그들만의 냄새가 나고 있었다. 개중에는 크리스가 참을 수 없을 정도의 역한 냄새를 풍기는 자들도 있었고 그중 하나가 세티나였다.

세티나는 크리스의 심기를 미처 알아채지 못하고 두 손을 맞잡은 채 반 이상 드러낸 자신의 풍만한 가슴을 그의 팔에 살짝 문질렀다.

"크리스, 우리 춤춰요. 얼른요."

화사한 미소를 지으며 더욱더 기고만장한 세티나는 크리스가 절대 거절 못 할 것을 알고 있었다. 전형적인 신사인 크리스는 절대 숙녀를 난처하게 하는 법이 없었다.

"……그러지."

억누르는 듯한 그의 허락에 세티나는 신이 난 표정으로 그의 손을 잡아끌었다. 그리고 홀 한가운데로 진입해 화려한 춤을 추기 시작하였다. 크리스의 손을 잡고 모두의 시선을 즐기는 지금, 세티나는 마치 슈반 공작가에 입성이라도 한 듯이 행복했다. 부러움과 시샘이 가득한 시선으로 두 사람을 보는 것에 희열을 느꼈다.

그러나 크리스의 속마음은 달랐다. 이 순간, 극심한 살의와 욕망을 동시에 느꼈다.

아직은 안 돼. 조금만 더. 그녀를 아직 보지 못했다. 조금만 더 참아……

안간힘을 쓰는 크리스를 세티나는 또 다른 방향으로 오해해 버렸다. 그의 시선이 탐스런 자신의 가슴에 있는 것을 안 그녀는 음악을 타고 흐르면서 자신의 입술을 그의 귓가에 대고 속삭였다.

"크리스. 원한다면 날 가져도 좋아."

세티나가 속삭이며 부끄러운 듯 얼굴을 붉혔다. 그것이 크리스를 강하게 자극시켰다. 그는 더는 참을 수가 없었다.

크리스는 세티나의 허리를 부여잡은 손에 힘을 주었다. 그것이 세티나의 욕망에도 불을 일으켰다. 그녀가 헐떡거리자 크리스의 진해진 회색빛 눈동자에 핏발이 일어섰다. 연회장에서 두 사람의 행태를 눈치챈 이는 다행히 없는 듯했다. 다만 흐르는 선율에 웃음과 즐거움을 가지고 왕을 기다리고 있을 뿐이었다.

호엔 성으로 돌아온 루안은 자신의 집무실로 클레브 공과 궁정관을 비롯하여 여러 참석자들을 불렀다.

"어찌되었지?"

"전하, 그게 말입니다. 우승자가……."

머뭇거리며 말을 잇지 못하는 궁정관의 말에 루안의 날카로운 시선이 닿았다.

"문제가 무엇인가?"

"전하, 분명 사냥 대회의 우승자는 노른 후작이 맞습니다. 한데 그 후작의 많은 기사들이 짐승에 의해 참혹하게 살해된 데 이어 그 역시도 심한 상처를 입었습니다. 또한 불분명한 말을 하고 있어 많은 이들이 안타까워했습니다. 하여 후작은 의사의 진찰을 받아야 했기에 자신의 영지로 돌아갔습니다."

"뭐라 하던가?"

"그것이 무슨 거대한 짐승이라고, 두 팔을 가지고 있는 괴물이라고……."

이마에 땀까지 흘리면서 보고를 하는 궁정관의 말에 루안은 짐작되는 바가 있었다.

만다인이군.

쓴웃음을 짓는 왕은 곧 그들에게 지시를 내렸다.

"올해 우승자는 없다. 대신 노른 후작에게 적절한 상금을 지급토록."

"알겠습니다. 합당한 처분이라 여겨집니다."

클레브 공이 고개를 끄덕이며 왕의 처분에 긍정의 표시를 하였다. 그러자 궁정관이 고개를 갸웃거리며 의문을 제기했다.

"전하. 후작이 제대로 사냥을 한 것은 맞사오나 슈반 공작의 후계자가 사냥 대회에 걸맞게 많은 짐승들을 사냥했다는 소문이 자자합니다. 그에게도 합당한 상을 내려야 참가자들이 의문을 품지 않을 것입니다."

궁정관의 말에 클레브 공 또한 어쩔 수 없다는 듯이 왕을 보았다. 잔혹한 사냥이기는 하나 확실히 사냥 대회에 어울리는 공을 세운 이는 단연코 슈반 공작가의 크리스였다.

루안은 가만히 그들을 바라보며 단지 눈빛으로 그들을 꼼짝 못 하게 만들었다.

"전, 전하. 공평하게……."

그 기세를 뚫고 궁정관이 어렵게 말을 내뱉었다. 그의 말에도 일리는 있었다. 많은 이들이 관심을 가지는 사냥 대회이니 모든 것은 공평하게 이루어져야 했다.

"어쩔 수 없군. 슈반 가의 후계자에도 적당한 상금을 내려라."

왕의 대답에 모인 이들이 한숨을 내쉬며 고개를 숙였다.

"참으로 올바른 처사입니다. 슈반 공작가의 후계자는 연회장의 많은 이들의 관심의 대상입니다. 그가 우승은 아니나 사냥 대회에서 공을 세웠다는 것이 알려진다면 더욱더 나라에 충성을 기할 것이며 전하의 합당한 상에 충심을 받칠 것입니다. 전하!"

클레브 공의 말이 이어졌다. 단조로운 겨울의 사냥 대회는 랜스 왕국의 결속을 다지는 일. 그만큼 공평하고 올바르게 이루어져야 했다. 루안은 못마땅했으나 어쩔 수 없는 일이기도 하였다.

"연회에는 참석지 않을 것이다."

루안은 뒷짐을 지고 화려한 불빛이 어른거리는 창을 보았다.

"전하. 많은 이들이 실망합니다. 이 추운 겨울에 전하를 뵙겠다고 멀리 있는 영지에서부터 온 이들을 그냥 보내지 마옵소서."

또 다른 고위 귀족 출신의 느무르 차관이 왕에게 고개를 숙였다. 그의 입김은 곧 궁정관과 클레브 공의 동조를 끌어내기에 이르렀다.

"그렇습니다, 전하. 짧은 시간이어도 좋겠습니다. 그들을 실망시키지 마시지요."

클레브 공이 허리까지 숙이며 왕의 마음을 돌리기를 간청했다.

그는 지리멸렬한 권력 따위 당장 이 자리에서 던지고 팠다. 그러나 한편으로 자신이 최고 권력자이기에 키루스를 지키고 보호할 수 있는 것이니, 원하든 원하지 않든 왕의 임무에 책임을 다해야 했다.

"알겠다. 곧 내려가지."

"훌륭한 결정이십니다. 저희들은 연회장에서 기다리겠습니다, 전하!"

만면에 웃음을 띠고 궁정관과 느무르 차관이 물러났다. 뒤에 남은 클레브 공은 아직도 밖을 바라보는 왕을 보았다.

"전하. 외람되오나 그 흉적의 아이는 어찌 되었는지……."

클레브 공의 목소리는 떨리고 있었다. 왕과 함께 있을 그녀가 불안하고 위태로웠다. 기실 그녀에 대해 알게 모르게 관심을 보이는 자들이 연회장에 가득했다.

"궁금한가, 클레브?"

"네, 그렇습니다. 사학자들도 긴장하고 있습니다."

"편견일 뿐, 게다가 이제 더는 소녀도 아니니."

왕이 몸을 돌리며 클레브 공을 보았다. 그의 얼굴은 시리도록 차가웠다.

"무, 무슨 말씀이온지……."

"쓸데없는 관심에 집중할 바에는 다가올 봄을 맞이할 준비를 하는 게 어떻겠는가."

쓸모없는 소문에 귀 기울이기보다는 나랏일에 더 매진하라는 왕의 말에 클레브 공은 깊이 허리를 숙였다.

"알겠습니다."

클레브 공은 집무실을 물러났다. 그러나 왕의 회유 어린 말 속에 더 이상 소녀가 아니라는 것이 쉽게 와 닿지 않았다.

한동안 왕의 동행자에 대한 여러 가지 소문들은 쉴 없이 나올 것이다. 거기에 관해 직접적인 왕의 지시가 내려진다면 쓸모없는 억측들은 소리 없이 사라지지 않을까 여겨졌다. 그만큼 왕의 역량은 대단했다.

게다가 랜스 왕국의 절대적인 왕인 캄비세인 2세는 보통의 인간과는 다르지 않은가!

생각에 빠진 그는 좀체 오지 않은 회랑을 걷고 있었다. 그 회랑은 왕의 침실과 개인실로 이어지는 공간이었다. 몇 년 동안 거의 지나친 적이 없는 클레브 공은 잠시 회한에 젖어 자리에서 멈췄다. 그는 벽에 걸린 오래된 벽화를 바라보았다.

세상에서 제일 거대한 나무로 알려진 회색의 시어나무를 중심으로 왼편에는 인간이, 오른편에는 오르세인이라는 괴물들이 대치하여 금세 치열한 전투가 벌어질 것임을 긴박하게 나타내고 있었다.

순간적으로 클레브 공은 유독 눈에 띄는 검은 기사를 자세히 보았다. 흑마에 올라타 가늘고 긴 검을 휘두르는 자는 남들이 입고 있는 갑옷과 투구를 하지 않았다. 클레브 공이 고개를 갸웃거렸다. 아무런 보호 장치도 없이 괴물 쪽의 선두에 있는 거대한 적을 향해 검을 들고 있는 그자의 얼굴이 왠지 모르게 낯이 익은 탓이었다.

"어디서 보았지? 분명 누군가와 닮았어."

클레브 공은 눈을 몇 번이나 깜박였다. 그러나 누군지 언뜻 생각나지 않았다. 잠시 착각을 한 것이라 여긴 그는 답답함을 가지고 천천히 회랑을 벗어났다. 선율이 흐르는 연회장을 들어서는 순간, 그의 몸은 벼락을 맞은 듯했다.

"동행자!"

클레브 공은 거의 벼락같은 비명을 내질렀다. 그 얼굴, 그 모습. 벽화 속의 흑마를 탄 기사는 바로 화제의 중심인 왕의 동행자와 흡사했던 것이다.

클레브 공은 몸을 부르르 떨었다. 그는 안으로 들어서자마자 지나가던 시종의 쟁반에서 잔을 들어 올렸다. 타는 속을 달래며 벌컥벌컥 주스를 들이킨 클레브 공은 또 한 잔을 손에 들고 예로부터 내려오는 문건을 기억해 냈다. 랜스 왕국의 음유시인들의 노랫말 속에도 등장하는 그 글귀.

하늘의 덮개가 열리고 신들을 죽음으로 이끈 사신이 내려온다네.
그대는 부활의 인증을 받았노라.
평안과 끝없는 안위 속에서 영원히 일어나라 그대여.

사학자들은 그 '홍적의 아이'로 인해 나라가 멸망하며 아울러 시간도 사라져 버린다는 이야기를 하곤 했었다. 그러나 어디까지나 전해진 전설일 뿐이었다.

"휴우. 대체 뭐가 뭔지."

순간적으로 긴장된 클레브 공은 곧 호흡을 가다듬었다. 무슨 일이건 강력한 군주인 왕이 있으므로 인해 다소 안심이 되었다. 전설은 어디까지나 전설, 현실은 현실인 것이다.

❖   ❖   ❖

데이슨은 그의 주위에서 으르렁거리는 짐승들을 두려운 듯이 바라봤다. 여섯 마리의 포트가 그를 에워싸고 눈을 부릅뜨고 있었던 것이다.

시종장은 왕의 엄명에 의해 옷을 전해 주러 이곳, 왕의 침실이 있는 방에 있었다. 시종장은 막 옷을 갈아입고 나온 소녀 아니, 숙녀를 보며 저절로 고개를 숙였다.

"아름답습니다."

"감사합니다, 데이슨."

청량하게 인사를 하는 키루스는 자신에게 고개를 숙인 시종장에게 부드럽게 대답했다. 지금 그녀는 옷을 갈아입고 있었다. 자란 신체에 맞게 새로운 옷을 입은 그녀는 거울을 보면서 스스로 흡족했다.

"정말 꼭 맞아 다행입니다, 아가씨."

시종장은 고개를 들고 거울 속의 그녀를 눈부신 듯 보았다. 소녀였었던 그녀가 어느새 세상에서 제일 아름다운 숙녀의 모습으로 탈바꿈된 것에 신기하면서도 아름다움에 탄복이 된 그는 뭐 아무렴 어떠냐는 심정이었다.

시종장이 황홀한 듯 자신을 보며 얼굴을 붉히자 키루스는 함박웃음을 내보였다. 그녀의 해맑은 웃음에 또 한 번 시종장의 몸이 숙여졌다. 웃음소리가 그의 마음을 움직였기 때문이었다.

"웃지 마, 키루."

안으로 들어온 왕에 의해 시종장은 몸을 굳혔다. 그는 왕의 찌르는 듯한 시선에 간신히 숨을 쉬며 물러났다. 시종장이 물러나고 거울을 보던 키루스가 몸을 돌렸다. 그리고 허리에 손을 올리며 루안을 보았다.

"루안. 왜 그렇게 차갑게 말하는 거야?"

강한 어조의 키루스가 완벽한 기사대 복장을 한 채 자신을 보자 그제야 루안이 웃었다.

"날 비웃는 거야?"

"드레스를 줄 걸 그랬나?"

루안의 말에 키루스 역시 미소를 지으며 고개를 흔들었다.

"아니, 이 옷이 좋아. 검붉은 기사대 복장이 나에게 어울려."

지금 키루스는 드레스 차림이 아니라 랜스 왕국의 기사대 복장을 하고 있었다. 붉은 문양이 새겨지고 몸에 꼭 맞는 바지와 웃옷이 붉은 머리칼의 그녀에게 더없이 어울렸다.

"투구를 벗지 마, 키루."

"또?"

손수 기사대의 투구를 잡아 그녀의 머리에 씌우려는 루안을 보면서 키루스는 한 발 뒤로 물러났다.

"답답한데."

"답답해도 써. 눈에 띄지 말라고 기사대 복장을 한 것인데 투구를 벗으면 더 눈에 들어온다."

절대 양보하지 않겠다는 의지를 보이는 루안을 보며 키루스는 눈을 크게 떴다.

"내가 눈에 뜨이면 안 되는 이유가 뭐야? 이미 많은 이들이 내 모습을 보았는데."

    명확하게 대드는 키루스는 대담했다. 그의 매서운 눈초리를
피하지도 않았다.

　키루스의 빛나는 붉은 눈동자가 온통 반짝였다. 뺨을 발갛
게 물들이고 입술에도 뭔가를 바른 것처럼 윤기가 흐르는 그
녀의 모습에 루안은 저도 모르게 억눌린 신음을 흘렸다. 도저
히 그녀의 모습에서 사르곤의 모습을 찾을 수가 없었다.

　"네가 아름다우니까……."

　그렇게 읊조리는 루안은 심장으로 울고 있었다.

　슬프디슬픈 한마디. 키루스는 그의 눈물 어린 한마디를 듣
고 그에게 다가가 제 손을 올렸다. 루안은 자신의 얼굴을 쓰다
듬는 키루스의 손을 잡고 손바닥에 입을 맞추었다. 그 행위로
인해 키루스의 손바닥은 타는 듯한 열기로 뜨거워졌다.

　"이리 와."

　루안은 그녀를 자신의 품으로 끌어당겼다. 한없이 보듬고
또 보듬고. 내 너를 어찌할까.

　두 사람은 잠시 동안 움직이지 않았다. 같은 공간, 같은 감
정이면서도 또 다른 감정이 전이한 가운데, 서로를 옭아매는
실낱같은 애정이 솟았다. 그러나 투명할 정도로 자라나고 있
어 루안은 모른 척 눈을 감았다.

　"키루, 내가 방 안에 있으라고 한다면 그렇게 할 건가?"

　그의 목소리는 쉬어 있었다. 그의 눈빛은 어느 때보다 더
키루스를 어루만지고 있었다.

　키루스는 그의 품 안에 기대며 대답했다.

"루안이 그러기를 바라면 방 안에 있을게."

키루스는 다소곳이 그의 말을 들었다. 루안은 키루스를 품에 안은 채 어두운 하늘을 바라보았다. 희미한 달이 떠올라 빛을 내려 안간힘을 쓰고 있었다. 마치 갓 태어난 어린 키루스처럼.

"키루. 연회장에 가고 싶어?"

루안의 말에 키루스는 고개를 번쩍 들었다.

"솔직히 가고 싶어. 난 잘못한 것이 없으니 감금당하고 싶지 않아."

"감금하고는 달라."

"같아, 루안. 난 밖으로 나가 세상을 보고 싶어."

"알겠다. 연회장에서 얌전히 있을 수 있겠나?"

루안의 긍정적인 말에 키루스는 금세 미소 지었다.

"그건 약속할게. 연회라는 것을 보고 싶기도 하니까."

"또 한 가지 더 약속해, 키루."

"어떤 약속?"

분명 두 번의 각성과 변환으로 키루스는 아름다운 숙녀로 변모했다. 그러나 간간히 보이는 그녀의 모습과 표정에는 어린아이가 세상을 알고자 하는 순순함이 고개를 내밀었다. 루안에게는 아픔이었다. 촉촉히 빛나는 키루스의 눈빛은 사르곤을 떠올리게 만들었다. 닮은 듯하지만 전혀 다른 사르곤과 키루스.

루안은 잠시의 혼란스러움을 접어 두어야 했다. 그는 자신

과의 입맞춤으로 붉게 부풀어 오른 키루스의 입술을 엄지로
살며시 쓸며 솔직한 그의 심정을 알렸다.

"절대 나 이외의 사람에게 마음을 열지 않기로. 아니, 나 이
외의 사내에게 절대 웃어 주지 않기로."

루안은 키루스의 부드러운 뺨을 어루만지며 다시 한 번 달
콤하게 입을 맞추었다. 그것이 너무나 좋은 키루스는 고개를
끄덕였다.

"응. 절대 웃지 않고 가만히 인상만 쓰고 있을게. 그럼 되
지?"

키루스를 보는 루안의 눈빛이 잠시 흐려졌다. 다시 그녀를
자신의 품에 조심스레 안았다.

"그래, 키루. 착하다."

너무나 다정한 루안의 손길에 키루스는 그의 허리를 잡았
다. 루안은 언제까지나 지금처럼 그녀를 안고 싶었다. 끝없는
평안이 이어지기를 바라는 것은 그의 솔직한 심정이었다. 키
루스와 함께.

그가 키루스의 동그란 머리통에 입술을 가져가자 그녀가 고
개를 들었다. 열감 어린 그녀의 붉은 눈동자가 출렁거렸다. 루
안은 그 눈빛에 빨려 들어갈 것만 같았다. 저도 모르게 그녀의
뒷머리를 부여잡고 뜨거운 입술을 내렸다. 달금한 입안, 늘 맛
보아도 새로워 루안은 스스럼없이 헤쳤다.

키루스는 그의 혀가 자신의 입안 곳곳을 헤매고 핥으며 으
르렁거리는 것이 너무나 좋았다. 아찔한 기분이었다. 조금만

더, 아주 조금만 더 그가 들어 왔으면 하는 바람으로 키루스는 그의 목덜미를 두 팔로 감았다.

키루스의 입안에서 춤을 추는 루안의 혀가 거세게 몸부림쳤다. 두 사람이 서로를 잡고 할짝거릴 때마다 노골적이고 색정적인 비명이 흘렀다.

"하아, 조금만 더…… 루안."

키루스는 칭얼대듯 그에게 요구했다. 그 역시 부응하듯 이리저리 그녀를 탐했다.

깊은 입맞춤으로 그녀의 심장은 갈라지고 있었다. 바늘에 찔리는 고통처럼 콕콕 박히는 고통이 이제는 혈관까지 침투했다.

"키루. 넌…… 내 것이다."

심장이 두 동강 나는 고통 속에서 이제는 확실히 들을 수 있었다. 루안의 진심 어린 고백을.

확실한 소유욕을 가진 그의 철저한 한마디가 키루스를 한없이 떨게 만들었다. 그 한마디에 명분 있는 온기를 느끼게 해 주었다.

키루스는 자신의 고통 어린 심장을 무시한 채 온 마음을 다해 그의 목을 부여잡았다. 절대 그를 놓칠 수 없다는 듯이 자신의 몸을 부딪치며 혀가 뽑힐 정도로 열정적인 입맞춤을 하였다.

루안도 마찬가지였다. 얼굴의 방향을 바꾸어 뜨거운 입맞춤을 하는 그는 온몸으로 키루스를 느꼈다. 두 입술 사이에서 누구의 신음인지도 모를 아스라한 울림이 터졌다. 새어 나오는 그 울림조차도 아까워 루안은 그녀의 온몸을 감싸 안았다. 그녀의 입안으로 고동치며 헐떡거리는 혀를 목구멍 깊숙이 밀어 넣었다.

키루스의 심장은 서서히 박살이 나고 있었다. 그러나 그녀는 오직 그에게 매달렸다. 그는 키루스의 전부였다. 시린 겨울날, 루안의 손을 잡은 그날부터 그는 세상의 전부였다.

열정적인 입맞춤을 먼저 끝낸 이는 루안이었다. 그는 키루스에게 열망을 느꼈다. 그 열망을 그대로 분출하고 싶었으나 상대는 키루스였다. 사르곤의 심장을 담을 그릇.

아직 끝내야 할 문제가 바로 앞에 있었다. 루안은 제 품에서 받은 숨을 색색 내쉬는 사랑스런 키루스를 보면서 스스로를 참아 내기가 험난하다는 것도 깨달았다.

"준비되었습니다, 전하."

루안은 다시 절대적인 왕으로 돌아가야 했다. 염려라면, 연회장에서 만다인을 만나게 될지도 모른다는 것이었다.

그자가 만일 각성을 끝낸 키루스를 알아차린다면.

눈앞에서 또 한 번 그녀를 빼앗긴다면…….

루안의 눈빛이 깊어졌다. 채비를 끝내고 연회장으로 이어지는 회랑을 걸어가는 루안의 몸 안에서 열기가 뻗쳐왔다. 두 손을 꼭 쥔 채 뼈마디가 으스러질 정도로 단단한 결심을 한 그의 정수리에서 뭔가가 뚫고 나오려는 듯이 몹시 간지럽기 시작했다.

만다인, 이번에는 그렇게 두지 않을 것이다. 절대로!

그는 절대적인 왕이 되어 몸을 바로 세웠다. 연회장의 양문이 열리고 화려한 음률이 흐르는 안으로 캄비세인 2세가 들어섰다.

기사대의 맨 뒷줄에 서 있는 키루스는 마음이 혼란스러웠다. 루안의 깊은 감정을 안 것도 같고 아닌 것도 같았다. 그의 눈물 어린 진심이 무엇인지 알고 싶은 그녀였기에 기사대 행세를 하며 요령을 피울 생각이었다. 이곳에 온 뒤로 미친 듯이 찔러 오던 심장의 고통도 잦아들어 아주 좋은 기회였다.

키루스는 투구 사이로 보이는 루안을 응시했다. 연회장 가장 높은 계단 상단에 다른 기사대들과 일렬로 서 있는 그녀는 정중앙의 상석에 앉아 있는 가장 오만하고 냉철한 사내를 눈에 가득 담았다.

루안의 지시를 생각하며 키루스는 한숨을 쉬었다. 잘 차려입은 수많은 이들이 왕에게 인사하기 위하여 양 갈래로 갈라졌다.

그녀는 홀에서 왕을 맞이하는 많은 이들을 보았다. 그리고 눈을 들어 높다란 천장에 매달린 수천 개의 수정으로 된 거대한 샹들리에를 탐스럽게 바라보았다. 보석처럼 반짝거리는 그 빛에 의해 모든 사람들이 아름답게 비춰졌다.

연회장은 호른 연주자의 반주에 맞추어 하프의 음률이 아름답게 홀 안을 가득 메웠다. 매끄러운 음악에 맞추어 남녀가 한

쌍이 되어 손에 손을 잡고 춤을 추었다.

키루스는 저도 모르게 몸을 흔들거렸다. 아름다운 음악, 향기로운 냄새 그리고 평화로운 공간에서의 아늑함. 비록 투구를 쓰고 꽁꽁 동여맨 기사대 차림이지만 지금 이 순간은 더없이 평안했다.

그런 키루스를 상석에 앉아 술잔을 기울이는 루안이 올려다보고 있었다. 여느 기사대와 같이 당당하게 도열해 있는 키루스의 모습이 못내 사랑스러웠다.

차라리 그냥 있겠다고 하지, 키루.

루안은 피식거리며 다시 연회장을 둘러보았다. 다행인 것인지 슈반 공작가의 후계자는 보이지 않았다. 그의 마음은 편안해졌다.

"전하, 곧 우승자를 소개하는 순서가 됩니다."

"그대로 실행하라."

"알겠습니다."

궁정관이 왕의 허락 하에 고개를 조아렸다. 서서히 음악 소리가 줄어들었다. 많은 이들이 제자리에 멈추고 왕이 자리에서 일어나는 것을 보며 박수를 쳤다. 먼저 궁정관이 앞에 나와 연설을 시작했다.

"겨울 사냥 대회를 무사히 마치게 된 것에 깊은 안도와 기쁨이 함께합니다. 우리의 국왕 전하께서 이번 사냥 우승자에게 커다란 상금을 선사하기로 함에 따라 올해의 우승자를 발표하려 합니다."

다시 박수가 터졌다. 그들은 우승자의 이름을 기대하며 궁정관을 주시했다.

연회장에서 멀리 떨어진 구석진 방 안에는 크리스와 세티나가 있었다.

급하게 연회장을 빠져나온 둘은 세티나가 미리 보아 둔 한적한 방에서 서로의 욕망을 풀고 있었다.

"아아, 크리스. 어서, 어서 와 줘……."

간드러지는 세티나는 표정 없는 크리스에게 역겨움을 선사했다. 그는 당장에 그녀를 굴복시키고 눈앞에서 처리하고자 했다.

"크리스. 어서!"

세티나는 몸이 타올랐다. 종래 알고 있던 신사적인 크리스는 어디 가고 한껏 열정이 가득한 그를 대하니 오랫동안 기다린 보람이 있었는지 더 이상 참을 수가 없었다. 하여 스스로 웃옷을 벗어 내리고 탐스런 가슴을 전부 드러냈다. 그러자 크리스의 두 손이 그녀의 가슴을 움켜잡았다.

"하아. 크리스……."

곧 이어질 다음을 기다리며 세티나는 눈을 감았다. 분명 그의 입술이 가슴에 닿을 것이고 혀로 음미한 다음 목덜미를 타고 올라 귓가를 훑을 것이다. 그리고 자신의 입술에 입을 맞추면 그의 혀를 마음껏 빨 수 있을 거야. 아니면 내가 아래로 내려가 그의 것을 입안에 머금은 뒤 마음껏 핥아야지…….

크리스는 이제 입을 벌렸다. 그의 이빨은 마치 흡혈을 하는 짐승처럼 차츰 커져 갔다.

"아악!"

순식간에 세티나가 비명을 질렀다. 지독한 아픔이 엄습하여 입을 벌리지 않을 수 없었다. 그녀는 급하게 눈을 떴다. 또 한 번 비명을 지르려는 찰나, 크리스의 넓적한 손바닥이 그녀의 입을 막았다.

"입 닥쳐!"

한 번도 들어본 적이 없는 거센 말투였다. 세티나는 순식간에 겁을 먹은 채 눈물을 흘렸다. 목덜미는 이미 그의 이빨에 뜯겨 나갔고 숨조차 쉬기 버거운 그녀는 야수 같은 크리스를 두려움 속에서 바라보았다.

"왜, 너무 좋아? 더 좋게 해 줄게."

크리스는 야비하게 웃으며 세티나의 머리를 자신의 가랑이 사이로 집어넣었다. 이미 머리는 산발이고 목덜미에서는 끊임없이 피가 흘렀다. 그녀는 으스스한 그의 명령을 들어야 했다.

"빨아 봐."

생각보다 훨씬 거대한 그의 것이 세티나의 입안으로 버겁게 들어왔다. 본능적으로 거부했던 그녀는 그의 손아귀에 의해 강제로 입을 열어야 했다. 그녀는 숨도 쉬지 못하고 그의 것을 핥고 빨고……

"하아, 좋군. 더 세게!"

크리스는 고개를 뒤로 젖히며 세티나의 머리통을 세게 잡아

당겼다. 더한 촉감이 자신의 것을 어루만지며 달아오르게 만들었다.

"더 세게 빨아! 너같이 더러운 몸뚱이에 나의 신성한 것을 집어넣을 수는 없지. 이것으로 만족하라고!"

세티나는 젖 먹던 힘까지 발휘해 입안의 거대한 것을 빨아댔다. 목구멍까지 들어가 헛구역질을 할 정도였으나 그는 그만두는 것을 허락지 않았다. 점점 입안이 아파오고 물어뜯긴 목덜미에서는 쉴 새 없이 피가 흐르고 있었다. 그녀는 극심한 혼란 속에서 정신없이 그의 것을 핥아댔다.

"조금 더…… 하아."

잠시 뒤 세티나는 입안에 퍼지는 그의 분출물을 가득 물어야 했다. 얼른 얼굴을 들고 싶었으나 그는 막무가내였다. 그대로 그녀의 머리통을 자신의 가랑이 사이에 처박고 절정을 맞이했다. 이윽고 긴 한숨 소리가 들려왔다.

"이제야 좀 살 것 같군."

크리스는 세티나의 어깨를 잡아 그대로 내동댕이쳤다. 힘없이 쓰러진 그녀는 얼룩진 피와 허연 분출물에 물들어 있었다.

"헉헉……."

제대로 숨조차 쉬지 못하는 세티나를 보면서 바지를 올리는 크리스는 지독히도 살벌한 눈빛을 하고 있었다. 일말의 동정도 느끼지 않는 그는 더럽다는 듯이 쓰러진 그녀를 응시했다.

"잘 들어. 앞으로 넌 내가 부르면 앞뒤 가리지 말고 뛰어와. 알겠어?"

"제, 제발 목숨만……."

"겁먹지 마, 세티나. 안 죽일 테니까."

비웃음을 짓는 이가 자신이 알던 신사가 분명한 것일까. 그녀는 멍했다. 그는 그녀를 거들떠보지도 않고 그 자리를 벗어났다.

크리스가 나가고 세티나는 소리도 지르지 못한 채 몸을 떨어댔다. 목덜미의 살점은 떨어져 나가고 입안에서는 아직도 그의 분출물이 흘러내리고 있었다. 그녀는 분명히 보았다. 그는 크리스가 아니었다.

"괴, 괴물이……."

그녀는 그대로 기절해 버렸다. 처참한 모습의 그녀가 발견된 건 만 하루가 지난 후였다.

다시 연회장으로 가기 위해 복도를 걷고 있는 크리스는 조금 가뿐해진 자신의 몸이 더할 나위 없이 상쾌했다. 여자의 몸 안으로 들어가고 싶은 욕망은 컸으나 더럽고 냄새나는 여자에게 자신의 것을 파묻기에는 너무나 꺼림칙했다. 부족하나마 기분이 나아졌으니 크리스의 눈빛은 다시 원래의 색으로 돌아갔다.

"죽일 것을 그랬나?"

여자의 뒤처리가 미진한 것 같은 그는 잠시 걸음을 멈췄다. 하나 이곳은 왕이 있는 성이었다. 괜한 문제를 만들어 많은 눈을 자신에게 향하게 할 필요는 없었다. 지금은 그녀를 만나야 하는 것이 가장 중요하니 괜한 소란은 만들지 않아야 했다. 그는 다시 음악이 흐르는 연회장 안으로 들어섰다.

바로 그 순간, 그의 심장이 몹시도 고동치며 최고치를 넘어섰다. 쾌감도 놀람도 아니었다. 설렘, 그것이었다. 달콤한 심장의 박동이 크리스의 몸 안에서 일어났다.

"이곳에 있구나!"

그는 빠르게 눈동자를 굴렸다. 분명 많은 이들이 있는 이 연회장 어딘가에 그녀가 있을 것이다. 그는 급하게 자리를 옮기며 사람들을 일일이 살폈다.

"……하여 올해는 노른 후작이 우승을 대신해 많은 상금을 받을 것입니다. 아울러 슈반 공작가의 후계자에게도 많은 상금이 주어질 것입니다!"

궁정관의 발표에 많은 이들은 박수를 치면서 환호했다. 그들은 연회장에 들어온 크리스를 주시했다. 그러나 크리스는 많은 이들이 자신에게 박수를 치며 환영하는 것에 관심 없었다. 그녀를 찾는 것이 우선이었다.

그를 주시하는 이가 따로 있었으니 바로 루안이었다. 그는 크리스가 연회장으로 들어오자마자 뭔가 이상함을 알아챘다.

루안은 자리에서 벌떡 일어났다. 하얀 사냥복이 더 없이 어울렸던 순수한 미청년 크리스가 며칠 새 자라 있었다. 마른 듯 보였던 신체도 거대해지고 얼굴형도 바뀌었다. 차갑고 탐욕스런 눈빛은 완전한 만다인, 그 자체였던 것이다.

키루!

루안은 당장 위층에 있는 키루스를 올려다보았다. 크리스 아니, 만다인 또한 인파 속에서 고개를 돌렸다. 바로 수십명의 기사대가 있는 난간 위로.

급하게 자리에서 일어난 왕은 앞뒤 살필 겨를이 없었다. 긴 다리로 성큼성큼 걸어 자리를 벗어나 연회장의 양옆에 놓인 계단 중 왼편으로 뛰어 올라갔다. 크리스 역시 마찬가지였다.

"저기 있군. 찾았다!"

회심의 미소를 짓는 크리스는 주변인들이 잡기도 전에 연회장의 양쪽 계단 중 오른편으로 급히 다가갔다.

한편 왕의 행동에 당황한 이들은 어찌해야 하나 난감했다. 하나 클레브 공은 왕의 행동을 주시하기보다 연주자들에게 지시하여 더욱 큰소리로 아름다운 음악을 연주하라 일렀다. 덕분에 모든 이들은 왕보다도 손에 손을 잡고 음악을 즐기기에 바빴다.

긴 원형 계단을 올라가는 루안은 마음이 급했다. 맞은편의 계단을 급하게 올라가는 크리스가 보였다.

"네놈이!"

어금니를 사리물며 급하게 발을 움직이는 루안은 식은땀이 날 지경이었다. 키루스에게 아무런 언질을 주지 않은 것이 염려되었다. 아무것도 알지 못하는 키루스의 순수함을 어쩌면 저 만다인이 이용할지도 모른다. 사르곤에게 그랬던 것처럼.

루안이 급하게 계단을 오를 때 연주자들의 음악 또한 절정을 맞이하며 빠르게 휘몰아쳤다. 춤을 즐기는 이들 또한 선율에 맞추어 빙글빙글 돌며 즐거움을 만끽했다. 흐르는 선율과는 반대로 점점 급박한 기운이 온몸을 엄습하며 어두워져 갔다.

"절대 그렇게 두지 않는다!"

루안은 바람처럼 계단을 올라가 마침내 기사대가 도열한 가운데 도착했다.

크리스는 심장에 손을 올렸다. 급하게 뛰는 모습에 그의 입가가 올라갔다. 분명 그녀가 저기에 있다. 크리스는 앞뒤 생각하지 않았다. 지금 당장 그녀를 보고 싶었다. 자신만의 그녀. 분명 그녀도 자신과 같은 생각일 것이다.

빠르게 올라가는 크리스의 발걸음이 날아오를 듯 빨라졌다. 그가 계단의 중간 정도 올랐을 때, 맞은편의 왕을 보았다.

"이런, 큭큭……."

알 수 없는 웃음이 새어 나온 크리스는 즐거웠다. 사냥 대회 전날과는 달리 야만스런 웃음이 쉴 새 없이 흘러나왔다. 이곳은 그의 영역이 아니었다. 슈반 가의 대저택도 아니고 주변인들도 없는 한적한 숲도 아니다. 왕의 영역인 호엔 성이다. 그 사실이 크리스를 흥분시켰다.

당장 그녀를 데리고 나가야 한다. 오직 한 가지 일념으로 크리스는 뛰어올랐다. 급히 올라가는 바람에 그는 몇몇 사람들과 부딪쳤다. 예전의 그라면 부딪친 이들에게 일일이 사과를 하였겠지만 지금은 달랐다. 되레 적개의 감정을 보이며 잡아 죽일 듯이 노려보았다. 그러자 그들은 크리스를 보면서 두려운 듯이 길을 열어 주었다.

젠장, 인간들이 너무 많다.

욕지기가 치밀어 오르는 크리스는 참고 참아 내었다. 그녀를 만나면 이번에는 그대로 잡아채 밖으로 내달릴 생각이었다.

이윽고 기사대들이 도열한 제일 위층으로 올라온 크리스는 그녀를 찾았다. 얼마 되지 않는 거리에 있는 왕이 보였다. 그 역시도 그녀를 찾고 있었다.

일시에 두 사내의 눈이 마주했다. 담담하면서도 뜨거운 루안의 눈빛과 잔인한 소유욕이 드러난 크리스의 눈빛이 마주한 채 미동도 하지 않았다. 서로에게만 보이는 극명한 시선으로 그녀를 찾았다. 먼저 시선을 돌린 이는 루안이었다. 그는 다급함을 숨긴 채 울부짖었다.

키루, 제발 모습을 드러내지 마라!

빌고 또 빌었다. 루안은 절대적인 왕이라는 신분을 떠나 세상의 모든 신에게 빌었다. 크리스의 시야에 그녀가 그냥 지나치기를, 절대로 알아보지 않기를.

신들이 그러한 루안의 바람을 들은 것일까. 잠시의 고요 속에 루안은 눈을 가늘게 떠 검붉은 기사대들을 면밀히 살폈다. 다행이도 그들 속에 키루스의 흔적은 없었다.

크리스 역시 기사대들 앞으로 다가가기 전에 가슴의 울림을 느꼈다. 그런데 이상하게도 기사대들과 점점 가까워지자 서서히 울림은 줄어들었다.

바로 그러한 순간, 아주 찰나의 순간이었다. 루안과 크리스
의 시선에 미치지 못하는 뒤편으로 작은 그림자가 하나 사라
지고 있었다.

어느새 크리스의 심장은 원래대로 돌아갔다. 이곳에는 그녀
가 없었다.

여기는 전부 기사대뿐이잖아.

그제야 자신의 성급한 행동이 우스운 크리스는 웃음을 흘렸
다. 소리 없이 웃던 그는 어느새 호탕하게 웃어 젖혔다. 그 웃
음에 왕이 그를 노려보며 그에게 천천히 다가왔다.

"무엇이 우습지?"

왕은 손짓으로 도열한 기사대를 물러가라 일렀다. 차례로
계단을 내려가는 기사대들의 뒷모습을 찬찬히 훑던 왕은 안도
의 숨을 내쉬었다. 확실히 그 안에 키루스는 없었다. 그렇다면
대체 어디로 간 것일까.

"이런 국왕 전하. 어인 일로 이 꼭대기까지 오셨나이까?"

루안이 깊이 생각하기도 전에 비꼬는 듯한 크리스의 말이
들려왔다. 왕은 그에게 시선을 고정시켰다. 단정한 하얀 색의
정장을 입고 있는 그는 분명 잘난 외향이었다. 하나 수려하고
신사적인 슈반 공작가의 후계자는 달라졌다. 외향뿐만이 아니
라 뼛속 깊은 곳까지, 비록 외향은 인간이나 피부 깊숙한 세포
하나하나는 인간이 아니었다.

루안은 입을 다물었다. 지금 이곳에서 만다인을 자극하여

연회장을 위험에 빠트리고 싶지 않았다.

"그대는 무슨 일로?"

서로를 마주한 채 노려보는 두 사내는 팽팽한 기운을 내뿜었다. 주변을 원형으로 감싸는, 보이는 않는 힘의 균형이 서서히 생성되며 서로를 분명하게 인식하기 시작했다.

오르세인의 우두머리인 만다인과 반인인 루안.

랜스 왕국의 절대적인 왕과 슈반 공작가의 후계자인 크리스.

두 사내는 서로를 노려보며 한편으로는 키루스를 찾아내려 했다.

✿　　　✿　　　✿

키루스는 음악이 흐르는 연회장에서 몰래 빠져나와 성안에서 길을 헤매고 있었다. 그 이유는 포트들이었다. 기사대로 위장한 채 연회장을 보는 와중에 키루스에게 포트의 애타는 울음이 들렸다.

지금 여섯 마리의 포트는 루안의 지시로 인해 성 뒤편에 위치한 국왕 전용 마구간에 있었다. 여섯이나 되는 짐승들을 울상이 된 데이슨이 혼자 거두는 것이 한계가 있었기 때문이었다. 먹이를 감당하는 것도 큰일이었다. 잡식이기는 하나 어느 정도는 육식을 해야 하는 짐승의 본능을 어쩌지는 못했다.

포트들은 마구간이 답답한지 키루스를 찾으며 울어댔다. 그

울음은 이상하게도 키루스에게 더 선명히 들려 왔다. 이러다가 다른 이들이 포트들을 찾아낼까 염려가 된 키루스는 상석에 있는 루안을 보았다. 그는 다른 이들과 대화를 나누며 자신을 보던 시선을 거두고 있었다. 키루스는 그 틈에 연회장을 둘러보았다. 다들 즐거운 담소와 음악에 몸을 맡기며 즐길 뿐이었다.

바로 그때 키루스는 자신의 심장이 움찔거리는 것을 느꼈다. 다시 아픈 동통이 시작되었다. 루안과 입맞춤을 하며 느꼈던 통증과 비교되지 않았으나 콕콕 쑤시는 고통은 점차 키루스의 심장으로 넓게 퍼지려 했다.

더는 참지 못한 키루스는 살금살금 뒷걸음질을 치면서 기사대 사이를 빠져나온 것이었다.

키루스가 지나가는 길목마다 희미한 등잔불이 활활 타고 있었다. 불에 의지해 긴 회랑을 걷고 있는 그녀는 잠시 자신의 행동을 후회했다. 루안이 금방 연회장에서 나온다 했으니 그때 같이 움직일 것을.

"루안, 미안."

키루스는 얼굴이 답답했으나 또다시 루안과의 약속을 깰 수 없어 투구를 벗지 않고 그대로 내달렸다. 저번에도 얼굴을 드러내어 몹시 화가 난 그를 기억하고 있었다.

이번에는 절대 루안과의 약속을 깨지 않을 요량이었다. 키루스는 음악이 흐르는 연회장 쪽을 힐끗 보았다가 다시 어두운 회랑을 천천히 걸어갔다. 금세 이 길을 벗어나 밖으로 나갈 수 있을 것 같았다.

두근, 다시 그녀의 심장이 울컥했다. 통증이 가시진 않았으나 이번에는 다른 의미로 심장이 울고 있었다. 뭔가 아득한 그리움이 키루스의 머리부터 발끝까지 돌아다니며 그녀를 눈물 짓게 만들었다.

키루스는 그대로 멈추었다. 엷은 등잔불이 양옆에 매달린 곳에 거대한 벽화가 놓여 있었다. 그 벽화 한가운데는 거대한 시어나무가 있었고 양옆에는 야만스러워 보이는 짐승들이 인간처럼 두 발로 줄지어 서서 손에 든 무기로 공격하고 있었다. 그중에 가장 앞서 나오는 오르세인이 있었으니…….

"만다인!"

그 이름을 입에 담은 키루스는 몸이 얼어붙었다. 가라앉았던 눈동자가 폭발하듯이 붉게 팽창되어 순식간에 검붉게 변해 버렸다. 마치 피눈물을 흘릴 것처럼 붉어진 눈으로 키루스는 벽화를 뚫어져라 노려보았다.

키루스가 벽화를 보는 순간 회색의 시어나무의 색이 서서히 변했다. 붉게 변하는 거대한 줄기는 곧 빛나는 은색에서 황토색으로, 그리고 다시 회색으로 변해 갔다. 거대한 큰 줄기가 서서히 번식해 나가면서 새파란 잎을 돋아나게 만들고 금세 풍요로운 잎들을 내보였다.

키루스는 한 걸음 뒤로 물러나 벗지 않으려 마음먹었던 투구를 벗어 들었다. 그녀가 눈여겨본 것은 시어나무를 중심으로 대치하고 있는 인간들과 거대한 오르세인 무리들이었다.

키루스는 몸에서 불꽃이 서서히 피어나는 것을 느꼈다. 동시에 벽화 속의 모든 것들이 살아 숨 쉬듯 움직였다. 시어나무가 흔들리고 대치 중이던 자들이 검을 휘두르며 소리를 질렀다. 주변의 모든 이들이 일시에 소리를 질렀다.

"단 하나도 살리지 마라!"
"오늘이 마지막이라 생각하라! 진격! 진격이다!"

생생한 현장에 있는 것처럼 격한 움직임과 소리가 들려왔다. 키루스는 서서히 불꽃이 생성되며 몸이 붕 떠오르는 것을 느꼈다. 동시에 왕의 침실에 걸려 있는 태피스트리의 그림도 움직였다. 이름 모를 날개 달린 이들이 등 뒤의 날개를 퍼덕이며 급하게 달아났다. 풀을 뜯고 있던 많은 짐승들도 일시에 우왕좌왕하며 자리를 옮겨 다녔다.

왕의 침실 한가운데 놓인 침상의 기둥에서도 빛을 발하기 시작했다. 정교하게 다듬어진 불타는 꼬리와 순금 부리를 가진 신비한 새 모양의 조각들이 일시에 자리에서 돋아났다. 네 개의 기둥에서 시작된 움직임은 곧 신비한 새의 울음이 터져 나오며 붉은빛 속으로 산화되기 시작했다. 노이 성의 벤누의 문의 조각상들도 마찬가지였다. 이저저리 갈피를 못 잡고 비명을 지르며 움직이기 시작했다.

그 영향은 연회장의 맨 위층에서 대치하고 있는 루안과 크리스에게도 미쳤다.

"뭐지?"

먼저 고개를 돌린 크리스는 순간적으로 눈빛이 회색으로 변하며 몸을 틀었다. 루안 역시 가슴의 번지는 열기로 인해 누군가를 찾고 있었다.

키루?

루안은 앞에 있는 크리스의 존재를 망각하고 그를 지나쳐 내달렸다. 왕이 바람처럼 뛰어나가자 크리스 역시 짐작하는 바가 있었다.

"분명 그녀에게 가는 것이다. 이 기회를 놓칠 수 없지."

크리스 역시 왕의 뒤를 따라가기 위해 계단을 내려왔다. 뛰어나가는 왕에게 자리를 비켜 준 이들과는 달리 크리스에게는 많은 사람들이 다가왔다. 하나 크리스는 그들을 달가워하지 않았다. 반갑게 다가오는 이들을 강하게 밀치며 그 역시 왕의 뒤를 따라 나갔다.

두 사람이 연회장을 벗어나는 것과 동시에 음악이 멈춰 버렸다. 그 모든 사태에 대해 클레브 공과 궁정관은 이마에 땀을 흘리며 뒷수습을 하기에 이르렀다. 다행히 신속한 처리로 이어져 모든 것은 사람들의 뇌리에 작은 사건 정도로 처리될 수 있었다.

루안은 가슴으로 키루스를 느끼고 있었다. 시어나무의 벽화에서 소용돌이치고 있는 기운이 낯설지 않은 그에게 둔탁한 통증까지 몰고 왔다.

키루!

단 하나의 이름, 키루스. 루안은 미치도록 그녀를 소리쳐 부르고 또 부르고 있었다. 어쩌면 그녀는 벽화와 소통했을 지도 모를 일이었다. 너무나 당연한 것을 간과한 자신이 원망스러웠다. 더욱이 지금 성안에 만다인이 존재하는데 그것을 잊고 있었다니.

"키루, 제발!"

왕만이 알고 있는 재빠른 길로 접어든 루안은 곧장 벽화가 걸린 긴 회랑의 끝에 다가섰다. 동시에 뒤편에 자리 잡은 커다란 문이 깨지는 소리가 들렸다. 그것은 포트들에 의해서였다. 일시에 불어오는 바깥바람이 루안을 적셨다. 들어온 포트들은 으르렁거리며 번개처럼 달려 나갔다. 바로 벽화 앞에서 불꽃을 일으키고 있는 키루스에게.

"키루!"

루안은 벽화 앞의 키루스에게 소리쳤다. 곧 불꽃 속으로 녹아들 것 같은 그녀를 잡으려 한 손을 뻗쳤다. 루안의 소리를 들었는지 키루스가 그를 보았다. 투구는 옆구리에 낀 채 한 손에는 불꽃을 일으킨 채로.

"루안."

"가지 마, 키루. 아직은 아니다."

"지금 가야만 해."

"아니야!"

덤덤한 키루스와는 달리 루안은 피를 토하듯 절규했다.

"넌 심장을 가지고 있지 않아! 키루, 심장을 가지지 못하면 넌 죽는다!"

"루안?"

이상한 표정으로 루안을 보는 키루스는 자신의 가슴으로 손을 올렸다.

두근두근.

심장이 없다는 그의 말과는 달리 키루스의 가슴은 계속 두근거리며 생동했다.

"무슨 말이지?"

키루스는 불꽃의 열기 속에서 루안에게 물었다. 그러나 그 대답은 루안이 아니라 어느새 다가온 크리스가 대신했다.

"그 심장, 내가 가지고 있으니까."

뭐라고? 눈을 치켜뜬 키루스는 루안의 뒤에 있는 크리스를 보았다. 말도 안 되는 상황에서 키루스는 루안과 크리스를 번갈아 보았다. 루안은 뒤에서 들리는 지옥 같은 말에 두 눈을 감았다.

"왔구나, 만다인!"

키루스에게 시작된 진홍의 불꽃이 서서히 주변을 에워쌌다. 그녀를 보호하듯 둘러싼 포트들에게도 닿았다. 뜨거운 불의 바람이 일시에 일어나 키루스와 포트를 들어 올렸다. 그 뒤를 이어 키루스에게 손을 뻗치고 있는 루안과 크리스까지.

파앗!

맑은 수정이 깨지는 소리가 들리더니 회오리 모양의 불꽃은 순간적으로 사라져 버렸다. 벽화 앞에 있던 모든 이들도 역시나 흔적 없이 사라졌다. 다시 벽화는 태초의 그것처럼 어둡고 고요해졌다.

긴 회랑은 정적에 빠졌다. 언제 무슨 일이 생겼냐는 듯이 벽에 걸린 등불만이 비명을 지르며 타들어 가고 있었다.

2부

불멸

(Cælum : 카일룸)

chapter
12

키루스는 정신을 차리기 위해 몇 번이나 눈을 질끈 감았다
떴다. 심장 부근을 꾹 누르며 뛰는 가슴을 진정시키기 위해 노
력했다. 주위에는 포트들이 혀를 내밀고 낑낑거리며 그녀를
반겼다.

"이곳을 알고 있니, 포트? 낯설지 않은 곳인데, 내가 언제
왔었던가."

머리를 갸웃거리며 주변을 둘러본 키루스는 천천히 발걸음
을 옮겼다. 포트들도 꼬리를 흔들며 앞서거니 뒤서거니 하면
서 함께 갔다.

하늘과 땅의 경계가 모호하리만큼 이질적이었다. 새파란 하
늘에 구름 하나 없는 한적함이 땅과 하늘에 그대로 이어져 있
었다. 넘실거리는 바람조차 훈훈했다.

그런데 한 가지, 키루스는 놀라운 점을 발견했다. 푸른 나무들의 무성한 잎이 쏟아지는 햇살과 부드러운 미풍에 한들한들 방향을 바꾸더니 저절로 색을 바꾸는 것이 아닌가! 초록색의 잎들이 노랗게, 때로는 붉게 변하는 광경은 두 눈으로 보면서도 믿지 못할 정도였다.

"정말 대단한 곳이야."

이번에는 키루스의 눈앞에 맑은 수정보다 더한 투명함으로 가득한 냇가가 들어왔다. 구불거리며 길게 이어진 냇가의 바닥에는 반짝이는 금빛 모래가 깔려 있었다. 때마침 목이 마른 포트들이 맑은 물을 마시기를 원했다.

"마셔 볼까?"

키루스의 허락이 떨어지자 포트들은 말 잘 듣는 아이들처럼 급하게 입을 대고 마른 목을 축였다. 그러자 또 다른 짐승들이 냇가로 모여들었다. 머리에는 거대한 뿔을 가진 사슴 같은 외향, 눈부신 하얀 털과 노란 색 눈동자를 가진 짐승.

그중에서 키루스의 시선을 사로잡은 것은 맞은편에 요요히 서 있는 은빛의 윤기 나는 털을 가진 일각수였다. 호엔 성, 왕의 침실에 걸린 태피스트리 안에 있던 그것.

일각수는 물에 관심이 없다는 듯 놀란 표정의 키루스를 빤히 쳐다보며 은빛의 꼬리를 살랑살랑 흔들었다.

"이, 이리 와."

손을 내민 키루스의 목소리가 떨렸다. 일각수는 순식간에 냇가를 건너 그녀에게 머리를 숙였다. 눈부신 은빛 갈기를 쓸

어내리는 키루스의 입에서 다시금 알 수 없는 이세계의 말이
나왔다.

"내가 왔다!"

일각수가 키루스의 손에 자신의 코를 비비자 그녀는 일각
수의 머리를 안고 눈을 감았다. 마치 고향으로 돌아온 듯한 느
낌. 꿈에서도 본 적 없는 곳에서 키루스는 일각수를 어루만졌
다.

얼마나 시간이 흘렀는지. 키루스가 두 손을 내밀어 보석 같
은 냇물을 한가득 담았다. 그대로 입에 가져가려던 그녀는 난
데없는 포트들의 으르렁거림에 깜짝 놀라 손안에 있던 물을
쏟아내고 말았다.

"무슨 일이야, 포트?"

키루스는 자신에게 경고하듯 울부짖는 포트를 의아하게 생
각하며 다시 시냇물을 떠 담으려 했다.

"맙소사!"

숨을 멈추지 않을 수 없었다. 분명 방금 전까지 맑고도 맑
은 냇물이었다. 한데 지금 상류로부터 염료라도 풀어 놓은 듯
붉은 물이 번지고 있었다. 의아한 키루스는 더 자세히 보기 위
해 두 손을 냇물 쪽으로 뻗었다. 그러나 두 손을 미처 담그기
도 전에 훅하고 역한 피비린내가 올라왔다.

아울러 어디서부터 시작된 것인지 모를 매캐한 연기가 키루

스의 두 눈을 맵게 만들었다.

그녀는 상류 쪽으로 시선을 돌렸다. 역시나 최상류부터 붉은 핏물이 쉴 새 없이 번지고 있었다. 동시에 회색의 매캐한 연기와 함께 푸르렀던 주변 광경도 일시에 사라졌다.

언제 푸른 나뭇잎들을 풍성하게 펼쳐 놓았나 싶게도 초록빛의 순식간에 메말라 갔다. 시냇물을 마시려던 많은 짐승들 역시 불안한 눈초리로 키루스를 보면서 뒤로 물러났다. 오직 옆에 있는 은빛의 일각수와 포트들만이 주변을 경계하듯 으르렁거렸다.

두근두근. 키루스는 조용했던 자신의 심장이 서서히 격한 박동을 일으키는 것을 느꼈다. 그 느낌은 멀리 보이는 눈부신 백색의 성에서부터 시작됐음을 본능적으로 알아차렸다. 키루스는 저도 모르게 루안의 이름을 사무치게 불렀다.

"루안!"

분명히 그 역시도 함께 날아왔다. 환한 진홍의 불꽃 속에서 루안과 손을 잡았었다. 그것을 이제야 알아차리다니. 키루스는 당장 움직였다.

"루안……!"

이번에는 더 큰 소리로 불렀다. 어찌 루안을 잊을 수 있었던가. 스스로를 책망하며 발악하듯 그의 이름을 거듭 불렀다. 그러나 돌아오는 것은 어느새 삭막해진 바람 소리와 정체를 알 수 없는 비명뿐이었다. 난감한 키루스는 힘겹게 숨을 내쉬었다.

눈앞, 선명하게 빛을 발하는 백색의 성, 그 높은 탑이 반짝이고 있었다. 마치 가까이 오라는 듯이.

저곳으로 가야 한다. 키루스는 분명한 생각이 들었다. 주변을 아무리 보아도 짐승들 이외에는 어떠한 인기척도 느껴지지 않았다. 주변의 유일한 건축물인 성으로 가야만 루안에 대해 작은 실마리라도 잡을 수 있을 것 같았다.

"같이 갈래?"

키루스가 포트와 일각수에게 물었다. 짐승들은 기다렸다는 듯이 눈빛을 빛내고 꼬리를 흔들었다. 그제야 안도감이 든 키루스는 자신의 검붉은 기사대 복장을 점검했다. 투구는 어디서 잃어버렸는지 없어졌고 쓰고 있던 두건만이 그녀의 목에 걸려 있었다.

더 이상 연기를 마실 수 없었다. 불어오는 바람도 심상치 않아 키루스는 얼굴에 두건을 썼다. 그것만이 타는 연기로부터 스스로를 보호할 수 있었다.

다만 아쉬운 것은 무기였다. 지금 키루스의 손에는 호신용으로 가지고 있는 작은 몸칼뿐이었다. 이럴 줄 알았다면 기사대의 검들 중에서 아무거나 들고 오는 건데.

시냇가의 상류로 걸어가던 키루스는 순간 고개를 절레절레 흔들었다. 자신의 능력, 손안에서 불꽃을 일으키는 능력을 가지고도 스스로를 낮추다니.

그녀는 손을 들어 작은 발화점을 그려내 손바닥에서 조그마한 불씨를 만들어 냈다.

"이 정도면 위험이 닥쳤을 때 어느 정도는 보호할 수 있겠지."

키루스는 다시 불꽃을 사그라트렸다. 이제 자신의 능력을 믿을 도리밖에 없었다.

"자, 가 보자."

곧 해는 등선을 넘어갈 것이다. 조금은 서둘러야 했다. 부디 어디에선가 루안도 자신을 애타게 찾고 있기를 바랐다. 백색의 성으로 향하는 키루스를 여섯의 포트들과 은빛의 일각수가 보호하듯 함께하고 있었다.

"킥킥. 이거 원. 보물이 넝쿨째 굴러왔잖아? 아니, 아니지. 이건 제 발로 걸어 온 것이라 할 수 있지!"

넓은 호수 위에 흰 대리석으로 세워진 성 오르쿠스(Orcus)의 지하에는 썩은 냄새가 진동하는 감옥이 있다. 그곳에 만다인이 입가를 길게 늘이며 웃고 있었다. 그의 손에는 날카로운 바늘이 달린 기다란 채찍이 들려 있었다. 그 채찍의 끝에는 붉은 피가 뚝뚝 흐르고 있었다.

휙! 휘이익!

바람을 가르는 소리와 함께 만다인은 힘 있게 채찍을 휘둘렀다. 상대는 변색된 누런 사슬을 목에 매고 양팔 역시 사슬에 묶인 채 벽에 매달려 있었다. 그의 벌거벗은 등짝은 사정없이 내려친 채찍으로 인해 살갗이 벌어졌고, 피에 엉겨 붙은 상처들이 즐비했다.

휘이익, 철썩. 채찍질은 가혹했다. 끝없이 피를 흘리면서도 사내는 비명 한 번 지르지 않았다. 어금니를 사리물며 소리 없이 외칠 뿐이었다.

키루스.

루안이었다. 키루스의 진홍의 불꽃에 의해 이곳에 도착하자마자 그는 만다인의 부하들에 의해 포위되었다. 마치 그가 오는 것을 알고 있었던 것처럼 전원이 완전무장한 채 루안의 몸을 결박했다. 그리고 지금, 이 자리에 죄수처럼 묶여 있었다.

"맛이 어때? 네놈에게는 만티코어의 가죽을 사용해야 하지 않나? 그래야 쓸데없이 폭주하는 걸 예방할 수 있다고 하던데."

"상관없다."

"큭큭, 그래? 상관없는 게 아니던데 말이지. 사르곤이 아주 자세히 말하던걸. 그쪽의 정체는 모르지만 평상시 만티코어의 가죽으로 상대를 보호해야 더러운 마음을 실행에 옮기지 못한다고. 만티코어 가죽으로 만든 팔찌를 한 사르곤에게 키스도 제대로 못 했지, 아마?"

"더러운 입에 사르곤을 담지 마."

"사르곤은 이미 내게 심장을 주고 불꽃과 함께 산화된 것을 모르나?"

루안을 비웃듯 채찍을 휘두른 만다인의 이마에 땀방울이 흘러내렸다. 그만큼 휘두른 채찍질은 강했다. 한데도 그는 비명은 고사하고 신음조차 내뱉지 않았다.

"네놈이 저쪽 세계에서 왕이라고 해도 여기서는 내가 위다. 알겠나? 그러니 말해! 정체가 뭐야!"

으스대듯 뻐기는 만다인은 계속해서 루안의 등에 사정없이 채찍을 휘둘렀다. 그의 정체를 알기 위해 죽기 살기로 채찍질을 해댔다. 휘두르는 이나 맞는 이나 서로 간의 상대한 고통은 비일비재했다. 이제 오히려 힘이 드는 쪽은 만다인이었다.

"지독한 놈!"

마지막 일격을 가하듯 내려친 채찍질에 손바닥만 한 살점이 두둑하고 떨어져 내렸다.

루안은 채찍질을 당하면서도 절대 정신을 놓을 수 없다는 듯이 입안에 피가 나도록 자신의 기운을 한곳으로 몰아냈다. 이깟 고통쯤이야 아무것도 아니라는 듯이 눈을 빛내며 날아오는 채찍을 고스란히 맞았다.

그때 철문이 열리며 한 오르세인 병사가 황급히 뛰어 들어왔다.

"저편에 진홍의 불꽃이 나타났다 합니다!"

"즉시 오르세인들을 그쪽으로 보내고 상처 하나 없이 생포해라. 절대 상처 하나 없이!"

만다인의 지시에 병사는 머리를 조아리며 나갔다. 그는 드러난 긴 이빨을 내보이며 기진해 있는 루안에게 약 올리듯 읊조렸다.

"온단다, 이쪽으로. 진홍의 불꽃을 가진 그녀가. 큭큭."

만다인은 아무렇게나 채찍을 집어 던진 뒤 의기양양한 웃음을 보이고 그곳을 벗어났다.

이제 루안 혼자 남았다. 온통 피비린내가 진동하는 그곳에서 그는 힘들게 고개를 들었다.

"오지 마라, 키루. 이쪽으로 오지 마!"

통곡하듯 비명을 지르는 루안은 서서히 자신의 몸에 기운을 불어넣었다. 채찍을 맞아 곳곳에 살점이 떨어져 나가고 붉은 피가 강물처럼 흐르는 그의 등이 우드득 소리를 냈다. 동시에 서서히 새살이 돋아나듯 아픔이 엷어지고 있었다.

그의 눈빛이 깊어져 갔다. 그러나 그 이상 다른 조치를 취할 수 없었다.

그는 자신의 두 손목에 채워진 쇠사슬을 원망하듯 바라보았다. 그의 정체를 짐작한 만다인의 간계로 만들어진 사슬은 평범한 것이 아니었다.

세상의 온갖 악의 기운을 집어넣은, 상대의 힘을 제약하는 힘으로 만들어진 사슬이었다. 그러나 만다인 역시 한 가지 간과한 것이 있었다. 바로 완전한 루안의 정체. 그는 루안의 본체를 모르고 있었다.

루안은 작게 나 있는 창을 올려다보았다. 철창 사이로 달이 떠올랐다. 랜스 왕국과는 다른 붉은 달이었다. 그는 리델의 마지막 말을 상기했다.

"봄이 오고 만월이 지난 뒤, 만월의 적월(赤月)이 뜨면 사르곤이 올 것입니다."

만월에 붉은 달이라는 것은 나의 세계가 아니라 사르곤의 시계(時計)를 말함인가.

자조의 웃음을 짓는 루안의 눈가가 짓물러 있었다. 이곳으로 날아오자마자 만다인의 부하들이 저항하는 루안을 덮쳤을 때 생긴 상처였다. 거기에 만다인의 채찍질로 곪을 만큼 곪은 눈가가 아려왔다.

루안은 자신의 본색을 완벽하게 드러내고 싶었다. 그래야 키루스를 구할 수 있을 터였다. 하나 그렇게 되었을 때 만다인이 가지고 있는 사르곤의 심장은 어찌 될 것인가. 그가 살아가는 이유인 그녀의 심장은…….

"나 역시 내가 누구인지 알 수가 없다. 키루……."

루안은 입안에 고인 핏물을 뱉어 냈다.

"네놈에게는 만티코어의 가죽을 사용해야 하지 않나? 그래야 쓸데없이 폭주하는 걸 예방할 수 있다고 하던데."

비웃던 만다인의 음성이 아직도 루안의 귓가에 머물렀다. 비열하고 잔인한 만다인. 그리고 사르곤.

흘러내리다 고인 피가 눈 부근을 간질였다. 흐릿한 시야 사이로 루안은 지금 자신의 처지를 생각했다. 이것도 운명인가. 오만하고 절대적인 왕인 자신이 이렇게 묶여 고통을 당하는 것이.

그래, 차라리 이대로 모든 것을 잊자. 사르곤도 잊고, 그녀의 심장도 잊고…….

"보고 싶다, 키루."

붉은 달은 구름이 된 뿌연 연기에 가려졌다. 저도 모르게 키루스를 생각한 루안.

"키루스."

허탈하면서도 숨이 끊어질 듯한 이 느낌. 루안은 울면서 웃었다. 이곳은 사르곤의 세계. 모든 것을 포기하고픈 이 순간에, 그의 머릿속과 심장을 지배하는 존재는 사르곤이 아니었다. 그의 온몸을 움직이는 것은 작고 작은 키루스였던 것이다.

키루스와 짐승들은 눈앞에 보이는 성을 향해 끊임없이 걷고 또 걸었다. 얼마나 걸었는지 그 거리와 시간을 가늠할 수 없었다. 성과 가깝다고 여긴 거리는 그녀가 생각했던 것보다 확연한 차이가 있었다. 닿을 듯 말 듯 한 신기루처럼 약 올리며 그녀를 지치게 만들었다.

이제 사방이 어둠에 갇힐 시간이었다. 저 너머에는 벌써 성급한 달이 뜨고 있었다. 한 귀퉁이만 겨우 보인 그 달은 신기하게도 붉은색이었다.

마치 그녀의 눈동자와도 같은 붉은 달. 그 둥근 달을 올려다보며 키루스는 소리를 질렀다.

"루안!"

그녀가 큰 소리를 내자 포트들도 합창하듯이 으르렁거렸다.

은빛의 일각수 역시 푸르르거리며 동조했다.

"루안! 루안!"

키루스는 너무나 그가 그리웠다. 때로는 오만하면서도 냉정하지만 다정한 면이 있는 그가 그녀의 시야에서 공기처럼 사라졌다. 그는 눈앞에 보이는 성처럼 잡힐 듯 잡히지 않았다. 키루스는 목이 메여 왔다. 당장이라도 원래 있던 곳으로 돌아가고 싶었다. 괜히 불꽃을 일으켜 이 사단을 만든 것 같아 너무나 속상했다.

"그 심장, 내가 가지고 있으니까."

그리고 또 한 사람. 분명 부드러운 성정을 가진 사내라고 여겼던 슈반 공작의 아들, 크리스. 그는 달라져 있었다. 외향과 성격, 그리고 저를 대하는 태도마저 완전히 변했다. 자신의 온몸을 훑고 지나가던 그의 꺼림칙한 시선이 아직도 잊히지 않았다. 키루스의 감정을 느꼈는지 일각수가 그녀의 옆구리에 자신의 머리를 가져다 대었다.

"괜찮아."

스스로에게 용기를 주는 것처럼 키루스는 자신의 몸에 힘을 주었다. 그런데 일각수는 그녀의 가슴에 계속 머리를 들이밀며 자신의 등을 내보였다. 마치 자신에게 올라타라는 듯이.

"정말? 네 등에 타도 좋으니?"

"히이잉!"

기다렸다는 듯이 일각수는 은빛의 뿔을 반짝이며 키루스를 종용했다. 아닌 게 아니라 오래도록 걸은 그녀의 다리는 천근이나 된 듯 무거웠다.

"그럼 사양 않고."

키루스는 일각수의 등에 훌쩍 뛰어올랐다. 때를 같이해 어두워지는 앞길이 일각수의 빛나는 뿔에 의해 밝아졌다. 놀랍게도 그 뿔은 점점 더 선명한 빛을 만들었다.

"멋져."

저도 모르게 탄성을 내뱉은 키루스는 일각수의 갈기를 쓸었다. 곧 시린 바람을 가르며 포트들과 함께 앞으로 달려 나갔다.

빛나는 붉은 달이 완전하게 하늘에 걸렸다. 아울러 매캐한 연기는 사라지고 대신 바스러진 나무와 풀 등, 주변의 풍경은 추운 겨울처럼 스산해지고 있었다.

chapter
13

　얼마쯤 달렸을까. 일각수를 타고 날듯이 움직이던 키루스는 작은 둔덕을 넘어 냇물의 상류 쪽에 도착했다. 어둠이 내려앉아 있기는 하나 성의 환한 불빛을 벗 삼아 주변은 새벽녘처럼 밝았다.

　순간, 포트들이 몸을 낮추고 키루스에게 경고하듯 으르렁거렸다. 그것을 눈치챈 키루스는 일각수의 등 위에서 훌쩍 뛰어내렸다. 그녀가 등에서 내리자 일각수 역시 언제 그랬냐는 듯 뿔의 빛을 서서히 숨겼다. 키루스도 몸을 낮추고 포트들이 으르렁거리는 방향을 주시했다.

　뿌연 먼지를 일으키며 입에 거품을 문 말들이 달려오고 있었다. 그 말 위에는 덩치가 산만 한 이들이 단단한 갑옷을 입은 채 각자 무기를 들고 있었다. 가까이 오면 올수록 족히 수

십이 넘는 그들의 정체를 알아보는 것은 그다지 어렵지 않았다. 몇몇이 손에 횃불을 들고 있어 낱낱이 알아볼 수 있었다. 얼굴에 돋아난 거친 털들과 무시무시한 이빨, 그리고 둔탁한 몸선. 단번에 보아도 인간이 아니었다.

"오르세인."

벽화에서 보았던 그들, 오르세인. 키루스에게 낯설지 않았다. 단지 벽화에서만 본 것이 아니라 기억 저 너머에 충분히 각인되어 있었다. 저도 모르는 새 살기를 띤 그녀는 두건을 좀 더 내려 쓰며 허리춤에 있는 몸칼을 단단히 잡았다.

"위험할지도 몰라. 조심해."

키루스의 지시에 포트들은 말을 알아들은 양 셋으로 갈라지며 잘 훈련된 정찰병들처럼 움직였다. 키루스는 꼬리를 흔드는 일각수에게도 살며시 지시를 내렸다.

"가. 네가 가장 위험해. 그러니 안전한 곳으로 피신해."

일각수는 키루스의 말에 동조하지 않았다. 다소 푸드덕거리는 소리를 내고는 도리어 그녀의 옆에 바짝 다가왔다. 그 모습에 어쩔 수 없던 키루스는 일각수의 머리를 도닥거렸다.

"만다인님께서 어찌 알고 진홍의 불꽃을 생포하라고 하신 건가요?"

오르세인 병사 중 한 명이 자신들의 대장에게 물었다. 그러자 썩은 냄새가 진동하는 대장은 질문을 던진 병사의 머리통에 자신의 주먹을 들어 톡톡 거렸다.

"네 녀석들이 모르니까 만다인님이 대단한 것이다. 불사조의 심장을 가지고 계시니 무엇을 모를까! 그렇게 대단하신 분의 부하라면 하나를 말할 때 두 개 정도는 알아 둬라, 이놈들아!"

"아, 그렇군요. 불사조의 심장. 대단합니다, 대장님."

"그런데 말입니다. 어찌 진홍의 불꽃이 또 나타날 수 있습니까? 산화된 것이 아닙니까?"

고개를 갸우뚱거리는 또 다른 병사의 질문에 오거 대장 역시 입을 다물었다.

"뭐, 그, 그렇지. 그거야 내가 어찌 알겠느냐! 우리는 그저 만다인님의 절대적인 명만 수행하면 돼! 그러니 진홍의 불꽃을 가진 이를 상처 하나 없이 깨끗하게 생포해라. 알겠나?"

"알겠습니다!"

그들은 희미한 빛이 나는 방향으로 달렸다. 그런데 그 빛은 가까워질수록 서서히 사그라졌다.

"저, 저기 빛이 없어집니다!"

"으이구. 괜찮아! 냄새를 맡아 봐!"

"네?"

대장은 참지 못하고 어리바리한 병사의 머리를 내려쳤다. 고통에 눈물을 찔끔거리던 병사는 넓적한 코를 벌름거렸다. 대장의 말대로 빛이 문제가 아니었다. 빛이 사라져도 가고자 하는 방향으로 정확하게 갈 수 있었다. 이유는 향기였다.

주변에 난무하는 비릿한 냄새 가운데 어디선가 고귀하고 향기로운 향이 흘러나왔다. 키루스가 있는 방향에서 나는 냄새였다. 냄새에 민감한 오르세인의 특성상 그것을 놓칠 리 없었다. 상대가 아무리 위장을 잘하고 있다 하더라도 오르세인의 추적에는 당할 수가 없다. 향에 대해 모르는 키루스는 자신이 보일까 몸을 납작 엎드렸다.

"차라리 멀리 돌아갈까? 어찌하여 저들은 이곳으로 곧장 달려오는 것이지?"

키루스는 곧장 달려오는 저들이 의아했으나 이제 피할 수도 없으니 부디 자신을 찾지 못하길 바랐다. 하나 그것은 키루스의 잘못된 생각이었다. 그들은 정확하게 키루스와 일각수가 있는 곳, 그 앞에서 멈추었다.

"나와라."

마치 키루스의 존재를 알고 있는 듯 맨 앞에 있던 오르세인이 소리쳤다. 키루스는 당황했다. 전에도 꼭 이런 일이 있었던 것 같은 이상한 기시감이 들었다.

"그때와 같아."

그것이 꿈인지 현실인지, 저쪽 세계인지 이쪽 세계인지. 키루스는 구별이 가지 않았다.

"좋은 말로 할 때 나와!"

걸걸한 음성이 매섭게 소리쳤다. 협박 같은 그 말이 키루스를 울컥하게 만들었다. 또한 묘한 자신감이 들었다. 저들의 수십 정도야 아무것도 아니라는 이상한 자신감. 키루스는 두 손을 든 채 천천히 걸어 나왔다. 그 뒤를 은빛의 일각수가 바짝 붙어 있었다.

"이런. 고귀한 일각수까지! 거기서 향이 흘러나왔나?"

향이라니. 키루스는 그제야 오거의 말에 코를 킁킁거렸지만 아무것도 느껴지지 않았다. 앞에 있는 오르세인들의 찌르는 듯한 쾌쾌한 냄새에 숨이 막힐 뿐이었다.

"만다인님께서 상처 하나 없이 데리고 오라셨다. 그러니 운 좋은 줄 알아!"

그렇군, 바로 그자가. 키루스는 미소를 머금었다. 이제 모든 것이 이해가 되기 시작했다. 그녀는 빙긋 웃으며 차분히 고개를 들었다.

"여기에 있는 것을 어찌 알았지?"

당당한 키루스의 질문에 그들은 켈켈거리며 웃기 시작했다. 그것도 부족해 저들끼리 수군거리며 큰 소리로 웃어 젖혔다.

"걸작이네. 손에 무기 하나 없이 비실한 몸을 가진 주제에 뭐라고? 위대한 이 오르세인님들에게 거만하기 짝이 없는 반말을 하다니. 야아, 이거 간이 배 밖으로 나왔네."

키루스는 아무런 대꾸도 하지 않고 서서히 손을 오므렸다.

"일각수는 우리가 가져가지. 그 뿔을 갈아 마시면 불로장생 한다지. 영원히 살 수 있다는 말씀. 잡으려야 잡을 수 없는 귀한 것이 눈앞에 떡하니 나타나다니, 이거는 우리의 복이지. 안 그런가?"

"맞습니다. 만다인님께서는 일각수에 대한 언급은 없으셨습니다. 그러니 우리 차지죠!"

"얼른 잡아서 뿔을 잘라 버립시다!"

키루스의 손이 오므려지며 한계에 도달했다. 누가 누구의 뿔을 함부로? 무엇을 갈아 마셔?

"뒤로 물러나, 일각수."

입을 벌리고 웃고 있는 오거들을 노려보며 키루스는 일각수를 뒤로 보냈다. 그다음의 일은 순식간에 벌어졌다.

키루스는 그들에게 달려들며 눈여겨보았던 병사의 허리춤에 매인 검을 잡아들었다. 그 검은 날 부분이 톱니로 되어 있었다.

키루스가 검을 휘두름과 동시에 병사는 쓰러졌다. 그녀는 거기서 멈추지 않았다. 옆에서 놀라고 있는 또 다른 병사의 팔을 그으며 동시에 그의 어깨까지 베어 버렸다.

다시 키루스의 몸이 바람처럼 움직였다. 그녀는 공격하는 병사를 피해 몸을 돌리고 그의 발목을 찔렀다. 검을 잡고 베는 것이 무척이나 익숙한 듯 스스럼없이 주변의 오르세인들을 차례로 처리했다.

그제야 놀란 병사들은 키루스의 날랜 실력에 우왕좌왕하면서 검을 빼 들었다. 그러나 이미 늦었다. 키루스의 공격 앞에 맥없이 쓰러져 버렸다.

"아니, 대체 뭐하는 거야! 어서 잡으라고!"

키루스의 검 실력에 혼비백산하며 놀란 대장은 급하게 부하들에게 지시했다. 하나 그들은 검을 들고 있으면서도 쉽사리 키루스에게 덤비지 못하였다.

"그, 그게. 상처 하나 없이 데려오라고 하시니……."

만다인의 명은 절대 상처 입히지 말고 그대로 데려오라는 것. 그러니 남은 병사들은 어쩌지 못하고 대장만 보았다. 그 역시도 당황스러웠다.

그러는 와중에 키루스는 또다시 병사를 공격했다. 등을 검 등으로 쳐 버리고 다시 검날을 그들의 다리와 팔에 가져갔다. 병사들은 팔다리를 하나씩 잃고 피를 흘리며 쓰러졌다.

키루스는 무아지경이었다. 검을 휘두르면 바람도 함께 갈라지는 것 같았다. 그 바람이 갈라지면 또 공기마저 두 갈래로 갈라져 키루스와 함께했다.

"그, 그만!"

오르세인 대장이 소리를 질렀다. 그러자 키루스와 대적하고 있던 몇몇의 병사들이 헉헉거리며 뒤로 물러났다. 말에서 내린 그가 쓰러진 병사들을 보았다. 수십 명의 병사들 중 이제 남은 병사는 얼마 없었다. 뛰어난 검술 실력. 게다가 가녀린 몸자락. 어디선가 본 듯한 상대의 모습에 그는 눈을 가늘게 뜨고 물었다.

"너, 너의 정체가 무엇이냐!"

질문을 받은 키루스는 숨 하나 흐트러지지 않았다. 마치 자신과 한 몸처럼 움직인 검을 들었다. 신기하게도 키루스의 눈에 익은 소드 브레이커(Sword breaker)였다. 그녀는 반가움에 피가 묻어 있는 검을 들었다. 검날에 묻은 피를 자신의 혀로 쓸고 싶은 충동을 느꼈다.

기시감. 쓴 웃음이 난 키루스는 그들을 노려보았다. 그녀는 전에도 이런 적이 있다는 것을 깨달았다. 만에 하나 저들이 한꺼번에 덤빈다고 해도 두렵지 않았다. 키루스는 뜨거운 손바닥을 오므려 깊이 쓰고 있던 두건을 천천히 내렸다.

"사, 사르곤?"

드디어 드러난 키루스의 모습. 오르세인들은 한목소리로 외쳤다. 사르곤이라고.

키루스의 입술 한쪽이 실룩 올라갔다. 여기서도 사르곤이라 한다. 루안도 사르곤이라 했지, 아마?

"대체 사르곤이 누구야!"

루안의 입에서 시도 때도 없이 터져 나오는 이름, 사르곤.

"세상에서 가장 원하는 단 하나의 여인."

키루스는 들고 있던 검을 땅에 던져 버렸다.

"누가 날 데려오라 했지?"

"만다인님께서……."

"왜?"

"그게 잘……."

"만다인이란 작자는 어찌 이곳에 온 것인가?"

"온 것이 아니라 본체에서 이동하신 것이라 자세한 것은 잘 알지 못……."

"아는 게 하나도 없군."

대장의 말에 키루스는 피식거렸다. 얼마 남지 않은 오거들을 보다 말고 뒤에 있는 일각수의 갈기를 쓸었다. 그녀는 멀리 보이는 백색의 성을 아스라이 바라보았다.

"저곳에 가야겠어. 만다인이라는 작자를 만나야 해."

키루스는 다시 대장과 대화를 하려고 했다. 바로 그 순간, 비겁한 오르세인답게 그들은 한꺼번에 그녀에게 달려들었다. 그러나 그것도 잠시, 숨어 있던 포트들이 일제히 달려 나와 그들을 공격했다.

"으악!"

"살려줘!"

포트들의 날카로운 이에 오르세인들은 피를 흘리며 쓰러졌다.

"목숨만은 살리려 했건만, 어리석은 것들."

키루스는 고개를 절레절레 흔들곤 칭찬을 바라며 꼬리를 흔드는 포트들의 몸을 어루만졌다. 그리고 간신히 숨이 붙어 있는 대장을 보았다. 그의 목은 반 이상 뜯긴 채 피를 흘리고 있었다.

"지금 저 성에 누가 있지?"

"만다인과 반인이……."

"반인?"

"그래서 사르곤이……."

계속하여 헛소리를 하는 대장을 보다 말고 키루스는 몸을 돌렸다. 그러자 포트가 다시 대장에게 달려들어 그의 질긴 목숨을 끊어내 버렸다.

키루스 주변에 역한 냄새가 진동했다. 붉은 달 아래 오르세인들의 시체가 즐비했다.

"성으로 가야겠어."

굳게 마음먹은 키루스는 단번에 일각수의 등에 올라탔다. 그 뒤를 다시 포트들이 함께하고 하늘의 붉은 달은 무심히 그들을 따라갔다.

쾌 시간이 지났는데 아무런 소식이 없었다. 기다리다 못한 만다인, 크리스는 자리에서 벌떡 일어나 병사를 불렀다.

"어디쯤 오고 있지?"

"그, 그게……."

"내가 저쪽 세계에 가 있는 동안 기강이 해이해졌군. 네놈들이 어둑한 동굴 속이 아닌 화려하고 안락한 성에서 살게 된 것이 누구 덕인지 그새 까먹었나?"

"아닙니다!"

"그럼 지체하지 말고 당장 후발대를 보내! 여인 한 명 데려오는 게 뭐가 이리 힘들어!"

"네, 알겠습니다! 즉시 알아보겠습니다!"

병사가 허겁지겁 나가자 만다인은 굵은 기둥만 세워져 있는 발코니를 내려다보았다. 시린 바람 따위 그에겐 아무것도 아니었다.

하늘의 붉은 달에 의해 숲과 함께 말라비틀어진 나무와 풀들이 쾌나 마음에 들었다. 몹시 흡족한 그는 자신의 심장을 조용히 매만지며 고개를 끄덕였다.

"그래, 문제 될 것은 없지. 사르곤의 심장이 나에게 있는 이상 함부로 죽이지 못할 테니. 게다가 반인인 놈까지 내 손에 있는데. 큭큭."

잠시 뒤 정찰을 나갔던 병사가 급하게 들어왔다.

"앞서간 대장을 비롯하여 수십의 병사들이 전부 살해되었습니다. 검상과 함께 짐승에게 뜯긴 상처로……."

"뭐가 어쩌고 어째!"

병사의 보고가 끝나기도 전에 만다인은 벼락같은 소리를 질렀다. 스스로 분을 참지 못해 보고하는 병사를 발로 차 버렸다.

"이따위로 일을 처리하니 원래대로 돌아가는 것은 시간문제야! 어찌 다들 그 모양이야!"

만다인은 번들거리는 눈빛으로 씩씩거리며 문을 박찼다. 그자리에는 만다인의 발길질에 쓰러진 병사만이 목이 부러진 채고꾸라져 있을 뿐이었다.

chapter
14

키루스는 성문이 바로 눈앞에 보이는 곳까지 와 있었다. 그러나 성의 정문이 아니었다. 흔히 말하는 뒷문, 성의 길고 높은 담 사이에 나 있는 작은 도개문 앞에 포트들과 함께 주변을 살폈다.

붉은 달이 하늘의 중간까지 걸려 있을 때, 성안의 가장 깊숙한 지하에서 은밀한 움직임이 있었다. 곳곳에 희미한 횃불이 어둠을 게슴츠레 밝히는 상황에서 검은 연기가 마치 한줄기 빛처럼 구불거리며 돌아다녔다.

보초를 서는 오거 병사들은 그 연기를 전혀 신경 쓰지 않았다. 뿌연 연기와 새벽의 안개가 날아다니고 빛과 불꽃이 공존하는 세계. 그냥 평범한 연기라 생각하고 가벼이 지나쳐 버릴 뿐이었다.

사슬에 매달려 힘겹게 서 있는 루안은 눈이 부어 앞이 분간되지 않았다. 채찍질로 인해 등의 살점이 떨어져 나간 데다 등에 닿은 얼음보다 더 차가운 벽이 그를 얼어붙게 만들었다. 그런 그가 인기척에 고개를 들어 자신 앞에 검은 연기가 꾸역꾸역 모여드는 것을 바라보았다.

검은 연기는 랜스 왕국의 그림자군이라 일컫는 투타멘들이었다. 그들은 일제히 무릎을 꿇었다.

"늦었습니다."

그림자들은 전부 셋이었다. 그들은 전부 흑의 정장을 입고 두건을 쓴 채 루안의 지시를 기다렸다. 하나 아무 말도 들리지 않자 그림자들이 자리에서 일어나 그의 손목에 매달린 사슬을 풀어내려 하였다.

"윽!"

되레 사슬의 힘에 의해 튕겨져 나가자 그림자들이 당황했다. 또다시 루안의 몸에 손을 올리려는 순간, 사슬로부터 번쩍하는 힘이 생겨나더니 그림자들에게 따끔거리는 충격을 선사했다.

"그만둬."

루안이 조용히 일렀다.

"어찌 된 일인지요."

"내 힘을 봉인하기 위해 어둠의 아르카네(Archane)의 힘이 들어간 광물로 만든 것이다. 너희들의 힘으로는 잘라 낼 수 없어."

"그럼 어찌해야……."

"필시 이것의 힘에 비견될 피닉스가 있어야 가능할 것이다."

약한 음성이지만 분명한 어조였다. 그림자들은 어찌할 바를 몰랐다.

"하면 땅의 힘을 빌린 오리에드에게 도움을 청할까요?"

오리에드. 땅의 신성한 힘을 가진, 하나 이미 그 힘은 수년 전 루안이 시어나무를 통해 발현시켰기에 모든 힘은 무(無)로 돌아갔을 터였다.

"그 힘은 내가 시어나무를 베어 낼 때 사용했어."

"그럼 전하, 어찌해야 합니까!"

안타까운 그림자, 투타멘들은 당장이라도 자신들의 검으로 사슬을 잘라 내고 싶었다. 이곳으로 넘어오기 위해 그들은 각각의 힘을 사용해 노이 성에 위치한 벤누의 문을 힘겹게 통과했다. 인간이 아닌 연기 같은 그을음이 가득한 신체이기에 가능했다. 한데 자신들의 군주가 이 지경으로 고문받고 있다니.

"벤누의 문이 제 역할을 다했기에 다행이군. 아마도 만다인은 그 문을 통해 나의 세계로 넘어온 것 같다. 너희들은 지금 이대로 키루스를 찾아라."

"전하."

"그것만이 살길이다. 나가서 키루스를 안전하게 보호해!"

"피를 많이 흘리셨습니다. 게다가……."

"괜찮아. 날 뭐로 보는 거냐. 난 위대한……."

순간 지하 복도에서 수런거리는 목소리가 들려왔다. 그림자들은 재빨리 흔적을 지우고 연기가 되어 순식간에 사라졌다. 병사들은 루안이 있는 곳을 저들끼리 낄낄거리며 경비를 서는 척 지나갔다.

루안은 입안에 고인 핏물을 뱉어 냈다. 조금씩 상처에 대한 치유는 가능해지고 있지만 이곳의 환경과 묶여 있는 사슬에 의해 원래의 힘을 발휘하는 것이 여간 고역이 아니었다. 하나 지금 그를 지탱하는 것은 키루스였다.

어딘가에 그녀가 있을 것이다. 절대 만다인에게 발각되어서는 안 되었다. 그는 다시 한 번 몸의 열기를 채웠다. 호흡을 가다듬고 손목의 사슬을 끊어 내려 시도했다.

이제 손목의 살갗은 등의 상처에 비할 바가 아니었다. 점점 벌어지는 상처는 눈 뜨고 볼 수 없을 만큼 처참했으며 강한 고통을 동반했다. 힘을 쓰면 쓸수록 사슬도 얼어붙을 정도의 강한 냉기가 날카로운 가시처럼 루안의 피부로 파고들었다. 그러나 그는 다시 힘을 주었다. 눈을 깜박이며 어금니를 꽉 물었다.

"으……으으!"

차마 소리를 내지 못하는 루안의 몸에서 열기에 뻗치는 힘이 샘솟았다. 머리부터 발끝까지 관통하는 힘에 고통을 동반한 그것은 사뭇 그의 건장한 몸을 죽일 듯했다.

얼마나 시간이 흘렀는지. 그의 등에서 꾸물꾸물 살이 갈라지고 있었고, 그 틈으로 검은 조각이 삐죽 튀어나왔다.

작은 도개문을 바라보는 키루스는 버릇처럼 입술을 살짝 물었다. 분명 저 성안에 있는 느낌이었다. 소중하고 안타까운 누군가가…….

"반인이 있다."

키루스는 오르세인 병사의 마지막 말이 생각났다. 그 반인이라는 단어에 묘하게도 루안이 떠올랐다. 범인(凡人)과는 전혀 다른 그.

어쩌면 만다인이 이곳의 경계를 넘자마자 루안을 잡아서 가뒀을지도 모른다. 그렇다면 왜 루안을 잡았을까. 한 나라의 왕, 아니 이곳에서는 저쪽 세계의 왕이라도 아무 상관없는 것이다. 그렇다면 그가 성안에 있는지 확인만 하는 거야.

혼자 생각하고 결론을 내린 키루스는 일각수와 포트들에게 조용히 하라는 의미로 자신의 입술에 손을 올렸다.

"쉿. 안으로 들어갈 거야. 위험하니까 너희들은 밖에 있어. 특히 일각수!"

말 못 하는 짐승일지라도 그들의 마음은 하나였다. 키루스의 당부를 생각지도 않고 혀를 내밀며 꼬리를 살랑 흔들었다.

"안 돼. 같이 갈 수 없어. 위험하단 말이야."

키루스의 만류에도 짐승들은 그녀에게 다가오며 낑낑거렸다. 일각수는 커다란 눈에 윤기를 더하며 마치 할 말이 있다는 듯이 그녀의 배에 머리를 들이밀었다. 더 계속 고집을 부려 봐야 자신을 따라올 것을 알게 된 키루스는 한숨을 길게 내쉬었다.

"알겠어. 대신 절대 다치지 마. 위험하다 생각되면 즉시 도망가야 해. 알겠지?"

끼이익…….

오랫동안 문을 사용하지 않았는지 이음새에서는 쇠의 탁한 소리가 들렸다. 혹여 보초들이 달려올까 키루스는 잠시 숨죽였다.

다행히 주변에 아무런 낌새가 없었다. 그녀와 포트들, 일각수는 안전하게 성안으로 진입할 수 있었다.

만다인은 손에 든 잔을 단숨에 비워 냈다. 알싸한 향이 퍼지자 답답한 속이 조금이나마 뚫어진 것 같았다.

"더 따라라."

그의 명에 옆에 있던 오르세인이 병에 든 붉은 술을 조심히 따라 냈다.

"정찰병들은 어찌 됐어!"

"아직 소식이 없습니다. 아무리 둘러보아도 진홍의 불꽃이 보이지 않는다고……."

병사가 전하는 말에 참지 못한 만다인은 손에 든 잔을 바닥으로 던져 버렸다. 날카로운 파편이 술과 함께 사방으로 튀어 바닥은 엉망이 되었다. 그는 아랑곳없이 바닥을 지나쳐 문을 활짝 열고 소리를 질렀다.

"오르세인들, 전부 모여라!"

그의 명령에 병사들은 일사불란하게 너른 정원으로 모여들었다. 지금이 밤이든 낮이든 중요치 않았다. 만다인의 마음은 오직 진홍의 불꽃을 일으키는 그녀뿐이었다.

"전부 이 일대를 이 잡듯이 수색한다. 멀리 있지 않아! 분명히 가까이 있다. 새벽이 오기 전에 꼭 데리고 와라!"

만다인의 지시에 수많은 병사들이 일제히 소리를 질렀다. 전부 말에 올라 활짝 열린 성문을 향해 달려 나갔고 그 역시 말에 올랐다.

"직접 간다. 절대 놓칠 수 없어. 결단코 찾을 것이다!"

그렇게 다짐하며 말의 옆구리를 힘껏 찬 만다인은 앞서 달렸다. 반드시 그녀를 데려온다는 일념으로 그의 두 눈이 일그러졌다.

한편 성안 커다란 정원수 뒤에서 몸을 웅크린 키루스는 들려오는 오르세인의 함성들에 몸이 오그라들었다. 당장이라도 자신이 노출될까, 아니 일각수와 포트들이 드러날까 전전긍긍했다.

곧 귀에 익은 말소리가 들려오고 잠시 뒤 그들은 열린 성문으로 함성과 함께 달려 나가 버렸다.

"만다인."

키루스는 가장 앞에 달려 나가는 이를 똑똑히 보았다. 만다인, 그 이름을 생각만 해도 그녀의 심장은 무척이나 두근거렸다. 이제는 분명히 알았다. 설렘과 즐거움을 동반한 심장의 떨림이 아니라 분노와도 같은, 또는 죽음을 생각할 정도의 처절한 울림이 인다는 것을.

"저 자가 심장을 가져갔다는 의미도 알아야 해."

키루스는 두 손을 불끈 쥐며 주변을 둘러보았다. 이상하게도 낯설지 않은 곳이었다.

"나, 이곳을 아는 것 같아."

그녀의 탄식 속에는 깊은 그리움이 숨어 있었다. 키루스의 눈 안에 지금 이곳의 전경은 손에 잡을 듯 너무나 자연스러웠다. 그녀는 조심히 앞으로 나갔다.

"사자의 궁."

길을 걷는 키루스의 입에서 너무나 자연스럽게 온전히 알고 있는 장소의 이름이 튀어나왔다. 안뜰이 분명한 곳을 지나 그 사이의 작은 길을 빠져나갔다.

반원 모양의 눈부신 대리석 기둥 양옆에 커다란 문이 나타났다. 문의 양쪽에는 그녀의 말대로 거대한 사자의 상이 새겨져 있었다. 평범한 사자가 아니라 등에 놀라울 정도로 거대한 날개가 있었다.

키루스는 그 문을 조용히 열었다. 눈앞에 펼쳐지는 환상적인 전경이 보이는 곳으로 한발 내디뎠다. 그곳에는 초록과 또 다른 색색의 꽃과 나무들이 가득했다.

그 안은 거대한 성안의 또 다른 성이었다. 곳곳에 보이는 전경들은 말로써 표현할 수 없을 정도로 아름다웠다. 곳곳에 보이는 보석 같은 연못도 마찬가지였다.

제일 먼저 키루스의 눈에 들어온 것은 은빛의 물줄기를 내
뿜고 있는 분수였다. 그 분수는 여러 개의 연못들이 있는 가
장 중앙에 위치하고 있었다. 열두 마리의 날개 달린 사자 조각
상이 분수를 받치고 있었고 사자들의 입에서는 물줄기가 흘렀
다.

"신성한 공간, 이곳은 신과 함께했던 곳이야."

떨리는 음성이 키루스의 입에서 흘러나왔다. 믿을 수 없는
눈앞의 전경이 이제는 분명해졌다. 만일 지금이 낮이라면 눈
이 부셔서 바라보기조차 어려운 백금으로 도금된 실내를 한눈
에 알아볼 수 있을 것이다.

그뿐 아니라 빛을 받아 움직이는 붉은빛의 기하학적인 문양
이 만들어 내는 벽, 금빛 문자와 장미꽃 무늬가 완벽한 조화를
이룬 타일 바닥, 나무에 섬세한 조각이 새겨진 천장. 키루스는
이미 모든 곳을 알고 있었다. 너무나 선명했다.

"이곳은…… 나의 성이다!"

감탄사를 제외한 어떤 설명으로도 아름다움을 표현하기 힘
든 이 공간에서 키루스는 눈물을 흘렸다. 아스라한 그리움 속
에 북받치는 고통이 그녀의 전신을 넘나들었다. 이토록 아름
다운 성을 어째서 잔인한 오르세인들이 점령하고 있는지 이유
를 알 수가 없었다.

일각수가 눈물 어린 키루스에게 다가와 위로했다. 포트들도
주변을 왔다 갔다 하며 힘을 내라는 듯 그녀를 달랬다.

"너희들은 알고 있었구나."

눈물을 훔친 키루스는 짐승들을 보면서 웃었다. 그녀는 다시 자신이 가야 할 길을 살펴보았다. 이 성이 누구의 것이든 지금은 확실한 오르세인의 소굴이다.

그들이 떼 지어 성 밖으로 나갔을지언정 분명 보초를 서는 이들은 존재할 것이다. 더욱이 반인을 찾아야 하는 형편이고, 그자가 꼭 루안이라는 확신이 없었다. 키루스는 감정을 추슬러야 했다. 그녀는 언제 눈물을 보였냐는 듯 정신을 가다듬었다.

만다인라는 작자가 언제 돌아올지 몰랐다. 게다가 병사들의 수도 적지 않았다. 그들과 대적했을 때 과연 헤쳐 나갈 수 있을지 자신이 없었다.

다시 키루스와 짐승들은 조금씩 전진했다. 일단 명확한 길을 알고 있어 다행일 지경이었다. 그들이 도착한 곳은 온통 붉은 벽돌로 채워진 벽이었다.

키루스는 그 벽에서 숨겨진 철문을 발견했다. 철문을 열면 바로 지하로 들어갈 수 있었고 계단을 이용하여 높은 곳으로 올라갈 수도 있었다. 그러나 병사들의 말로 짐작건대 그들이 반인을 잡아 두었다는 곳은 지하일 것이다.

확신을 가진 키루스는 철문을 열고 뿌연 어둠 속으로 들어갔다. 곳곳에 희미한 등잔불이 벽에 붙어 있었으나 별로 도움이 되지 못했다. 일각수의 뿔이 밝은 빛을 내자 키루스는 앞서 가는 일각수의 갈기를 쓸어 주며 긴 복도로 천천히 진입했다.

때를 같이해 무거운 발소리들이 일제히 들려 왔다. 보초를 서는 오르세인이 분명했다.

"숨어!"

동물적인 본능이 강한 포트들은 이미 사라진 뒤였다. 키루스는 만반의 준비를 한 다음 벽에 바짝 붙었다. 일각수 역시 뿔의 빛을 죽였다. 그러나 일각수는 은빛이 나는 성스러운 동물이었다. 그 성스러운 빛이 어둠 속에서 보이지 않을 수가 없었다.

"뭐냐, 저것은?"

"지하에 뭔가 있다! 꼼짝 마라!"

일각수의 빛을 발견한 병사들은 일제히 키루스가 있는 방향으로 달려왔다. 그들의 수가 적지 않았는지 쿵쾅거리는 발소리가 제법 소란스러웠다. 키루스는 손을 펴고 작은 열기를 모았다. 여차하면 불꽃을 던져 볼 요량이었다. 아니면 저들의 검을 빼앗아 공격하는 방법도 있을 것이고…….

"으윽……."

"아악! 살려줘!"

그런데 때아닌 비명이 들려왔다. 좁다란 지하 복도에서 울려 퍼지는 비명이 예사치 않았다. 키루스는 순간적으로 앞으로 나가야 하는지 도망을 가야 하는지 판단이 서지 않았다. 일각수만 앞발을 투닥거리며 앞으로 나가려 했다.

"왜 그래?"

어떠한 위험이 있다면 분명 일각수가 먼저 감지했을 터인데

도리어 비명이 들리는 곳으로 달려 갔다. 키루스는 뒤를 따를 수밖에 없었다.

길게 이어진 지하 복도로 돌아가니 높다란 천정에 창살이 달린 곳이 나왔다. 바로 그 앞에 병사 여럿이 쓰러져 있었다.

"으으윽!"

또 하나의 병사가 목을 부여잡고 쓰러졌다. 그 쓰러진 병사 앞에 몸을 웅크린 것이 서서히 몸을 일으켰다. 순간 키루스는 손바닥에 힘을 주었다. 여차하면 불꽃을 던지고 일각수와 빠져나갈 태세였다.

"키루……."

키루스는 제 귀를 믿을 수가 없었다. 몸이 뜨거워졌다. 그윽한 저음, 쇳소리를 동반했으나 그 목소리는 분명…….

놀랍게도 그것은 어두운 밤보다 더 검은 날개를 가지고 있었다. 웅크린 몸이 바로 세워지자 단단한 몸체가 보였다. 거대한 석상보다 더 탄탄한 어깨선이 벽에 비친 그림자마저도 그려 냈다.

또한 날카로운 발톱이 보이는 날개는 완전히 펼쳐지지 않았음에도 거대했다. 얼굴은 악어처럼 길게 늘어졌으며 입에는 날카로운 송곳니가 줄지어 있었다. 게다가 긴 꼬리 끝은 뾰족한 송곳 같은 형태였다.

그것이 천천히 앞으로 걸어 나왔다. 일각수의 뿔이 빛을 내는 것과 동시에 키루스는 볼 수 있었다. 쓰러진 자들을 발로 밟으며 걸어오는 거대한 와이번(Wyvern)을. 일명 비룡(飛龍)이라 불리는 하늘의 제왕.

오르세인 같은 거친 짐승도 함부로 건드리지 못하는 신과 같은 강력한 존재. 그것이 키루스에게 시선을 보냈다.

비룡의 존재가 놀라운 키루스는 시선을 피할 수가 없었다. 비룡이 전하는 눈빛은 결코 두렵지 않았다. 오히려 부드럽고 온화하기까지 했다. 냉철한 금색의 강직한 눈은 루안과 몹시 닮아 있었다.

"루안?"

믿지 못하겠다는 듯이 키루스는 한 손을 뻗치며 내밀었다. 그러자 놀라운 일이 벌어졌다. 하늘의 제왕이 등의 날개를 접고 자신의 얼굴을 키루스의 손안에 내리며 손바닥을 부드럽게 핥는 것이었다.

일각수의 뿔이 강력한 빛을 내기 시작했다.

chapter
15

빛나는 태양은 루안의 눈에 너무나 눈부셨다. 그것을 눈치 챈 사르곤은 자신의 두건을 벗어 그의 머리에 손수 씌워 주었다.

사르곤의 손길을 받은 루안의 귓불이 붉어졌다. 시선을 돌리는 그의 모습에 사르곤이 싱긋 웃으며 소년 같은 루안의 볼을 장난치듯 톡톡 건드렸다.

"하지 마요."

"왜?"

"난 어린애가 아니니까!"

"오호라, 어린애가 아니구나."

변함없이 장난스러운 웃음으로 루안을 보는 사르곤은 이제 막 성인식을 치른 루안의 눈에 너무나 아름다웠다.

사르곤은 루안을 가만히 보면서 다시 한 번 머리의 두건을 정돈해 주었다. 둘은 나란히 서서 전쟁의 한복판에 휩싸인 주변을 천천히 둘러보았다. 오르세인들과의 전쟁은 아직까지도 해결의 기미가 보이지 않았다.

양측 간의 팽팽한 접전이 길어질수록 사르곤 쪽이 훨씬 불리해지고 있었다. 점점 어둠에 물들어가는 고요한 땅. 더불어 이 땅의 산물들은 말라비틀어지며 죽어 갔다. 생명의 무리들을 이끌고 가는 사르곤의 책임감은 갈수록 무게를 더할 수밖에.

루안은 저 멀리 먼지를 일으키며 다가오는 포트들을 보았다. 수많은 포트들은 사르곤의 수호대나 다름없었으나 그들의 수는 절반 이상 줄어들고 있었다. 오르세인들과의 전투에서 그 생을 다했으리라 짐작된 루안은 한숨을 쉬었다. 포트들의 날카로운 이빨이나 공격력에도 적들의 수적인 힘에는 당해 낼 수가 없었다.

"사르곤, 내가 도와줄 수 있어."
"응?"

루안은 아픔에 젖은 사르곤에게 진지한 마음을 표현했다.

"무엇을 도와?"

"이 전쟁. 내가 끝낼 수 있도록 해 주겠다고!"

루안은 사르곤에게 한 발 뒤로 물러나 고개를 들고 눈에 힘을 주었다. 서서히 힘의 열기를 한곳으로 모은 루안은 등의 타는 듯한 아픔은 아무것도 아니라는 듯이 시선을 한곳에 집중했다.

"으으."

신음을 억누르며 루안은 서서히 등의 날개를 크게 키웠다. 그리고 당당히 몸을 곧추세워 자신의 본 모습을 내보였다. 사르곤의 눈은 커질 대로 커진 채 물기 어린 시선으로 루안을 우러러보며 그의 등에서 바람을 일으키는 거대한 검은 날개를 손끝으로 매만졌다.

"루안, 언제 이렇게……."

"봤지? 난 어린애가 아니야. 이제는 내 변화를 충분히 알고 있다고."

"루안. 아니, 하늘의 지배자인 비룡!"

사르곤의 말대로 루안의 본체는 막강한 와이번, 즉 비룡이었다. 하늘의 제왕이며 오르세인도 함부로 건드리지 못하는,

한 번의 날갯짓에 땅 위의 모든 것이 바스러질 정도의 강력함을 가진 존재였다. 신과 비견될 정도의 영역에 있는 본체를 직접 눈으로 본 순간, 사르곤은 기뻐하기는커녕 되레 아픈 미소를 지었다.

"역시 그랬구나. 대단해, 루안."
"사르곤, 이 전쟁을 끝내자. 내가 도울게."

간절한 루안의 말에도 사르곤은 기뻐하지 않았다. 조용히 고개를 가로저으며 뜨거운 태양에도 을씨년스러운 주변으로 시선을 던졌다.

"아니, 나로 인한 것이니 내가 바로 잡아야 해."
"그게 무슨 말이야?"

이해할 수 없는 그녀의 말을 알고 싶은 루안은 그녀 앞으로 한발 다가갔다. 익숙해진 날개를 접으며 가까이 다가가는 순간, 루안은 이상하게도 거친 숨을 내쉬어야만 했다. 그의 몸 상태를 짐작했다는 듯 사르곤이 뒤로 물러났다.

"루안, 내가 첫 각인을 너와 했다면 많은 게 달라졌을 거야."
"각인?"
"그러나 이제는 늦었어. 너무나."

"무슨 말이야, 사르곤!"

보다 못한 루안이 그녀의 팔을 잡으려할 때, 그의 심장이 거칠게 반응했다. 좀 전의 거친 숨과는 상대도 되지 않는 욕망, 소유욕, 그리고 열정. 당장이라도 사르곤의 모든 것을 탐하고 자기 것으로 만들고 싶은 이기적인 생각에 루안의 얼굴이 일그러졌다.

"루안, 지금 힘들지? 완전한 비룡이기에 감수해야 할 부분이 있어. 어쩌면 반인이기 때문에 지금까지 왔는지도 몰라. 앞으로 점점 인간의 몸으로 욕망을 억누르는 것이 힘들어질 거야."
"그게 무슨 말이지?"
"너의 세계에서 네 힘은 봉인되어야 해. 그렇지 않으면 크나큰 고통이 너에게도, 그 주변에도 영향을 미칠 거야. 그러니 루안. 비룡의 힘을 억누르는 만티코어의 가죽을 줄게. 그걸로 너의 힘을 억눌러야 해."
"만티코어?"

만티코어. 노인의 얼굴과 사자의 몸, 그리고 날개를 지닌 동물. 굉장히 머리가 좋고 피부가 단단하며 마법의 힘을 부릴 줄 알았다. 만티코어의 가죽은 눈에 보이지 않는 힘을 조용히 사라지게 하는 능력을 가졌다.

사르곤의 성에 있는 문양에도 만티코어의 그림자가 곳곳에 새겨져 있었다.

루안은 고개를 거칠게 저었다. 자신의 힘을 억누를 이유가 없다는 듯이. 그러나 사르곤이 고개를 돌려 루안의 모습을 보지 않으려 하였다.

"돌아가, 루안."
"싫어. 난 영원히 사르곤의 옆에 있을 거야!"

루안의 욕망은 쉰 음성이 되어 흘러나왔다. 그 소리에 루안 자신도 믿을 수 없단 듯이 눈을 크게 떴다. 사르곤이 고개를 바로하며 강인한 한마디를 던졌다.

"그럼 너의 나라는, 너를 기다리는 수많은 백성들은 어찌 돼도 상관없어?"
"아, 아니……."
"루안, 솔직히 말해! 너는 날 미친 듯이 탐닉하고 싶을 뿐이잖아!"
"아냐!"

사르곤의 거침없는 말에 루안은 겁을 내며 고개를 저었다. 그런 의미가 아니라는 듯이 고개를 젓고 또 젓고. 그러나 사르곤은 멈추지 않았다. 마치 루안을 원래 세계로 돌아가게 하려는 것처럼 마지막 일침을 가했다.

"진정한 지도자란 무엇이며, 누군가의 위에 군림한다는 것이 무엇인지 루안은 알고 있어? 힘이 무슨 소용이고 세상의 절대자가 무슨 소용이야. 자기 자신이 무엇인지, 무엇으로 인해 살아가는지도 알지 못하는 이가 대체 무슨 소용이란 말이야!"

소리치는 사르곤은 울고 있었다. 전쟁의 잔재 속에 힘겹게 서 있는 것이 고작인 그녀는 사실 루안의 강력한 힘을 빌리고 싶었다. 허나 그는 자신의 운명이 아니었다.

정해진 대로 흘러가야 하는 것. 운명의 수레바퀴 속에서 이미 짓밟힌 그녀의 운명에 청렴한 루안을 끌어들일 수 없었다.

사르곤은 천천히 눈가를 휘었다. 마음에서 우러나오는 최상의 사랑을 담아 루안의 차가운 얼굴에 뜨거운 손을 올렸다.

"나 때문에 힘을 함부로 쓰지 마. 그 힘, 언젠가 너의 영혼을 송두리째 가져갈 누군가에게 써야 해."

사르곤의 손바닥에 얼굴을 기댄 채 루안 역시 울며 매달렸다.

"싫어! 난 사르곤을 위해 쓸 거야. 지금, 이 전쟁의 소용돌이에 힘들게 서 있는 사르곤을 위해!"

"루안, 이미 늦었어. 내 심장을……."

사르곤이 뭐라 말하려던 순간에 폭발할 듯한 함성이 들리고 오르세인 병사들이 물밀 듯이 밀려들었다. 루안은 그와 더불어 가장 앞에서 달려 나오는 거대한 만다인의 모습을 보았다.

　"사르곤! 이제 넌 내 것이다!"

　만다인은 날것을 그대로 잡아먹을 것처럼 무시무시한 음성으로 땅이 울리도록 소리 질렀다. 거대한 오르세인들이 그의 소리에 힘을 얻어 더 큰 함성을 내질렀다. 그 소리에 겁먹은 날개 달린 이들, 온갖 짐승들, 멀리 불타는 평원 사이에 있는 슬퍼 보이는 은색의 일각수까지. 전부 루안의 눈앞에서 사라져 갔다.

　"사르곤! 이게 어찌 된 거야?"
　"내가…… 이 전쟁을 멈추기 위해 내 심장을 만다인에게 주었어."
　"뭐라고?"

　루안은 벼락같은 비명을 지르며 사르곤의 몸을 흔들었다. 그녀는 루안에게 몸을 맡기며 애달프게 입을 열었다.

　"루안, 난 사라져야 해."

이제 끝이라는 듯 사르곤이 미소 지었다. 그 미소는 마냥 행복해 보이면서도 그녀의 처절한 고통과 알리지 못했던 영원한 삶에 대한 권태, 포기 또한 담겨 있었다. 미래가 가득한 루안에게 몇 천 년에 걸친 자신의 맹목적인 삶에 대해 알게 하고 싶지 않았던 사르곤.

"사르곤!"

루안이 절실히 그녀의 이름을 불렀으나 사르곤은 강하게 마음먹었다. 그를 보내는 것만이 유일한 바람이었다.

"루안, 나의 본체는 불. 그 불이 수그러들기 전에 너의 본심을 알고 싶어."

"본심?"

"내가 사라지면 새로운 탄생이 될 터인데. 그래도 좋아? 그래도 나를 다시 만나고 싶어?"

"그게 무엇이든 사르곤은 사르곤이잖아. 그거면 돼. 나에게 사르곤이면 돼!"

"바보, 루안."

"사르곤, 날 혼자 두지 마. 세상 한가운데에 날 던지고 가지 마. 제발……."

루안이 처절하게 매달려도 사르곤은 미소만 지을 뿐이었다. 아름다운 진홍의 불꽃 속에서 산화되어 사라지는 사르곤의 희미한 그림자를 루안은 허무한 환상처럼 바라보아야 했다. 한없이 뛰고 있는 뜨거운 루안의 심장은 허락되지 못한 운명에 의해 피와 눈물로 얼어붙었다.

루안은 동시에 저 먼 곳에서 들려오는 청량한 아이의 울음소리를 들었다. 그와 함께 사방이 어지러운 공기를 타고 하늘로 붕 떠올라 공기 중에 날아다니는 메아리를 들었다.

"네 이름은 키루스다. 시초, 날개라는 의미지."

혼잣말로 이름을 되뇌는 루안은 마침내 손안으로 들어온 달빛과도 같은 키루스를 한쪽 눈이 일그러진 채 꼭 부여잡았다. 그리고 주문처럼 읊조렸다.

"키루스. 너의 눈물은 내 것이고 나의 피는 네 것이다."

그와 동시에 태양의 조각처럼 빛나던 일각수의 뿔이 서서히 어두워져 갔다. 그 빛에 의해 원래의 모습으로 돌아온 루안은 키루스를 온전히 자신의 품에 안아 들었다.

"루안!"

온통 상처투성이에 한쪽 눈마저 피눈물을 흘리는 루안의 품속에서 키루스는 아이처럼 그의 이름을 부르며 매달렸다.

"괜찮아. 보이는 것이 다는 아니니. 괜찮아."

"루안, 루안……."

"쉿. 괜찮아, 키루."

루안의 입술은 그녀의 울먹이는 입술에 내려앉았다. 그의 입술은 두려운 듯이 키루스의 입술에 슬며시 닿았다가 떨어졌다. 그것이 시발점이 되어 더는 참지 못한 그는 깊은 신음과 함께 키루스의 입술을 먹어 치울 듯 급하게 삼켜 버렸다.

루안은 금세 환하게 채워졌다. 작은 키루스로부터. 갈라진 등에서 거대한 날개가 솟아나는 아픔은 아무것도 아니다. 품 안에 온전히 그녀가 가두어진다면, 온몸이 갈라져도 뼈가 통째로 잘려져도 참아 내고 또 참아 낼 수 있었다.

"키루, 아무 데도 가지 마라……."

그제야 그는 마음 깊숙이 숨어 있는 진심을 보였다. 뼈를 깎는 아픔 속에서 비로소 숨어 있던 진심을 드러냈다. 이제 희미해진 사르곤은 조용히 웃고 있는 듯했다. 지금 루안에게 가장 중요한 것은 사르곤의 심장이 아닌 살아 있는 키루스였기 때문이다.

키루스는 아득한 희락을 맛보았다. 그저 입술과 입술이 만났을 뿐이다. 한데도 그 작은 마찰에 의해 안달 나고 허무했던 마음이 점점 사라져 갔다. 안온하고 뜨거운 기쁨이 키루스의 곳곳을 돌아다니며 따뜻한 사랑을 전했다.

다시 루안의 깊은 입맞춤이 이어졌다. 그는 상처 난 두 손으로 키루스의 목을 어루만지다 다시 그녀의 등을 천천히 쓸어 올렸다. 잡아 뜯을 듯 보드라운 그녀의 엉덩이를 움켜잡은 루안은 키루스를 단번에 벽으로 밀어붙여 미친 듯이 그녀를 탐닉하기 시작했다.

턱으로 흐르는 타액이 루안의 것인지 키루스의 것인지 구별이 가지 않을 정도였다. 아무래도 상관없었다. 내 것, 네 것. 서로의 것을 함께 들이마시며 맛보았다.

"하아, 하아."

루안이 잠시 입술을 떼어 낸 찰나 키루스는 참았던 호흡을 뱉어 냈다.

"키루."

격렬하던 루안의 움직임이 멈췄다. 그는 숨을 죽이고 참을 수 없다는 듯이 어깨로 웃고 말았다. 그제야 괜한 부끄러움에 얼굴이 붉어진 키루스는 호흡하던 입을 천천히 다물었다. 루안의 가슴에 얼굴을 묻고는 그의 어깨를 작은 주먹으로 톡톡거렸다.

"웃지 마."

"안 웃어. 그냥 귀여워서."

키루스는 고개를 들고 그를 보았다. 그의 짓물러진 한쪽 눈을 안타깝게 바라보다 그 위에 살며시 입을 맞추었다. 루안은 공기마저 통할 수 없게끔 그녀를 꼭 끌어안았다.

"위험하진 않았나?"

"만다인을 보았어."

"그가 누군지 알고 있군."

"응. 누군지 알아. 하나 왜 심장을 가지고 있는지는 몰라."

"그건……."

"쉿."

이번에는 키루스가 손가락을 올려 루안의 입을 막았다. 그의 입술에서 새어 나오는 누군가의 이름을 듣고 싶지 않았다. 과거가 어떻든 중요하지 않았다.

바로 현재, 지금 이 순간. 그와 함께 있는 것은 키루스, 바로 자신이기 때문이었다.

"키루."

"응, 내 이름은 키루스. 지금 루안과 함께 있는 건 나야."

"그래. 지금 나와 있는 건 키루스야."

루안의 아픈 미소를 본 키루스는 고개를 흔들며 그의 얼굴에 입을 맞추었다. 그러자 루안이 그녀를 더욱 힘주어 안아 올려 어두운 복도를 천천히 걸어 나갔다. 은빛의 일각수가 보호하듯 그들의 뒤를 따랐다.

❂   ❂   ❂

시냇물이 흐르는 상류를 벗어난 오르세인들은 주변을 샅샅이 뒤졌다. 제아무리 작은 벌레라도 그들의 눈 밖으로 벗어날 수 없었으나 진홍의 불꽃을 가진 여자는 어디에서도 찾을 수 없었다.

"도대체 어디에 있는 것이냐!"

만다인은 분노하기 시작했다. 참지 못한 그는 회색빛을 한 차가운 눈빛으로 허리에 찬 검을 빼어 들고 주변에 있는 오거들을 닥치는 대로 베며 소리를 질렀다.

"마, 만다인님! 제발……."

그의 행동에 겁을 먹은 오르세인들이 뒤로 물러났다. 난폭한 성정이야 이미 알고 있는 사실이었으나 영원의 심장, 사르곤의 심장을 가진 만다인의 파괴적인 살육은 점점 도가 지나치고 있었다. 점점 더 두려워지는 그들이었다. 그러나 만다인은 흥분을 감추지 못하며 모든 잘못이 그들에게 있기라도 한 것처럼 마구 검을 휘둘렀다.

"네놈들이……."

"으윽!"

만다인은 자신의 몸체를 키우기 시작했다. 떨고 있는 병사의 목을 부여잡고 그 목을 비틀어 버렸다. 흉폭하고 잔인한 그들의 우두머리 만다인. 그는 당장 그녀를 만져야 했다. 소유해야 했다. 그녀의 온몸을 그의 것으로 각인시켜야 하는 염원(念願)을 가지고 있었다.

왜인지는 몰랐다. 그가 가진 심장이 그녀에게 반응했다. 분명 사르곤과 연관이 된 그녀를 다시 한 번 그의 것으로 해야 완전한 오거의 제왕으로서 거듭나 이 세계를 완전히 지배할 수 있었다.

"만다인님! 오르쿠스 성에서 일각수의 빛이 흘러나왔다고 합니다!"

빠르게 달려온 병사가 헐레벌떡 숨도 쉬지 않고 알렸다. 그제야 들고 있는 검을 멈춘 만다인은 고개를 휙 돌렸다.

"분명해? 분명히 은빛의 일각수였나?"

"그, 그렇습니다. 분명합니다!"

"흐흐흐. 그렇구나. 성으로 가 있었구나!"

일각수의 빛이 사르곤의 성이었던 오르쿠스에서 빛났다는 것에 만다인은 의기양양한 기분이었다. 분명 그녀도 자신을 만나고 싶어 한 것이라 여겼다. 그는 다시 말 머리를 돌려 뒤도 돌아보지 않고 성으로 향해 달렸다.

만다인이 성으로 달려오는 길목에 때아닌 포트들이 등장했다. 모두 여섯이었다. 그 짐승들을 본 오르세인들이 코웃음을 쳤다. 그러나 포트들의 기운은 무겁고도 날카로웠다. 절대 그들의 움직임을 허용치 않겠다는 듯이 매섭기 그지없었다.

"어쩔까요, 만다인님."

"음……."

"왜 망설이시는 겁니까?"

"죽이지 말고 생포해. 사르곤의 포트들이다."

"네?"

"아직도 살아 있는 것이 용하니 상을 주어야지."

"그, 그런가요? 만다인님께서 그러시다면……."

만다인의 명으로 죽이지 않고 생포하기로 한 병사들은 창을 들고 그들을 포위하려 했다. 바로 그때 병사들을 바라보며 만다인의 옆에 있던 보좌관이 지나가듯 말을 던졌다.

"거 이상합니다. 한동안 보이지 않던 사르곤의 짐승들이 갑자기 눈에 보이는 이유가 뭘까요? 일각수도 그렇고 저것들도 그렇고. 게다가 진홍의 불꽃까지."

그의 무심한 말에 만다인의 미간이 일그러졌다. 그 역시도 곰곰이 생각을 부여잡았다.

저쪽 세계에서의 국왕, 캄비세인 2세의 정체. 그가 데리고 있는 동행자인 그녀. 그리고 슈반 공작의 후계자, 크리스의 발현. 그의 심장이 박동을 시작하고 누군가를 절실히 원하는 사욕에 눈을 뜰 때, 사르곤의 심장과 연결된 듯 격렬한 울림이 있었다.

또한 사냥 대회에서 나타난 포트들은 크리스에겐 강한 공격을 했었고 그 자리에 나타난 그녀에겐 꼬리를 흔들었다. 그 모든 것이 이름모를 그녀로부터 시작되었다.

"그렇다면 혹시……."

거기에까지 생각이 미친 만다인은 더 생각할 필요도 없단 듯이 다급하게 말을 몰았다.

"그 짐승들, 저항하면 죽이고 남은 것은 목이라도 잘라서 가져와."

그렇게 소리 지른 만다인은 빠르게 달려 나갔다. 그러자 포트들이 당연하게 그를 저지하기 시작했다.

"여기는 저쪽 세계가 아니야. 너희들은 내 상대가 되지 못한다."

제 앞길을 막는 포트들을 비웃으며 만다인의 검이 높이 치솟아 올랐다. 그는 달려드는 포트의 목을 단번에 잘라 내어 버렸다. 또 다른 포트가 공격해 왔지만 만다인은 성가시다는 듯이 검을 허리에 꿰고 달려드는 짐승의 몸을 주먹으로 가격하며 앞으로 달려 나갔다.

그 뒤로 병사들이 달려 나와 남은 포트들과 사투를 시작했다. 그것을 뒤로하며 만다인은 입술을 짓씹었다.

"사르곤, 설마 너냐?"

회색으로 물든 눈빛을 번들거리며 그의 이빨이 더더욱 날카롭게 솟아났다. 말고삐를 잡은 그의 손가락에서는 검보다 더 날카로운 손톱이 삐죽하게 자라나고 있었다.

우주의 일곱 하늘을 재현해 놓았다는 그 방은 더할 나위 없이 화려하고 섬세했다.

말굽 모양의 아치 문양과 연속적인 반원 무늬에 그 하나하나가 예술적으로 새겨진 벽면은 키루스의 기억 속에 뚜렷이 살아 있었다.

방의 넓은 침상에 상처 입은 루안을 눕힌 그녀는 그릇의 물을 적신 헝겊으로 그의 상처를 닦아 내고 있었다.

"괜찮아. 시간이 지나면 치유된다."

루안이 조용히 말했으나 키루스는 들은 체도 않고 상처를 닦아 내기에 급급했다. 보다 못한 루안은 자신의 가슴을 닦고 있는 그녀의 손목을 잡아챘다.

"키루, 빨리 여기를 벗어나야 해. 언제 그들이……."

"원하는 바야."

"뭐라고?"

루안의 힐책어린 물음에도 키루스는 태연했다. 그녀는 손에 든 천의 물기를 짜내 루안을 엎드리게 만들었다. 도저히 말로는 당할 수 없는 것을 안 루안은 어쩔 수 없다는 듯이 몸을 돌려 상처 입은 등을 드러냈다.

"대단하네, 이 상처."

등의 피를 닦아 내면서 키루스는 날갯죽지에 사선으로 그어진 날개 자리를 조심히 더듬었다. 그녀의 손끝에 느껴지는 단단한 검은 날개의 입자가 부드럽게 휘감겼다. 그의 날개는 대단했다. 크고도 거대한 날개가 그의 등에 교묘히 잠자고 있는 것이 신기했지만 한편으로는 경이롭기도 했다.

"살점이 왜 이렇게 뜯겨진 거야?"

"채찍 때문에."

"누가 이랬어?"

끈질긴 물음에도 루안은 묵묵히 미소만 지었다. 그 미소 속에 담긴 부드러움이 키루스의 마음을 편안하게 했다.

"대단한 실력자가 왜 그냥 맞고 있었지? 단번에 해결할 수 있었잖아."

"사르곤의 심장을 가졌으니까. 그가 다치면 그 심장도 죽어."

또 사르곤의 이름이 루안의 입에서 아련하게 흘러나왔다. 키루스는 잠시 그 이름에 멈칫했으나 아무런 반응을 하지 않았다.

"이 방, 알고 있었나?"

"모르겠어. 알고 있는 건지, 아니면 이미 내 머릿속에 들어 있는 건지. 그냥 이 방은 안전하다는 거, 누구도 감히 이 방엔 들어올 수 없다는 것만 알아."

함부로 들어 올 수 없는 성의 유일한 방. 지금 루안과 키루스가 머물고 있는 방은 사르곤의 방이었다. 성의 가장 꼭대기에 있으면서도 누구의 방해도 받지 못하는 곳. 제아무리 오르세인들이 점거했다 하나 불사조인 사르곤의 힘이 희미하게나마 흘러나오는 이 방에 들어오긴 힘들 것이다. 그들의 우두머리인 만다인 역시 마찬가지였다.

정리된 루안의 등에 키루스의 부드러운 손길이 머물렀다. 새벽의 여명이 시작되려는지 뿌연 빛이 하늘에 머물렀다. 그러자 사자의 정원에서 시작된 희미한 빛이 연못에서 반사되어 꼭대기에 위치한 사르곤의 방의 천정에 머물렀다.

그중 놀라운 것은 만 개의 나뭇조각들로 완벽하게 짜 맞춘 천장이었다. 온 방 안을 비추는 새벽의 빛은 황홀하리만큼 은은한 빛으로 충만했다. 그 빛 속에서 키루스는 루안을 보았다.

"사르곤의 심장은 앞으로 어떻게 되는 거지, 루안?"

엎드려 있던 루안이 고개를 들었다. 옆으로 오라는 듯 제옆자리를 톡톡 거리자 당연히 키루스는 그 옆에 몸을 뉘었다. 어색하나 등을 댄 키루스와 등을 드러낸 루안은 서로가 하나처럼 누울 수 있었다.

"키루, 지금부터 내가 하는 말을 어떻게 받아들일지는 너의 몫이다. 이해해 줄 수 있을까?"

"말해, 루안."

키루스의 붉은 눈동자가 점점 어두워지고, 그 어둠 속에서 천정에 반사된 새벽의 미명은 붉은빛이 되려 했다.

천정의 조각들에 맞닿았던 빛들이 선명한 빛으로 탄생되어 갔다. 그 순간에 들려오는 루안의 깊은 음성이 키루스의 검은 눈망울에 아롱지다가 빛으로 떨어져 내렸다.

"처음 사르곤을 만났을 때, 난 어린애에 불과했다. 사랑받지 못하여 마음이 부서진 어린 나에게 사르곤은 희망이자 빛나는 미래와 같았다. 내가 반인이건 인간이건, 신분이 뭐건 아무 상관없었다. 하나 사르곤을 마주한 그 순간, 저쪽 세계에 사는 인간이라는 사실이 너무나 싫었었다. 그 무엇보다 나를 가득 채운 것은 눈부신 사르곤이었으니까. 오르세인들과 전쟁이 일어났을 때 아무것도 할 수 없는 약한 내 자신이 너무나 원망스러웠다."

아스라한 기억 속을 헤매는 루안은 입가에 서늘한 미소를 담고 있었다. 루안과 사르곤과의 아득한 추억 속에 키루스는 함부로 끼어들 수 없었다. 그녀는 움켜잡은 두 손을 내려다보았다. 손바닥에 고인 흥건한 땀이 긴장감에서 오는 것인지 아니면 지독한 질투인지 분간이 되지 않았다.

점점 더 확연해지는 루안의 깊은 진심이, 사르곤에게서 오는 무지갯빛 희망이 키루스에 견디기 힘든 고통을 주었다. 저도 모르게 아픈 심장을 부여잡은 키루스는 몸을 가누기 힘들었으나 표정만은 태연했다. 그녀의 상태를 모르는 루안은 다시 희미한 새벽의 미명 속에서 입을 열었다.

"즉위식을 얼마 남기지 않고 다시 사르곤을 만났던 것은 내 모든 걸 던지고 그녀를 만나고야 말겠다는 의지라 여겼다. 그러나 생각해 보면 지독한 운명의 수레바퀴 속에 끼어들었던 것은 아니었나 싶었다."

거기까지 말한 루안은 격한 숨을 내쉬었다. 침묵과도 같은 결연한 표정은 그를 위로하고 싶던 키루스에게 슬픔을 던졌다. 그것은 고통 어린 심장에 비할 바가 아니었다. 차마 내밀지 못한 그녀의 마음이 루안이 입을 여는 것과 동시에 제자리로 돌아갔다.

"하필이면 바로 그 순간, 만다인과 사르곤 사이에서 내가 다시 사르곤의 세계로 올 수 있었을까. 하필이면 왜! 차라리 사르곤이 만다인에게 자신의 심장을 내어 주기 전에 만났더라면 어땠을까! 하루 전에만, 아니 한 시간 전. 아니! 차라리 만다인과 사르곤을 만나게 두지 말 것을. 처음부터 느끼고 있던 반인에 대한 각성을 완전히 마친 채 이쪽 세계로 넘어왔더라면! 사르곤이 심장을 잃은 채 산화되게 만들지 않았을 것이다. 결코!"

너무나 단호한 루안의 음성이 떨려 왔다. 그 떨림이 천정에서 바닥으로 떨어진 빛에도 영향을 주었다. 흔들리는 빛이 바람을 타고 아프게 움직여댔다.

그 찰나의 순간, 그에게 키루스는 없었다.

오직 사르곤만이 그를 온전히 지배했고 그녀의 그림자만 숨 쉬고 있었다.

그의 상처 입은 두 손이 사르곤을 다시 안고 싶어 하는 갈망으로 오므려졌다가 펴졌다. 눈에 확연히 보일 만큼 단단한 가슴에는 사르곤을 향한 연정이 마구 흘러나오는 듯했다. 부드러운 그의 입술에서도 쉴 새 없이 사르곤이 흘러나왔다.

키루스는 저도 모르게 입술을 꽉 물었다. 뭐라 튀어나오려는 말들을 차단하고 다시 한 번 자신의 의지를 되새기기 위해 힘겨운 숨을 내쉬었다. 어느새 입안에서는 비릿한 맛이 느껴졌다. 저도 모르게 너무 세게 입술을 깨물어 피가 났지만 그런 것은 중요치 않았다. 지금 키루스는 단 한 가지만을 알고 싶을 뿐이었다.

그 사르곤이 만다인에게 심장을 주고 이 세계를 구해냈다 치자. 그런데 왜 하필이면 심장을 주었느냐 말이다. 그리고 그 심장을 다시 자신에게 주려는 의도가 뭐냔 말이다. 대체 왜!

"루안, 만다인은 왜 사르곤과 계약했지? 계약이 맞아?"

부글부글 끓는 마음과는 달리 키루스가 내뱉는 말은 차분하기 그지없었다. 당장이라도 루안의 팔을 잡아끌어 원래의 세계로 돌아가자 조르고 싶었다. 하나 냉철하며 위압적인 왕, 루안이 깊은 눈빛으로 한곳을 노려보는 모습은 곧 무너져 버릴 듯 애처롭기까지 했다.

"심장을 준다는 것은……."

"심장을 준다는 것은 뭐야, 루안?"

"모든 것을…… 내준다는 의미다."

꺼내기 힘든 치부를 말하는 듯한 루안의 억눌린 말투에 키루스는 경악했다. 그저 심장이기 때문이 아니라 모든 것을 준다는 의미라니.

"그 만다인과 사랑이라도 했다는 거야? 그래서 심장을, 사르곤이 심장을 주었다는 거야?"

루안은 침상에서 일어나 반원의 창밖 너머 희미한 풍경을 보았다.

사랑. 불새의 화신인 사르곤과 잔혹한 오르세인의 사랑이라…….

"사르곤, 왜 심장을 주었어? 불사의 몸에서 심장을 준다는 것이 무엇을 의미하는지 모르는 거야?"

소리치는 루안의 말에 사르곤은 목이 메어 차마 말을 내뱉지 못했다. 그저 고개를 저으며 루안의 말을 부인했다.

"아니야, 루안. 사랑이 아니야. 몇 천 년을 살아왔지만 난 사랑을 알지 못해."

"그렇다면 대체 왜! 왜 바보같이 심장을 주냔 말이야!"

"그래야 많은 이들이 살아. 오래되고 비틀어진 감정 없는 내 심장으로 인해 많은 이들이 살아간다면 그것으로 좋아."

"사르곤, 그건 핑계일 뿐이야……."

루안은 사르곤의 고통 속에 같이 울었다. 바보 같은 사르곤의 심장 위에 손을 올리며 그녀가 알지 못하는 감정을 일깨워 주었다.

"사르곤, 바스러진 심장이라도 두근거리고 움직여. 그 움직임 속에서 발견한 거야. 어떤 감정을. 그래서 만다인이 심장을 빌미로 달라고 했을 때 사르곤은 주저 없이 준 거야. 내 말이 맞아. 내가 이곳에 한시라도 빨리 왔다면, 내가 좀 더 나이를 먹은 사내였다면……."

사르곤을 향한 루안의 사랑은 붉게 빗발친 그의 눈빛에 고스란히 담겼다. 그것은 그의 정수리에서 튀어나오는 뿔과 등에서 살이 갈라지는 처참한 소리가 대신했다.
사르곤은 급히 루안의 주먹 쥔 두 손을 잡았다. 그리고 한가득 눈물을 담고 고개를 저었다.

"루안! 안 돼. 아직은 그러면 안 돼."
"왜!?"
"루안의 힘은 나를 위해 쓰면 안 되니까. 네 운명은 내가 아니니까."
"사르곤이야. 내가 온전히 원하는 여인은 사르곤뿐이라고!"

그때 처음으로 사르곤의 진실 어린 눈물을 보았다. 그녀가 마지막으로 루안의 이름을 사랑에 담아 입술로 흘러내렸을 때, 그녀의 몸에서 한 점의 불씨가 살아났다. 선명한 진홍의 불꽃, 그 불꽃 속에서 처음으로 루안과 닿았던 입맞춤.

"루안, 내가 너를 더 일찍 만나 각인했으면 이런 일은 벌어지지 않았겠지. 하지만 그 오랜 세월 동안 원래의 내 모습을 그대로 보아 준 것은 만다인이 처음이었어. 그게 나를 움직이게 하였고 이 거대한 전쟁을 불러 왔다는 것을 알아. 그러니 책임은 내 몫이야. 비록 사라진다고 해도 내가 해야 할 일이다."

"가지 마, 사르곤! 조금만 더 기다려 줄 수 없어? 내가, 내가 거대해질게. 내 힘을 끌어모을게. 제발 날 혼자 두지 마. 사르곤!"

루안은 잡고 또 잡았다. 애련한 그녀, 사르곤. 그녀가 눈물 속에 환한 웃음을 보이며 루안에게 길을 열어 주었다. 다시 이을 사랑에 대한.

"빈 심장을 가진 나 말고, 루안. 새로운 너의 운명을 찾아야 해."

"난 사르곤이 아니면 안 돼!"

"루안, 내가 알려 주는 대로 하면 다시 만날 수 있어. 할 수 있겠어?"

"사르곤?"

"물의 뱀, 리델, 시어나무. 그리고 키루스. 만다인의 심장을 되찾아야 해."

그것을 마지막으로 사라진 사르곤을 대신하여 루안의 눈앞에 있는 키루스. 사르곤의 본체와 함께 심장이 비어 있는 그녀를 대신할 키루스.

루안은 키루스에게 시선을 던졌다. 점점 차올라 가는 그녀의 존재를 뭐라 설명해야 옳은가.

"그래서 지금, 내 심장에 사르곤의 빈 심장을 넣어야 한다는 거야?"

키루스의 눈이 성난 고양이처럼 휘어졌다.

"키루, 그래야……."

"내가 그 심장을 거부하면? 그러면 어쩔 거야? 난 사르곤이 필요치 않아! 난 키루스야!"

격한 소리를 지르는 키루스를 보면서 루안은 일그러졌다. 안다, 이미 알고 있다. 결코 사르곤이 될 수 없는 키루스를.

"사르곤의 심장 없이는 살아갈 수 없다, 키루! 안 그러면 넌 온전히 살아가지 못해!"

"알게 뭐야! 사르곤의 심장 따위 내 알 바 아니라고!"

키루스의 격렬함에 루안은 뭐라 말을 잇지 못했다. 사르곤의 심장이 키루스를 살리는 길이며 아울러 사르곤도 살아가는 길이 될 것이다. 그 외에 다른 방도가 없으니 심장을 온전히 받은 키루스가 과연 그대로의 인격을 가질 수 있을지는 장담하지 못했다.

"내가 거부하면 날 죽일 거야? 사르곤이 되지 못하는 날 내
칠 것이냐고!"

"키루."

"말해! 사르곤의 심장을 갖지 못한 난 사르곤이 아니야. 그
심장이 나에게 들어오는 순간 키루스는 사라질지도 몰라. 그
렇게 되기를 바라? 루안에게는 오직 사르곤뿐이니까?"

"키루……."

"말하라고, 루안!"

으르렁거리는 키루스의 질문은 루안에게 협박이나 다름없
었다. 온전한 사르곤이 되느냐. 아니면 그녀의 심장을 거부한
키루스로서 살아가는 것이냐. 그것도 아니면…….

대답을 못 하는 루안에게 다가가는 키루스의 눈빛이 서서히
달아올랐다. 사르곤에 대한 질투로, 대답을 하지 못하는 루안
에 대한 분노로, 완벽한 홍옥(紅玉)에 가까웠다.

그러나 그의 입에서 진심을 듣는 것이 두려웠다. 사르곤과
루안의 깊은 운명 앞에 키루스가 끼어들 자리가 없다는 것이.

루안의 마지막 대답을 다시 채근하려는 그 순간, 키루스가
고개를 돌려 탄식하듯 비명을 질렀다.

"포트!"

키루스의 행동은 바람보다 더 빨랐다. 루안이 팔을 뻗어 채
잡기도 전에 열린 반원의 발코니로 뛰어내렸다.

"키루!"

순식간에 벌어진 일이었다. 루안은 공기를 타고 땅에 안착하는 키루스의 모습을 보고 제 눈을 의심했다. 높은 꼭대기에서 사뿐히 날아 땅에 다다른 그녀의 등에서 아름다운 불꽃 깃털을 본 듯한 착각이 들었다. 그 날개는 당장이라도 활활 불타오르는 실제를 보는 것같이 선명했다.

키루스가 새벽 공기 속으로 사라지자 루안 역시 고개를 흔들었다. 앞뒤 생각도 않고 검은 날개를 넓게 펼쳐 허공으로 뛰어내렸으나 한 번도 날아 보지 못한 루안은 휘청거리는 탓에 몇 번이나 떨어질 뻔했다.

몇 번의 흔들림 끝에 완벽한 날갯짓을 한 루안은 앞서 달려간 키루스의 흔적을 찾기 시작했다. 날아가는 루안의 뒤를 언제 다가왔는지 은빛의 일각수가 갈기를 휘날리며 따라가고 있었다.

오르쿠스 성의 거대한 정원을 빠져나온 키루스에게 그깟 심장 따위는 알 바 아니었다. 자신을 지키고 보호해 준 말 못하는 짐승들이 우선이었다.

"포트!"

낑낑거리며 마지막 숨을 다하는 포트들의 소리가 들렸다. 포트 여섯 마리가 염원하듯 그녀를 불렀다. 본능적으로 그들이 죽음에 임박했음을 알았다. 누군가 포트들을 잔혹하게 학살한다. 바로 눈앞에서 자행된 듯 그녀의 눈에 실재했다.

"만다인."

짓이기듯 이름을 부르짖으며 키루스는 빠르게 발을 놀렸다.

손아귀에 힘을 주어 열을 불러 모았다. 비틀어진 조각상 하나만 지나가면 성의 정문이었다.

거대한 성채를 돌아 나가는 키루스는 이 모든 것이 언젠가 있었던 행위같이 느껴졌다. 그러나 아무래도 좋았다. 당장 포트들을 구해내야 한다는 일념뿐이었다.

눈부신 아침 해가 선명하게 드러났다. 때를 같이해 키루스의 눈앞에 거대한 말울음 소리가 들렸다.

"어딜 그리 급히 가십니까?"

순간적으로 키루스의 발이 멈췄다. 익히 알고 있는 정중한 음색, 예의 바르고 신사적인 그 사내는 바로 슈반 가의 후계자, 크리스였다.

그자가 눈부신 미소를 지은 채 말 위에서 내렸다. 그리고 흐트러진 머리를 아무렇게나 흩날리고 있는 키루스의 모습을 감탄 어린 시선으로 바라보았다.

chapter
16

크리스의 부드러운 모습에 순간적으로 키루스는 그에 대한 적대감을 감추었다. 외향이나 행동거지, 상냥한 말투는 멀끔한 공작가의 후계자였다. 키루스가 사냥 대회에서 처음 만났을 때와 전혀 다르지 않았다.

다만, 그때의 그는 친절하고 약간 수줍어하는 신사였다면 지금 그의 눈빛은 번들거리며 노골적으로 그녀의 온몸을 기어다니고 있었다. 그것을 간과할 리 없는 키루스는 기지를 발휘했다. 분명 본색을 숨기는 이유가 있을 터이니 그것이 무엇인지 알고자 했다.

"그렇게 보였나요?"

키루스는 태연하게 그의 말을 맞받아쳤다. 흐트러진 머리를 아무렇게나 뒤로 넘긴 뒤 두건을 끌어당겼다.

"아니, 두건은 쓰지 마시지요. 곧 해가 밝을 텐데 그런 미모를 가리면 안타깝기 그지없는 일입니다. 솔직히 제가 더 바라보고 싶은 심정입니다. 진심으로."

그는 고개를 숙이며 점잖게 한 손을 구부려 자신의 심장 위로 가져가는 신사다운 인사를 했다.

"세상의 미(美)는 전부 가지고 있는, 차디찬 불꽃을 숨긴 천상의 여신인 그대여. 이름이 무엇입니까?"

뭐냐. 속셈이.

자신의 변한 모습을 알아차렸을 텐데도 태연한 그의 태도가 의아했다.

그때 멀리서 다시 들려오는 포트의 신음 소리에 키루스는 아차 싶었다. 눈앞에 보이는 사내가 아니라 죽어 가는 포트들을 구해 내는 것이 먼저였다. 키루스는 사내를 밀치고라도 달려 나가려 했다. 키루스는 찰나의 갈등 속에 고개를 치켜들고 입을 열었다.

"나는 키루스예요. 전에 만난 적이 있던가요?"

"물론입니다, 키루스. 지난번 사냥 대회에서……."

"재밌네요. 저쪽 세계와 여긴 다른 곳일 텐데요?"

그녀의 날카로운 지적에 만다인은 희미한 미소를 지웠다. 본래 만다인의 표정 그대로 살기 어린 모습을 서서히 드러냈다.

"혹시 키루스, 그 이름의 의미가 시초의 날개라는 뜻인가요?"

만다인이 한 발 다가왔다.

"그렇군요. 그대는 태초의 근원이군요."

근원(根源). 모든 것의 시발점이 된다는 그의 말에 키루스는 눈을 가늘게 떴다. 차라리 오르세인의 본성이라도 보이면 좋으련만 눈앞의 만다인은 사뭇 단정하고 부드럽게 행동했다. 사랑에 빠진 연인에게 갈구하는 애틋함이 보여 키루스는 그의 시선을 받아 내기가 여간 힘든 것이 아니었다.

"헌데…… 급한 일이 있던 거 아니었나요? 무슨 일인지 알면 돕겠습니다."

뭐라? 몸을 앞으로 내밀던 키루스는 그가 던진 말에 움찔거렸다. 그가 오르세인의 우두머리 만다인이 분명하다면 저렇게 부드럽고 진심이 담긴 말을 할 리가 없다고 여겼다.

"정말인가요?"

"한 입으로 두말하지 않습니다, 저는."

"그럼 포트들을 데려오세요."

"아하!"

마치 키루스가 무엇을 원하는지 알고 있는 듯 만다인이 활짝 웃었다. 무척이나 개운하고 시원스런 웃음이었다. 그 표정이 꺼림칙했던 키루스는 한 발 물러나며 마른침을 삼켰다.

"왜 그렇게 웃는 거죠?"

만다인은 날카로운 손톱을 숨기고 있었다. 훨씬 더 깊이 있고 차분하며 어린아이 같은 천진난만한 순수성까지 동반한 그녀. 떠오른 햇살이 그대로 그녀의 모습을 비추었다. 벌꿀보다 더 투명한 살결이 눈부셨다. 당장이라도 손끝을 가져다 대면 꿀물이 흘러내릴 듯한 감미로움이 느껴졌다.

만다인은 힘겹게 숨을 내쉬며 마른 타액을 목구멍으로 넘겼다. 자신이 삼킨 타액을 모으고 또 모아 그녀의 작은 입술을 삼키고 그 목구멍에 흘러 넣을 수 있다면……. 그의 중심부가 거칠게 일어났다.

또렷하게 빛나는 그녀의 눈에 빨려들 듯이 만다인의 회색빛 눈동자가 감겨들어 갔다. 홍옥의 보석을 박아 놓은 듯한 그녀의 두 눈은 깊이를 알 수 없을 만큼 새로웠으며 사르곤보다 더 아름다웠다. 그 눈빛 속에서 허우적거리며 온몸을 불태운다면. 그의 시선은 여전히 그녀의 온몸을 돌아다녔다.

"당신은 사르곤과 다르군요. 정말 훌륭합니다."

만다인의 입에서 나온 사르곤이라는 이름. 키루스는 만다인의 입에서 나온 사르곤이 루안과 묘하게 다르다는 것을 느꼈다.

"심장을 준다는 것은 모든 것을 내준다는 의미다."

키루스는 루안의 말이 이해되지 않았다. 어째서 사르곤은 루안이 아니라 적인 만다인과 교감을 하여 심장을 주었을까?

키루스는 생각에 잠기며 알고자 하는 바를 되짚었다. 사르곤이 만다인에게 심장을 준 이유, 그리고 사르곤의 심장이 자신에게 돌아와야 하는 이유…….

키루스는 계속 웃고 있는 만다인을 노려보았다. 어차피 옳은 대답을 들을 수는 없을 듯했다.

"내 포트들이나 돌려줘요!"

"기다리십시오. 데리고 오겠습니다."

분명 포트들의 숨이 끊어지는 비명을 들었다. 한데 만다인은 태연하게 데리고 온다 하니 키루스는 분노가 이는 듯했다.

"거짓말!"

소리치는 키루스의 입술에 만다인은 용암처럼 달아오른 뜨거운 숨을 뱉어 냈다. 작고도 붉은 그 입술이 오물거리며 토해 내는 날숨과 그녀의 음색이 그를 간질였다. 또다시 범상치 않는 소유욕과 육욕이 들끓었다. 의도치 않게 요염이 눈을 치뜨는 외향만 사르곤인 여자 때문이었다.

"거짓말이 아닙니다."

"아니라고? 증거라도 있나요?"

적잖이 당황한 키루스는 두리번거리며 포트들의 기척을 파악하려 애썼다.

"포트들을 살려 내겠습니다, 키루스."

"뭐라고요?"

"포트들을 살려 내면 그대는 나에게 무엇을 주겠습니까?"

점차 다가온 만다인은 키루스의 손을 잡을 수 있을 만큼 가까이에 있었다. 키루스가 한 발 물러나자 그가 다가왔다.

만다인이 히죽 웃으며 제 심장을 꾹 누르자 키루스는 거친 동통을 느끼고 말았다. 바로 제 심장에.

"헉!"

수백 개의 바늘이 자신의 심장을 찌르고 또 찌르는 듯한 고통에 키루스는 당황했다.

"내 손을 잡아요, 키루스."

키루스는 고개를 저었으나 그가 한발 빨랐다. 만다인은 키루스의 손을 잡고 입술에 가져가려 했다. 거부하고 싶은 키루스는 고개를 마구 저었다.

그런데 이상하게도 점점 눈앞이 흐려지고 있었다. 그녀의 심장은 더 이상 움직이지 않았다. 아니 미약하나마 발악하듯 요동치고 있으나 만다인의 심장이 격하게 움직이는 것과 대조적으로 허공(虛空)이 되어 갔다.

안 돼. 제발, 안 돼…….

그대로 기절해 버린 키루스를 만다인이 품 안에 안아 올렸다. 탐스런 먹이를 먹기 직전의 거친 야수처럼 부푼 눈빛으로 즐겁게 미소 짓고 있었다.

❁   ❁   ❁

밝은 하늘을 날고 있는 루안은 보이지 않는 키루스를 찾던 중 처절하게 사투를 벌이는 포트들의 비명을 먼저 들었다.

그녀가 아끼던 짐승들이 찢기는 모습을 내버려 둘 수 없었다. 루안은 앞뒤 생각하지 않고 땅으로 내려가 오르세인 병사 수십을 단번에 처단해 버렸다.

356

"뭐, 뭐야!"

"으악!"

미처 루안을 보지 못한 병사들은 공격도 제대로 못하고 그의 검은 날개에 찔리거나 단단한 주먹에 바스러졌다.

"검은 날개다! 도망…… 으헉."

루안의 거대한 검은 날개를 알아챈 병사들은 단숨에 흩어졌다. 그들이 대형을 이루어 포트들을 난자한 순간 루안은 강한 분노를 느꼈다.

"전부 죽여주마."

루안은 단숨에 날아올라 날개 윗부분에 돋아 있는 날카로운 가시로 달려드는 병사들을 찔렀다. 동시에 검을 휘두르는 병사의 멱살을 잡아 내동댕이쳤다. 순식간에 적들을 몰살한 루안은 피를 흘리고 있는 포트들에게 다가갔다.

이미 둘은 목이 잘려져 숨이 끊어져 있었고 한 마리는 날카로운 이빨로 오르세인들을 상대하느라 턱이 떨어진 채 죽었다. 루안은 검은 날개를 조심히 접고 아직 엷은 숨을 내쉬는 두 마리의 포트에게 다가갔다.

그가 다가가자 희미하게 눈을 뜬 포트가 낑낑거렸다. 아직 눈을 뜨지 않은 한 마리는 입에서 피거품을 물었다. 루안은 포트의 맥을 귀로 들었다. 이미 가늘어진 맥박이 가망 없을 듯했다.

"죽지 마라. 키루가 슬퍼해."

괜한 억한 심정이 차올랐다. 사르곤과 키루스. 그녀의 심장과 키루스의 심장.

대체 자신이 진정으로 원하고 바라는 것은 무엇인가. 쓰러진 포트들 역시 사르곤과 키루스를 구분했을까. 아니면…….

아니다, 말 못하는 짐승들은 그런 것을 염두에 두지 않았을 것이다. 오직 그녀니까.

키루스!

루안은 쓰러진 포트들 옆에서 고개를 떨어뜨렸다. 두 주먹을 쥐고 힘껏 맨바닥을 쳤다. 치고 또 치고. 울분을 터트릴 듯제 어지러운 속을 긁어내듯 만다인에게 당한 상처가 벌어져도 아랑곳없이 쳐댔다. 그의 주먹에서는 의미 없는 피가 흘러내렸다.

언제 다가왔는지 은빛의 일각수가 빛나는 뿔을 가지고 루안의 팔에 기대었다. 그만하라는 듯이 푸르르 소리를 냈다. 고개를 든 루안. 그는 울고 있었다.

일각수의 뿔이 점점 더 밝아졌다. 희미했던 향기로움이 주위를 가득 채우며 빛줄기는 둥근 원형으로 커져 갔다. 그 빛 안에서 쓰러진 포트들이 꿈틀꿈틀 꼬리를 움직이기 시작했다.

❖   ❖   ❖

눈을 뜬 키루스는 머리가 어지러움을 느꼈다. 길게 숨을 내쉰 그녀는 비어 있는 가슴으로 손을 올리려 했으나 의지와 달리 움직여지지 않았다. 다시 한 번 손을 움직였다. 철컹. 놀란 키루스는 상체를 일으키려 했지만 여의치 않았다.

"이게 뭐야!"

거대한 침상 위에서 그녀의 두 손과 다리는 은빛 사슬로 묶여 있었다. 키루스의 시야에 거대한 침대 기둥이 가득 잡혔다. 세상천지에 오직 그 기둥만이 하늘을 떠받들고 있는 듯 굳건한 모습이었다.

그녀는 불안한 눈빛으로 고개를 돌렸다. 아무런 장식이 없는 빈 공간, 오직 그녀가 누워 있는 침대만이 전부인 곳이었다.

키루스는 점점 더 어지러웠지만 그대로 있을 수만은 없어 묶인 손아귀에 힘을 주었다. 불꽃을 일으키려는 열기가 손바닥에 잡히지 않았다. 헛웃음이 났다. 봉인이라도 한 것일까.

"한심해."

키루스는 온몸에 힘을 빼고 눈을 감았다. 을씨년스러운 분위기와는 달리 침대에 덮여 있는 이불은 보드랍고 포근했다. 그것이 다행이라면 다행이라 여긴 그녀는 암막 커튼이 쳐진 창으로 시선을 보냈다. 밖은 눈부신 햇살이 내리쬐고 있을 터였다.

"루안."

날 찾고 있겠지. 그러나 그가 진심으로 찾는 것은 사르곤이다.

"미워, 루안."

가슴이 공허했다. 작게 숨만 쉬고 있는 듯한 심장. 이렇듯 미약하나 움직이고 있는 심장이 더는 존재하지 않았다.

"이깟 심장, 가져가. 어서 가져가, 사르곤."

키루스는 눈을 감았다. 이 모든 것이 꿈이기를 바라면서.

chapter
17

　일각수의 치유 능력 덕분에 루안은 힘이 솟는 듯했다. 포트
두 마리 또한 비록 상처를 입었을지언정 건강한 눈빛으로 루
안을 올려다보았다.

　"장하다."

　루안은 포트들의 머리를 쓰다듬으며 고개를 끄덕였다. 은빛
의 일각수에게도 감사의 눈빛을 보냈다.

　"고맙다. 함부로 쓸 수 없는 재생의 힘을 쓰다니. 키루스의
영향인가?"

　일각수는 힘찬 울음소리와 함께 앞발을 치켜들며 답했다.

　사르곤의 운명 안에서 탄생한 아이, 키루스.

　루안은 지금 너무나 절실히 그녀가 그리웠다. 그를 온통 차
지하는 것은 찰나의 순간에 놓아 버린 그녀였다.

"나를 봐주면 안 돼? 난 키루스야, 루안."

키루스. 작고 작은 핏덩이에서 어느새 완전한 여인으로 자란 아이.

운명이 원했기에 시어나무의 피와 하얀 새의 눈물에서 탄생시켰었다.

오직 사르곤을 위해.

사르곤을 생각하며 루안은 피 묻은 주먹을 그러쥐었다. 키루스를 생각하며 어금니를 사리물었다.

모든 것은 운명. 아니, 운명이라 하기에는 아무 잘못도 없는 키루스에게 가혹한 벌이 내리고 있다. 그녀의 잘못은 오직 루안을 담았다는 것.

"그 아이 이름은 키루스로 해. 시초, 날개라는 뜻이야."

사르곤의 마지막 말을 기억하며 루안은 잠시 구름 한 점 없는 하늘을 보았다. 이제야 의미에 대해 생각할 여력을 가졌다. 사르곤이 정해 준 이름 키루스. 만다인이 가져간 사르곤의 심장은 키루스에게 돌아가야 한다는 것.

사르곤과 키루스는 다르다. 본성은 같을지라도 완전히 다른 존재였다. 사르곤의 세계로 와서 더욱 확실히 깨달았다.

"키루스!"

고통의 심연 안에서 간신히 빠져나온 루안의 비명 같은 부름에 말라비틀어진 숲의 짐승들이 후다닥거리며 도망갔다. 어리둥절한 포트들도 뒤로 물러났다.

"나의 키루스."

만일 만다인이 키루스의 남은 심장을 독차지한다면, 사르곤에게 행했던 것처럼 키루스를……

제 손안에서 모래알처럼 빠져 버린 키루스. 엄연한 자신의 불찰이었다. 지독한 이기와 끈질긴 감정의 찌꺼기로 인해 가장 소중한 키루스를 잃어버렸다.

"키루스, 너의 운명은 나다. 너는 나와 각인되었어. 나 이외에는 누구도 너를 갖지 못한다."

처음 핏덩이에 싸인 어린 키루스의 눈 안에 선명하도록 각인된 것은 루안, 그였다.

그러나 그보다 더 중요한 것이 있었다. 좀체 지워질 수 없는 소중한 각인은 키루스가 아니라 루안 자신이 행한 것이라면…….

그의 눈빛이 강하게 빛났다. 접혀진 날개도 활짝 열렸다.

그동안 폭발할 듯한 비룡의 힘을 봉인할 수 있었던 까닭은 오직 하나, 키루스에 대한 본능. 그녀가 변환을 마칠 때까지 잠재워져 있었던 루안의 지극한 본능.

이제 그녀를 향해서 폭발하기를 원했다. 오직 키루스에게.

"너는 내 것이야!"

마른하늘에 내리꽂힌 번개가 그의 몸을 강타한 것 같았다.

"그래. 그녀는 내 것이다. 태초부터, 탄생한 그 순간부터. 키루!"

지금 루안의 마음을 차지하고 있는 것은 사르곤이 아니었다. 키루스였다. 그의 심장이 움직일 수 있는 것은 그녀, 오직 그녀뿐임을 이제는 분명히 알았다.

히이힝! 일각수가 종용하듯 재촉하자 루안은 만다인이 있는 성을 보았다. 더 냉철해진 그의 눈빛은 심상치 않았다.

"키루스가 저곳에 있는 건가."

그녀의 이름이 불리자 포트들도 성을 향해 이빨을 드러내며 으르렁거렸다.

"너희들은 기다려. 나 혼자 간다."

루안은 명령하듯 지시했다. 마치 그의 말을 알아들은 양 포트들은 그 자리에서 꼬리를 흔들었다.

"너희들을 보면 키루스가 기뻐할 거다. 그러니 다치지 말고 얌전히 있어."

루안은 눈을 감고 밀려드는 힘의 열기를 전부 열었다. 정수리를 거쳐 심장을 지나고 손끝에서 발끝까지 아낌없이 밀어넣었다.

서서히 등의 살갗이 밀려 올라갔다. 그 틈으로 거대한 검은 날개가 서서히 위용을 드러내며 활짝 열렸다.

루안은 몸통에 달린 거대한 날개로 지상을 덮을 듯했다. 그는 빛처럼, 바람처럼 날아올랐다.

남은 포트들과 일각수는 계속하여 꼬리를 흔들었다. 그것들은 검은 날개의 그림자가 완전히 성안으로 사라진 뒤에야 그 자리를 떠났다.

나는 것에 제법 익숙해진 루안이 날카로운 발톱을 길게 내렸다. 그리고 목울음을 내어 자신의 존재를 사방에 알렸다.

"무, 무슨 소리지?"

"글쎄?"

"무슨 소리 못 들었나? 분명 이상한 소리가 들렸는데……."

성에서 보초를 서던 병사들이 저들끼리 수런거리며 하늘을 올려다보았다. 맑은 하늘은 구름 한 점 없이 쾌청하기만 했다. 또다시 세찬 바람 속에 정체를 알 수 없는 소리가 들렸다. 병사가 다시 하늘을 올려다보자 이번에는 커다란 구름이 몰려들고 있었다.

"분명 구름 한 점 없었는데 이게 어찌 된 일이지?"

"변덕이지 뭐. 하늘이야 저 마음대로 움직이는 거 아냐."

"뭐, 그렇긴 하네."

오르세인 병사들은 저들끼리 킬킬거렸다.

높은 창공을 가로지르는 루안은 세차게 움직이던 날개를 서서히 좁혔다. 그대로 하강하여 성의 가장 높은 옥탑 위에 부드럽게 안착했다.

두 다리가 난간에 닿자 검은 날개가 좁아지며 루안의 등을 타고 서서히 감겼다. 원래의 모습으로 돌아온 그는 몸을 바로 세웠다.

"키루, 어디에 있어?"

그녀를 느끼기 위해 촉각을 곤두세우며 염원을 담은 그의 마음이 점점 더 거대해져 갔다.

대리석 바닥을 스치며 걸어오는 만다인의 발걸음이 기쁜 듯 가벼워 보였다. 그의 즐거움은 침대에 팔다리가 묶인 채 황홀한 몸체를 드러낸 키루스를 보고서 절정에 달했다.

그는 손에 든 은쟁반을 탁자에 내려놓았다. 불길한 빛이 쟁반의 잔에서 흘러나왔다.

키루스는 만다인이 다가오는 것을 알면서도 아무런 반응을 보이지 않았다. 만다인 역시 즐기는 듯 키루스를 내려다보았다.

"불편하게 해서 미안합니다."

역시나 다정하고 따뜻한 음색이었다. 다만 그의 단정한 입매에서 드러난 날카로운 송곳니가 조금 길어져 있다는 것이 역겨웠다.

"목이 마를 테니 이것을 마셔요."

만다인은 쟁반에서 은잔을 들었다. 키루스는 아무 말 없이 고개를 돌렸다.

"역시 그렇군요."

만다인은 잔을 가져가 단숨에 입안에 털어 넣었다. 그다음 침대에 한쪽 무릎을 올려 키루스의 어깨를 두 손으로 잡았다. 키루스는 순식간에 몸이 굳어 버렸다. 입에서는 비명이라도 터져 나오려 했으나 결코 소리를 내지 않았다.

환한 웃음이 가득한 만다인은 자신의 입술을 그녀에게 내렸다. 키루스의 도리질도 아랑곳없이 입안에 든 붉은 액체를 그녀의 입안으로 남김없이 흘려 넣었다.

키루스는 삼키기 싫어 입안에 머금은 채 고개를 흔들었으나 만다인이 턱을 한 손으로 받쳐 번들거리는 눈빛으로 삼키기를 종용했다.

"남김없이 삼켜요."

만다인은 거부란 있을 수 없단 듯이 눈도 깜작하지 않았다. 도리어 키루의 귓가에 협박하기 이르렀다.

"삼키지 않으면 또 입을 맞출 것입니다. 그때에는 나의 타액도 남김없이 먹게 될 텐데. 좋습니까?"

부드럽지만 잔혹한 협박에 키루스의 눈이 흔들렸다.

"삼켜요, 아름다운 키루스."

지독한 탐욕을 숨기지 않는 만다인을 보면서 키루스는 씁쓸한 무언가를 천천히 넘겼다. 아주 천천히······.

"잘했어요."

한 방울도 남기지 않고 삼킨 것을 확인한 만다인은 키루스의 턱 끝에 흘러내리는 붉은 액을 보았다. 진주 같은 살결에 흐르는 그 모습이 지독하게도 자극되었다.

그는 이곳에 들어오기 전부터 온몸이 흥분된 상태였다. 가슴의 박동도 최대치. 이 이상 뜨거울 수는 없었다.

하나 참는 중이었다. 사르곤이 아닌 키루스이므로 참고 또 참는 중이었다. 이번에는 결코 사르곤과 같은 실수를 되풀이

하지 않을 요량이었다.

다만 아주 작은 욕구는 해소하고 싶었다. 그렇게라도 하지 않으면 묶인 채 누워 있는 소중한 육체에게 무슨 짓을 할지 모르기에.

"흐으……."

울부짖는 신음을 내리누르며 그는 어디까지나 신사적으로 키루스의 붉은 액이 흐르는 턱으로 혀를 가져갔다. 소중한 보물을 만지듯 그의 두 손은 아주 부드럽게 키루스의 옆구리를 쓸어내렸다.

"맛있습니다. 키루스."

키루스는 그를 노려보았다. 아무런 반응을 보이지 않으려 하였으나 그의 질퍽한 혀가 얼굴에 닿은 순간 밀려오는 혐오감에 몸이 떨려 왔다. 지독한 거부감이었다.

"풀어요, 이거."

"안 됩니다."

"왜요?"

만다인은 웃기만 했다.

"풀어요."

다시 한 번 요구가 이어졌다. 만다인은 대답 대신 드러난 그녀의 팔목을 손으로 어루만지며 천천히 팔을 타고 올라갔다. 마치 음미하는 듯한 그의 행동에 키루스는 소름이 돋았다. 만다인은 그녀의 살결을 한참이나 어루만지고 다시 그녀의 어깨로 내려왔다.

"살결이 어찌 이리 매끄러운지요."

만다인의 고개가 키루스의 목덜미로 내려왔다. 그는 코를 킁킁거리며 그녀의 안온한 향기를 전부 마셔 버릴 듯했다.

키루스는 당장이라도 그를 밀어내고 싶었다. 손바닥에 불꽃이 생성되기를 바랐다. 그러나 팔목의 사슬이 허락하지 않았다. 진홍의 불꽃을 튕겨 내는 그것에 키루스의 눈이 점점 붉어졌다.

"힘을 봉인한 것인가?"

그녀의 목덜미에서 쇄골로 입술을 가져가려던 만다인이 멈칫했다. 그는 천천히 고개를 들었다.

"힘? 사르곤의 힘을 말함인지요."

"사르곤이 누군데요?"

키루스도 만만치 않았다. 목에서부터 올라오는 오르세인의 체취에 토할 것 같았다. 만다인은 그녀의 되물음에 잠시 입가를 올렸다.

"알려 주면 내가 원하는 것을 주겠습니까?"

"싫다면?"

그는 사르곤의 심장을 가진 자. 짐승 같은 사내가 원하는 게 무엇인지 본능으로 알아차렸다. 만다인 역시 자신을 숨기지 않았다. 걸치고 있는 웃옷의 단추를 천천히 풀어내며 키루스에게 미소를 보냈다.

"글쎄요. 그것도 기대가 됩니다, 키루스."

알고 있는 자와 명확한 것을 알고자 하는 자와의 팽팽한 신경전이 거대한 침대 위에서 펼쳐지려 했다.

　손목의 사슬을 풀어내리려는 키루스의 움직임으로 그녀의 손
목은 점점 붉어져 갔다. 사슬만 아니라면 만다인을 발로 차고
라도 이 자리를 벗어 날 수 있을 텐데. 꼼짝도 않는 사슬 때문
에 너무나 속이 탔다. 그가 억지로 먹인 것이 속을 부글부글
끓게 만들어 더욱 난감했다.
　"답답해."
　자신에게 다가오는 만다인의 눈빛을 거부하지 않으며 키루
스가 입을 열었다.
　"넓은 방입니다. 방해물이 없는데 무엇이 답답한지……."
　키루스는 무심함을 가장한 채 시선을 창으로 던졌다. 넓은
벽 한 면을 차지하는 거대한 창에 지독하게도 어두운 암막 커
튼이 쳐져 있었다.
　"빛, 좋아하십니까?"
　"답답해."
　키루는 같은 말만을 되풀이했다. 그의 행동을 제재하기 위
해 던진 말이었지만, 어두운 칙칙함과 다가오는 자로 인해 더
러운 오물 속에 갇힌 것 같았다. 잘나고 잘난 크리스의 외향
을 하고 있으나 길게 드러난 이빨이며 입에서 흐르는 입김이
무척이나 거부감이 들었다. 탐욕스러움과 욕망을 숨기지 않는
그의 눈빛에 키루스는 난생처음 두려움에 흔들렸다.
　루안.

키루스가 느끼고 그리워하는 것은 청명한 루안, 따듯하고 보드라운 온기였다.

만다인은 은근히 만족스러웠다. 키루스는 어둠에 갇힌 작은 새가 한 줄기 빛을 받아 보려 몸부림치는 것처럼 애처롭기 그지없었다. 때 묻지 않는 순수함, 냉정한 사르곤과는 다른 그녀가 더할 나위 없이 즐거웠다.

"사르곤과는 정말 다르군요."

"……어찌 다른데요?"

"사르곤, 그녀는 기사이자 지배자이지요. 오만함이 그득한 군주 같다면 그대는 연약하고 사랑스런 백색의 야화(野花) 같습니다."

기사이자 군주, 그리고 야생의 꽃이라. 만다인이 내던진 말에 키루스는 절로 질투가 치밀어 올랐다. 그래서 루안은 지배자인 사르곤을 원하고 바라는 것인가. 왕이기에 절대자를 원하는 루안 따위…….

만다인은 북받치는 키루스의 눈동자를 보았다.

"저는 그대가 훨씬 좋습니다. 사르곤이야……."

"그런데 왜 사르곤의 심장을 가지고 있나요?"

"영원불사를 위해서지요."

키루스는 움찔하며 만다인을 응시했다. 본질적인 착각이라니, 사르곤과 만다인은 어떤 감정으로 이루어진 관계가 아니었다. 사르곤의 심장에 대해서도 알고 싶었지만 그전에 이 자리를 피하는 것이 우선이었다.

키루스는 난감함을 숨긴 채 지긋이 창을 응시했다. 다소 연약한 그녀의 모습은 만다인의 음심을 최고치로 자극했다.

"좋습니다. 빛을 내어 드리지요."

어쩔 수 없다는 듯 그가 침대에서 멀어져 갔다. 그러자 키루스의 눈빛이 달라졌다. 여유가 생긴 지금 시작해야 했다.

힘을 내 봐. 조금만 더⋯⋯.

심호흡을 하고 시선을 고정한 채 손바닥의 열기를 온몸으로 분산시켰다. 짐작이 맞다면 자신은 사르곤의 힘을 넘겨받았을 것이다. 처음부터 사르곤에 의해, 그리고 루안에 의해 탄생한 생명이다. 아무리 힘을 억압하는 은사슬을 하고 있음에도 힘의 발현이 어렵지는 않으리라 여겼다.

손에 땀이 차올랐다. 정수리에서 넘어가는 기운이 이제 배꼽 근처에까지 도달한 듯싶었다. 조금만 더 몸의 열기를 만들어 내자. 조금만⋯⋯.

"이제 밝은 빛이 들이차는군요. 밖의 경치가 그만입니다. 키루스."

커튼이 활짝 열리자 순식간에 방 안은 환한 빛으로 감싸였다. 키루스는 잠시나마 밝은 빛에 안도했다. 그러나 언제 다가왔는지 상체를 드러낸 만다인의 맨 가슴이 그녀의 바로 앞에 와 있었다. 눈 깜짝할 사이에 벌어진 일이었다.

만다인은 무릎걸음으로 침대로 올라왔다. 그는 손등으로 키루스의 얼굴에서부터 어깨를 지나 가슴과 배까지 천천히 훑어내렸다.

"아름답습니다."

키루스는 숨이 멎을 것만 같았다. 그의 부드럽고도 야비한 눈길에 침이라도 뱉고 싶었다. 그러나 지금은 아니었다. 이렇게 묶여 있는 상황에서는 철저히 그가 우위였다.

"사르곤보다 더 아름답습니다."

키루스는 울고 싶었다. 누구보다 더. 또 사르곤이…….

자신은 키루스였다. 누구와 비교되는 것은 원하지 않는다. 그녀는 잠시 몸에 힘을 빼 만다인의 더러운 시선을 그대로 받아들였다.

"당연하죠. 사르곤 따위."

"하하하! 그렇지요. 사르곤 따위…….."

키루스의 반응이 즐거운 듯 만다인은 웃음꽃이 만발했다. 그는 그대로 제 입술을 키루스에게 내렸다. 그러나 키루스가 한 발 빨랐다. 그의 입술은 키루스의 붉은 입술에 닿지 않고 옆으로 비껴갔다. 그러자 만다인의 손이 키루스의 하얀 턱을 잡고 겁박하듯 가까이 다가왔다.

"피하지 마시지요. 절대로."

마치 단번에 죽일 수 있다는 말로 들렸다. 키루스는 겁박한 말에 미소를 지으며 그를 도발했다.

"내가 거부하는 게 두렵나요?"

그녀의 당돌한 말에 만다인은 실룩거렸다. 의외라는 듯 키루스의 몸을 훑던 손을 물렸다.

"알려 주시죠. 무엇을 하려는 건지."

"당신과……."

"나와?"

똑바로 직시하는 키루스에게 만다인은 말문이 막혀 버렸다. 말하지 않아도 알 수 있는 그 행위에 대해 키루스는 본질적인 물음을 묻고 있었다.

"관계를……."

"관계?"

키루스의 눈이 앙칼지게 올라갔다. 누가 누구랑 관계, 어떠한 관계?

"관계라는 것이 상대의 두 손을 사슬에 묶어 두고 혼자서 맨살을 마음대로 만지작하는 건가요?"

"아……."

"이해가 되지 않네요. 다짜고짜 관계라……. 여자와 남자가 관계를 맺는다는 것이 무엇을 의미하는지 알고나 있는지. 단순한 쾌락을 원하는 거면 차라리 능숙한 여자들은 어때요? 나처럼 미숙한 것보다 한결 나을 텐데. 아닌가요?"

되바라질 정도로 자신의 의견을 분명히 하는 키루스의 말에 만다인은 움직이지 못했다. 지금과 같은 상황이었던 사르곤과의 예전 일이 머릿속을 스치고 지나갔다.

"이러지 마, 제발. 이러면 안 돼."

"왜 안 된다는 거지? 내가 오르세인이라서?"

"아니, 그것이 아니라……."

"내가 흉측한 오르세인이라서 거부하는 건가? 아니면 또다시 잔혹하게 살생할 것을 염려해서?"

"만다인."

"그게 아니라면 네 심장, 나에게 줘."

"심장을?"

"이렇게 거부 당할 바에는 너의 불타는 심장이라도 달라고."

"그러면 더 이상 살생을 하지 않을……."

"안 해. 다시는."

먼 과거의 한 부분을 상기한 만다인은 얼굴을 일그러뜨렸다. 영원히 가지지 못한 불사의 힘을 사르곤의 심장으로 인해 얻었다. 그리고 자신의 야욕을 맘껏 펼칠 수 있었다.

지금도 마찬가지였다. 바로 눈앞에 먹음직스러운 먹이가 있는데 지나칠 이유가 없었다. 한데 당당히 맞서는 키루스에겐 선뜻 손이 나가지 않았다.

"그건 싫군요. 그대가 있기에 다른 여인들은 필요치 않습니다."

"그래서요? 지금 나와 육체적 관계를 맺겠다는 건가요?"

"그렇지요. 육체적 관계."

만다인은 다시 멈췄던 손을 움직였다. 키루스의 반쯤 벗겨진 긴 옷을 부드럽게 열고 그녀의 빛나는 살결이 드러나도록 했다. 손가락을 움직이며 살결을 어루만지고 곧 손바닥 전체로 숨겨진 가슴을 오목하게 감싸 안았다.

키루스의 참는 듯한 숨결이 들렸다. 만다인은 그대로 키루스를 내려다보았다. 숨을 참으며 붉어진 얼굴로 노기를 띠고 있는 그녀의 얼굴이 다시 그의 욕망을 자극했다.

"뜨거운 관계를 맺으면 당신도 정말 좋을 겁니다."

"……왜."

"나의 심장이 뜨거워지는 것에는 그대가 제일이니까요."

만다인은 자신의 벌거벗은 가슴을 거의 드러난 키루스의 가슴에 맞닿게 만들었다.

두근두근. 힘차게 울려대는 만다인의 심장박동이 고스란히 키루스에게 전해졌다.

"이런 설렘이 얼마만인지. 진정 원하는 관계를 가져 본 적이 무척이나 오래되어 말입니다."

곧 닥쳐올 쾌락에 그의 음성이 쉬어 있었다. 키루스는 그의 심장 소리를 들었다. 그의 심장은 울고 있었다. 아니, 사르곤의 심장이 울고 있었다.

"한 가지만 대답해 줘요."

입을 여는 키루스의 입술을 당장이라도 침범하고 싶었던 만다인은 이제 한계였다. 곧장 거추장스러운 옷을 벗기고 빛나는 살결을 탐스럽게 먹어 치우며 움직이고 싶었다. 그녀의 온몸에 자신의 체액을 남김없이 묻히고 발라 자신의 것임을 각인시키고 싶었다.

"대답하면, 마음대로 해도 됩니까?"

어디까지나 신사적인 그의 말투. 키루스는 숨을 참고, 두려움을 참고 굉장한 살의를 참아 내었다.

"대담해요."

"그러지요."

"사르곤의 그 심장, 나에게 돌아온다는 것이 무슨 뜻이죠?"

"아, 사르곤의 심장."

"말해요."

"내 안의 심장은 주인을 잃었으면서도 죽지 않았지요. 정당한 주인이 있다면 원래대로 돌아가기를 원하는 것이 이 심장입니다."

"그런데요?"

"이미 주인이 된 내가 돌려주기를 거부합니다. 내가 거부하니 사르곤은 영원히 허공을 떠돌아야 하지요."

"그 말은 즉, 내가 심장을 담게 되면 사르곤이 다시……."

"그런 것이겠지요, 아무래도."

이제 만다인은 손을 쉬지 않았다. 미처 키루스의 표정을 살피지 못한 그는 오직 미친 듯이 탐닉하기 시작했다. 키루스의 가슴을 움켜잡다가 목덜미를 어루만지고 아래로 손을 내려 그녀의 허벅지 사이로 손을 집어넣었다. 막무가내로 침범하는 그의 손길에 키루스는 입안에 피가 흐를 정도도 이를 사리물었다.

"향기로운 냄새가 흐른다. 정말 못 참겠군."

만다인은 자신의 붉은 혀를 길게 뽑아 들고 키루스의 두 다리를 거칠게 치켜들며 그녀의 중심부를 향해 얼굴을 내렸다.

포악한 짐승이 이빨을 내밀며 검붉은 혀에 침을 질질 흘리는 만다인의 모습에 키루스는 절로 토악질이 일었다. 손목에 감긴 사슬만 아니라면……. 그때 키루스의 머리를 스치고 지나가는 것이 있었다.

"나…… 만지고 싶어."

청량한 키루스의 음성이 너무나 절절하게 울음기를 담았다. 뜻밖의 절절함에 만다인이 코를 박고 음미하던 얼굴을 들었다.

"당신만 날 만지면 난, 난 어떻게 만지고 느끼나요? 나도 만지고 싶어요."

그는 키루스의 달콤함을 가장한 말에 더욱 흥분하기 시작했다. 키루스는 최대한 표정을 풀고 진심으로 그를 원하는 듯 입을 벌리고 유혹하듯 말을 던졌다.

"으응…… 만지고 싶어……."

키루스의 요염한 몸짓에 만다인은 폭발할 것 같았다. 침대에 누워 붉은 머리칼을 해초처럼 펼친 채 혀를 내밀고 자신을 원하는 그녀의 모습에 만다인은 순간적으로 키루스의 발목에 손을 가져갔다.

"제발……."

만다인은 그녀의 발목에 묶여 있던 사슬을 풀었다. 그다음은 그녀의 손목. 키루스는 다가오는 만다인의 얼굴에 자신의 뜨거움 숨을 흘려 넣었다.

"어서."

진심으로 원치 않지만 그의 뾰족한 턱 끝에 제 입술을 살짝 대었다. 그러자 그의 입에서 짐승의 거대한 신음이 터져 나왔다.

"으으으. 좋군. 너무 좋습니다."

역겨워. 키루스는 내색하지 않고 어서 손목마저 풀리기를 바랐다.

만다인은 묶인 키루스의 손목을 어루만지며 곧추선 하반신을 그녀의 몸에 문질러 댔다. 그는 두 손으로 키루스의 목을 부여잡고 조이듯 움직였다. 마치 절정의 순간이라도 맞은 듯 고개를 뒤로 치켜든 그의 행색은 불타는 듯했다.

역겨움이 하늘을 찌르나 아직 그녀의 손목은 사슬이 지배하고 있었다. 더는 참지 못한 키루스는 마지막으로 박차를 가하기 위해 상체를 일으켜 만다인의 가슴에 뜨겁게 입을 맞추었다.

한계에 도달한 만다인은 당장 키루스의 몸 안에 자신을 깊이 박아 넣어야 했다. 그는 눈에 핏발이 선 채 묶여 있는 키루스의 손목을 잡았다. 자신의 날카로운 손으로 사슬을 잡고 힘껏 잡아 뜯었다. 몇 번의 반동을 일으키며 마침내 사슬은 만다인의 손에 의해 바닥으로 떨어졌다. 그는 곧장 키루스의 몸을 타고 올랐다.

"이젠 한계야."

만다인은 두 손목을 한 번에 움켜잡고 힘껏 자신의 몸을 내리눌렀다. 그에게 잡힌 키루스의 손목에는 살갗이 벗겨져 피멍이 들어 있었다.

자유로운 몸이 된 키루스는 한시도 긴장을 늦추지 않았다. 만다인이 자신의 두 손을 잡고 위로 올리며 몸을 내리누른 채 눈을 감았을 때, 키루스는 있는 힘껏 두 다리로 그의 몸을 움켜 안으며 방향을 바꾸었다. 만다인이 아래에 깔려 있고 키루스가 위로 올라간 형국이었다.

"이제 내 차례."

생각도 못 한 반전에 만다인은 흡족한 듯 웃었다. 곧 완벽한 합일이 될 것이라 여기며 키루스의 몸을 안으려 손을 뻗쳤다.

"어딜."

그러나 키루스가 더 빨랐다. 그녀는 손아귀에 힘을 주어 단숨에 진홍의 불꽃을 피워 올렸다. 자신에게 뻗은 만다인의 두 손 사이로 그 불꽃을 던졌다. 아니 정확히 말하면 만다인의 잘난 얼굴에 뜨거운 불꽃을 있는 힘껏 날려 버렸다.

"으윽!"

단말마의 비명이 울려 나왔다. 그 틈에 키루스는 몸을 일으켜 또다시 불꽃을 그의 머리에 날렸다. 찰랑거리는 그의 머리칼이 불꽃을 피우며 불타올랐다. 순식간에 일어난 일이었다.

"아악!"

불꽃은 재빨리 움직여 만다인의 상체까지 뒤덮었다. 아름다운 머리칼이 순식간에 불꽃에 휩싸여 재가 되었다. 타는 냄새가 역겹기 그지없었다.

키루스는 그 틈을 놓치지 않고 문을 열어 긴 복도로 달렸다. 맨발로 내달리는 키루스는 재빨리 자신이 가야 할 방향을 가늠했다.

"으악! 잡아! 잡으라고!"

만다인의 입에서 쉴 새 없이 비명이 터져 나오자 그제야 소리를 들은 병사들이 움직이기 시작했다.

키루스는 수많은 발걸음 소리에 거의 벗겨진 옷을 움켜잡았다. 맨살이 보이는 것은 상관없었다. 어서 이곳을 벗어나야 했다.

긴 복도를 돌아 아래로 내려가려는 순간, 밑에서 올라오는 수십의 병사들이 키루스를 발견했다.

"저기다! 잡아라!"

키루스는 계획을 변경해 복도에 세워져 있는 기사 갑옷의 긴 검을 뽑아 들었다. 여차하면 그들을 베어 버리고 벗어날 생각이었다. 키루스는 더 위로 올라가 닫힌 철문을 가차 없이 열어젖혔다.

세찬 바람이 불어대는 성의 맨 꼭대기는 오래된 회벽이 한쪽에 채워져 있어 무척이나 좁았다. 거의 헐벗은 키루스는 검한 자루를 움켜잡으며 좁다란 난간 위를 조심히 걸었다.

"루안."

어지러운 난간을 걸으며 키루스는 그를 불렀다. 또다시 오르세인들의 외침이 들렸다. 아래에 모여든 수백의 병사들이 맨 꼭대기에 있는 키루스를 발견하고는 소리를 지르고 있었다. 선두로 달려오던 병사가 검을 들고 키루스에게 덤벼들었다. 그녀 역시 들고 있던 검으로 상대했다.

"으윽!"

키루스의 검에 의해 상처를 입은 병사가 아래로 떨어졌다. 순간 아래를 보던 키루스가 몸을 움츠렸다. 무수한 화살이 그녀를 향해 날아들었다.

"저기다! 어서 활을 쏴라!"

키루스는 더 이상 아래를 내다보지 않았다. 그녀가 나왔던 철문으로 오거들이 떼거지로 나오고 있었다. 앞에도, 아래에도 전부 오르세인 병사들뿐이었다.

아래로 뛰어내리려던 키루스는 난감한 상황이 아닐 수 없었다.

바로 그때 하늘에서 강한 바람 소리가 들려왔다.

"피해라! 거대한 새야! 피하라고!"

누군가 소리치며 우왕좌왕하는 사이, 하늘에서 쏜살같이 내려온 거대한 새가 땅 위에 있는 병사들을 쓸고 지나갔다. 순식간에 일어난 일이었다. 다시 올라온 새는 높은 난간으로 다가오는 병사들을 검은 날개를 휘날려 아래로 떨어지게 만들었다.

"아악!"

키루스는 앞으로 뛰어가려던 다리를 주춤거리며 그 새를 바라보았다. 바람 소리와 비명 소리 사이에서 검은 날개를 주시했다.

"루안!"

평범한 새가 아니었다. 거대한 검은 날개를 가진 비룡인 루안이었다. 키루스는 그를 향해 두 팔을 힘껏 들어 올렸다. 그러자 기다렸다는 듯이 그가 다가왔다. 검은 날개를 힘차게 퍼덕이며 난간에 아슬아슬하게 서 있던 키루스를 잡아챘다. 그리고 그대로 높은 하늘로 날아가 버렸다.

"마, 만다인님. 지, 지금 거대한 새가…… 컥!"

보고를 위해 달려온 병사는 말을 마치지 못했다. 격분하여 일어난 만다인에 의해 목이 꺾인 채 쓰러져 버렸기 때문이었다.

"닥쳐! 닥치란 말이다!"

천둥보다 더 큰 소리를 지르는 만다인은 원래의 오르세인들보다 한층 흉측한 몰골이 되어 있었다. 잘나고 단정했던 그의 외향은 키루스가 던진 불꽃에 의해 얼굴의 반이 불타 지독한 흉터를 남겼다. 그의 머리칼 역시 진홍의 불꽃에 의해 재로 변해 버렸다.

"오거들 전부 집합시켜! 반드시 잡을 것이다! 반드시!"

완전한 괴물이 된 만다인은 피를 토하며 소리 질렀다. 화상으로 드러난 한쪽 눈의 흰자위가 어느 때보다 더 희번덕거렸다.

"얼마 못 간다, 사르곤. 아니, 키루스. 넌 이미 독주를 마셨어. 몸이 떨리며 사내를 갈구하게 만드는 독주가 몸을 미치게 할 것이다."

　음산한 미소를 지으며 킬킬거리는 만다인은 자신의 심장으로 손을 올렸다. 튼튼하게 뛰고 있는 사르곤의 심장이 저에게 있는 이상, 키루스는 제 손안에 있는 것이나 다름없었다.

18

오르쿠스 성과 한참 떨어진 곳으로 날아든 루안은 자연의
신비가 그대로 잠긴 짙푸른 골짜기에 안착했다. 세상과 동떨
어진 것 같은 신비한 주변, 보랏빛이 나는 돌기둥과 붉은 보석
이 박힌 바위 조각들. 심지어 모든 나무들도 보랏빛의 꽃이 피
어나고 있었다. 그러나 그의 시야에는 오직 키루스만이 있을
뿐이었다.

그가 성의 꼭대기 난간에서 힘겹게 서 있는 키루스를 발견
했을 때, 수많은 병사들이 일제히 화살을 날리며 공격하고 있
었다. 그 모습을 본 순간 그의 강인한 심장이 떨어져 나가는
줄 알았다. 그러나 자신에게 두 팔을 벌리는 키루스를 부여잡
고 날아오를 때는 세상을 다 가진 것인 양 기쁨의 함성과 함께
안도하며 살아갈 기운을 얻은 듯했다.

"키루스, 정신 차려!"

보라색 꽃이 피는 자카란다 나무의 굵은 줄기를 뒤로하고 루안은 여전히 눈을 못 뜨는 키루스의 손을 꼭 잡았다.

"키루!"

얇은 옷자락을 고이 여며주고 흐트러진 모습을 정돈해 준 루안은 키루스의 몸 곳곳을 살폈다. 혹여 상처를 입었는지, 다른 불상사가 생겨 눈을 뜨지 않는 것인지 염려스러웠다. 게다가 상대는 사악한 만다인. 또다시 사르곤의 전철을 밟는 것은 아닐까. 그렇게 된다면 모든 힘을 써서 이 세계를 무너트리고야 말 것이다.

사르곤을 대할 때와는 또 다른 이 기분. 뭐라 설명할 길이 없는 느낌에 그의 심장은 조여 오고 숨통이 막혀 왔다.

"키루, 눈을 떠라. 제발!"

막막한 심정으로 키루스의 연약한 몸을 천천히 쓰다듬었다. 그는 그녀의 두 손목에 눈길을 멈추었다. 검다 못해 보랏빛으로 변해 가는 멍, 살갗은 허옇게 벗겨진 채 손목에 둘리어 있었다. 또한 키루스의 몸 곳곳, 특히 목덜미와 쇄골에 있는 울긋불긋한 자국들이 그의 뇌리에 뚜렷이 새겨졌다.

"만다인, 이놈!"

루안은 참기 힘든 살의와 분노를 느꼈다. 당장 자리를 박차고 날아올라 오르세인 무리들을 단번에 쓸어 버리고 싶었다. 뿌드득, 어금니를 사리문 루안은 온몸을 요동치게 만드는 분노로 인해 정수리의 뿔이 삐죽 솟아나려 했다. 등에 감긴 거대한 날개들도 처덕거리며 움직여댔다.

바로 그 순간, 키루스의 눈가에 반짝이는 눈물을 본 루안은 분노의 숨결을 애써 내리눌렀다. 그는 조심히 키루스를 안아 들었다.

"키루."

이름을 부르는 것조차 너무도 애틋해진 그녀는 눈을 뜨지 않았다. 다만 사시나무 떨듯 몸을 떨고 뜨거운 열까지 동반하며 루안을 애태웠다. 그녀가 내쉬는 숨소리도 힘겹게 들렸다. 이에 루안은 사방을 둘러보았다.

온갖 색으로 물든 자카란다 나무가 바람에 흔들리며 고요히 움직였다. 보랏빛 기둥은 어느덧 색을 달리해 주변 풍경을 담는 듯 짙은 갈색으로 바뀌어 갔다. 좀 전에는 눈에 띄이지 않았던 단단한 오크나무가 거대한 위용을 보이며 현란한 나뭇잎들을 흔들어댔다. 마치 세상의 끝, 그 경계에 있는 듯한 경치에 루안의 마음이 고요해졌다.

그는 키루스를 잠시 보듬어 주다가 살며시 내려놓았다. 그리고 이끼에 뒤덮인 나무에 다가갔다. 그 나무 아래에 맑은 물이 작은 줄기를 만들어 흘러내리고 있었다. 루안은 큰 나뭇잎을 주워 둥글게 말고 그곳에 흘러내리는 물을 담았다.

다시 키루스에게 다가온 그는 나뭇잎에 들어 있는 물을 자신의 입에 담아 그대로 키루스의 입술에 물을 흘러 넣었다. 그러기를 서너 번, 겨우 물줄기를 삼킨 키루스가 힘겹게 눈을 떴다.

"루안……."

청명하지만 힘없는 소리, 어렵게 자신의 이름을 부르는 소리에 루안은 입을 꾹 다물고 그녀를 품에 안았다.

"키루스."

키루스의 하얀 손이 루안의 얼굴로 올라갔다. 천천히 그의 뺨을 어루만지며 입술을 달싹거렸다.

"나……."

"이제 괜찮아."

루안은 얼굴을 따뜻하게 감싸고 있는 키루스의 손에 제 손을 겹쳤다. 키루스는 눈동자에 루안을 새겼다. 이렇게 닿고만 있어도 세상을 가진 것처럼 너무나 소중한 루안. 그렇기에 키루스는 텅 비어 버린 심장의 울림을 버려야 할 때라 느꼈다. 그녀가 안타까이 입을 열었다.

"루안, 나 몸이 뜨거워. 타는 것 같아."

그제야 루안은 키루스가 심상치 않음을 알았다. 그녀의 온몸은 진홍의 불꽃보다 더한 열기에 휩싸여 있었다.

"키루?"

"만다인이 나에게, 헉……."

어렵게 말문을 연 키루스는 끝까지 말을 잇지 못했다.

"루안! 뜨거워."

키루스는 무엇에 의해 열이 나고 이렇게 몸부림쳐야 하는지 본능으로 알 수 있었다. 그것이 그녀를 비참하게 만들었다. 열에 들뜬 눈동자, 붉게 상기된 얼굴, 오르락내리락하는 심장이 무척이나 힘든지 키루스의 손은 저절로 제 몸을 훑어 내렸다. 루안은 숨을 삼켰다.

"루안, 녹아 버릴 것 같아. 너무나 아파……."

고통 속에 힘겨워하는 키루스는 자신의 심장 부근을 부여잡고 몸부림쳤다. 이제 그 무엇도 그녀에게 남은 것이 없었다. 눈앞에 있는 루안만이 그녀의 모든 것이었다.

"키루! 기억할 수 있겠어? 만다인이 어찌했는지를?"

루안은 다그치듯 한 마디 한 마디에 힘주어 물었다. 지금 이 순간, 키루스를 살려야 한다는 일념이 전부였다. 그러기 위해선 그가 직접 만다인을 만나야 될 지도 모를 일이었다. 사르곤의 심장을 가지고 있는 그자를 찾아가 키루스를 살려 내라 할 것이다. 설사 그가 거부한다 해도, 자신의 심장이 피를 흘리는 한이 있더라도 루안은 키루스를 죽게 내버려 둘 수 없다.

열에 들뜬 눈으로 바라보며 질문에 답하려는 키루스는 목이 타는지 조그마한 혀를 길게 내밀어 입술을 핥았다.

"그가 붉은 것을 마시게 했어……."

울먹거리는 키루스의 눈동자가 완연히 붉은색으로 물들었다. 그녀는 거의 이성을 잃은 것처럼 허우적거렸다. 자신의 뜨거운 몸을 루안에게 본능적으로 비비기 시작했다.

"만다인, 이놈……!"

루안은 알 수 있었다. 만다인이 키루스에게 무슨 짓을 했는지를. 몸을 뜨겁게, 상대를 절실히 원하게 하는 약물을 마시게 한 것이 틀림없었다. 만일 뜻대로 행해지지 않을 때는 정신이 마비되어 서서히 돌처럼 말라 가는 독을 마시게 한 것이 틀림없었다.

"루안……."

붉은 눈가에 흘러내리는 눈물은 빛나는 그녀의 살결과 동화되어 루안을 유혹했다. 그것은 결코 루안이 원하는 바가 아니었다. 아무리 키루스를 원한다 하더라도 이런 식은 아니어야 했다.

"키루, 참아 내라. 해독제를……."

"루안, 나…… 안아 줘."

루안은 당황했다. 그러나 키루스는 그의 마음을 아랑곳않고 가는 두 팔을 들어 올리며 자신의 몸을 활짝 열었다. 애타게 루안의 이름을 부르고 또 불렀다.

"루안은 거부하고 싶다는 거 알아……."

선명한 눈물이 지상 최고의 보석처럼 키루스의 눈 안에 맺혔다. 흐르고 싶어도 흐르지 못하는 그녀의 마음처럼 아팠다.

"아니다. 그런 게 아니야, 키루."

키루스에게는 그의 무심함이 날카로운 검처럼 들려 왔다. 그의 말이 그녀의 비어 있는 심장을 찔렀다.

"내가 사르곤이라면…… 루안의 그녀라면 안아 주었을까?"

키루스는 눈에 넘치도록 담겨 있는 눈물을 흘렸다. 그녀의 힘없는 미소가 루안의 단단한 마음을 움직였다.

"독에 잠식된 네가 나를 필요로 한다면 기어이 안아 줄 것이다. 하지만 그게 무엇을 의미하는지 넌 몰라. 나중에…… 네가 후회하며 울게 되는 것을 원치 않아, 난."

"나, 후회하지 않아. 루안."

흔들리는 키루스의 눈빛이 루안을 향했다. 뜨겁게 열망하는 그 눈빛, 그녀의 모든 것이 그를 향해 몸부림치고 있었다. 단호하고도 정확하게.

루안은 천천히, 시간이 멈춘 듯 손을 내밀었다. 키루스 역시 그의 손을 맞잡았다.

"안아 줄게, 키루."

"난 키루스……."

"그래, 넌 키루스다."

몇 번이나 자신의 이름을 각인시키며 몸을 떠는 키루스는 절망적이었다. 눈시울이 붉어진 루안 역시 키루스를 대신해 자신의 몸이 독에 잠식당하기를 빌고 또 빌었다.

이제 시간이 없었다. 태초의 연인처럼 서로에게 잠식되어 가는 찰나가 시작되었다.

만다인이 마시게 한 붉은 독주로 인하여.

너울거리는 보랏빛이 새로운 빛을 만들었다.

키루스는 열이 오르는 몸을 참고 또 참았다. 하나 어쩌면 핑계였는지도 모른다. 태어나면서부터 각인된 루안, 세상 전부가 그로부터 시작되어 그에게서 끝나기를 바라는 간절한 마음이 비어 있다는 자신의 심장으로부터 시작되었다. 다만 자

신은 사르곤이 아니라는 것, 그가 그토록 염원하던 그녀가 아
니라는 사실이 무척이나 슬펐다.

그녀는 스스로 움직여 몸을 간신히 가리고 있는 옷가지를
밀어냈다. 버석하게 말라가는 입을 열고 그를 재촉했다.

"루안."

키루스는 상체를 드러내 간절히 바라고 또 원하는 그의 목
을 휘어 감았다. 루안은 키루스의 눈을 깊게 응시했다. 그의
눈빛은 담담함을 가장한 채 심하게 흔들렸다.

"괜찮아…… 나 정말 괜찮아."

스스로에게 주문을 거는 것처럼 되뇌고 또 되뇌는 키루스가
루안을 보았다. 루안도 그녀를 눈에 넣으며 천천히, 그러나 부
드럽게 입술을 내렸다. 그들의 입맞춤, 시작은 씁쓸했으나 곧
서로에게 부드럽게 파고들었다.

그녀는 무척 색정적이었다. 그의 탄성이 절로 새어 나왔다.
참고 참은 듯 루안의 입술이 그녀의 벗은 목덜미를 타고 흐르
며 귓가에서 움직였다. 어느새 그의 손은 키루스의 작은 가슴
을 어루만지며 부드럽게 주물렀다.

키루스는 불타는 몸을, 그리고 찌르는 심장의 고통을 숨기
며 루안에게서 눈을 떼지 않았다. 그를 완전하게 기억하려는
듯이 단 한순간도 놓치지 않았다.

루안의 거친 숨이 키루스의 귓가에서 노래가 되어 울렸다.
가슴을 강하게 주무르는 그의 손길에 키루스는 살짝 눈을 감
았다가 떴다. 그리고 혀를 내밀어 마른 입술을 핥았다.

"루안······."

그녀를 내리누르는 루안의 무게감이 황홀했다. 그만큼 찌르는 듯 열기로 바뀌어 관통하며 지나갔다. 키루스는 그의 몸을 느끼고 싶었다. 누가 가르쳐 주지 않아도 본능으로 그녀의 몸이 그를 원하고 있었다.

키루스는 작은 신음 소리를 내며 루안의 뒷머리를 움켜잡고 자신의 가슴에 가져다 대었다. 점점 강하게 압박하는 그의 손길에 그녀가 허리를 뒤틀었다.

루안은 참지 못하고 있었다. 키루스가 자신에게 두 손을 벌리며 활짝 열린 몸을 들이댔을 때, 독이든 만다인이든 지금 두 사람이 있는 장소가 어디든 중요치 않았다. 품 안에 키루스가 있다는 것만이 중요했다.

그는 키루스의 엉덩이 아래에 손을 집어넣어 살을 움켜쥐었다. 그의 중심부에서 미칠 듯한 열기가 퍼져 나갔다. 몸속을 휘젓는 키루스의 향기, 달뜬 숨결과 달콤한 신음이 뜨겁게 소용돌이쳤다. 그녀의 귓불에 혀를 가져다 대자 떨리는 숨결이 새어 나왔다. 루안은 키루스의 엉덩이를 자신에게 끌어당겨 강하게 내리눌렀다. 처음인 키루스. 그는 아직 하지 못한 말이 있었다.

"키루, 난 너를······."

"안아 줘."

참을 수 없는 것은 루안뿐이 아니었다. 키루스는 눈앞의 루안을 느끼기 전에 심장이 터지는 듯한 환상을 보았다. 몸이 사방으로 흩어져 세세한 먼지가 되어 허공을 맴돌았다. 두 눈으로 보았고 귀로는 자신의 입에서 내뱉는 처참한 비명을 들었다. 그러나 아직은…… 아직은 때가 아니었다.

"안아 줘, 루안!"

간절한 키루스의 열망을 읽은 루안은 지금 그녀의 안으로 들어가야 했다. 하여 뜨거운 진심을 목뒤로 넘겼다. 키루스에게 전할 기회가 또 올 것이라고 믿으며.

그래, 나중에. 완전히 정신이 돌아왔을 때, 그때 말할게. 나의 키루.

루안은 그대로 그녀 안으로 들어갔다.

"아아!"

루안이 그녀의 몸 안으로 깊숙이 들어가자 키루스는 아득한 비명을 질렀다. 그의 목과 어깨를 부여잡고 제 입술을 그의 어깨에 박았다.

이제 미치게 된 이는 키루스가 아니었다. 뜨겁고도 부드러운 세상의 중심에 있는 루안이었다. 그의 사내다운 본능이 앞으로 내달리라 말하고 있었다. 하나 힘들 키루스를 생각하면 자제하고 참아야 한다는 본능 또한 그를 애타게 했다.

그러나 키루스가 먼저 그를 도발했다. 그녀는 루안이 쉴 틈을 주지 않고 불꽃처럼 붉은 눈으로 그를 응시했다. 힘차게 나가라 종용하는 눈길에 루안은 구슬땀을 흘렸다.

"하아, 키루……."

더는 참지 못한 루안은 부드럽지만 강하게 달렸다. 세상에 더 없을 열기를 내뿜으며 맹렬히 꿈틀거리는 그의 몸짓에 키루스가 응답했다.

루안은 키루스의 허벅지를 잡아 양옆으로 벌렸다. 그의 입술이 그녀의 곳곳을 향해 타액을 묻히며 각인을 했다. 힘찬 허리 짓으로 그녀를 어르고 달랬다. 그녀 역시 호응하듯 엉덩이를 움직이며 함께 음률을 맞추었다. 길고도 긴 바람이 시작되었다.

두 번째 신음 소리가 울려 퍼질 때 루안은 키루스의 입술에 열렬히 입맞춤했다. 타액이 섞이고 음률이 섞이고 몸짓이 섞여 들었다. 세상이 움직였다. 바람도 공기도 그들과 공유하며 몸짓을 나누었다.

몇 번의 절정이 지나가고 키루스의 몸이 완전히 늘어졌을 때 루안은 얼핏 사르곤을 보았다. 사르곤이 남긴 진홍의 불꽃이 점화되어 키루스의 몸속으로 사라지는 환상을 보았다.

"사르곤……."

눈을 감고 그를 느끼던 키루스는 루안의 아련한 부름에 살며시 눈을 떴다. 루안이 그녀 안에서 다른 누군가의 이름을 부르고 있었다.

"내가 갈구하고 원하는 단 하나의 여인이다."

잠시 잊고 있었다. 루안의 그녀를.

키루스는 눈물을 흘렸다. 몸의 열기에서 비롯된 것이 아니었다. 뜨겁게 하나가 된 지금도 그의 심장 안에 들어가지 못하는 자신에 대한 안타까움의 눈물이었다.

루안이 다시 키루스에게 입술을 내렸다. 키루스는 열렬히 온몸이 부서져라 그를 끌어안았다. 이 세상이 끝나는 것처럼 뜨겁고도 차갑게 혀를 얽어매었다. 두 다리가 묶여지고 두 사람의 열 손가락이 철저하게 묶여졌다.

또다시 그의 허리짓이 시작되었다. 끝을 모르는 연인들처럼 하나가 되어 날아오르고 한참을 떠내려갔다가 다시 돌아왔다.

루안은 키루스의 몸 안에서 불꽃과도 같은 사랑과 충족감을 얻었다. 루안의 감정을 알게 해 주는 마지막 진심이 되었다.

넌 내 것이다. 나의 키루!

주문처럼 읊조리는 루안은 세상을 다 가진 듯 상체를 뒤로 젖혔다. 키루스 역시 허리를 활처럼 휘며 그에게 동조했다.

"아⋯⋯."

서로에게 맞추어진 두 몸은 태초에 하나인 것처럼 열렬했다. 동시에 최상의 절정과 평안함을 맛보았다. 일시에 모든 행동이 멈추고, 서로의 호흡이 진정된 뒤에 루안은 그의 손가락을 들어 눈부시게 상기된 키루스의 뺨을 쓰다듬었다.

그의 따사로운 행동에 키루스는 또다시 눈물이 번지려고 했다. 그 눈물을 보이지 않기 위해 루안의 가슴을 파고들었다. 그녀 안에 존재했던 독과 같은 고통은 사라지고 없었다.

찰나의 시간이 지나고 고개를 든 키루스가 두 팔을 벌렸다. 루안은 미소 지으며 그녀를 안았다. 그리고 몸을 돌려 그녀를 자신의 가슴 위에 올렸다.

"괜찮나?"

그의 목은 잠겨 있었다. 키루스는 대답 대신 그의 목을 끌어안으며 고개를 움직였다.

"아프지 않았으면 한다, 키루."

다시 키루스의 고개가 끄덕여졌다. 루안은 키루스의 정수리에 따뜻하게 입을 맞추곤 그녀의 이마에 손을 올렸다.

"다행히 열은 없어졌어. 다른 의미의 열기만 가득해."

따사로운 정이 그득한 그의 행동이 너무나 슬픈 키루스는 숨을 멈추고 싶었다. 비록 독의 힘에 의해 그에게 안겼지만 후회는 없었다. 그의 모든 것은 자신이 아니라는 사실을 거듭 확인하였으니 이제 키루스가 할 일은 하나였다.

"조금만 자자. 춥지 않나?"

키루스는 고개를 저으며 그의 심장 부근에 뜨거운 입술을 내리눌렀다. 두 사람은 잠시 눈을 감았다.

루안과 하나로 뭉쳐 있던 키루스는 조심히 고개를 들었다. 고통을 주었던 심장은 움직임을 멈추었는지 감각이 없었다. 신비하고 이상한 경험이었다. 루안을 느낀 다음에 돌처럼 딱딱한 감각만이 그녀의 가슴에서 느껴지고 있었다.

키루스는 웃음이 났다. 이 세계에 온 것은 운명일지도 모른다. 그쪽 세계에 있었다면 절대 루안에게 안기는 일은 상상도 할 수 없었을 것이다. 그러니 이것으로 되었다.

운명의 수레바퀴를 원래 자리로 돌아가게 하는 것이 자신의 역할이다.

키루스는 눈을 감고 있는 루안의 얼굴을 자세히 내려다보았다. 선 굵은 눈썹에서부터 단단한 턱 선까지. 키루스는 루안에게 다정히 입을 맞추고 천천히 몸을 일으켰다.

"나의 루안. 사랑해."

따뜻한 바람을 맞으며 그에게 마지막 말을 전했다. 환한 웃음을 뒤로하고 더는 미련 없다는 듯이 뒷걸음쳐 그에게서 물러났다.

"내가 사르곤을 되돌려 줄게."

키루스는 벌거벗은 몸 그대로, 그의 체취를 가득 담은 몸을 움직여 신비한 공간을 벗어났다.

그런데 이상한 일이 벌어지고 있었다. 그녀가 가는 길마다 모든 사물들이 안내라도 하듯이 길을 열어 주었다.

그것을 느끼지 못한 키루스는 오직 마음과 눈에 담은 루안만을 기억했다. 자신의 몸과 사르곤의 심장을 바꾸는 길은 오직 하나라는 생각만 하고 있었다.

만다인. 그를 다시 만나야 했다.

오르쿠스 성을 뒤로하고 수천의 오르세인들이 도열했다. 맨 앞에서 그들을 지휘하는 만다인은 달리는 말을 재촉했다.

"반드시 잡는다. 키루스, 너는 내 곁으로 돌아오게 되어 있어."

회심의 미소를 짓는 그의 모습은 괴물 그 자체였다.

　"만다인님, 저기 회색의 공간 끝에 진홍의 불꽃이 타오르고 있습니다!"

　병사의 말에 만다인은 그가 가리키는 곳으로 시선을 돌렸다. 움직이는 숲이 끝나는 시점, 세상의 끝이라 불리는 곳에서 진홍의 불꽃을 일으키며 다가오는 이가 있었다.

　"키루스?"

　한쪽 눈이 일그러지고 얼굴의 반쪽은 화상으로 흉측하게 변한 만다인이 기쁨의 눈물을 보였다. 맨발임이 분명한 그녀는 키루스였다. 자신에게 돌아오고 있었다. 불꽃을 거느리며 걷고 있는 그녀의 붉은 머리칼은 물결 속에 잠긴 듯 출렁거렸다.

　"만다인."

　"큭큭, 돌아올 줄 알았습니다."

　"긴말 하지 않겠다. 사르곤의 심장을 나에게 다오."

　키루스는 그에게 요구했다. 마치 진공 상태에서 흐르는 음색이 진홍의 불꽃 속에서 타닥거리며 불꽃을 일으키는 착각을 불러왔다.

chapter
19

굵은 엄지손가락이 천천히 그녀의 뺨을 쓸었다. 갓 태어난 신생아처럼 보드랍고 매끈한 살결이 손가락 끝에 들러붙어 또 다른 자극을 만들었다.

키루스의 입술이 다가왔다. 부드러운 입술을 맛보며 그는 살짝 입을 벌렸다.

"루안, 사랑해."

공기 같은 음성으로 키루스는 입을 열었다. 진심을 알리는 순수한 그 모습에 루안 역시 보답했다.

"키루. 나 역시."

담담하지만 열정적인 그의 말. 키루스는 그 말이 진심인지 알기 위해 루안을 오래도록 바라보았다. 그녀의 붉은 눈동자와 금색의 태양 같은 눈빛이 흔들리지 않고 얽혀 들었다. 두 사람은 서로의 눈에 빠지고 서로에게 침잠해 갔다.

그제야 그의 말에 깜짝 놀란 키루스는 웃다가 울다가 그에게 다시 입을 맞추었다. 좀 전의 매끄러운 입맞춤이 아니라 깊숙이 혀를 밀어 넣어 강렬하게 빨아들였다. 루안 역시 그녀의 목구멍 깊숙이 혀를 집어넣어 길게 핥았다. 입안 구석구석 맛을 보며 서로의 감정과 느낌을 공유했다.

한동안 짙은 입맞춤을 하던 키루스가 갑자기 얼굴을 뒤로 빼며 루안을 밀어붙였다. 이성이 흐릿해지며 그녀를 갈망하던 그는 어리둥절한 채 키루스를 바라보았다. 그녀의 붉은 눈동자에 불이 붙은 듯한 모습은 마치 성난 야수 같았다.

"난 사르곤이 아니야!"

루안은 멀어지려는 키루스를 잡으려 했다. 말을 하려 했으나 입술이 굳은 듯 열리지 않았다. 원인을 알 수 없었다. 단단히 봉해진 그의 입이 더욱더 굳어지고 있었다.

어느새 키루스는 진홍의 불꽃에 휩싸였다. 그 불꽃이 허공을 향해 솟아오를 때, 키루스도 함께했다.

"안 돼! 키루, 가지 마!"

그는 손을 뻗으며 등의 날개를 일시에 활짝 펼쳤다. 하나
거대한 검은 날개조차 돌이 된 듯이 움직이지 않았다.

"키루!"

목이 터져라 키루스를 불렀다. 그 가운데 그녀는 더욱 강한
불꽃에 휩싸여 버렸다. 아울러 그녀의 하얀 손이 위로 추켜올
려졌다. 선명한 붉은 피가 뚝뚝 떨어지는 심장이 그녀의 손안
에 잡혀 있었다.

루안을 본 키루스는 쓴웃음을 입에 담았다.

"사르곤의 심장 따위, 난 원하지 않는다!"

키루스는 자신의 손안에서 두근거리며 생동하는 사르곤의
심장을 움켜잡았다. 가차 없이 우그러트리며 잡아 뜯어 버렸
다.

"안 돼!"

피를 토하며 절규하는 루안을 싸늘하게 바라보는 키루스는
뜯어진 헝겊 같은 심장의 파편을 입으로 가져갔다. 붉은 선혈

을 입에 담아 조각난 심장을 잘근잘근 씹었다. 환한 미소를 지으며 자신이 일으킨 진홍의 불꽃 속으로 소리 없이 사라져 갔다.

"키루, 안 돼……!"

눈에서 피눈물을 흘리는 루안이 타오르는 불꽃 속으로 뛰어들어간 순간.

"헉!"

상체를 벌떡 일으킨 루안은 이곳이 어딘지 가늠했다. 보랏빛의 기둥은 여지없이 빛을 반사하고 부드러운 바람결에 잎을 나부꼈다.

모든 것이 그대로였으나 품 안에 꼭 안고 있었던 키루스만 그의 곁에 없었다.

"키루!"

루안은 벌떡 몸을 일으켰다. 벌거벗은 모습을 한 채 키루스가 갔을 만한 장소를 찾았다. 하나 사방 어디에도 그녀의 모습은 보이지 않았다.

불과 몇 시진 전, 두 손을 마주하고 서로의 가득한 열기를 나누며 온전한 진심을 느꼈었다. 아니, 그렇게 여겼었다. 한데 지금, 키루스가 없다.

"키루!"

루안은 다시 한 번 소리쳐 불렀다. 그의 거대한 소리에 모든 사물들이 동조했다. 그의 소리는 메아리가 되어 키루스의 이름이 널리 퍼져 나갔다.

대체 그녀는 어디로 간 것인가. 아무리 생각해도 사라질 이유가 없었다.

다만 깊은 사랑을 나누었을 때 그녀의 표정, 슬프면서도 모든 것을 내려놓은 것 같은 아련함이 루안의 망막에 깊이 남아 있었다. 독주로 인해 자신과 사랑을 나눠 후회를 하고 있을지도 모른다는 생각이 들었다.

그러나 키루스는 저쪽 세계에서부터 자신의 감정을 알려 왔다. 그녀가 후회한다는 것은 있을 수 없었다.

그녀의 사랑을 거부한 것은 자신이다. 사르곤을 위해 탄생된 키루스이니 그녀는 온전한 사르곤의 심장을 필요로 한 매개체일 뿐이라 생각했었다. 그렇지만 지금은 키루스의 탄생이야말로 사르곤의 분명한 안배라 여겼다.

키루스에 대한 루안의 감정까지 내다본 사르곤. 그것을 미처 깨닫지 못한 그의 지나친 집착에서 비롯되어진 아집이며 운명을 알아보지 못한 명백한 실수이자 실책이었다. 그를 위한다는 명목으로 키루스는……

"설마."

오직 자신을 위해 사르곤의 심장을 바랄 것이다. 지금 그녀는 만다인을 향해 가고 있다!

"안 돼, 키루!"

루안은 한시가 급했다. 만일 그의 짐작이 맞다면 키루스가 갈 곳은 오르쿠스 성뿐이었다.

떨어진 옷가지를 대충 걸친 루안은 날개를 한껏 펼쳤다. 높게 날아오른 그는 결단코 키루스를 아프게 할 일이 없을 것이라 맹세하였다.

그를 응원이라도 하듯 강한 바람이 그의 힘찬 날갯짓을 도와주었다.

수천의 병사들을 뒤로 한 만다인은 한껏 입매를 비틀었다.

"뭐라 했습니까, 키루스?"

묘한 표정의 만다인은 진홍의 불꽃 속에서 타오르고 있는 키루스를 노려보았다. 잘못 들은 것이 아니라면 그녀는 자신의 가슴 안에서 두근거리고 있는 심장을 내어 달라고 했다. 그의 생명을 내어 달라는 말과 같은 의미였다.

"내 안의 심장을 원하는 이유가 무엇입니까, 키루스?"

"그쪽이 더 잘 알고 있지 않나?"

키루스의 음성이 커질수록 그것에 비례하여 불꽃의 너울도 길게 이어졌다. 화려한 춤사위를 보는 것 같은 진홍의 불꽃에 병사들은 홀린 듯 황홀한 눈빛으로 그녀를 보고 있었다.

만다인만이 키루스의 아름다운 불꽃을 바라보지 않았다. 그 안에서 불꽃을 일으키고 있는 키루스의 맨몸을 탐나는 듯이 훑어 내리고 있었다.

하얀 맨발에서부터 긴 다리를 타고 올라 오목한 중심부를 노려보는 만다인은 입에서 침을 질질 흘리는 발정 난 짐승과도 같았다. 키루스의 잘록한 허리를 지나 알맞게 솟아오른 가슴까지. 그녀의 온몸을 하나씩 분해해 입안에서 잘근잘근 씹는 상상을 하며 불끈 솟구친 자신의 중심부를 슬쩍 매만졌다.

"키루스, 그대의 잘못을 용서합니다. 하나 이미 내 속에서 숨 쉬고 있는 심장을 요구함에는 결코 원하는 답을 드릴 수가 없군요."

"원래 네 것이 아니잖아. 불사의 생을 갖기 위해 간직한 타인의 심장이 얼마나 오래 간다고 여기는 거지?"

"사르곤의 심장을 돌려받는다는 게 무엇을 의미하는지 아십니까?"

"무엇이든 상관없다. 난 사르곤의 심장만 있으면 돼!"

뭔가를 알고 있는 것처럼 키루스는 거침없이 만다인을 쏘아붙였다.

불새의 심장. 아주 오래전 세상이 창조되기 이전부터 불새는 존재하고 있었다. 몇 천 년을 땅과 하늘을 날아다니며 세상을 주관한 불새의 심장을 원하고 바라는 이들은 많았다.

욕심과 탐욕에 찌들어 있는 인간을 비롯하여 오르세인, 물뱀족, 이제는 전멸하여 그 일족이 사라진 늑대족 역시 마찬가지였다.

그중에서 오랜 기다림 끝에 불새인 사르곤을 사로잡은 오르세인의 우두머리, 만다인은 사르곤의 심장 덕분에 몇백 년 동안이나 장대한 세계를 지배하며 마치 불새처럼 주관하려 하였다.

정확히 파악한 키루스는 자신을 믿었다. 루안을 온전히 느낀 그녀만의 사랑 방식으로써.

사르곤의 심장을 기필코 돌려받을 것이다. 키루스는 다짐했다. 만다인은 슬슬 말의 옆구리를 차면서 앞으로 나왔다.

"큭큭, 키루스. 귀엽게 봐 줄 때 이리로 오세요. 그것만이 그대가 살길입니다."

"싫다!"

"싫다? 그대의 힘은 사르곤과 다릅니다. 그녀의 안배로 인한 탄생물인 그대는 단지 사르곤의 그림자일 뿐이라는 것을 알고 있지 않습니까!"

"그래서?"

키루스의 자존심을 건드릴 요량으로 사르곤의 이야기를 던진 만다인은 아무런 감정도 내보이지 않는 키루스를 지긋이 노려보았다. 수천의 오르세인들을 마주하면서도 그녀는 겁내지 않았다. 오히려 무모하리만큼 그에게 덤벼들고 있었다.

만다인은 그녀 스스로의 힘은 없을 것이라 여겼다. 그의 말대로 키루스는 사르곤의 그림자일 뿐이니.

그러나 만다인은 그녀에게서 이상한 점을 발견했다. 분명 작고도 선명한 진홍의 불꽃이 키루스가 일으킨 힘의 열기로 불타오르고 있었다. 점점 세를 불리며 커져만 가는 그 힘의 근원지는 키루스의 심장이었다.

"혹시 키루스. 진홍의 불꽃이 어디서 발원했는지 알고 있습니까?"

조심스런 만다인의 태도에 키루스는 한 발 더 그에게 다가 갔다. 그녀가 다가가자 뒤에 도열한 수많은 오르세인들은 뒤로 물러났다. 뜨거운 속살 같은 진홍의 불꽃에 겁을 먹은 듯 주춤거리는 수천의 병사, 다가오는 키루스와 물러나는 오르세 인들의 움직임, 하나로 이어져 움직이는 그 모습은 거대한 파 도를 보는 양 더 없는 장관이었다.

"내 손에 든 불꽃을 던지면 어찌 되는지 아는가!"

"그대, 말투가 꼭 사르곤 같구나."

탄식하는 만다인은 자신이 내뱉는 그 말에 스스로가 놀란 듯했다.

그러나 절대 그럴 일은 없다는 듯이 세차게 고개를 내저었 다. 사르곤은 높고도 높은 허공 속으로 사라졌고, 몇 백 년을 그 공간에서 헤매고 있을 것이다. 영생을 버린 몸이기에 공기 와 호흡하면서 연기처럼 부유하고 있다. 그녀가 심장을 가짐 으로써 제자리로 돌아온다는 것은 결코 있을 수 없는 일이었 다.

다만, 키루스. 그녀의 존재가 심히 거슬리며 그녀의 탄생을 유도한 사르곤의 의도를 파악하기란 무척이나 힘든 일이었다.

"설마하니 사르곤이 다시 태어나는 일은 아닐 것이고. 그녀 를 담을 새 그릇이 필요하여 그대를 탄생시킨 거라고?"

"바보로군. 그것을 이제야 눈치채다니. 그쪽의 심장과 공명 한 것은 사르곤의 본체가 내 속에 안착하고 싶어 했기 때문이 다."

"큭큭, 그럴 것이라 짐작은 했지만! 아하하하!"

키루의 말이 끝나자마자 만다인은 호탕하게 웃어젖혔다. 얼마나 웃던지 오르세인들도 당황했다.

"꽤나 영리하군요, 키루스. 그대는 내가 준 독주를 마셨어. 슬슬 달아오를 때가 지났는데 말이지요. 아직 참고 있는 것인지? 마치 사르곤처럼."

"설마 사르곤에게도 독주를 마시게 했나?"

키루스의 눈동자는 이미 붉었다. 만다인의 잔꾀를 듣는 순간 확하고 타오르는 그녀의 눈빛은 뜨겁게 용솟음치는 땅속의 용암보다 훨씬 뜨거웠다.

"물론입니다. 아무리 나와 사르곤이 친밀했다 하나 무성(無性)이나 다름없던 사르곤에게 이성(異性)을 원하게 만드는 일은 무척이나 섬세한 일이었지요. 그녀는 오직 제 무리들을 지키는 숙명에 갇혀 있었다 할까요? 그러니 그것을 쓸 수밖에. 단 한 번뿐이었지만."

과거를 회상하며 킬킬거리는 그의 모습은 괴물이나 다름없었다.

그래, 그렇게 된 거로구나. 이성을 모르는 불새 사르곤이 순순히 만다인에게 자신의 심장을 내어 주게 된 원인은 전쟁의 폐해를 막기 위함도 있지만, 그에 의해 더럽혀진 영생의 몸을 버릴 생각도 했을 것이다. 그래서 루안의 구혼을 마다한 것이고.

그렇다면 더욱더 루안에게 되돌려 주어야 한다. 가여운 그에게 진실을 알리기 위해서 사르곤이 돌아와야 했다.

키루스는 천천히 숨 쉬며 몸의 기운을 한곳으로 모았다. 그리고 만다인의 약점을 찾으려는 듯이 그를 면밀히 살폈다. 온전하게 그의 심장을 되찾아올 방도를 생각하기 시작했다.

만다인의 말투에서 느껴지던 단정함은 이미 사라진 지 오래, 키루스가 일으킨 불꽃으로 인한 화상으로 더욱더 흉측해진 그의 외모 또한 잔악한 본성과 잘 맞아 떨어졌다. 그에게 일말의 동정도 들지 않았다.

오거는 이따금 인간을 날로 잡아먹는다고 한다. 또 지성을 갖고 있지 못해 영리하지 못한 데다가 덩치에 맞지 않게 의외로 겁이 많아서 누군가의 지휘하에 올바른 훈련을 받아 비로소 오거의 전사로 만들어져야 했다.

세상이 존재하는 그때부터 그 지휘를 맡아온 사르곤, 그리고 오거인 만다인.

어쩌면 그들도 운명의 소용돌이 속에 불순물처럼 끼어 있는 것인지도 몰랐다.

그때였다. 만다인은 자연스럽게 말을 이어 가며 뜻밖의 사실을 알려 왔다.

"사르곤이 영생을 가진 불새라 하지만 그녀의 성인 오르쿠스를 보시지요."

"무슨 의미지?"

"독주는 내가 권유했지만 마신 이는 그녀, 사르곤입니다. 그녀 스스로 욕망을 느끼고 싶어 했단 말입니다. 육체를 시작으로 정신까지도 전부! 세상의 모든 쾌락을 맛보기를 원했단 말입니다."

"그, 그럴 리가!"

"물론 그대야 선하고 정의로운 사르곤으로 알고 있을 테지만 저승의 신인 오르쿠스를 기리기 위해서 만든 그녀의 성은 악마(orco)와 뿌리를 같이 하는 말, 즉 사르곤의 성은 악마를 지칭하는 말이기도 하다는 것이지요."

만다인의 놀라운 말에 키루스는 무척이나 당황해 정신을 차릴 수 없었다.

거짓말이다. 루안의 그녀가 악마일 리가 없어!

키루스는 눈을 부릅떴다. 무엇이 진실인지 알기 전까지 결코 사르곤의 심장을 포기할 수 없었다. 만다인은 뒤에 있는 병사들에게 눈짓을 보냈다.

"잡아라!"

"불꽃이 있는데 어찌……."

"내 손에 죽기 싫으면 잡아!"

만다인의 명에 마지못해 움직이는 수백 명의 병사들이 키루스에게 일시에 달려들었다. 다가오는 그들을 미처 깨닫지 못한 키루스는 불꽃 속으로 쳐들어오는 병사들의 비명을 듣고서야 혼란된 생각을 수습할 수 있었다.

"나를 혼란시키기 위한 방책이군. 그렇게는 안 되지!"

키루스는 주위에 원형으로 진을 치며 달려드는 오르세인들에게 손을 들었다. 일시에 거대한 불꽃의 회오리를 만들어 내기 시작했다.

"혼란이든 뭐든 진실 또한 변하지 않지. 불새가 꼭 정의로 대변되어야 할 이유는 없습니다. 안 그런가요? 내가 그녀에게 유혹당했다고 생각해 주시지요. 나를 유혹하는 것은 어린애에게 달콤함을 선사하는 것과 같았으니. 그러니 키루스, 마지막 경고입니다. 이리로 와요! 어서!"

만다인은 길게 손톱을 뽑아 올리며 키루스에게 손을 내밀었다.

키루스는 미동도 하지 않았다. 주위를 압축하며 서서히 좁혀 들어오는 오거들과 미지의 힘을 발현하려는 만다인 사이에서 이미 죽음의 그림자를 읽었다.

키루스는 움직이지 않았다. 이제 그녀의 발끝까지 뜨거운 열기로 가득해 있었다. 출렁거리던 머리칼에도 불꽃이 일어났다.

"으윽!"

"살려, 살려 주세요!"

키루스의 불꽃은 주변의 땅으로 떨어져 다가오는 병사들의 몸에 옮겨붙기 시작했다. 그 불을 피하기 위해 수많은 병사들은 우왕좌왕하며 움직여댔다.

"그녀를 잡아! 잡으란 말이다, 어서!"

만다인은 일부 병사들에게 소리 질렀으나 그들은 등을 돌려 도망치기 급급했다.

"이것들이!"

눈에서는 핏발이, 입에서는 긴 송곳니가 솟아오른 만다인은 거대한 야수의 본색을 보이며 자신의 몸을 배로 키웠다.

그의 공격성이 병사들에게 향하기 시작했다. 그는 말을 타고 도망가는 병사들의 목을 잘랐다. 그것도 부족한지 여러 병사들의 머리통을 한 번에 잡아끌면서 키루스의 주변을 빙빙 돌았다.

"잡아! 그녀를 잡으라고!"

만다인의 거만하고 냉혹한 횡포에 치를 떨며 반기를 들고 있던 병사들은 고개를 저으며 뒤로 물러났다. 수천의 오르세인들 중 반이나 뒤로 물러나며 만다인에게 등을 보이기 시작했다. 제아무리 거대하고 강한 만다인이지만 수적으로 그들을 무시할 수 없었다. 병사들 중 일부는 만다인을 공격하기 시작했다.

"더 이상 참을 수 없다. 이대로는 우리들도 당할 수 없다고!"

"옳소! 다시 산속으로 돌아가고 싶어. 이런 평지는 우리의 터전이 아니란 말이야!"

"이왕 이렇게 된 것, 우리 힘을 합쳐서 그의 횡포에 맞섭시다!"

"옳소! 옳소!"

만다인에게 반기들 든 병사들이 일제히 그에게 달려들었다. 고함이 들리고 비명이 난무했다.

그들을 혼자 상대하는 만다인은 절대 만만치 않았다. 말에서 내린 그는 병사들을 비웃으며 소리쳤다.

"이것들아! 이러니 네놈들은 더러운 산속에서 빛을 보지도 못하고 살아가는 괴물인 것이다!"

오르세인들을 무참히 공격하는 만다인은 무적의 전사, 그 자체였다. 그 모습에 키루스는 작게나마 감탄이 나왔다. 수천의 병사들을 상대하는 그에게 응원을 보내고 싶을 지경이었다.

"괴물은 괴물이군. 그들의 우두머리인 그쪽 역시 역량이 그뿐인 것이고. 불새의 심장을 가질 권리가 없단 말이지."

키루스의 말은 틀린 것이 없었다. 그에 화가 난 만다인은 살육의 본성을 드러내며 키루스를 향해 달려들기 시작했다.

"이리 오라고 했다!"

만다인이 발악하듯 소리를 질렀다. 그의 심장은 심히 두근 거렸다. 그와 반대로 모든 힘을 꺼내어 자신의 온몸을 불사르려는 키루스의 심장은 멈춘 지 오래였다.

이제 루안 차례야. 내가 만다인을 잡는 순간 와야 해. 그래야 사르곤의 심장을 되찾을 수 있어.

반 이상 떼죽음을 당한 오르세인들의 시체가 즐비한 가운데, 키루스는 조용히 몸을 움직였다. 소리를 지르며 달려드는 만다인을 향해 힘을 발현하기 시작했다.

"어딜, 내 상대가 되지 못한다."

만다인은 키루스의 불꽃이 뜨겁지도 않은지 그 불꽃에 휩싸이면서도 불 한가운데로 들어왔다. 몇 가닥 남지 않은 그의 머리칼이 빠지직거리며 타들어 갈지언정 그는 멈추지 않았다. 키루스에게 달려들어 팔목을 부여잡았다. 그때를 놓칠세라 키루스는 손에 들고 있던 검을 만다인의 어깨에 내리꽂았다.

"하악!"

소름 끼치는 비명이 불꽃 속에서 일어났다. 키루스의 검은 정확하게 만다인의 한쪽 팔을 잘라냈다. 거대한 그의 팔이 땅에 떨어지자 분노한 만다인은 반대쪽의 긴 손톱을 들어 거침없이 키루스의 얼굴에 들이댔다. 그와 동시에 만다인은 진홍의 불꽃 속에서 튕겨져 나왔다.

키루스는 한쪽 무릎을 꿇고 자신의 왼쪽 눈을 부여잡았다. 그 눈에서는 선명한 선혈이 흘러내렸다. 너무나 붉어 마치 아리따운 꽃잎이 떨어지는 것 같은 피눈물이었다.

"어떠냐! 한쪽 눈을 잃은 소감이?"

여지없이 한 팔을 잃고도 킬킬거리는 만다인은 소리 없이 비명을 삼키는 키루스를 보았다. 그녀는 흔들리는 몸을 힘겹게 바로 세웠다.

"사르곤의 심장, 내어 다오."

굳건하게 읊조리는 키루스는 울고 있었다. 만다인에 의해 한쪽 눈을 잃은 그녀는 투명한 눈물 속에서 오직 사르곤의 심장만을 찾고 있었다.

피가 흐르는 눈에서 천천히 손을 떼었다. 눈동자가 사라진 왼쪽 눈을 감고 만다인을 보았다.

"내어 달라 했다, 만다인!"

그녀의 등 뒤로 진홍의 날개가 솟아나려 했다. 불타는 불꽃 속에서 신비한 새의 날개가 되려 했다. 아름다운 불꽃 깃털은 당장이라도 활활 불타오르는 실제처럼 선명해져 갔다.

chapter
20

키루스의 전신이 진홍의 불꽃으로 감싸인 날개에 가리어졌다.

그와 반대로 키루스의 비어 버린 왼쪽 눈은 진공이 되었다. 텅 빈 공간에 녹아 없어진 그녀의 빛나던 눈동자는 루안을 선명히 새기고 어둠에 잠겨 버렸다.

"괜찮아. 괜찮아, 루안. 내가 돌려줄게. 반드시!"

계속하여 흘러내린 피가 키루스의 온 얼굴을 적셨다. 하나 그녀는 아랑곳하지 않았다. 루안에게 모든 것을 주리라 마음먹었기에 눈 하나쯤이야 아무것도 아니었다.

그녀는 쓴웃음을 지으며 손등으로 핏물을 훔쳐 냈다. 어쩌면 심장을 되찾을 기회를 기다리는 그녀의 집념이 삶과 죽음처럼 가까이에 있는지도 모른다.

죽음. 키루스는 단 한 번도 죽음을 생각해 본 적이 없었다. 마찬가지로 앞으로의 미래 역시 생각해 본 적이 없다. 보통의 인간과는 다른 삶을 살아온 키루스는 기쁨, 행복, 질투, 그리고 사랑. 그 모든 것을 루안을 통해서만 느낄 수 있었고 충분히 알게 되었다.

키루스는 잠시 눈을 감았다.

회색의 숲의 시어나무를 그려 보았고, 추운 겨울날 낡은 오두막에서 처음 루안과 손을 잡았을 때를 기억해 내었다. 곧 그녀의 얼굴에 환한 미소가 가득 찼다.

따듯한 그의 온기를 느끼고 각성을 하며, 그를 사랑하고 자신의 모든 것을 내어 주었다. 금방이라도 쓰러질 듯한 키루스에게는 오직 루안만이 살아 숨 쉬고 있었다.

"나의 루안."

세상의 끝이 다가온다 해도, 어쩌면 자신의 운명이 사르곤의 그릇이 되는 것이라 해도 후회는 없었다. 이미 충분히 루안의 온기를 느꼈으므로.

만다인은 몸을 바로 세웠다. 남은 한 팔을 들어 올렸다. 잘라진 팔도 재생이 되려는지 꿈틀거리며 검붉은 살덩이가 흘러나왔다. 하여 시간이 얼마 남지 않았다.

"좋게 봐주었건만, 역시나 사르곤이란 말인가."

"사르곤은 나와 상관없다."

"어찌 되었든 심장은 내어 줄 수가 없다는데."

깍듯한 말속에 깐죽거림이 내포되어 있는 만다인은 이 이상 키루스를 봐줄 이유가 없었다. 반드시 자신의 것으로 길들일 생각이었다.

만다인에게 다가가는 키루스는 그의 심장 부근을 노려보았다. 단숨에 공격할 심산이었다.

키루스를 우습게 보면서 한 발 뒤로 물러나는 만다인은 킬킬거렸다.

"그깟 진홍의 날개, 나에 비하면 아무것도 아니지."

늘어진 팔을 기점으로 또다시 자신의 몸을 거대하게 키워 갔다.

피부는 더욱 두꺼워지고 굵은 다리는 더욱 강대해졌다. 길어진 날카로운 손톱이 손가락에서 자라나고, 눈은 더욱 찢어지며 길게 늘어진 입에서는 매서운 이빨이 솟아올랐다. 완전한 짐승인 오르세인의 모습이었다. 단번에 만다인의 힘과 잔혹성이 그대로 읽혀졌다.

완전히 변신한 우두머리의 모습에 남아 있던 병사들도 혼비백산하며 뒷걸음질 쳤다.

"나의 본 모습을 보이기는 싫었는데."

체념의 한숨이 섞인 만다인의 말에 키루스는 꿈쩍도 하지 않았다. 그의 가슴 부근을 지긋이 바라볼 뿐이었다.

"뭐가 되었건 내 알 바 아니다."

"그래, 그렇지요. 정말이지 사르곤보다 훨씬 더 마음에 듭니다. 혹시 나의 신부가 되는 것은 어떤가요? 대대손손, 영생을 가지고 세상을 지배해 보지 않겠습니까?"

419

"어림없는 소리!"

키루스는 도저히 들어 줄 수 없는 말에 그대로 불꽃을 날려 만다인의 눈에 꽂아 버렸다.

"어딜!"

하나 신체를 키우고 능력을 드러낸 만다인 역시 만만치 않았다. 두꺼운 피부의 팔목을 들어 단번에 날아오는 뜨거운 불꽃을 그대로 날려 버렸다.

"으윽!"

그를 대신해 병사들이 고스란히 불꽃에 휩싸였다. 키루스는 당황하지 않고 몇 번의 날갯짓을 하며 천천히 날아올랐다. 마치 사르곤이 날아올라 하늘을 가로지르는 것처럼 키루스의 모습은 처절한 아름다움을 뿜어냈다.

만다인 또한 가만있지 않았다. 힘차게 땅을 박차고 뛰어오르더니 날아가려는 키루스의 발목을 잡아챘다.

"이제 날지 못한다."

키루스는 발목을 흔들면서 날개를 힘차게 움직였다. 그리고 두 손에 열기를 모아들였다.

"이것이 정말!"

만다인이 크게 분노했다. 잡힐 듯 잡히지 않는 키루스를 잘게 찢어 죽여 버리고 싶었다.

"이리 와!"

키루스 역시 만만치 않았다. 이미 사라진 왼쪽 눈의 고통이 상당했다. 온 힘을 쓴 관계로 통증은 극에 달하고 있었다. 비어 있는 심장까지 그녀에게 고통을 더해 주었다.

그때 키루스는 어떠한 느낌에 자신이 온 방향으로 고개를 돌렸다. 그립고도 애틋한 향취가 퍼져 나오는 것 같았다. 그녀가 시선을 돌리자 얼떨결에 만다인 역시 고개를 돌렸다.

키루스에게 기회가 찾아왔다.

다시 한 번 불꽃을 날리고 그 틈에 땅으로 내려가 떨어진 검을 주워들었다.

눈 하나가 보이지 않으니 검을 잡는 자세가 둔탁하기 이를 데 없었다. 잠깐 휘청거리는가 싶더니 다시 등을 펴고 자세를 바로 하여 곧장 날아올랐다.

그러나 한 번도 날아 보지 못한 키루스는 불꽃의 날개가 익숙하지 않았다. 몸은 사르곤의 영향을 받았으나 그녀의 온전한 정신은 키루스였으니 이율배반적으로 불새의 힘을 발휘하기가 어려웠다.

"적응을 못하는군. 사르곤이 아니니 그 힘을 사용함에 있어 불가피할 정도로 난감할 텐데."

만다인이 정확하게 키루스의 상태를 꼬집어 내자 그녀는 숨을 멈췄다. 이렇게 된 이상 조금의 시간도 낭비할 수 없었다. 그녀는 또다시 만다인에게 달려들었다.

어서 와, 루안. 시간이 없단 말이야.

만다인은 등에 날개를 달고 자신에게 달려드는 키루스를 단번에 잡아챌 생각이었다. 한 팔을 잃은 어깨가 욱신거리나 그것이 문제가 아니었다.

키루스가 등의 날개를 펼쳤을 때, 만다인의 심장이 울렁거렸다. 그 움직임은 여태껏 단 한 번도 느껴 보지 못한 것이었다.

저쪽 세계에서 처음 키루스를 만났을 때의 느낌과는 전혀 다른 생소함. 꺼끌꺼끌한 모래 조각이 가슴 안에 가득 찬 것 같은 버석거림이 느껴졌다.

"뭐야, 심장이 왜⋯⋯?"

그는 저도 모르게 심장 부근을 부여잡았다. 그의 심장이 또 한 번 쿵쿵거리며 두드려 댔다. 마치 문을 열어 달라 외치는 것 같았다.

"으으으⋯⋯."

시작된 고통은 키루스가 바로 눈앞에 다가올 때까지 계속되었다.

키루스는 쏜살같이 만다인에게 달려들었다. 한데 그는 아무런 반격을 하지 않았다.

이상함을 느끼기도 전에 키루스는 아차 싶었다. 만다인은 그녀가 자신의 영역으로 들어오기를 기다린 것처럼 그녀의 날개를 한 손으로 잡아챘기 때문이었다.

"잡았다. 드디어."

"놔, 놔라!"

"제 발로 온 것을 왜 놓아주어야 하지?"

날개의 불꽃이 뜨겁지도 않은지 만다인은 태연했다. 반대로 키루스는 얼굴이 벌게졌다. 한심한 자신의 행동에 대한 후회였다. 그녀는 날개를 잡힌 채 만다인을 노려보았다.

"절대 후회 안 하나?"

"수백 년을 살아온 내게 후회란 의미가 없다는 것을 알지요. 후회할 바에는 있는 그대로를 즐기는 편이 낫지 않을까?"

만다인은 키루스를 자신에게 끌어당겨 한 팔을 천천히 내렸다. 거의 걸친 것이 없는 그녀의 매끄러운 몸을 눈으로 핥았다.

그때 키루스는 다리를 들어 올려 있는 힘껏 만다인의 중심부를 가격했다.

"으헉!"

단말마의 비명이 흘렀다. 키루스를 잡고 있던 손아귀의 힘이 약해지자 단숨에 그에게서 벗어난 그녀는 떨어졌던 검을 주워들었다. 그리고 단번에 그의 옆구리에 박아 넣었다.

"이것이!"

만다인은 검이 박힌 고통 속에 있는 힘껏 키루스를 잡아당겼다. 그녀의 날개를 부욱 소리가 날 정도로 찢어 버렸다.

"아악!"

전세가 역전된 것처럼 키루스의 숨 막히는 비명이 들려왔다. 그녀의 등에서 피가 흘렀다.

"오냐오냐하니 아주 기어오르는군. 겨우 사르곤의 그림자 주제에!"

그는 옆구리에 박힌 검을 아무렇지 않게 뽑아 들고 키루스의 머리채를 휘어잡았다.

"고분고분하지 않으면 이 탐스런 머리칼을 전부 잘라 버릴 테다!"

그 말이 허튼 소리가 아니라는 듯 만다인은 날카로운 손톱으로 키루스의 머리를 반이나 잘라 버렸다. 잘린 머리칼은 흐느적거리며 땅으로 떨어졌다.

"얼마든지 잘라도 된다. 사르곤의 심장만 내어 준다면."

"어림없는 소리."

여전히 사르곤의 심장을 내어 달라는 키루스를 가소롭게 보면서 만다인은 웃었다.

하나 그 웃음은 키루스의 놀라운 힘에 의해 멈춰 버렸다. 그에게 머리채가 잡힌 그녀가 스스로 불꽃을 만들어 내 자신의 머리로 발산시켰다.

"으윽!"

만다인이 키루스를 잡은 손아귀의 힘을 풀지 않자 그녀의 온몸에 불꽃이 피어올랐다.

"이래도 어림없다 할 것이냐!"

"꽤 하는 것 같지만 어디, 얼마나 견디나 두고 봐야겠군."

불꽃을 맞은 만다인은 이를 악물었다. 키루스 역시 서서히 한계가 온 것처럼 호흡이 가빠졌다.

루안, 제발…….

키루스는 만다인의 뒤, 루안이 올 방향을 보았다. 곧 그가 나타날 것만 같은, 하나 곧 바스러질 키루스의 마음과 달리 그는 나타날 줄을 몰랐다.

"이제 마지막이다. 더는 봐주는 것이 고통이군."

만다인의 일격이 이어졌다. 진홍의 불꽃 속에서 키루스를 잡아당기고 나머지 날개마저 찢어 버렸다.

"아악!"

그는 이어서 키루스의 목을 움켜잡았다.

"이렇게 된 바, 맛이라도 봐야겠어."

비열한 만다인은 곧장 키루스의 얼굴로 입술을 가져가 길고 더러운 혀를 키루스의 입안으로 밀어 넣었다. 키루스는 그를 거부하듯이 고개를 흔들었으나 만다인의 힘은 엄청났다. 입안으로 들어오는 뱀 같은 혀를 피하는 것은 무리였다.

키루스의 하나 남은 눈에서는 굵은 눈물방울이 쉴 새 없이 흘러내렸다. 그녀는 그대로 당하지 않고 마지막으로 온몸에 힘을 주었다.

"어헉!"

순식간에 일어난 일이었다. 키루스는 입안으로 들어온 만다인의 혀를 있는 힘껏 깨물었다.

만다인은 비명 소리를 지르지도 못하고 비틀거렸다. 키루스는 힘을 잃은 만다인에게 풀려 땅으로 떨어졌다. 뒷걸음질로 물러나 그를 노려보았다.

키루스는 거기서 멈추지 않고 충격으로 비틀거리는 만다인의 가슴으로 뛰어들었다. 키루스의 손에는 빛나는 검이 잡혀져 있었다.

하늘을 날아오는 루안은 가슴이 몹시 두근거렸다. 너무나 아픈 심장의 울림이 낯설지 않았다. 먼 옛날 사르곤이 산화되어 날아갔을 때, 그때 느꼈던 절망감이 다시 그를 엄습했다.

"키루, 기다려. 꼭 기다려!"

거대한 검은 날개는 땅 위에 긴 그림자를 만들었다. 오르쿠스 성 가까이 날아왔을 때, 그 성문 앞에는 남은 포트 두 마리와 은빛 일각수가 루안이 날아오는 방향을 바라보고 있었다. 그들을 발견한 루안이 땅으로 내려왔다.

"키루! 키루는 어디 있는가!"

루안의 말에 대답이라도 하듯이 일각수의 앞발이 들려지며 바람처럼 내달렸다. 포트들이 따라가고 루안 역시 급히 이동했다.

루안이 당도한 곳은 자욱한 먼지와 재, 그리고 짙은 피비린내가 진동하는 곳이었다.

옆에서 흐르는 맑은 시냇물은 땅으로 스며든 핏물로 붉은 물을 만들어 냈다. 일각수가 머리를 흔들어 한 방향을 가리켰다.

"키루!"

벼락같은 비명이 루안의 입에서 튀어나왔다. 키루스는 허공에 떠올라 있었다. 무엇에 의지하지도 않고 어떠한 지지대도 없이, 팔다리를 늘어트린 채 공중으로 부양되어 마치 거대한 진공 속에 들어간 것처럼 움직임이 없었다.

그 앞에서 거대하게 몸을 키운 만다인이 자신의 심장 부근을 부여잡고 소름 끼치는 비명을 내지르고 있었다. 그의 입에는 검붉은 피가 흥건했다. 그는 팔 하나가 없었으며 또한 심장엔 커다란 구멍이 나 있었다.

<u>a closing chapter</u>

키루스를 탄생시켰을 때 루안이 제일 처음 본 것은 너무나 해맑고 순수한, 무색의 투명한 눈빛이었다.

마치 귀한 금강석(金剛石)과 같은 말간 아이의 눈동자. 그 눈빛에 그의 단단한 심장은 무엇에 찔린 듯 움찔했었다.

또한 그를 보고 첫울음을 토해 냈을 때, 루안은 작은 입을 벌리고 울고 있는 어린 키루스를 따뜻이 보듬어 주고 싶었다. 하나 그는 참아 내야 했었다. 작은 생명의 본질은 바로 사르곤의……

"사르곤의 그림자."

그때 키루스의 존재는 산화되어 버린 사르곤을 살려 내는 그릇의 역할, 그뿐이었다. 어린 짐승 새끼를 보듯이 덤덤하게, 쓰러져 가는 오두막의 문 앞에 버려두었다.

천천히 뒤돌아 걸어 나오는 그의 귓가를 스치는 어린 키루스의 구슬픈 울음소리. 마치 자신의 미래를 알고나 있는지 추위 속에서도 살기를 바라며 자신의 존재를 알렸다.

그 울음소리에 루안은 천공 어딘가에 있을 사르곤을 생각했었다.

루안이 오두막을 벗어났을 때, 스스로가 이해할 수 없었던 텅 비어 버린 자신의 영혼을 느꼈다. 마치 스스로의 죽음을 위해 쓰디쓴 독을 마신 뒤의 공허함과 같은 것이 아니었을까. 그때 루안은 어린 키루스와 함께 울고 싶었다.

지금 허공에 매달린 채 온몸을 늘어트리고 미동도 하지 않는 키루스를 보면서 루안은 과거의 후회스런 기억 안으로 뛰어들었다. 비룡이 되어 날아온 그의 세로로 응축된 눈동자가 어느새 환해지며 원래의 금빛 눈동자로 되돌아갔다.

"키루!"

루안이 날개를 접으며 그녀의 이름을 부르자 대신 대답하는 이는 피를 흘리고 있는 만다인이었다.

거대한 몸의 그는 루안을 발견하고 거센 몸부림을 쳐댔다. 이미 한 팔은 잘려져 있었고 그의 심장 부근엔 구멍이 생겨 흉측한 장기와 함께 피를 흘렸다. 입에서는 쉴 새 없이 덩어리를 쏟아 내며 흡혈하는 괴물처럼 문드러지고 있었다. 루안 역시 만다인을 무겁게 응시했다.

오르세인의 우두머리인 만다인과 비룡이라 불리는 하늘의 제왕인 루안. 오르세인 같은 거친 짐승도 함부로 건드리지 못하는 강력한 존재의 눈빛에 만신창이가 된 만다인이 소리를 질렀다.

"으어, 으어억!"

그의 대답은 말이 되어 흐르지 못했다. 키루스에 혀를 잘린 그는 마지막 발악을 하는 것처럼 웅얼거릴 뿐이었다. 반인인 루안의 정체가 비룡이라는 것에 분노하고 시기했다. 찢어진 눈을 부릅뜬 만다인은 입매를 비열하게 비틀었다.

"흐어억!"

만다인이 내지르는 소리는 이 이상 들으면 귀가 썩어갈 지경인 광증에 가까운 괴성이었다.

루안을 찢어 죽일 듯이 날카로운 손톱을 앞세우며 달려들었으나 그는 루안의 상대가 되지 못했다. 검은 날개를 펄럭이는 루안에게 손끝 하나 건드리지 못하고 되레 그의 거친 발길질에 땅이 꺼져라 나가떨어졌다. 만다인은 오르세인의 우두머리, 불새의 심장을 가진 자라는 자부심과 함께 바닥에 나뒹굴었다.

"네놈이! 네놈이 키루를!"

루안에게 만다인의 잘려진 팔이나 입에서 흐르는 붉은 피는 상관없었다. 오로지 허공에 떠 있는, 죽어 있는 것 같은 키루스를 저렇게 만든 이가 추악한 만다인이라는 사실만 인지했다.

루안은 번개처럼 달려들어 힘의 분배를 시작했다. 또한 나가떨어진 만다인도 몸을 일으켜 루안에게 달려들었다.

서로에게 달려드는 만다인과 루안. 거대한 오르세인과 검은 날개의 지배자인 비룡이 만나 번개 같은 빛을 퍼트리며 흙먼지를 일으켰다.

빠지직. 마치 바람을 타고 자잘한 돌이 흐르는 소리가 들렸다. 루안이 하나 남은 만다인의 팔을 꺾어 내린 소리였다.

만다인 역시 당하고만 있지 않았다. 날카롭게 솟아오른 이빨로 달려드는 루안의 목덜미를 물어 뜯었다. 루안의 목에서 시린 바람이 불어오듯 흐르는 피를 느꼈다.

"겨우 이 정도냐? 좋다, 만다인!"

루안은 어금니를 사리물고 등에 잠겨 있는 검은 날개를 활짝 펼쳤다. 날개 끝에 달린 날카로운 발톱을 씩씩거리며 만다인을 겨냥했다.

루안의 날개는 만다인의 어깨를 그대로 관통했다. 그의 어깨뼈가 바스러지는 소리가 끔찍하게 들려왔다. 루안은 회심의 미소를 지으며 그의 거대한 몸을 날개 끝으로 들어 올렸다.

"이제 넌 죽은 목숨이다!"

"크으윽! 크헉!"

루안의 날개 끝에 꿰인 채 매달린 만다인은 울부짖었다. 허공에 떠 있는 키루스를 눈에 담았다. 키루스의 위에서 빙빙 돌고 있는 선명한 분홍빛을 황홀하게 바라보았다.

루안 역시 만다인의 시선을 따라 그것을 보았다. 바로 사르곤의 심장이었다. 그 심장은 스스로 회전을 하며 키루스의 비어 있는 심장과 공명하려 하였다.

루안은 키루스가 거대한 만다인을 상대로 심장을 꺼냈음을 깨달았다.

나의 키루…….

어느새 루안의 금빛 눈은 촉촉하게 젖어 있었다. 사르곤의 심장을 되찾은 기쁨의 눈물이 아니었다. 키루스에 대한 자신의 사랑을 밝히지 못해 안타까워 흘리는 눈물이었다. 그는 버둥거리며 몸을 뒤트는 만다인을 보았다.

"내가 나의 본신을 이르게 자각했더라면 네놈은 벌써 내 손에 죽었을 목숨이었다. 하나 사르곤의 심장을 가졌기에 참고 또 참았었다."

루안의 말에 만다인은 혀가 잘린 입으로 거칠게 웃었다. 그러나 그 웃음조차도 나오지 않았다.

"네놈의 크나큰 잘못은 사르곤에게 독주를 먹이고 그녀를 어둠 속으로 밀어 넣은 죄. 비록 그것이 사르곤이 원했었다고 하더라도 말이다."

모든 것을 알고 있다는 듯한 루안의 말에 만다인은 움직임을 멈추었다. 두려운 눈빛으로 그를 노려보았다.

"애초에 알고 있었다. 사르곤의 각인이 오르세인의 우두머리인 네놈이라는 것을. 그사이에 내가 끼어들 수 없었음을. 내가 먼저 태어났더라면 조금은 달라졌겠지."

말과는 달리 일말의 후회도 없는 루안이 검은 날개를 활짝 펼쳤다. 그러자 날개에 꿰어 있던 만다인의 몸이 늘어졌다.

더 길게 늘어지는 만다인의 몸뚱이가 점점 고통 속에 잠기려 할 때였다. 사르곤의 심장이 빛을 만들어 사방으로 길게 퍼져 나갔다. 그 빛에 루안은 일말의 시간도 없음을 알았다.

"이제 마지막이다. 죽어라, 만다인!"

루안은 날개 끝에 힘을 주었다. 다가올 공포에 만다인은 눈을 부릅떴다.

파앗! 힘 있는 바람의 소리, 모든 것을 쓸어 버리는 폭풍처럼 단번에 만다인의 몸이 두 갈래로 찢어졌다. 남아 있는 그의 모든 형태는 지나가 버린 잔해처럼 바람 속으로 사라졌다.

루안은 바스러지는 만다인을 볼 여력이 없었다. 그의 분해된 먼지를 헤치며 키루스에게 달려갔다.

"키루!"

있는 힘껏 날개를 들어 허공의 그녀를 만지려 하였다.

"윽!"

하지만 빛의 구멍에 빠진 듯한 그녀의 몸이 루안을 거부했다. 곧 사르곤의 심장을 받아들일 키루스를 둘러싼 빛이 루안을 밀어내고 있었다.

"키루……."

루안은 빛의 거부에도 아랑곳없이 두 손을 그녀에게 뻗쳤다. 아직 그녀와 나누어야 할 말이 많았다. 전하지 않은 그의 진심을 들려줘야만 했다. 이대로 사르곤의 심장을 키루스가 받아들이게 둘 수는 없었다.

루안은 날카로운 검처럼 솟구치는 빛을 뚫고 키루스에게 손을 내밀었다.

　빛이 루안을 공격했다. 그는 쉴 새 없이 터져 나오는 비명을 속으로 삼켰다. 그 빛은 찌르고 가르며 그의 몸을 상처로 뒤덮었다. 빛에 익어 가는 루안의 몸에서는 살이 타는 냄새가 진동했다. 그러나 만다인과 대결하면서 고통을 당했을 키루에 비하면 아무것도 아니었다.

　조금만 더 다가가면 키루스를 부여잡을 수 있었다. 때를 같이해 사르곤의 심장도 움직였다. 점점 더 빠르게 다가와 루안이 키루스에게 닿기도 전에 그녀의 심장으로 들어가려 하였다.

　"안 돼! 그럴 수는 없어. 사르곤……."

　지글지글. 루안의 살이 빠른 속도로 타고 있었다. 사르곤의 심장은 가소롭게 바라보며 키루스에게 접근했다. 루안은 자신의 몸, 전부가 불타도 좋았다. 키루스를 다시 안을 수 있다면……. 조금만, 조금만 더.

　마침내 루안은 허물어져 가는 키루스를 온전히 잡아챌 수 있었다.

　"잡았다!"

　검은 날개를 퍼덕거리며 키루스를 품에 안은 루안은 기쁨의 눈물을 흘렸다. 키루스의 얼굴에 쉴 새 없이 입을 맞추며 그녀의 온몸을 더듬었다. 꺾인 등의 날개를 조심히 매만지고 핏물에 얼룩진 작은 얼굴을 쓰다듬었다.

그녀의 왼쪽 눈에 루안의 시선이 머물렀다. 설마 하는 생각에 그는 떨리는 손으로 키루스의 감겨진 눈꺼풀을 조심히 들어 올렸다.

"키루, 키루!"

루안은 키루스를 품으로 더욱더 끌어당기며 비명을 질렀다. 지르고 또 질렀다.

그의 거친 외마디 소리에 먼지로 뒤덮여 있던 주변의 자연들이 꿈틀거렸다. 멀리 있던 포트들과 일각수도 그 소리에 움직임을 서둘렀다.

"키루……."

루안의 눈에서 진한 피눈물이 흘러내렸다. 그녀의 왼쪽 눈은 비어 있었다. 만다인에 의해 깊게 빛났던 눈동자는 사라지고 없었다. 땅에 내려선 루안은 키루스를 품에 안고서 오열했다.

"내가, 내가 잘못했다. 키루. 나의 키루……."

일생 울어야 할 눈물을 전부 흘리며 루안은 처절하게 울었다. 키루스의 힘없이 내린 진홍의 날개깃에 오열하고 곳곳에 상처 난 키루스의 몸에 구슬피 울었으며 비어 버린 키루스의 왼쪽 눈에 죽음과도 같은 비통함을 느꼈다.

루안은 키루스의 온몸을 어루만졌다. 통한에 사무쳤다.

이럴 줄 알았으면 처음부터 험한 세상에 태어나게 하지 않았을 것을.

이렇게 상처 입고 고통에 잠길 바에는 영원히 각성하지 않고 평범한 삶을 누리게 할 것을.

지옥 같은 고통 속에 내보낼 바엔 차라리 자신이 죽어 사라져 버릴 것을.

"사르곤! 사르곤!"

루안은 절대 놓아줄 수 없는 키루스를 품에 안고 일어섰다. 그리고 사르곤을 외쳐 불렀다. 그의 외침에 물러서 있던 사르곤의 심장이 서서히 맴돌기 시작했다.

"사르곤! 키루를 살려 내라. 대신 내가 죽어도 좋으니……! 사르곤!"

어느새 다가왔는지 포트들과 일각수도 루안의 눈물에 애통해했다. 루안은 끊임없이 사르곤을 불렀다. 먼 어딘가에서 천공을 헤매고 있을 사르곤이 그에게 올 리 만무하나 그는 키루스를 살리기 위해 목이 터져라 부르고 또 불렀다.

"사르곤……."

얼마나 소리쳤는지 루안의 목이 서서히 잠겨 갔다. 루안은 키루스의 감은 눈에 입을 맞추며 아직 들려주지 못한 자신의 진심을 그녀가 알게 하였다.

사랑한다. 사랑하고 또 사랑한다, 나의 키루.

내게 가장 중요한 것은 사르곤의 심장이 아니라 키루스, 바로 너라고.

오직 그녀만이 루안의 전부라고, 그렇게 말하고 싶었다.

"사랑한다, 영원히."

사납고 세찬 기세로 맹세를 하는 루안의 눈은 온통 시뻘겋게 돼 있었다. 거친 살육을 마친 성난 야수처럼 붉어진 몸과 눈으로 키루스를 쓸어내렸다.

그래, 키루. 난 네 것이다. 네가 나의 운명이고 찬란한 연인이고 나의 모든 것이다.

과거에도 지금에도 먼 미래에도……. 너의 운명은 나다, 키루스.

루안은 키루스의 입술에 언약의 입맞춤을 하였다. 천천히 고개를 든 루안은 벌떡거리고 있는 사르곤의 심장을 보았다. 절대로 물러서지 않은 그 심장은 겁박을 하는 것처럼 두근거리고 있었다.

이렇게 된 바에 루안은 이곳, 사르곤의 세계에서 키루스와 영원한 삶을 영위할 생각이었다. 저쪽 세계의 안위에 아무런 관심도 없었다.

철저한 왕이 되기 위해 달려왔던 자신의 치세는 키루스가 죽음과도 같은 침묵에 들어간 지금에는 아무런 소용도 없었다.

루안은 검은 날개를 서서히 좁혀 자신의 몸과 키루스를 감싸 안고 사르곤의 심장을 보았다.

"사르곤, 네 심장을 가져가라. 난 키루스와 함께할 것이다. 영원히."

루안은 자신의 거대한 날개를 활짝 펼쳤다. 날개 끝의 날카로운 발톱을 들어 자신의 심장과 키루스의 몸을 관통하기 위해 준비 태세를 갖추었다. 그는 깊은 심호흡을 했다.

마침내 날개를 들이대는 바로 그 순간, 은빛의 일각수가 미친 듯이 울어대며 뿔에서 찬란한 빛을 쏘아대기 시작했다.

길고도 곧은 일각수의 뿔은 은빛으로 빛나며 사방으로 뻗쳐나갔다. 직진으로 감싸이는 그 빛은 서서히 주변을 아우르며 눈부신 햇살처럼 루안을 눈멀게 하였다.

"루안……."

청명하지만 힘없는 소리, 어렵게 루안의 이름을 부르는 소리.

루안은 감았던 눈을 천천히 떴다. 그리고 품에 안겨 있는 키루스를 내려다보았다.

"키루."

루안은 굵은 눈물방울을 떨어트렸다. 키루스가 오른쪽 눈을 뜨고 희미한 미소를 지으며 그의 얼굴을 손으로 감쌌다. 키루스의 손은 온통 상처투성이였다.

키루스는 온몸의 실핏줄이 드러나 서서히 보랏빛으로 변해가려 하였다. 그 모습에 화들짝 놀란 루안은 다급하게 키루스를 안았다.

"가지 마라, 키루. 가면 안 돼!"

"사르곤의 심장……."

목이 마른 듯 힘들게 말문을 연 키루스는 일각수의 눈부신 빛 속에서 꿈틀거리는 사르곤의 심장을 가리켰다. 그러자 루안은 거세게 고개를 저었다.

"사르곤의 심장은 필요치 않아. 내게 필요한 것은 너뿐이

438

다, 키루."

"왜……."

"내가, 이 내가 너를 사랑하기 때문에, 키루스. 너의 운명은 나다."

루안의 고백에 키루스는 입술을 부르르 떨었다. 눈에서 망울진 눈물방울이 보석처럼 흘러 내렸다.

"루안."

"난 너와 함께야!"

"사르곤의 심장…… 나에게 담아."

"싫어! 싫단 말이다. 키루!"

루안이 소리를 질렀다. 차마 흐르지 못하는 그의 눈물은 키루스의 얼굴을 감싸 안고서야 그녀의 입술과 더불어 덮어 내렸다. 마침내 서로의 입술이 떨어졌을 때 루안은 환하게 웃었다.

"나와 함께하자, 키루스."

"사르곤의 심장은?"

망울진 눈빛은 온통 기쁨에 겨워하나 절망하듯 내뱉는 키루스의 입술은 떨고 있었다.

"오직 내게 필요한 것은, 내가 원하는 것은 키루스다. 영원히 함께할 거야."

그의 절박하고 열정적인 고백에 키루스는 고개를 저으며 눈물을 흩뿌렸다.

"루안, 아니야……."

지금 키루스가 할 수 있는 것이라고는 고개를 내젓는 게 전부였다. 사르곤의 심장이 아니라 키루스, 자신을 선택한 루안에게 소리 지르고 싶었다.

날 선택해 주어서 정말 고마워. 사랑하고 또 사랑해.

차마 그 말이 입 밖으로 나오지 않았다. 누구보다 더 힘든 이는 아마도 사르곤일 것이다.

실핏줄이 드러난 손을 힘겹게 내민 키루스에게 루안은 떨리는 자신의 손을 내밀었다. 두 사람의 손끝이 마주했다. 보랏빛 숲에서 행했던 것처럼 둘의 손가락이 얽어지고 마침내 손바닥까지 빈틈없이 맞닿았다.

"날개가……."

서서히 닫히려는 루안의 날개를 보면서 키루스는 그를 마주했다.

"괜찮아."

루안은 미소 지으며 핏물에 헝클어진 키루스의 머릿결을 정돈해 주었다.

"영원히 함께다. 키루."

"루안, 난……."

순간 키루스의 숨소리가 심상치 않았다. 헐떡이는 것 같으면서도 숨을 쉬지 못하는 그녀의 눈에 눈물이 한가득이었다. 놀란 루안이 키루스의 몸을 부둥켜안았다.

"키루!"

"루, 루안. 몸이 뜨거워……. 너무 뜨거워서……."

속삭이듯 말문을 여는 키루스는 수정 같은 눈물을 주르륵 흘렸다. 그 눈물의 의미를 깨달은 루안은 이제 때가 되었음을 알았다.

그는 망설이지 않았다. 아직도 은빛의 향연은 계속되고 있었다. 그 빛에 감사의 인사를 하며 일각수를 보았다. 일각수 역시 안타까운 눈빛으로 루안에게 고개를 숙였다.

루안은 한 치의 망설임도 없었다. 활짝 편 날개를 바람보다 더 재빠르게 움직이며 자신과 키루스를 관통하도록 조절했다.

"루안!"

그때 또 다른 소리가 들렸다. 그는 잠시 멈칫했다. 분명 환청이 아니었다.

"루안, 하지 마."

시원하고도 명쾌한 음성의 주인공은 놀랍게도 사르곤, 바로 그녀였다. 그녀가 빛으로 환원(還元)되어 다가오고 있었다.

"사르곤, 어떻게……."

차마 뭐라 말하지 못하는 루안은 빛 속에서 노래하듯 움직이는 사르곤을 응시했다. 사르곤은 그의 품 안에 있는 키루스를 가리켰다.

"키루스. 태초의 근원이자 날개."

그 이름, 키루스. 사르곤이 명명한 그녀의 이름. 루안은 고개를 끄덕였다. 절대 없을 사랑으로 키루스를 부둥켜안았다.

"찾았구나. 너의 운명을."

그래, 운명. 절대 피할 수 없는 소중한 운명. 루안은 아프도록 고개를 끄덕였다.

"나의 운명을 찾았어. 키루스에게 사르곤의 심장을 주고 싶지 않아. 키루가 원하지 않으니, 나 역시 원하지 않는다."

강경할 정도로 단호했다. 사르곤은 온화한 미소를 보였다. 이미 루안의 심정을 알고 있는 듯 사르곤은 천천히 자신의 분홍빛 심장을 손안에 담았다. 심장이 쿨렁거리며 호흡하고 있었다.

"루안의 영혼을 송두리째 가져간 키루스는 나의 심장, 불새의 영원한 심장이 필요해."

"아니. 그녀가 거부해. 그냥 이대로……."

"루안은 바보구나."

사르곤은 입을 올리며 웃었다. 루안과 키루스의 주변을 빙빙 돌며 스스로 불꽃을 일으켰다.

"루안. 비록 나의 피가 흐를지언정 그것은 불새의 영향일 뿐, 그녀가 내가 되지는 않아."

"사르곤……."

그가 무엇을 염려하는지 능히 파악한 사르곤은 한껏 미소 지었다. 안도한 루안은 소중한 보물을 다루듯 키루스를 내밀었다.

사르곤의 손끝에서 진홍의 불꽃이 피었다. 그녀는 그 불꽃으로 말미암아 키루스의 몸을 허공으로 들어 올려 그 위에 심장을 두었다.

"가엾은 키루스. 태초의 눈도 잃어 다시는 복구되지 못하는

데. 게다가 진홍의 날개까지 잘려 버렸으니……."

"다른 방도는 없나?"

루안은 지푸라기라도 잡고 싶었다. 사르곤에게 빌고 싶은 심정이었다. 빛에 의해 나타난 사르곤이 원래의 키루스를 되돌릴 수만 있다면 무엇이라도 좋았다.

"루안. 너의 선택에 달렸어."

"뭐든 말해."

"키루스를 루안의 영혼으로 받아들일 것인가?"

"물론."

"키루스를 위해 루안의 반인의 힘을 버릴 수 있는가?"

"하늘의 제왕 따위 던져 버려도 좋아."

"정말 대단해, 루안. 다행이야."

망설임 없는 루안의 강한 대답에 사르곤은 활짝 웃었다. 루안은 마음이 급했다.

"말해 줘. 키루스를 원래대로 되돌리는 방법."

사르곤은 다시 루안을 바라보며 다정하게 입을 열었다.

"지금 가장 원하는 것이 뭐지, 루안?"

"모든 것의 처음. 내가 키루를 처음 탄생시켰을 때로 돌아가고 싶다."

"돌아가면?"

"성으로 데려갈 거야. 그래서 단 한순간도 품에서 놓지 않을 것이다."

사르곤은 그의 말에 소리 내어 웃었다. 모든 것이 처음으로 돌아가도 좋다는 무언의 답이기도 했다.

"루안, 역시 넌 위대해. 너의 대답으로 인해 나 역시 처음으로 돌아갈 수 있게 되었어. 키루스는 나이지만 나는 키루스가 될 수 없어. 그것이 나와 키루스만의 숙명이자 운명이야. 영원한 생명인 불새의 영혼이기도 하고."

"사르곤!"

"처음으로 돌아가, 루안. 대신 키루스는 이 세계의 일을 기억하지 못하고 루안 역시 비룡의 수호는 받지 못해. 평범한 인간으로 돌아가는 거지. 영생이 두 사람에게서 사라질 것이다. 그래도 후회하지 않겠지?"

"절대 안 해. 늙어 죽음이 찾아와도 무섭지 않다. 키루만 있다면."

루안이 키루스를 향해 두 팔을 벌리자 사르곤의 심장이 급하게 뱅뱅 돌았다. 주위의 모든 빛을 흡수하면서 거칠고 강하게 소용돌이쳤다. 그리고 모든 움직임이 멈추었을 때 그 심장은 반으로 쪼개어졌다.

쪼개진 심장은 사르곤과 키루스의 몸 안으로 공기처럼 스며들었다. 그와 동시에 일각수가 뿜어내는 찬란한 빛줄기는 둘의 심장을 보호라도 하듯이 주변을 내리쬐이며 서서히 사라졌다. 반쪽의 심장을 받아들인 키루스 역시 빛과 함께 소멸했다.

"키루스!"

놀란 루안은 사르곤을 죽일 듯이 노려보았다. 그 눈빛을 정통으로 맞은 사르곤은 특유의 미소를 지으며 대답했다.

"처음으로 돌아간다, 루안. 그대가 원하는 바로 그 시점으로."

"아……."

키루스의 탄생이 된 시어나무 숲, 회색의 나무왕이 있는 그 숲.

루안은 그제야 몸을 흔들며 두 손으로 자신의 얼굴을 감싸 쥐었다. 그리고 소년처럼 울음을 터트렸다.

"루안, 미안해. 오랫동안 짐을 지게 해서 정말 미안해."

루안의 모습에 사르곤은 빛과 함께 움직였다. 그를 감싸 안으며 바람의 요정처럼 그의 이마에 입을 맞추었다.

"이제 정말 이별이야, 루안."

"사르곤."

"가, 어서. 그리고 다시는 놓치지 마."

"그럴게. 오랫동안 나의 여인이었던 사르곤."

루안이 빛처럼 투명한 사르곤의 손등에 입을 맞춤과 동시에 그녀의 관한 모든 기억들, 사랑, 연민, 숙명 등을 내려놓았다.

"그럼 루안. 안녕."

"안녕, 사르곤……."

보이지 않는 영원의 이별을 한 사르곤과 루안은 희미한 시선을 나누었다. 일각수는 온몸으로 빛을 쏘아대며 사르곤의 빛과 동화되었다.

그것을 신호로 루안의 몸이 부영했다. 원래의 세상으로 돌아가는 것이다. 환상처럼 뿌연 빛의 안개들. 루안이 마지막으로 본 것은 땅에 떨어진 만다인의 옷조각을 줍는 사르곤이었다.

루안이 사라지자 사르곤의 세상에는 뜻밖에도 하얀 눈이 내렸다.

더럽고 치졸한 어둠에 물들었던 모든 것을 덮고 녹여 버릴 듯이 눈부신 설원으로 가득해졌다. 아마도 그 눈이 녹을 때쯤, 다시금 초록의 신록과 온갖 자연의 색들이 원래대로 돌아올 것이다.

아울러 사르곤의 오르쿠스 성 역시도 아름답고 영롱한 빛을 뿜어댈 것이다.

❖   ❖   ❖

반딧불 하나가 모이자 그 뒤를 이어 수천의 반딧불이 뒤를 따랐다. 그 빛과 함께 두건을 깊게 눌러쓴 사내는 재빠른 걸음으로 어딘가를 향해 달리고 있었다.

마침내 그가 당도한 곳은 거대하고 웅장한 숲의 중심부였다. 그곳에는 몇 천 년 된 회색의 시어나무가 길게 자라고 있었다. 사내는 나무에게 다가가자마자 품 안에 있던 도끼를 꺼내어 들었다. 그리고 한 치의 망설임도 없이 거대한 나무의 중심을 내리찍었다.

"크아악! 끼이⋯⋯."

소름 끼치는 비명이 들리고 도끼로 찍어낸 사이에서 핏물이 흘러나왔다. 바로 그때 또 다른 새의 소리가 들려왔다. 바람과 함께 날갯짓하는 소리가 가까이 들렸다. 점점 가까워지는 소리에 사내는 부리나케 몸을 돌려 주변의 바위 뒤에 납작 엎드리고 앞을 주시했다.

피를 흘리는 회색의 나무 가까이 다가온 거대한 하얀 새는 피 흘리는 나무 앞으로 다가갔다. 그리고 하얀 부리를 갈라진 틈새로 밀어 넣어 나무의 핏물을 받아 마셨다.

"끼아, 끼아."

피를 받아 마신 흰 새는 소리 내어 울었다. 바위 뒤에 납작 엎드려 모든 사태의 추이를 지켜보던 사내는 눈을 빛내며 숨을 참아 내었다.

얼마간의 시간이 흐르자 울고 있던 하얀 새는 나무 앞에 널브러졌다. 새의 입가에서 나무의 핏물이 흘렀다. 그 피는 순식간에 땅에 흘러 회색의 나무가 흘리는 피와 하나로 합쳐졌다. 그리고 때를 같이해 새벽의 여명이 한 줄기의 빛이 되어 하얀 새의 피와 회색나무의 피에 섞여 들어갔다.

새벽의 미명조차 사라지고 찬란한 아침빛이 모든 전경을 담을 때, 붉은 핏물 사이에서 뭔가가 꿈틀대기 시작했다.

한 방향으로 돌아가던 바람이 원을 그리며 땅을 보호하기 시작했다. 흔들리던 나뭇가지에 떨어진 잎들이 그 바람을 타고 무언가를 지키기 위해 모여들었다.

거센 바람이 몰아쳤다. 무거운 바위조차도 흔들렸다. 땅 위의 식물들이 꺾이고 작은 돌멩이조차 날아다녔다. 사내 역시 날아가지 않으려 옆에 있는 나무를 부여잡았다. 그러면서도 그는 절대 시선을 움직이지 않았다. 이윽고 소리가 들리기 시작했다.

"으엥."

놀랍게도 아기의 울음소리였다.

사내는 바람을 가르며 빠른 걸음으로 거센 바람 가운데로 들어가 땅바닥의 흙과 나뭇잎 등을 제쳤다. 손에 붉은 피가 묻고 흙과 돌에 긁혀 상처가 나는 것에도 아랑곳 않으며 핏물 사이에서 울고 있는 아기를 안아 올렸다.

"키루스!"

갓 성년이 된 루안은 기뻐하며 웃었다. 호탕한 웃음이 아이의 울음소리와 더불어 바람 사이를 타고 온 전체에 퍼졌다. 그가 아기를 안아 올리자 약속이나 한 듯이 하늘의 구름이 달라졌다.

루안은 자신의 망토를 벗어 소중한 보물처럼 아기를 감싸 안았다. 천천히 걸음을 옮기며 대기하고 있던 근위대에게 명을 내렸다.

"내가 데리고 간다."

"알겠습니다, 전하."

말에 올라 품 안에 있는 아기를 꼭 안고 달리는 루안은 다시 만난 키루스에게 입을 맞추었다. 그리고 절대, 자신의 생이 다하는 그날까지 헤어지지 않음을 맹세했다.

가장 어두운 밤 이후에도 또다시 아침 해는 뜬다.

돌고 도는 삶 속에 생(生)은 나눌 수 없는 그 운명 속에.

내 소녀여.

사랑하고 또 사랑한다.

내 삶이 다하는 그날까지, 키루.

epilogue

회색의 숲에서 어린 아기의 울음소리가 들린 후, 한동안 출처를 알 수 없는 소문이 랜스 왕국을 휩쓸고 지나갔다. 그 소문의 내용은 이러했다.

마녀의 아이가 태어났다. 그 아이는 보기 드문 붉은 머리에 홍색의 눈동자를 가졌으며 어린애임에도 불구하고 단번에 젊은 왕을 자신의 포로로 만들었다. 그 아이를 한 번 본다면 그녀의 붉은 눈의 포로가 되어 버린다 등등.

소문이야 바람 같은 것이기에 몇 년의 세월이 흐르자 사람들의 기억에서 자연스럽게 사라졌다.

몇 년 후, 젊은 왕을 후견인으로 한 소녀가 왕실 기사 학교에서 우수한 성적을 거둔 것이 또 한 번 사람들 사이에서 작은 파란을 일으켰다. 하나 이것 역시 소리 없이 잦아들었다.

캄비세인 2세는 오늘도 여지없이 집무실에 앉아 보고를 듣고 있었다. 평화로운 일상이기는 하나 처리해야 할 일은 산더미였다. 그 어떤 것 하나 놓치는 법이 없는 젊은 왕은 쌓여 있는 문서를 꼼꼼히 살피며 찰스와 듀튼의 열변을 듣고 있었다.

　"하여 전하. 어찌 된 연유인지는 모르나 키루스 양의 외향에 대해서 말들이 많습니다."

　"말들이 많다는 것은, 여자인데도 불구하고 몸을 사리지 않는 열정과 패기가 남달라 그런 것도 있습니다. 게다가 뛰어난 외향에도 드레스나 액세서리로 치장하지 않으니 혹여 남자가 여장을 한 게 아닌지 의심하는 이들이……."

　찰스는 끝까지 말을 이을 수가 없었다. 왕은 검토하던 문서를 탁자에 소리 나게 던지며 두 사람을 뚫어져라 바라보았다. 신화 속에 나올 듯한 무시무시한 왕의 눈길에 그들은 행동을 멈추고 숨을 참아야 했다.

　"그럴 수도 있지."

　다행히 표정과는 달리 왕의 언사는 덤덤했다. 궁정관과 법무관은 어색한 웃음을 지으며 다음 일정을 위하는 핑계로 자리에서 일어나려 하였다.

　바로 그때, 끝나지 않은 왕의 말이 들려왔다.

　"이번 봄, 약혼을 하려는데 그대들의 도움이 필요하다."

　뜻밖의 선포를 하는 왕에게 뭐라 답을 하지 못한 두 사람은 놀라워하는 표정을 숨기지 않았다. 먼저 말문을 연 찰스는 두 손 들어 환영했다.

"암요, 기쁩니다. 이제야 전하께서 혼인할 생각을 하시다니. 어느 귀족의 영애입니까?"

궁정관의 호탕한 웃음이 그대로 전해졌다. 왕의 자리에 오른 지 몇 해가 흘렀고 그의 나이도 20대 중반을 향해가고 있었다. 그동안 내로라하는 귀족의 영애들이 모두 왕과 연결되기 위해 무수한 애를 쓴 것으로 안다.

그러나 젊은 혈기의 왕은 마치 목석처럼 그 누구에게도 눈길 한번 던지지 않았다. 하여 많은 이들은 아마도 왕이 동성을 좋아하거나 아니면 선천적으로 여성을 멀리하는 이유라도 있는 것이 아닌지 말들이 많았었다.

왕의 입에서 직접 약혼을 한다 하니 그 기쁨은 이루 말할 수 없음이었다. 왕의 상대가 누구냐가 그들에게는 최상의 관심이었다.

둘째가라 하면 서러울 공작가의 영애일까. 아니면 얼마 전 공을 인정받아 백작의 자리에 오른 클레브 공의 영애일까.

"그럼 얼른 약혼을 발표해야겠습니다. 많은 이들이 알아야 더 없는 축복이 될 것이고 드디어 우리 랜스 왕국에서도 왕실의 경사를 맞이하는 것이 아니겠습니까. 때를 같이해 축제도 열고 우리 귀족들도 한시름 놓을 것입니다. 그런데 상대가 누구입니까?"

듀튼 역시 희망과 기쁨에 들떠 왕을 보았다.

"나와 약혼을 치룰 이는 키루스다."

왕의 말이 끝나자마자 두 사람의 눈과 입이 벌어졌다. 말을 잇지 못한 채 그들의 왕을 바라보았다.

왕은 아주 부드럽게 웃었다. 입은 웃고 있을지언정 눈빛만은 거부를 용서치 못한다는 것을 분명히 하고 있었다.

"반대란 있을 수 없다. 이미 탄생부터 나의 짝으로 정해진 만큼 그대들의 어떠한 말도 필요치 않다는 말이다. 알겠는가?"

"저, 전하. 신분이 명확치 않음을 어찌……."

궁정관이 얼버무리며 키루스의 정확한 신분에 대해 석연치 않은 점을 드러냈다. 부강한 랜스 왕국의 왕비가 될지도 모르는 이는 출신도 알 수 없고 어린 아기일 때 왕이 회색의 숲에서 데려온 자였다. 출생이 남다른 것은 천한 신분일 수도 있다는 말이었다. 당연히 못마땅할 수밖에. 그러나 법무관은 궁정관의 옆구리를 살짝 누르고는 왕에게 고개를 숙였다.

"전하의 뜻에 따르겠습니다."

궁정관 역시 움찔거리며 마지못해 고개를 숙였다.

"전하의 뜻이 그러하시다면야."

왕은 자리에서 일어났다. 그리고 확실한 쐐기를 박았다.

"단 한순간도 그녀 이외에는 나의 왕후로 생각해 본 적이 없다. 그대들에게 허락을 받으려는 것이 아니다! 이것은 통보이니 그렇게 알도록."

왕의 절대적인 권위 앞에 두 사람은 아무 말도 할 수 없었다. 다만 독신의 왕이 결혼하여 대를 잇는다는 것에는 두 팔

들어 환영할 처지였으니, 그들은 가슴에 손을 올리며 예를 다했다.

　루안은 그들이 나가는 뒷모습을 보고는 자리에서 일어나 멀리 보이는 회색의 숲, 빌협 골짜기를 바라보았다.

　너희들은 모른다. 나의 운명을. 그리고 키루의 운명을.

　잠시 왕의 얼굴에는 그늘이 덮였다. 그러나 곧 그는 더한 미소를 지었다. 비로소 자신의 온전한 운명으로 키루스를 맞이할 수 있게 되었다. 루안은 이 기회를 놓지 않을 것이다. 그는 집무실의 책상 서랍을 열어 푸른 벨벳으로 된 작은 상자를 꺼냈다.

　"키루스."

　그립다는 듯이 읊조리며 루안은 상자에 입을 가져갔다. 그리고 가슴 안에 소중하게 넣었다.

　그로부터 얼마 후, 호엔 성에서는 소박하나 따스하고 사랑이 넘치는 왕의 약혼식이 치러졌다.

❖　　　❖　　　❖

　붉은 달이 뜬다.

　둥근 달이 빛나는 은색에서 점점이 박힌 붉은 보석처럼 빛을 발하니 온전히 그 빛을 받는 호엔 성의 푸르른 정원은 환상적인 색들이 난무했다.

　머리 위로 붉은 달을 맞으며 천천히 걸음을 옮기는 두 개의 인영이 있었다.

　사방은 고요하고 들리는 소리라고는 오직 달을 맞이하는 나무들과 그 나뭇가지에서 밤놀이를 즐기는 새들의 소리뿐이었다.

　"들리나? 키루."

　먼저 말문을 연 것은 루안이었다. 그는 맞잡은 키루스의 손을 끌어당기며 그녀의 머리에 입을 맞추었다.

　"들려요. 아주 작고 보드라운 소리."

　키루스는 덤덤하게 루안에게 되돌려 주었다. 키루스를 사랑스럽게 바라보던 루안은 그녀의 작은 얼굴을 들어 자신을 바라보게 하였다.

　"키루."

　"말해요, 루안."

　올곧은 검은 눈동자로 금빛이 도는 루안의 눈동자를 빈틈없이 메우는 키루스는 곧 붉은 달빛을 정통으로 맞았다.

　사르곤.

　루안은 잠시 사르곤을 생각했다. 붉은 달이 뜰 때면 키루스의 외향은 틀림없는 사르곤과 같았다. 그러나 당당히 자신에게 모든 것을 보이는 키루스는 사르곤과 분명히 다르다. 영원한 연인, 루안의 영혼과 온몸을 지배하는 그녀는 진정한 그의 모든 것이었다.

　루안은 다정한 눈빛으로 키루스를 어루만졌다.

　"사랑한다, 키루."

뜻밖의 루안의 고백에 키루스는 빙긋 웃었다.

"싱거워, 루안."

"사랑해."

그는 또 맹세하듯 앵무새처럼 속삭였다.

"알아요."

"알아도 또 사랑한다. 키루."

굳건한 모습으로 내뱉는 진지한 그의 말에 키루스는 키득거리며 웃었다.

"아이참. 매일 얼굴 보고 손잡고, 그때마다 사랑한다 하면서 오밤중에도 사랑한다 하면 그 사랑이 진짜인지 아닌지 어찌 알아요?"

"내 사랑을 믿지 않는가?"

불안한 듯 보이는 왕, 루안의 모습에 키루스는 어쩔 수 없다는 듯이 고개를 절레절레 흔들었다.

"내가 걸음마 할 때부터 항상 듣던 말인데. 사랑한다는 말."

"그래서 믿지 않는가?"

"아니, 믿어요. 나의 전하."

"그럼 믿는다는 것을 나에게 보여 줘, 키루."

그의 말이 떨어지자 키루스는 그에게 손가락을 까닥거렸다. 그 움직임에 키루스보다 머리 하나는 더 큰 루안이 다리를 구부리며 고개를 숙였다. 그러자 눈높이가 같아진 키루스의 손과 얼굴이 다가왔다.

키루스는 그대로 루안의 목을 부여잡았다. 그녀의 입술이 천천히 다가와 그의 입가에 입을 맞췄다. 그제야 루안은 만족 스럽다는 듯 입가를 늘이며 다가오는 키루스의 입술을 한껏 맞아들였다.

루안은 가는 팔이 자신의 목에 둘러지고 달콤한 입술이 닿 자 키루스의 드러난 어깨를 어루만지며 그 살내음을 맘껏 들 이마셨다. 키루스는 입술을 벌려 루안의 아랫입술을 살짝 물 었다. 곧이어 다가오는 그의 혀에 자신의 혀를 얽으며 뜨겁게 빨아 당겼다. 동시에 두 사람에게서는 떨리는 숨결이 새어 나 왔다.

루안은 고대하던 키루스의 반응에 숨도 쉬지 못할 만큼 그 녀의 몸을 부여잡았다. 그리고 불타오를 정도의 달콤한 입맞 춤에 깊게 빠졌다.

아직 설익은 키루스이나 더 이상 기다릴 수 없었다. 루안은 키루스의 등과 허리를 부드럽게 쓰다듬었다. 키루스 역시 그 의 뒷목을 부여잡고 금빛의 머리칼 깊숙이 가는 손가락을 찔 러 넣었다.

두 사람의 몸은 종이 한 장 빠져나갈 수 없을 만큼 가까웠 다. 거친 숨결이 뒤섞이고 열망하는 손길은 크게 오르락내리 락했다. 루안은 얼굴의 방향을 바꾸어 키루스의 작은 얼굴에 제 입술을 가져갔다. 서로의 타액이 흘러내리자 그마저 아깝 다는 듯이 핥아먹었다.

"으응……."

힘겨운 키루스의 신음이 전해지자 루안은 눈을 질끈 감았다. 그는 잠시 숨쉬기 어려워하는 키루스를 배려했다.

"하아, 루안."

그제야 제대로 숨을 쉬게 된 키루스가 색색거렸다. 그 모습이 너무나 사랑스러워 자신에게 기대게 했다. 그 와중에도 그의 손은 그녀의 목선을 쓰다듬었다. 키루스는 그의 뜨거운 손이 얼굴을 부드럽게 쓸어내리자 자신의 얼굴을 다정하게 비볐다. 루안의 손가락이 키루스의 콧날을 지나 부풀어 오르는 아랫입술을 쓸자 또다시 그녀의 입술이 벌어졌다. 입술 속으로 천천히 미끄러져 들어오는 그 손가락을 키루스는 강아지마냥 할짝거렸다.

"이런 것은 어디서 배운 거야?"

가라앉은 루안의 목소리가 키루스의 몸을 저릿하게 만들었다.

"나의 전하께서 가르쳐 주었지요. 항상, 늘……."

"나날이 늘어가니, 나를 죽일 셈인가."

"응. 그러고 싶어."

윤기 나는 입술로 루안의 손바닥에 깊은 입맞춤을 선사하는 키루스. 또 불끈거리는 열정에 루안은 단숨에 그녀를 제 품으로 끌어당겼다.

두 사람의 입술이 맞닿자 혀가 다시 얽혔다. 미칠 듯한 입맞춤이 뜨거운 용암처럼 흘러내렸다.

두 사람을 내려다보는 붉은 달마저도 몸 둘 바를 모르고 잠시 구름 뒤에 얼굴을 숨겼다. 구름 역시 둘의 열기를 감당하지 못해 시원한 바람을 불어댔다.

얼마나 서로에게 속해 있었을까. 다리에 힘이 빠진 키루스가 먼저 두 손을 들었다. 날로 높이 차오르는 루안의 깊은 열정과 사랑에 따라가기가 벅찰 정도였다. 그러나 행복했다, 너무나도.

"사랑한다, 키루."

"나 역시 사랑해요. 아마 내가 먼저 사랑했을 것 같아."

"그건 또 무슨 근거지?"

"음, 내가 태어나기 전부터 나에게는 오직 루안 뿐. 왕이든 일개 소작인이든 상관없어. 루안이기 때문에 내가 더 사랑해요, 영원히."

아아. 그래, 키루스. 태어나기도 전부터 넌 나의 운명. 나의 연인이다.

비로소 키루스의 모든 게 그의 것이 되어 벅차오르는 감동을 맛보았다.

그는 키루스의 한 손을 잡았다. 그리고 붉은 달 아래에서 한쪽 무릎을 꿇었다.

"루안?"

고개를 갸웃거리며 루안의 하는 양을 응시하는 키루스. 그는 소년처럼 싱긋 웃었다. 그다음 제 가슴 안으로 손을 집어넣고 작은 상자 하나를 끄집어냈다.

"나의 키루스."

루안은 상자를 열어 키루스의 눈앞에 보였다. 작은 반지였다. 붉은 달빛에 어우러지는 분홍빛의 금강석으로 만든 것. 루안은 키루스의 오른손을 잡았다. 그리고 세상에서 가장 부드러운 음색으로 그녀에게 청하였다.

"키루스. 내 삶이 다하는 그날까지 내 옆에 있어 주기를 원하는 이는 그대뿐이다. 나의 영원한 신부가 되어 주겠는가?"

순간, 키루스의 주변이 거짓말처럼 멈추었다. 바람도 공기도 루안과 키루스를 응시하며 숨을 멈춘 듯했다. 그녀는 물기 어린 눈으로 루안이 내민 반지를 보았다. 심장이 찌릿거리며 몸이 떨렸다. 키루스가 떨리는 손을 내밀었다. 그러자 루안은 그녀의 약지에 반지를 끼웠다.

"너무…… 이뻐요."

키루스는 탄식어린 신음을 뱉어 냈다. 루안의 얼굴에는 개구진 미소가 어렸다.

"키루. 청혼 반지가 좋은가, 아니면 내가 좋은가?"

그의 장난기 어린 질문에 반지를 눈부신 듯 바라보던 키루스는 정색했다.

"이 반지."

뭐라. 루안의 한쪽 눈썹이 실룩거렸다. 키루스는 꺄르르 거리는 영롱한 웃음과 더불어 그의 입술을 단번에 삼켜 버렸다.

두 손으로 그의 목을 거머쥐고 입안으로 깊숙이 들어가 그의 혀를 감아올리자 당연히 루안은 반응했다. 한참 동안 서로의 열정을 나눈 뒤 키루스는 천천히 입술을 떼어 냈다. 둘의 입술 사이에는 타액이 은실마냥 길게 늘어져 있었다.

"나의 왕이자 나의 루안. 당신의 신부가 되겠어요. 영원히!"

느닷없는 키루스의 대답에 잠시 긴장을 놓친 루안이 곧 호탕한 웃음을 내보였다. 그리고 단숨에 그녀의 허리를 잡아 들어 올려 한참을 빙빙 돌았다.

키루스와 루안. 두 사람이 도는 것인지 세상이 도는 것인지 알 수 없었다. 중요한 것은 오직 둘. 영원한 운명의 시작이었으니 그것이면 충분했다.

두 사람의 사랑스런 웃음과 넘치는 행복에 숨었던 달이 다시 모습을 드러냈다. 바람에 제 역할을 맡겼던 구름도 환하게 웃으며 달에게 그들의 축복을 일임했다.

두 사람을 축복하듯 달빛이 전에 없이 강해졌다. 은은한 빛으로 사방이 물들었다. 달빛을 밟으며 두 사람의 그림자는 절대 떨어지지 않을 요량으로 달빛과 함께 단단히 묶여 있었다.

그 누구도 깨트릴 수 없는 영원(永遠)으로.

—fin

작가 후기

사랑은 또 다른 불멸(不滅)이다.

〈사르곤〉의 출발 지점은 영원불멸의 사랑에서 시작되었습니다.

뜨겁고 변하지 않는 사랑. 인류가 시작된 이래 끊임없이 되풀이되는 주제이지요.

키루스의 사랑은 가슴이 저미는 사랑이라 할까요. 너무나 절실한 상대를 그리며 한 방향으로 나갔을 때, 마침내 영원한 사랑으로 귀결되지 않나 여겨집니다.

다른 내용이면서도 하나로 이어진 중세 3부작. 저에겐 긴 여정이자 최고로 행복한 나날이었습니다.

마지막으로 마무리하게 된 키루스와 루안은 인간이면서 인간이 아닌, 그러나 그 어떤 인간보다 뜨거운 사랑으로 점철되었던 둘이기에 이렇게 선보이게 되어 무한한 영광으로 생각합니다.

만약 세상에 사랑이라는 것이 존재하지 않는다면, 그 사랑이 남녀 간의 사랑이든 가족 간의 사랑이든 말입니다. 고루하고 생기가 사라져 어떠한 의욕도 없는 무채색의 삶이 되지 않을까 싶습니다.

또한 사랑의 지향점이란 서로에 목매이게 되는 절절한 마음속에서 저절로 모든 것을 염원하는 것이 아닐까 여겨집니다. 이처럼 뜨겁고 영원한 사랑을 키루스와 루안, 그리고 사르곤을 통해 다시 한 번 끝맺게 된 것에 깊은 여운을 느낍니다. 모쪼록 함께 느낄 수 있기를 바라봅니다.

아울러 멋진 중세물을 선보일 기회를 주신 봄 미디어의 대표님과 편집팀에게 무한한 감사를 전하고 싶습니다. 소중한 원고 작업에 더 없는 충만감을 만끽했다는 것, 꼭 알아주시기를 바랍니다. 거기에 정성스런 표지 역시도 저에게 영원히 남을 것입니다.

다음은 연상 연하의 멋진 현대물로 찾아뵙겠습니다.

늘 새롭게 시작되는 봄.
제가 가장 사랑하는 계절입니다.
흩날리는 꽃잎 사이 부드러운 바람과 함께 깊은 봄날을 만끽하시기를 바랍니다.

진심으로 감사합니다.

—2017년 3월 봄날의 향기와 함께,

윤희원.